À PROPOS DE L'AUTRICE

Ancien professeur d'anglais au lycée, Sophie Jordan est aujourd'hui autrice à succès de romances historiques et de romances paranormales sous le pseudonyme de Sharie Kohler. Elle vit à Houston avec sa famille.

Un délicieux scandale

Collection : VICTORIA

Titre original :
THE SCANDALOUS LADIES OF LONDON

Ce livre est publié avec l'aimable autorisation de HarperCollins Publishers, LLC, New York, U.S.A.

HARPERCOLLINS FRANCE
83-85, boulevard Vincent-Auriol, 75646 PARIS CEDEX 13
Service Lectrices — Tél. : 01 45 82 47 47 - www.harlequin.fr
ISBN 978-2-2804-9314-7 — ISSN 2493-013X

Composé et édité par HarperCollins France.
Imprimé en novembre 2023 par CPI Black Print (Barcelone)
en utilisant 100% d'électricité renouvelable.
Dépôt légal : décembre 2023.

FSC www.fsc.org MIXTE Papier issu de sources responsables FSC® C159065

Pour limiter l'empreinte environnementale de ses livres, HarperCollins France s'engage à n'utiliser que du papier fabriqué à partir de bois provenant de forêts gérées durablement et de manière responsable.

SOPHIE JORDAN

Un délicieux scandale

Traduit de l'anglais (États-Unis) par
MARIE PASCAL

Victoria

HARLEQUIN

Pour Katie Horton... mon refuge dans ce monde hostile.
Je suis si heureuse que tu sois entrée dans ma vie.

Les Potins de Londres

14 avril 1821

C'est officiel. Lady Cordelia Chatham vient de faire ses débuts dans le grand monde, et le grand monde est sous le charme de celle qui n'est que beauté et grâce. Nul doute que son pedigree irréprochable suffira à faire oublier la maigreur de la dot concédée par son père le comte, bien connu pour hanter tous les tripots de la ville. Que les cupides passent leur chemin ! Ceux qui, en revanche, sont à la recherche d'une épouse titrée et haut placée ont trouvé celle qu'il leur faut : cette merveille, le plus bel ornement – à défaut d'être le plus précieux – qu'un homme puisse rêver d'avoir à son bras n'attend plus qu'eux.

La Belle de la Saison est là, et bien là...

1

« Une lady choisit rarement son époux, mais elle peut choisir ses amies. Dans ces conditions, doit-on s'étonner qu'elle préfère la compagnie de ses amies ? »

GERTRUDE, comtesse de Chatham

Grosvenor Square
Londres, Angleterre

Tru reposa la feuille à scandale en poussant un petit soupir satisfait. C'était la première fois qu'elle lisait sans mépris ce type de publication. Elle avait beau détester ces articles pour tous les dégâts qu'ils pouvaient causer – et causaient réellement –, celui-ci était un pur délice, bien loin des habituels ramassis d'ordures.

De grandes et belles choses attendaient Delia, comme le prédisait ce qu'elle venait de lire. La jeune femme aurait le choix. Celui de sélectionner ses prétendants. Celui d'être maîtresse de son propre destin. Tout ce que Tru avait toujours souhaité pour sa fille.

— Vous semblez bien joyeuse, dit Hilda, qui s'affairait dans la chambre, rangeant deux ou trois choses, en sortant deux ou trois autres pour aider Tru à se préparer pour la journée.

— Oh ! je le suis, répondit la comtesse en saisissant sa tasse de thé.

— Est-ce en rapport avec ceci ? demanda Hilda en désignant d'un air dubitatif le journal à l'aide d'une pantoufle qu'elle venait de ramasser.

— En effet. *Les Potins de Londres* chantent les louanges de Delia dans leur édition du jour.

Le comte de Chatham, quant à lui, en prenait pour son grade, mais sans qu'aucune insulte soit faite à Delia. C'était déjà cela. Et c'était l'essentiel.

— Oh ! vraiment ? répondit la femme de chambre en haussant les sourcils, avant de déposer avec soin la robe fraîchement repassée de Tru sur la méridienne. Lady Delia sera contente également, alors.

— Tout à fait, répondit Tru avec un petit sourire incertain.

Elle l'espérait en tout cas. L'accueil réservé à sa fille laissait présager de grandes choses. Des choses dont Delia était trop jeune et trop inexpérimentée pour mesurer l'importance. Tru, néanmoins, savait.

Tru comprenait.

Hilda pencha la tête d'un air pensif.

— Qu'en dites-vous, milady ? Vos perles, ou bien la broche en saphir ?

Tru regarda la robe jaune soleil qu'elle allait porter.

— Il me semble que les saphirs s'accorderont mieux à cette journée printanière.

En approuvant, sa femme de chambre l'aida à s'habiller.

— Pas trop serré, dit Tru alors que Hilda laçait son corset.

Sa taille n'était plus aussi fine que dans sa prime jeunesse. Elle aimait bien trop les *crumpets*[1] de la cuisinière.

— J'aimerais pouvoir respirer.

— Oui, milady.

Tru observa son reflet à la chevelure rebelle dans son grand miroir. Elle avait connu une nuit agitée et sans sommeil, encore fébrile et tendue après les débuts de Delia dans le grand monde.

1. Petites crêpes épaisses et moelleuses, servies grillées et beurrées. (NdT)

Cela se voyait à ses cheveux. Il allait falloir du temps à Hilda pour dompter ces mèches folles et réussir à la rendre présentable.

Elle soupira. On disait souvent que la vie était courte, mais elle était interminable quand on était triste, et mal mariée. Dans ces cas-là, les jours n'en finissaient pas, et s'écoulaient telles des gouttes d'eau tombant lentement d'une gouttière.

Inexorablement, les jours devenaient des semaines, les semaines des mois, les mois des années. Delia échapperait à cela.

Bien que rassérénée par cette pensée réconfortante, Tru conservait un fond d'inquiétude. C'était comme un léger doute qui la rongeait de l'intérieur. Elle aurait pu appeler cela une sombre prémonition si elle avait cru à ces sornettes.

Dans la vie, pour obtenir le bonheur, il fallait le revendiquer, le réclamer, l'exiger. Se battre.

Elle ferait en sorte que sa fille ait les armes pour livrer cette bataille, et la remporter.

Jasper Thorne lut l'article deux fois avant de poser le journal sur son torse. Il était encore au lit. Des vapeurs parfumées s'échappaient de la tasse de café que son valet avait déposée sur sa table de chevet, afin qu'il commence bien la journée. Dans le lointain, il entendait les domestiques s'affairer.

D'habitude, il n'était pas tellement porté sur la lecture des feuilles à scandale, mais la vie réservait parfois des changements, voire des surprises dont il était le premier à s'étonner. Dans le cas présent, non seulement il faisait attendre son valet, ce qui ne lui arrivait pratiquement jamais, mais en plus il se repaissait des chroniques mondaines comme s'il était un aristocrate qui suivait cela de près. Il n'avait pas le choix, cependant : comment, sinon, ferait-il pour apprendre à connaître le monde qu'il souhaitait infiltrer ?

La Belle de la Saison est là, et bien là...

— Lady Cordelia Chatham, murmura-t-il, pour éprouver le son de son nom sur sa langue.

Lady Cordelia.

Cela sonnait exactement comme ce qu'il cherchait, comme *qui* il cherchait. Il fit courir ses doigts sur le papier avec satisfaction.

Ceux qui sont à la recherche d'une épouse titrée et haut placée ont trouvé celle qu'il leur faut.

En effet.

Le comte de Chatham se redressa brusquement dans son lit, stupéfait, en serrant le journal entre ses poings crispés, et laissa échapper un juron. Il lut de nouveau, car il n'en croyait pas ses yeux.

Lady Cordelia Chatham. Sa fille. Quel âge avait-elle ? Rapidement, il fit le calcul. Cette petite godiche… *faisait ses débuts dans le grand monde.*

Il ne se souvenait même pas à quand remontait la dernière fois où il l'avait vue. Et il n'avait pas pensé à elle depuis… le jour de sa naissance. Depuis ce funeste moment où la sage-femme lui avait annoncé qu'il avait une fille. Une fille inutile. Alors qu'il voulait un fils.

Il relut l'article. Mais peut-être, enfin, allait-elle se révéler utile.

Dans son esprit, elle portait toujours des tresses et passait ses journées à la nurserie à faire ce que faisaient les petites filles, c'est-à-dire rien d'intéressant. De toute évidence, elle avait dépassé ce stade. Elle avait grandi et sa femme avait négligé de l'en informer. *Bien entendu.* Gertie n'était qu'une espèce de poseuse, qui avait pour habitude et pour principe de tout faire pour le contrarier.

La femme qui dormait à ses côtés bougea, mais ne fit rien pour s'arracher à la chaleur de son lit. Sans ouvrir les yeux, elle attrapa les couvertures et les remonta sur ses hanches généreuses et engageantes.

Depuis le moment où il avait épousé Gertie, elle n'avait fait que le décevoir. Elle était un nœud coulant autour de son cou et son seul grand regret, mais il ne pouvait rien faire contre cela. Malheureusement, sa femme était robuste et vigoureuse, et elle lui survivrait sans doute. Il était condamné à faire avec elle.

— Espèce d'idiote, susurra-t-il.

Le son de sa voix surprit celle qui partageait son lit. Elle leva la tête et émit un murmure inarticulé, suivi par un :

— Que se passe-t-il ?

— Rien qui te concerne. Rendors-toi, ordonna-t-il.

— Dans ce cas, tais-toi, veux-tu ?

Il jeta un regard mauvais à la créature de rêve lovée à côté de lui. Elle n'était qu'une vilaine petite insolente, mais il avait dépensé beaucoup de temps, d'énergie et d'argent pour faire sa conquête et l'attirer dans son lit, et donc il lui passerait son impudence. Que sa bouche profère toutes les insanités qu'elle souhaitait, du moment qu'il puisse disposer d'elle n'importe où et n'importe quand, selon son bon plaisir.

— C'est ma fille, marmonna-t-il.

Fatima ouvrit un œil fatigué.

— Ta fille ? J'ignorais que tu en avais une.

— Apparemment, elle a fait sa première sortie dans le grand monde et j'ai raté cela.

— Comment est-ce possible ?

Fatima se redressa en s'appuyant sur un coude. Dans son demi-sommeil langoureux, elle était irrésistible.

— Ma femme n'a pas jugé bon de me prévenir.

— Ta femme ? Tu as aussi une femme ?

— Bien sûr que j'ai une femme, rétorqua-t-il, cinglant.

— Et vous ne vivez pas ensemble ?

— Seigneur, non.

Il avait pris ses propres quartiers peu de temps après leur mariage. Il y avait une éternité de cela.

— Dans ce cas, pourquoi aurait-elle dû te prévenir ?

Il fronça les sourcils d'un air courroucé.

— Te rangerais-tu de son côté ? La comtesse de Chatham est peut-être admirée de tous dans le grand monde, mais je sais, moi, que c'est une…

— Oh. La comtesse de Chatham ? J'ai vu une lettre d'elle sur ton bureau. Une très jolie écriture. C'est ce que j'ai pensé, je m'en souviens.

— Vraiment ? Quand cette lettre est-elle arrivée ?

Elle haussa une épaule d'un geste sensuel.

— Je ne sais pas. Il y a quelques semaines.

— Il y a quelques semaines ? Et pourquoi ne m'en as-tu rien dit, espèce d'idiote ?

Son beau visage s'assombrit.

— Je ne suis pas ta secrétaire. La lettre est sur *ton* bureau. Ce n'est pas ma faute si tu as choisi de l'ignorer. Elle a traîné là avec le reste de ta correspondance, que tu négliges depuis un certain temps.

Il pinça les lèvres. La lettre se trouvait sur son bureau. Non décachetée, au milieu des innombrables factures non soldées émises par les commerçants les plus en vue de Londres. Le drapier. Le tailleur. Son club. Ils le harcelaient tous, ces impertinents. Des nuisances qui osaient le relancer comme s'il n'était qu'un moins que rien, alors qu'il était un pair du royaume.

En réalité, il avait sans doute vu la lettre en question, et décidé de l'ignorer. Une missive de sa femme ne pouvait être qu'ennuyeuse, et aussi pénible qu'une facture. Il avait dû la remiser dans un coin et l'oublier, un peu comme il l'avait fait avec son autrice.

Peu importait.

Maintenant il savait. Maintenant il pouvait prendre le contrôle de la situation.

Sa fille était en âge de se marier. Tout à coup, elle devenait utile. Et il entendait l'utiliser au mieux.

Attablée devant ses œufs et ses harengs, la duchesse de Dedham laissa échapper un petit cri triomphal, avant de se lever d'un bond.

Le laquais, qui somnolait près de la porte de la salle à manger, sursauta en clignant frénétiquement des yeux.

— Un problème, Votre Grâce ?

Valencia froissa la feuille de journal dans sa main et la brandit en l'air.

— Non, aucun problème ! Au contraire, tout va pour le mieux.

Au moins pour cette chère Delia. Elle venait d'être sacrée perle de la Saison. Tru devait être aux anges. Faire naviguer sa délicieuse fille dans les eaux troubles du grand marché du mariage allait tout de suite devenir une entreprise beaucoup moins périlleuse.

En souriant toujours, Valencia se rassit. Son visage s'assombrit rapidement, néanmoins. Elle regarda toutes les chaises vides autour de la table en soupirant. C'était un triste spectacle. Et c'était ainsi tous les matins. Elle avait pensé que son mari et ses enfants occuperaient ces places. Mais elle n'avait pas d'enfants et son mari n'était plus celui qu'elle avait épousé. Quand elle s'était mariée, elle avait imaginé beaucoup de choses, mais pas cette solitude matinale quotidienne. Et pourtant… Telle était sa vie. Tel était son destin. Sans ses amies, ce ne serait que misère et désespoir.

Delia, au moins, allait avoir la chance de connaître un autre sort. Plus heureux.

— Qu'est-ce qui vous captive à ce point, mon épouse ?

La marquise de Sutton, confortablement installée au salon, dans son fauteuil favori près du feu, quitta des yeux le journal qu'elle était en train de lire et les leva vers son mari.

Il se tenait sur le seuil, s'appuyant lourdement sur sa canne à pommeau d'or incrusté de pierres précieuses. Hazel était, comme il venait de le dire, captivée. C'était la seule explication au fait qu'elle ne l'ait pas entendu approcher. D'habitude le bruit de sa canne sur le sol l'alertait toujours de son arrivée.

— Oh ! *Les Potins de Londres* regorgent de nouvelles intéressantes, ce matin.

— Du moment qu'il n'est pas question de nous. On en a bien assez parlé dans ces pages.

Le marquis avait raison sur ce point. Heureusement, les choses s'étaient calmées dernièrement et tout était devenu plus tranquille. Cela faisait un certain temps que le nom de Hazel n'était pas apparu dans une feuille à scandale. C'était presque comme si sa présence était enfin acceptée dans le grand monde.

— Non, il est question de Lady Cordelia, la fille de Chatham.

Apparemment, elle est bien partie pour être sacrée perle de la Saison.

— Vraiment ? Eh bien, cela ne me surprend pas outre mesure : sa mère a toujours été une belle femme.

— C'est vrai, Tru est très jolie.

Son mari vint la rejoindre près de la cheminée et se laissa choir dans un fauteuil, dans un gémissement accompagné par un craquement de ses articulations. Ils étaient mariés depuis cinq ans à présent, et il avait beaucoup perdu en mobilité durant ce laps de temps. Hazel ne serait pas surprise si, bientôt, il ne pouvait plus du tout bouger et était condamné à garder le lit. Voilà ce qu'il advenait lorsque l'on épousait un homme au crépuscule de sa vie.

Avec un peu de chance, de stratégie et avec l'aide de sa mère, Lady Cordelia échapperait à ce destin. La comtesse de Chatham était une femme sage et avisée. Elle se démènerait pour sa fille et ferait tout pour qu'elle contracte un bon et beau mariage. Peut-être même permettrait-elle à sa fille de faire un mariage d'amour.

Ainsi, sa vie ne serait pas celle d'une jeune femme liée à un vieillard. Non.

Cela, c'était le destin de Hazel et d'elle seule.

Lady Cordelia lança le journal à travers la pièce.

— Un problème, milady ?

— Oh... quel journal infernal !

Le regard de sa femme de chambre suivit les feuilles, qui atterrirent froissées sur le sol.

— Je pensais que vous seriez contente.

— Contente ? *Contente ?*

Elle avait bien conscience que sa voix était devenue suraiguë, mais c'était plus fort qu'elle.

— Votre mère est contente, elle.

— Mère ? demanda Delia, perplexe. Comment le savez-vous ?

Stella lui adressa un sourire énigmatique.

— Dans une maison, les domestiques savent tout.

Delia hocha la tête d'un air absent. Oui. Bien sûr. Sa mère le lui avait souvent répété... parmi d'autres grands préceptes et mises en garde. *Fais toujours attention à ce que tu dis.* Les domestiques pouvaient se fondre et disparaître dans le décor, mais ils étaient toujours là. En train de regarder et d'écouter.

— Du gibier, grommela-t-elle. Je ne suis que du gibier. Juste une proie.

Stella ouvrit grand les yeux.

— Auriez-vous préféré que l'on ne vous remarque pas du tout ? Ou pire, que l'on vous remarque et que l'on dise du mal de vous ?

— N'essaye pas de me raisonner, Stella. Je suis contrariée et j'ai envie de le rester.

Sa femme de chambre, accommodante, acquiesça et alla ramasser le journal par terre.

— Et combien de temps avez-vous prévu de rester, hum... contrariée ?

— Je ne sais pas, marmonna Delia, avant de se laisser tomber à plat dos sur son matelas et de fixer le ciel de lit, au-dessus d'elle, d'un air de reproche.

— Toute la journée ? demanda Stella d'une voix douce.

— Peut-être, répondit Delia en serrant un oreiller contre sa poitrine. Et au moins pendant les vingt prochaines minutes.

— Prenez tout le temps que vous voudrez, milady, dit Stella en tapotant son bras avec un sourire. Et reprenez courage. Je suis certaine que vous allez avoir des visiteurs après votre retentissant succès d'hier soir. Il faut que vous soyez fraîche et dispose.

À force de fixer le tissu blanc du ciel de lit, Delia avait la tête qui tournait.

— Afin de pouvoir redevenir la charmante et jolie jeune femme que je suis d'habitude ? murmura-t-elle.

— Exactement, acquiesça Stella.

— Et si je n'y arrive pas ?

— À quoi ?

— Que se passera-t-il si...

Elle s'interrompit et humecta ses lèvres.

— Que se passera-t-il si je n'arrive pas à être charmante et jolie ? Quand tout le monde se rendra compte que je ne suis encore qu'une enfant, sans rien de particulier ? Sans rien de particulier du tout ? Que se passera-t-il alors ?

Que se passerait-il quand tout le monde découvrirait qu'elle n'était qu'une imposture ?

2

« Quel étrange destin que celui des femmes, condamnées à n'être jugées que sur leur apparence et leur capacité de produire une descendance, alors même que ces qualités échappent totalement à leur contrôle. »

GERTRUDE, comtesse de Chatham

Ce n'était pas tous les jours que le mari de la comtesse de Chatham venait lui rendre visite.

Tru fut tout de suite avertie de sa présence quand, à son retour, elle vit que Mrs Fitzgibbon l'attendait devant la porte d'entrée. Alors qu'elle franchissait le seuil dans un bruissement de jupes amidonnées, son cœur se serra, car elle comprenait très bien ce qu'impliquait l'air sombre affiché par la gouvernante. Il ne pouvait y avoir qu'une explication à cela. Les mots n'avaient pas besoin d'être prononcés. Tru savait.

Le comte était là.

— Quand est-il arrivé, Mrs Fitzgibbon ?

— Il y a plus d'une heure, milady, répondit-elle en dénouant avec dextérité les rubans qui fermaient la cape de Tru et en la soulevant de ses épaules.

Plus d'une heure.

Chatham ne devait pas être ravi d'avoir dû attendre aussi longtemps. Rien d'exceptionnel à cela, néanmoins. Elle ne se souvenait pas d'une seule fois où le comte avait été ravi. Pas devant elle en tout cas.

Avec une certaine nervosité, Mrs Fitzgibbon fit signe à une domestique, afin qu'elle vienne s'occuper des paquets que les laquais portaient, derrière Tru et ses compagnes.

— Prenez votre temps, la rassura Mrs Fitzgibbon, qui avait sans doute perçu son inquiétude. Je l'ai amadoué avec de la nourriture et ce brandy français dont il raffole. Il a l'air satisfait.

— Merci, Mrs Fitzgibbon.

La comtesse poussa un soupir soulagé, même si elle ne croyait pas complètement à ce qu'elle venait d'entendre.

Son mari, satisfait ? C'était impossible. Il se plaignait toujours de tout. De la nourriture, de la boisson, de la température d'une pièce, de la compagnie – d'elle. Tout pouvait toujours être mieux. Surtout elle. Rien n'était jamais assez bien pour cet homme.

Depuis qu'ils étaient mariés, Tru ne pensait pas avoir passé un seul mois entier en sa compagnie. Pour elle, il était seulement « le comte » ou « Chatham » et il ne l'avait jamais invitée à l'appeler autrement. En réalité, il n'avait daigné l'honorer de sa présence que pour concevoir leurs deux enfants.

La procréation, avait-elle découvert, ne nécessitait pas que l'on passe beaucoup de temps ensemble. Tru savait d'expérience qu'engendrer une descendance ne prenait que quelques minutes. Sans l'arrivée des bébés quelques mois plus tard, Tru se serait à peine rendu compte que Chatham avait partagé sa chambre, et plus encore son lit.

— Il vous attend au salon, précisa Mrs Fitzgibbon en désignant la double porte.

Elle était fermée, mais Tru imaginait Chatham de l'autre côté, en train de manger et boire ce que la gouvernante lui avait généreusement proposé.

Tru l'avait aperçu deux semaines plus tôt au bal chez les Marsten. Cela n'avait été qu'un coup d'œil rapide, alors qu'il se dirigeait vers la salle de jeu où les hommes se rassemblaient pour fumer des cigares, jouer au whist ou à des jeux de hasard. Bien entendu, il ne l'avait pas saluée et avait continué son chemin.

Il n'était pas venu pour voir sa femme et sa fille. Il était venu pour le plaisir égoïste de jouer.

Elle retira ses gants et les tendit à Mrs Fitzgibbon, qui les attendait.

— Dans ce cas, je ne vais pas le faire attendre plus longtemps.

Elle se tourna vers ses compagnes, qui l'observaient avec attention. Rosalind et Valencia savaient toutes les deux qu'une visite du comte était inhabituelle.

— Toutes mes excuses, mais je ne vais pas pouvoir vous offrir les rafraîchissements que je vous avais promis.

Elles avaient passé l'après-midi à courir les boutiques et Tru leur avait proposé de venir chez elle prendre le thé.

— Nous pouvons rester avec toi, proposa Valencia, dont les yeux sombres étaient emplis d'un mélange d'inquiétude et de sollicitude.

— Oui, joignons-nous à vous, acquiesça Rosalind. Je serais heureuse de saluer mon beau-frère.

Tru grimaça en imaginant la scène.

Sa sœur n'avait jamais feint d'apprécier Chatham, et cette inimitié était réciproque. Dès qu'ils se trouvaient en présence l'un de l'autre, la conversation dégénérait rapidement et se terminait en insultes à peine voilées. Cela arrangeait rarement les choses. Dans ces moments, les rapports avec Chatham étaient encore plus compliqués, et manœuvrer habilement avec son mari n'avait jamais été le point fort de Tru.

— Je ne pense pas que ce soit une bonne idée, Ros. Rentre chez toi, plutôt. Je vous raconterai tout demain.

— Es-tu sûre ?

Valencia semblait peu convaincue. Sa méfiance était compréhensible. Elle aussi savait ce qu'était un mari débauché.

— Merci pour votre sollicitude à toutes les deux, mais je suis sûre.

Sa sœur et son amie s'avancèrent pour l'embrasser.

— À demain, alors.

Elle murmura son salut, mais ses pensées étaient déjà tournées vers l'homme qui l'attendait derrière cette porte.

Elle adressa un signe de tête stoïque à un laquais en livrée posté devant le battant, qui l'ouvrit pour elle. Le bruit pourtant doux de la porte se refermant derrière elle retentit, tel un glas à ses oreilles.

Elle trouva son mari comme elle s'attendait à le découvrir : les bottes ôtées, les pieds posés sur un tabouret bas, en train de manger et boire avec avidité ce qui lui avait été servi en abondance. Mrs Fitzgibbon lui avait proposé un véritable festin.

Même s'il ne s'annonçait pas souvent, il était le comte de Chatham et les domestiques, en cuisine, connaissaient ses préférences. Et ils savaient qu'il ne fallait pas lui déplaire ni le décevoir. Il ne vivait peut-être pas dans sa maison de Grosvenor Square, mais il était leur maître et seigneur. Il tenait leurs vies entre ses mains. C'était malheureux, mais c'était la vérité... et jamais personne n'oubliait cela.

Tru s'était mariée à dix-huit ans, ce qui, sur le moment, ne lui avait pas paru si jeune. Pas alors que toutes ses amies se mariaient, elles aussi. C'était la chose à faire, la chose qui se faisait. En y repensant, avec du recul, elle se rendait compte de la puérilité de ses espoirs naïfs et de ses attentes irréalistes.

À l'époque, elle s'imaginait vivre un vrai conte de fées, avec Chatham dans le rôle du prince. C'était une erreur facile à commettre pour une jeune fille, une erreur qu'elle payait encore. Certaines étaient ainsi : lourdes de conséquences.

De six ans son aîné, Chatham était très beau à l'époque, l'homme le plus convoité de la Saison, assurément. Toutes ses amies l'avaient enviée. Ce n'était pas qu'il soit devenu laid, cela dit. Il demeurait même passablement séduisant pour un homme de son âge, même s'il ne possédait plus sa belle chevelure épaisse. Ses cheveux brun clair clairsemés formaient une couronne autour de son crâne. Il avait un léger ventre, qu'il entretenait avec zèle, si l'on pouvait en juger par la voracité avec laquelle il était présentement en train d'engloutir un carré d'agneau.

Tru aurait aimé pouvoir revenir en arrière et se mettre en garde contre les apparences trompeuses d'un charme superficiel. Elle aurait aimé découvrir l'homme qu'il était à l'intérieur avant de prononcer des vœux indissolubles. Elle aurait aimé résister à l'insistance de ses parents afin qu'elle accepte sa demande en mariage.

Elle aurait aimé…

Elle aurait aimé beaucoup de choses, mais elle refusait de se laisser dévorer par le regret. À quoi bon, puisqu'il n'y avait aucun moyen de défaire ce qui avait été fait. Si le passé avait pu être réécrit, alors elle n'aurait jamais eu Delia ni Charles.

— Chatham, le salua-t-elle, le forçant par là à lever les yeux et à se rendre compte de sa présence dans la pièce.

Son regard glissa sur elle. Il ne s'arrêta pas de mâcher pendant qu'il l'observait avec indolence.

— Bien le bonjour, mon épouse. C'est gentil de votre part de vous préoccuper enfin de mon sort.

— Je ne savais pas que vous me rendriez visite aujourd'hui. Sinon j'aurais été là pour vous accueillir.

Elle connaissait ses devoirs d'épouse.

Il ignora ses excuses.

— Vous faisiez les boutiques ?

— Oui, à Bond Street.

Il reposa un os, sur lequel il ne restait plus une seule parcelle de viande.

— Vous avez toujours été très douée pour dépenser mon argent.

Mon argent.

Quel culot. Tout en elle se révoltait contre cette remarque aussi injuste. Elle prit une grande inspiration, pour chasser les mots véhéments qui se bousculaient sur le bout de sa langue et qui menaçaient de fuser. C'était dans ces moments-là qu'elle ne parvenait pas du tout à reconnaître l'homme qu'il était quand ils s'étaient rencontrés, l'homme qu'elle avait épousé.

Chatham n'avait pas un sou en poche quand ils s'étaient mariés. Pauvre, il avait cherché une riche héritière, ce qu'elle était. L'une des plus riches héritières de la Saison, courtisée par Chatham et par bien d'autres.

Tru avait exaucé les prières de Chatham. En supposant qu'il ait jamais prié, ce qui était hautement improbable. Son mari n'avait rien d'un dévot. S'il priait, c'était uniquement devant l'autel des filles de joie, des tripots, des écuries.

Et pourtant, il avait eu quelque chose à offrir. Une chose qui avait permis à ses parents de fermer les yeux sur son insolvabilité. Il possédait un titre aussi ancien que vénérable et deux propriétés, l'une à Londres et l'autre – un vieux manoir, presque un mausolée – dans la région de Lake District. À l'époque, les deux maisons étaient en aussi mauvais état l'une que l'autre, mais elles n'en restaient pas moins des biens de grande valeur et fort impressionnants. Cela avait été plus que suffisant pour éblouir les parents de Tru, et c'était ainsi qu'elle était devenue la comtesse de Chatham.

Pendant des années, ils avaient vécu sur la dot généreuse octroyée par ses parents. Quand ce fonds s'était tari, Chatham était retourné voir ses parents pour qu'ils le réapprovisionnent. La mère de Tru ne s'était pas privée de lui en faire la remarque acerbe, à chaque fois que cela s'était reproduit. Cela ne l'avait pas empêchée, néanmoins, de donner l'argent réclamé. Les apparences comptaient. Elles étaient même tout pour sa mère. Elle ne pouvait pas permettre que sa fille, la comtesse de Chatham, devienne pauvre.

Que son époux l'accuse, *elle*, de dépenser sans compter son argent à *lui* l'irritait au plus haut point, étant donné que c'étaient ses parents à *elle* qui les faisaient vivre et qui lui permettaient à *lui* de mener grand train.

Chatham ne voulait que ce qu'il y avait de plus beau. Après leur mariage, il avait rénové son manoir et avait acheté une troisième demeure pour s'y installer, loin d'elle et des enfants. Une somptueuse maison à Gresham Square, où il était libre de recevoir et de loger toutes les femmes qu'il choisissait pour réchauffer son lit.

Il ne connaissait ni la modération ni la retenue. En plus d'entretenir plusieurs maisons, il s'habillait à la dernière mode, passait un temps fou dans les tripots où il dépensait sans compter, s'offrait de somptueux voyages (avec de somptueuses créatures), tandis qu'elle menait une existence sage et modeste avec les enfants.

— À quoi dois-je cette visite, milord ?

— Hum, oui..., fit-il, avant d'avaler un beau morceau de fromage. Notre fille.

Tru se tendit. En dix-huit années, c'était la première fois qu'il évoquait leur fille. En principe, ce n'était pas un sujet qui le passionnait. Il s'était désintéressé d'elle dès sa naissance. C'était Tru qui avait pris toutes les décisions concernant Cordelia, et ce changement d'attitude soudain et inattendu lui faisait peur.

— Qu'en est-il ?

— Elle a dix-huit ans désormais.

— Je le sais bien.

Si sa voix était quelque peu méfiante, voire agressive, il ne sembla pas s'en rendre compte. Il plongea une autre côtelette dans la sauce à la menthe qu'il étala consciencieusement sur la viande.

— Il est temps qu'elle se marie.

Respire.

C'était donc cela, la raison de cette visite.

Elle savait que ce jour viendrait. C'était inévitable. Il était évident qu'il s'intéresserait aux projets matrimoniaux de leur fille. Delia était devenue la débutante la plus en vue de la Saison, surtout depuis l'article paru dans *Les Potins de Londres* la semaine précédente. Il avait dû entendre dire qu'elle était promise à un bel avenir et il avait décidé de s'en mêler.

Tru avait introduit Delia dans le grand monde avec prudence, en veillant à ce que sa fille ait toujours à l'esprit qu'elle avait le choix, qu'elle n'avait pas besoin de se précipiter, qu'elle pouvait – et devait – s'octroyer le temps de bien connaître son futur époux avant de prendre la moindre décision. Tru ne voulait pas que Delia reproduise les mêmes erreurs qu'elle. Et elle ne voulait pas qu'elle ressente la pression qui avait été la sienne à dix-huit ans.

— Delia a l'honneur d'être courtisée par plusieurs jeunes hommes, dit-elle avec prudence. Vous devriez être fier. Je suis certaine que le moment venu, elle fera un très bon choix. Un choix qui vous agréera.

— Oh ! je suis très heureux de l'apprendre et tout à fait prêt à profiter de son succès.

Il termina de ronger un os, avant de le poser sur la pile déjà imposante qui occupait son assiette.

— D'autant plus que j'ai déjà choisi pour elle.

Un long silence s'installa, durant lequel Tru répéta dans sa tête les mots de son mari. *J'ai déjà choisi pour elle.*

Ces paroles résonnaient comme le glas. Chaque mot vibrait, tel un long et lugubre tintement en elle. Elle eut la nausée.

— Je lui ai trouvé un bon parti, qui se révélera très profitable, poursuivit-il. Il faut juste que notre fille lui plaise, évidemment.

Un nœud coulant invisible se serra autour de sa gorge et elle n'eut qu'une envie : porter les mains à son cou pour s'en libérer. Les mots de son mari lui firent venir un goût amer en bouche. Le goût de la peur. Elle déglutit pour chasser cette désagréable sensation et lutta pour demeurer impassible. Elle savait qu'elle ne devait rien montrer. Avoir peur, c'était être vulnérable. Les animaux attaquaient les proies vulnérables et oui, concernant son époux, l'analogie s'appliquait.

Au moment de leur mariage, elle était assez naïve pour penser qu'il serait attentif et respectueux. Elle avait mis son cœur à nu devant lui et avait révélé ses faiblesses.

Il ne s'était toutefois montré ni attentif ni respectueux.

Elle pénétra un peu plus avant dans la pièce, et le bruit du froissement de ses jupes lui fit l'effet d'un murmure dans le silence. Elle s'assit en face de son mari, bien droite, et demanda avec prudence :

— Plaît-il ?

Elle était à peu près certaine d'avoir bien entendu, mais en son for intérieur, elle espérait avoir mal compris.

Il s'arrêta de mâcher et lui adressa un regard condescendant.

— Seriez-vous vieille au point d'être devenue sourde ?

Le sourire de Tru se crispa, mais elle ne répondit pas à la provocation. Vieille... Elle avait quelques années de moins que Chatham, mais il la traitait comme si elle avait déjà un pied dans la tombe. Sans doute était-elle déjà vieille pour lui.

Il préférait les femmes jeunes. Ses maîtresses n'avaient jamais plus de trente ans.

— J'ai choisi un époux pour Cordelia, répéta-t-il avec une bonne dose d'exaspération, semblant agacé par sa bêtise.

Malheureusement, elle avait bien entendu. Elle inspira avec peine.

C'était à la fois inconcevable et totalement prévisible. Son époux n'avait presque jamais vu sa propre fille, mais maintenant il lui avait trouvé un mari.

— Un époux, murmura-t-elle. Que voulez-vous dire ?

Il la foudroya du regard.

— À votre avis, Gertie ? Bon sang, avez-vous toujours été aussi stupide ?

Elle tressaillit. Pas à cause de son ton hargneux. Non, à cause de cet horrible diminutif. *Gertie.*

Le comte était la seule personne à l'appeler ainsi, et cela lui était très pénible. Elle l'avait poliment repris quand ils avaient commencé à se fréquenter, mais il avait continué à utiliser ce surnom, et elle avait tenté de se persuader qu'elle pourrait l'aimer, qu'elle *devrait* l'aimer, qu'il était gentil. Après leur mariage, elle avait dû rapidement se rendre à l'évidence : elle le détestait et l'avait toujours détesté. Elle avait accepté cette vérité comme elle avait accepté toutes les autres concernant son époux.

— Delia a déjà de nombreux prétendants, déclara-t-elle. Des prétendants sérieux, dont la plupart sont de très beaux partis. Il est beaucoup trop tôt pour qu'elle arrête un choix.

— C'est à moi de décider du moment où elle devra faire son choix.

Une servante apparut, avec un plateau de hors-d'œuvre. Abigail sourit et fit un signe de tête à Tru en passant devant elle, avant de s'arrêter devant le comte. Elle exécuta une révérence rapide et lui proposa le plateau.

— Milord.

— Ah.

Il se pencha en avant et tendit une main vers le plateau.

— Très appétissant.

Tout en prononçant ces mots, il adressa un regard appuyé à la jeune domestique et s'attarda sur ses formes généreuses que ne dissimulait pas son tablier.

Tru poussa un lourd soupir, espérant par là l'obliger à se reprendre. Peine perdue. La honte lui était étrangère.

Cette attention aussi insistante que déplacée n'échappa pas à la servante, qui attendait, les joues en feu et les mains tremblantes, qu'il veuille bien se servir.

Chatham choisit une petite crêpe garnie de canard au miel et l'engloutit d'une seule bouchée.

— Mmm. Délicieux. Votre cuisinière est une perle. Vraiment, je devrais vous rendre visite plus souvent, si c'est ainsi que je suis reçu.

Le cœur de Tru se noua et se tordit. *Par pitié, Seigneur. Non.*

Lui proposer des mets exquis et exhiber devant ses yeux de jolies domestiques n'était peut-être pas la meilleure idée du monde. Pas si cela lui donnait envie de revenir souvent.

— Vous pouvez laisser le plateau, Abigail. Merci, dit Tru pour la congédier.

Abigail fit de la place pour le plateau sur la table, devant Chatham, et lança un regard soulagé à Tru avant de s'empresser de quitter la pièce.

Chatham la suivit des yeux en ayant l'air d'apprécier le spectacle, et pencha même la tête pour ne pas en perdre une miette.

— Je ne me souviens pas d'elle, dit-il une fois qu'elle fut sortie. Est-elle nouvelle ?

Tru ignora délibérément la question, peu encline à encourager les penchants lubriques et déplacés de son époux. Pour l'instant, elle avait réussi à protéger son personnel féminin de ses assauts, et elle espérait pouvoir continuer ainsi.

Elle s'humecta les lèvres et posa ses mains crispées sur ses genoux.

— Puis-je connaître le nom du gentleman que vous avez choisi ?

Ce fut très pénible de prononcer ces mots, car ils semblaient témoigner de sa résignation, alors qu'elle était prête à tout sauf à baisser les armes. Elle savait simplement quelle attitude adopter vis-à-vis de son mari. L'opposition frontale ne fonctionnait jamais avec lui. Il fallait qu'elle se montre plus habile que cela. La subtilité et la ruse étaient de mise.

Il la regarda, en clignant des yeux comme s'il avait du mal à saisir. La jolie servante et les petits canapés l'avaient distrait, de toute évidence. Il avait déjà oublié le fil de la conversation.

— Le nom de cet homme que vous avez... choisi ? répéta-t-elle.

— Oh. Il s'agit de Jasper Thorne.

Elle fouilla dans sa mémoire.

— Ce nom ne m'est pas familier.

Elle pensait pourtant savoir quels étaient tous les célibataires de Londres. Elle avait une fille en âge de se marier, après tout. Quelle mère serait-elle si elle ignorait cela ?

— Vous ne le connaissez pas. Il ne fréquente pas les mêmes cercles que nous.

— Dans ce cas, pourquoi l'avoir choisi, lui ?

Si ce Mr Thorne n'appartenait pas à leur monde, pourquoi avait-il retenu l'attention du comte ?

Son mari avait une conscience aiguë de la place très élevée qu'il occupait au sein de la hiérarchie de la haute société. Il ne perdait pas son temps avec ceux qui ne pouvaient pas servir ses ambitions sociales ni lui être utiles de quelque manière que ce soit. Sans doute ce Jasper Thorne pouvait-il l'aider à sa façon. C'était la seule explication possible. Il était soit riche soit en lice pour être le futur roi d'Angleterre.

Devant le silence de Chatham, elle poursuivit :

— Le jeune Lord Ruthford est très épris de Delia, et elle le connaît depuis toujours.

Il fit la grimace.

— Ruthford ? Ce petit nobliau n'est pas tout à fait ce que j'avais en tête pour notre fille.

— Il n'y a pas une once de méchanceté chez ce jeune homme, et il a toujours eu un faible pour Delia.

C'était une pensée extrêmement rassurante. Tru savait que jamais il ne lui ferait le moindre mal. Cela se voyait dans ses doux yeux. Son regard s'illuminait quand il se posait sur Delia. Il l'adorait et il serait heureux de pouvoir en faire son épouse.

Le comte secoua la tête.

— La famille de Ruthford ne possède qu'une fortune très limitée. Nous pouvons faire beaucoup mieux que cela. Thorne est un homme très riche. En cela, il fait parfaitement l'affaire.

Les yeux de Chatham brillaient, comme quand il avait admiré la jeune Abigail.

— Delia serait heureuse d'être la future vicomtesse de Ruthford…

— Le bonheur de Delia importe peu.

Bien entendu. Qu'était-elle ? Une jeune femme. Une fille. Un bien, guère mieux qu'un objet. Peu importait la classe sociale, peu importait le rang, les femmes étaient des pions à déplacer sur l'échiquier de la vie. Les joueurs, comme toujours, étaient les hommes.

— Je n'ai qu'une fille, à cause de vous, et j'ai l'intention d'en tirer tout ce que je peux, poursuivit Chatham. D'autant plus que je n'ai qu'un fils. Dans ces conditions, ai-je vraiment le choix ?

Tru ignora la pique. Elle savait très bien qu'il lui reprochait de ne pas lui avoir donné une descendance assez fournie. C'était une récrimination récurrente chez lui.

— Je vous en prie, Chatham. Je n'ai jamais rencontré ce Mr Thorne. Plus important encore, Delia ne l'a jamais rencontré.

Le comte haussa les épaules.

— Nous allons très bientôt réparer cela.

Elle chercha frénétiquement dans son esprit quelque chose, n'importe quoi, susceptible d'ébranler Chatham et de le faire dévier de sa route.

— Il me semblait pourtant que vous vouliez absolument un aristocrate pour Delia.

— Un titre ne signifie rien sans les fonds pour l'entretenir.

Il était bien placé pour le savoir. C'était ce qui l'avait poussé à l'épouser… pour sa fortune. Et à présent, c'était ce qui le poussait à choisir un prétendant pour sa fille en se basant ni sur la lignée, ni sur le mérite, ni sur l'amour, mais seulement sur l'argent.

Elle l'observa pendant qu'il continuait de manger. Elle se sentait de plus en plus impuissante et désespérée.

— Ruthford peut lui assurer une existence confortable. Il n'est pas dépensier. Il ne joue pas, ne court pas les femmes. Il est sensé et raisonnable.

Contrairement à vous.

Il lui décocha un regard mauvais, comme s'il avait deviné ses pensées.

— Ôtez Ruthford de votre esprit. Il n'est pas assez bien.

Pas assez bien pour Chatham. Parce qu'il ne pourrait pas – ou ne voudrait pas – entretenir son beau-père. Et c'était la vérité. Les parents de Ruthford n'autoriseraient jamais une chose pareille.

— Et ce Mr Thorne l'est ?

— Rassurez-vous. Vous allez bientôt faire sa connaissance et pouvoir en juger par vous-même. J'ai tout arrangé.

Bientôt ? Mais encore ? Elle lui adressa un regard anxieux, tandis que, gagnée par le désarroi, elle attendait qu'il s'explique. Mais il préféra continuer de manger, ce qui obligea Tru à poser la question.

— Qu'avez-vous arrangé ?

— Le bal chez les Lindley a lieu demain soir. Il y sera. J'y ai veillé personnellement en lui faisant parvenir une invitation. J'attends de Cordelia qu'elle apparaisse sous son meilleur jour. Faites en sorte que ses manières soient irréprochables et répétez-lui ce qui est attendu d'elle. Il faut qu'elle se montre charmante avec lui et qu'elle lui plaise. Elle ne sera pas la seule jeune fille de la soirée, et croyez-moi, il éveillera toutes les convoitises.

Il marqua un temps d'arrêt, pendant lequel il fronça les sourcils.

— Vous sentez-vous capable de me donner satisfaction sur ce point, mon épouse ?

De toute évidence, il avait des doutes.

Elle aussi.

Ses pensées se mirent à tourbillonner. Cordelia et elle avaient bien entendu prévu d'assister à ce bal. Tru ne manquait jamais une seule soirée organisée par Lady Lindley.

Le comte la fixait avec insistance, attendant sa réponse.

— Elle se montrera polie, promit-elle, car aucune autre réponse n'aurait été tolérée. J'y veillerai.

Ce ne serait pas une promesse difficile à tenir. Delia était extrêmement bien élevée. Et si douce. Presque trop gentille pour ce monde, ce qui inquiétait Tru car elle savait à quel point la réalité pouvait être cruelle envers les doux.

Les débutantes pouvaient se muer en créatures féroces et impitoyables et Delia, saluée comme l'une des plus belles d'entre elles, avait de quoi se faire des ennemies.

— J'attends d'elle qu'elle soit *plus* que polie.

Le comte fixa de nouveau Tru, avec une menace qui ne lui échappa pas.

— Veillez-y, mon épouse. Demandez peut-être à quelqu'un d'autre de lui enseigner ce qu'elle doit savoir en la matière, car vous ne semblez pas être une experte dans l'art de la séduction. Je peux vous recommander quelques personnes. Votre amie, la duchesse de Dedham... Oh – il fit claquer ses doigts –, ou bien la délectable marquise de Sutton.

Une expression libidineuse passa sur son visage alors qu'il devait songer à Hazel, sans doute dépourvue de tout vêtement.

— Voici une femme qui sait faire bon usage de ses charmes. Je regrette de ne pas l'avoir possédée quand j'en avais la possibilité.

Un porc. C'était un porc.

Tru, obligée de rester assise sans broncher, se sentit misérablement petite et impuissante. Elle bouillait de rage à l'encontre de son époux qui vantait avec délectation les charmes d'une autre femme, l'une de ses amies, qui plus est.

Pendant qu'elle était là, immobile, une boule de détermination se forma dans son cœur et grossit, grossit. Sa fille aurait bien mieux que ce que Chatham lui réservait. Ce n'était pas lui qui gagnerait.

Tru était peut-être prisonnière du bon vouloir de son époux, soumise à ses caprices, mais elle ne condamnerait pas Delia au même sort.

Elle se battrait. Elle se battrait pour Delia. Elle se battrait pour sa fille comme elle ne s'était jamais battue pour elle-même.

Pour la première fois de sa vie peut-être, Tru se battrait. Et elle allait gagner. Oh que oui !

3

« Une séance de divination est un divertissement horriblement vulgaire, le triomphe de l'escroquerie et de la supercherie. J'attends celle qui s'annonce avec tellement d'impatience ! »

La Très Honorable LADY ROSALIND SHAWLEY

Impossible pour Tru de trouver la solitude dans laquelle elle aurait pourtant aimé se réfugier.

Valencia et Rosalind ne lui avaient pas obéi et étaient restées. Tru les découvrit, qui l'attendaient dans sa chambre à coucher, tels deux chats prêts à bondir sur elle dès qu'elle aurait mis le pied dans la pièce.

Elle soupira et s'appuya contre l'embrasure de la porte. Si, après son entrevue avec Chatham, elle appréciait ce soutien bienvenu, elle n'avait pas forcément envie de se retrouver face à Ros ou à Valencia pour l'instant. Elle aurait aimé pouvoir évacuer sa colère en tambourinant de toutes ses forces contre son oreiller. Ce qu'elle ne pouvait pas faire en leur présence, bien entendu.

Devant elles, elle tenait toujours à paraître calme et maîtresse d'elle-même. Peu importait qu'il s'agisse de sa sœur et de sa meilleure amie. Elle était l'aînée du trio. Celle qui gardait la tête froide en toutes circonstances et cimentait leur petit groupe. Il était impossible qu'elle montre la moindre faille.

Elle expira lentement et douloureusement.

Tru n'avait jamais beaucoup apprécié que Chatham, qui avait choisi de la laisser se débrouiller seule, s'octroie le droit de surgir dans sa vie de temps en temps. Et l'apparition du jour avait peut-être été la pire de toutes, l'une des plus horribles en tout cas, même si les moments horribles n'avaient pas manqué depuis son mariage.

Peu de temps après que leur union eut été célébrée, Tru s'était rendu compte qu'elle avait commis une grave erreur. Ils vivaient ensemble au début. Chatham n'avait pas encore fait l'acquisition de sa résidence privée, ce qui, d'ailleurs, avait ensuite été un grand soulagement pour Tru. Ainsi, leur première année en tant que mari et femme avait connu son lot de moments horribles et insupportables.

Néanmoins, celui qu'elle venait de vivre était encore différent, car il était question de Delia. Un degré d'horreur supplémentaire avait été atteint.

Elle aurait dû se douter qu'arriverait un jour où Chatham utiliserait sa fille pour servir ses intérêts personnels. C'était obligé et elle le savait. Elle avait juste évité d'y penser pendant qu'elle se concentrait sur son objectif, qui était d'aider Delia à faire son propre choix avant que le comte s'en mêle.

Apparemment, elle n'avait pas été assez rapide.

Rosalind bondit du lit sur lequel elle était assise, avec l'énergie d'un enfant. À la regarder, personne n'aurait pu croire qu'elle avait déjà trente ans. Elle paraissait si jeune. Jolie, pleine de vitalité, et heureuse de son sort alors qu'elle n'était pas mariée et vivait encore chez leurs parents.

— Est-il encore là, ce misérable ?

— Non, il est parti.

Il ne restait jamais longtemps. Il préférait être partout ailleurs plutôt qu'en sa compagnie. C'était au moins cela.

— Bon débarras, dit Rosalind en hochant la tête. Qu'a-t-il dit ? Que voulait-il ?

Que voulait-il ? Rosalind connaissait suffisamment le comte pour savoir qu'il y avait toujours une raison derrière ses visites. Il ne faisait jamais le moindre effort pour voir sa fille. Quand leur fils rentrait du pensionnat pour les vacances, Chatham venait le voir. Charles était son héritier, après tout, et en cela, il l'intéressait directement.

Il avait été difficile d'expliquer l'indifférence de Chatham à une petite fille qui voyait seulement que son père lui préférait son frère. Tru avait essayé jusqu'à ce que, finalement, elle n'ait plus à le faire. Delia était devenue assez grande pour tirer ses propres conclusions au sujet de son père et du genre d'homme qu'il était. Tôt ou tard, la réalité, tout comme la vérité, faisait surface.

Par conséquent, Delia n'éprouvait aucune tendresse pour son père, et Charles, qui n'avait pourtant que seize ans, s'était déjà fait sa propre opinion. Cela ne changeait rien que son père vienne lui rendre visite, à lui. Il avait bien vu, depuis toujours, que le comte se désintéressait totalement de sa mère et de sa sœur, et cela l'avait durablement marqué. C'était un garçon doux et loyal. Ses enfants étaient aussi bons et gentils l'un que l'autre... Tout le contraire de leur père.

Tru se devait de les protéger, même de Chatham. Maintenant plus que jamais, elle était déterminée à s'opposer à lui.

Tru prit une grande inspiration et dit avec un détachement et un calme qu'elle était loin d'éprouver :

— Il était là pour m'informer qu'il avait trouvé un mari à Delia.

Telle était sa nature. Ou plutôt, telle était la femme qu'elle avait appris à devenir, la femme que le monde avait façonnée. Elle ne révélait jamais les tourments de son cœur. Ni ses désillusions, même les plus cruelles. À quoi bon ? L'histoire de sa vie était écrite. Elle ne changerait pas. Tru ne se départait jamais de son flegme ni de son sérieux, comme si rien ne pouvait l'atteindre.

— Il lui a trouvé un mari ?

Rosalind planta ses mains sur ses hanches. Elle semblait prête à se lancer à la poursuite de Chatham. C'était une possibilité avec Rosalind. Celle-ci n'avait peur de rien, elle était tout feu tout flamme. Avoir résisté à la pression de leurs parents pour qu'elle accepte l'une des multiples demandes en mariage qu'elle avait reçues au fil des années nécessitait un réel courage... et une bonne dose d'obstination.

— Le scélérat !

— Qui a-t-il choisi pour elle ? demanda Valencia, toujours pragmatique.

Et son amie la comprendrait, bien sûr. Elle aussi s'était mariée à l'issue de sa première Saison, sur ordre de son père. Elles s'étaient toutes deux mariées sur ordre de leur famille, de leurs amis… de toute la haute société. C'était ainsi que les choses se faisaient.

Valencia, à l'instar de Tru, connaissait toutes les attentes qui pesaient sur les jeunes filles. Des attentes que Rosalind avait ignorées. Ros avait pu s'octroyer ce luxe. Elle était la plus jeune de la fratrie. Son frère et ses sœurs s'étaient mariés avant elle. Son acte de rébellion ne lui avait valu aucune sorte de représailles, et Tru était très heureuse pour elle. Sincèrement très heureuse.

— Un certain Mr Thorne.

Tru secoua la tête et soupira de nouveau.

— Avez-vous entendu parler de lui ? Il est riche comme Crésus, selon Chatham, mais je n'ai jamais perçu le moindre murmure à son sujet.

— Moi non plus, mais il a de l'argent, bien entendu. C'est obligé, commenta Rosalind avec une moue dédaigneuse. C'est le seul critère qui vaille pour Chatham.

Tru se tourna vers Valencia. Son amie haussa les épaules pour indiquer qu'elle ne savait rien de lui non plus. Cela la consternait. Elle connaissait à peu près tous les membres de la haute société. Où Chatham était-il allé chercher cet homme ?

— Je vais mener l'enquête et apprendre tout ce que je peux sur lui, promit Tru.

— Oui, acquiesça Valencia. Nous allons t'aider. Et nous allons aussi lancer Maeve sur l'affaire. Elle a beaucoup de relations.

— Au sein du gouvernement, oui. Quel membre du gouvernement ou quel diplomate est riche comme Crésus ? demanda Rosalind. S'il évoluait dans le grand monde, nous le connaîtrions. Ce qui conduit à la question suivante : quel genre d'homme Chatham a-t-il déniché ?

Elles se murèrent un moment dans un silence inquiet.

— Et Hazel ? finit par suggérer Rosalind.

— Hazel.

Valencia fit aussitôt la grimace en entendant le nom de l'épouse de son père.

— Allons. Je sais que tu ne l'apprécies guère, mais elle fait partie de ta famille...

— Certainement pas. Nous n'avons rien à voir, elle et moi, protesta Valencia.

Rosalind poursuivit néanmoins.

— Elle connaît beaucoup de gens. Des gens qui ne font pas partie du même monde que nous. Des hommes que nous ne connaissons pas. Des hommes d'affaires, des commerçants... Elle serait sans doute à même de nous renseigner. Elle a peut-être des informations sur ce Mr Thorne.

— Oui, c'est certain, elle connaît des hommes, dit Valencia, dont les joues s'étaient empourprées.

— Elle vient d'un monde dont nous ne savons rien. Ne devrions-nous pas lui demander si elle connaît ce Mr Thorne ? insista Rosalind. Pour Delia ?

Tru acquiesça.

— Cela semble logique.

Valencia pinça les lèvres en signe de contrariété mais ne protesta pas davantage. Pour Delia, elle semblait prête à supporter sa belle-mère.

— Oh ! s'exclama Rosalind en claquant des doigts. N'oublions pas. Nous allons chez Madame Klara ce soir. Hazel sera là.

Valencia adressa un regard incertain à Tru. Bien que duchesse et donc théoriquement supérieure à Tru, Valencia s'en référait toujours à son amie.

C'était peut-être parce que Tru avait six ans de plus qu'elle. Ou à cause de son excellente réputation dans le grand monde. Elle était considérée comme l'une des ladies les plus influentes de l'aristocratie depuis presque deux décennies.

— Tru a dit que ce genre de soirée était le comble de l'ineptie, déclara Valencia tout en regardant Tru avec l'air d'attendre sa confirmation.

— Ce sera l'occasion de parler à Hazel, insista Rosalind.

Avant de répondre, Valencia lui lança un regard narquois.

— Tu peux aller rendre visite à Hazel à n'importe quel moment. Pourquoi ne pas admettre simplement que tu as envie d'assister à cette séance ?

C'était la vérité. Rosalind avait fait des pieds et des mains pour obtenir des invitations.

— Ma curiosité est piquée, reconnut Rosalind. Je ne le nie pas. Toute la ville ne parle que de cette Madame Klara.

— Valencia a raison. Nous pourrions nous contenter d'aller rendre visite à Hazel.

Tru se demanda si sa voix trahissait sa fatigue. La dernière chose dont elle avait envie, c'était passer la soirée à socialiser durant l'une de ces séances divinatoires qu'elle trouvait particulièrement stupides.

— Tu avais promis que nous irions, Tru.

À cet instant, Rosalind lui fit penser à la petite fille qu'elle avait été, quand par exemple elle suppliait son aînée de délaisser ses leçons pour venir jouer avec elle.

— Je ne peux pas y assister sans toi, ajouta-t-elle, l'espoir dans la voix.

Elle en mourait d'envie, cela se voyait. Sa vie de femme seule comportait assez peu de surprises et d'aventures, et tous les prétextes pour se divertir étaient bons.

Tru, de son côté, aurait préféré ne pas assister à la séance de l'illustre Madame Klara. Pour elle, il s'agissait de fadaises, et rien ne pourrait la faire changer d'avis.

Mais les places étaient chères… et Hazel serait là. Ce serait l'occasion idéale pour lui demander si elle connaissait Jasper Thorne. Et sa sœur disait vrai. Elle avait promis.

Ce n'était pas grand-chose, et cela ferait plaisir à Rosalind, qui était toujours adorable avec elle. Tru pouvait faire cela pour elle.

— Très bien. Puisque c'est ainsi, nous irons chez Madame Klara.

4

« Je vois mal ce que l'on peut trouver d'excitant à une séance divinatoire, mais peut-être suis-je blasée. Après tout, j'ai survécu au grand marché du mariage et à dix-neuf années de tristesse matrimoniale. Je ne sais pas ce qu'il peut y avoir de plus aventureux que cela. »

GERTRUDE, comtesse de Chatham

Cela aurait pu surprendre ses congénères du grand monde, mais Tru, connue sous le nom de « la glaciale comtesse de Chatham », n'adorait pas les gens. Oh ! à petites doses, ils étaient tout à fait supportables. Elle aimait ses amies. Sa sœur. Ses enfants. Sa femme de chambre, Hilda, qui était particulièrement délicieuse. Mais la foule, c'était autre chose.

Les masses qui composaient la haute société avaient de quoi lui donner des cauchemars. Néanmoins, il n'était pas envisageable de vivre toute l'année à la campagne. Pas alors qu'elle devait éduquer et guider sa fille et lui apprendre, précisément, à naviguer dans ce monde. Elle ne pouvait pas se permettre le luxe de la solitude ni de la vie à la campagne. Comme tout aristocrate, elle n'était autorisée à ne passer que quelques mois par an hors de Londres. Quand la Saison débutait, elle était obligée de rentrer en ville.

Elle avait beau être une hôtesse accomplie et connaître tous les grands noms de Londres, elle trouvait la plupart des gens terrifiants. Surtout les grandes figures de la haute société, et ce n'était pas parce qu'elle en faisait partie que ces personnes lui étaient plus supportables.

Pourtant Tru savait afficher – ainsi que conserver en toutes circonstances – un sourire parfait et tenir son rôle dans cet océan de soirées, de réceptions et de dîners, parmi les mères qui usaient de la flagornerie tout en jouant des coudes pour présenter leurs merveilles aux meilleurs partis possibles.

Tru affichait l'un de ces sourires alors qu'elle s'apprêtait à descendre de voiture et à affronter le monde.

Les fenêtres et les lampes extérieures étaient largement éclairées. Il y avait dans l'air quelque chose de festif, qui évoquait un peu Vauxhall Gardens. Des files de voitures occupaient les rues de plusieurs pâtés de maisons. Les cochers s'interpellaient les uns les autres, et leurs chevaux avec eux, alors qu'ils essayaient de s'approcher le plus possible de l'entrée. Des laquais vêtus d'une resplendissante livrée attendaient, prêts à ouvrir les portes et à accompagner chaque invité jusqu'au saint des saints.

Excitée par tant d'animation, Rosalind se pencha pour regarder par la vitre de la calèche. Au passage, elle enfonça son coude dans les hanches de Tru, mais cela ne sembla pas la déranger.

— Les voisins ne doivent pas être ravis, commenta-t-elle.

— Madame Klara leur offre peut-être des séances de divination gratuites pour faire oublier le dérangement, suggéra Tru tout en essayant de déloger le coude pointu de sa sœur de son bassin.

Rosalind reprit sa place.

— Ce serait la bonne affaire pour eux.

— Pour eux, je ne sais pas. Pour toi, j'en suis sûre.

Tru, quant à elle, détesterait avoir une voyante pour voisine. Ce serait une distraction permanente pour son personnel. Sans compter que cela conduirait toute la haute société à sa porte. Sa maison ne serait plus son refuge. Rosalind passerait son temps chez elle, comme c'était déjà un peu le cas, du reste.

Un laquais en livrée et en perruque apparut à la vitre. Il tenait une liste à la main. Il s'adressa à leur cocher et vérifia les noms sur sa grande feuille de papier parcheminé. Il hocha la tête d'un air satisfait et leur fit signe à toutes les trois qu'elles pouvaient descendre.

— Très expéditif, murmura Valencia, en descendant aux côtés de Tru.

— Et assez impoli.

Tru était rarement obligée de se présenter. Les gens savaient qui elle était.

— Oh ! ne sois pas si rabat-joie, commenta Rosalind. Comment Madame Klara pourrait-elle te connaître ? C'est la première fois que tu te rends chez elle et cela ne fait pas très longtemps qu'elle est arrivée à Londres.

Rosalind secoua la tête et adressa un regard réprobateur à sa sœur.

— Tu me fais penser à Mère, poursuivit-elle. Nous figurons bien parmi les invités et nous allons pouvoir entrer. Tu devrais t'estimer heureuse.

Rosalind laissa échapper un petit soupir d'aise et regarda la maison avec une expression extatique, comme si elle était un moine en pèlerinage dans un lieu saint.

Tru s'arrêta un instant devant la maison, qu'elle observa d'un œil méfiant. Tout autour, la rue était toujours très animée, et les voitures ne cessaient d'arriver. Les laquais continuaient de faire le tour des cochers. Certaines voitures étaient sommées de passer leur chemin sans que personne soit autorisé à en descendre. Apparemment, on ne pouvait pas entrer ici comme on le souhaitait.

Tru connaissait la popularité de Madame Klara, mais elle ne s'attendait pas à cela. Elle ne s'attendait pas non plus à ce qu'autant de gens soient refoulés.

Leur petit groupe passa quant à lui les portes sans difficulté. La séance du jour n'était décidément pas ouverte à n'importe qui. Cela leur fut rappelé dès le hall d'entrée, où les contributions de chacun étaient collectées. De toute évidence ce n'étaient pas ses penchants altruistes qui caractérisaient Madame Klara. Elle choisissait ses invités à leur bourse.

Une femme élégamment vêtue portait un coffret en laque

dont le couvercle ouvert évoquait des mâchoires avides. Elle souriait pendant qu'elle recueillait les enveloppes bien garnies qui lui étaient tendues. À ses côtés se tenait un homme. Ses beaux habits ne masquaient pas le fait qu'il devait peser plus d'un quintal et que ses mains gigantesques semblaient capables de casser des briques.

Tru eut la certitude qu'il était là pour « encourager » les dons de sa présence intimidante. Mettre la main à la poche était la condition *sine qua non* pour entrer. Tout le monde, cependant, semblait s'acquitter de son devoir sans la moindre difficulté. Rosalind plongea la main dans son réticule pour en tirer une enveloppe bien épaisse, qu'elle glissa dans la boîte.

Un laquais en livrée les conduisit jusqu'au salon. Hazel était déjà arrivée. Elle sirotait une coupe de champagne, splendide dans sa robe en soie rouge bordée d'hermine. Tru la remarqua dès qu'elle pénétra dans la pièce. Elle resplendissait et semblait au comble de l'excitation. Apparemment, Rosalind n'était pas la seule à se trouver dans cet état de quasi-transe.

Hazel leva son verre pour la saluer. En retour, Tru lui adressa un petit signe de la main. Puis le regard de Hazel se posa sur Valencia et son sourire faiblit sensiblement pour se figer dans une mimique peu naturelle. Hazel ne s'approcherait pas. Tru le savait.

Cela faisait cinq années que Hazel était mariée au marquis de Sutton. Tru connaissait très bien les rapports qu'entretenaient Valencia et Hazel. Soit elles se querellaient, soit elles s'ignoraient froidement. Quand elles étaient toutes les deux invitées à des événements d'assez grande ampleur – comme cela était le cas ce soir-là –, elles s'arrangeaient pour n'avoir aucune interaction. Cela durait depuis des années. Tru ne pensait pas avoir suffisamment d'influence sur elles pour espérer y changer quoi que ce soit. Elle ne se voyait pas dans le rôle de grand arbitre. Elle n'était pas leur mère.

Tout en désapprouvant cette hostilité réciproque, Tru les laissait à leur guerre. Car, bien que silencieuse et sournoise la plupart du temps, il s'agissait bien d'une guerre. Parfois elles ne se contentaient plus de piques, de regards assassins et de moues dédaigneuses : elles s'affrontaient pour de bon. Tru les comptait toutes les deux au nombre de ses amies et faisait de son mieux pour les traiter du mieux qu'elle le pouvait. La façon dont elles se considéraient l'une l'autre était leur problème et ce serait à elles seules de le résoudre, car Tru ne pouvait pas se mêler de leur vie ainsi.

Ce ne fut pas sans difficulté que Tru se fraya un chemin au milieu de la foule. Une foule bien trop dense. La pièce n'était pas faite pour contenir plus de trente personnes, mais ni Madame Klara ni son personnel ne semblaient le savoir. Avec un peu de chance, personne ne heurterait un chandelier. Aucune robe ne prendrait feu. La maison ne flamberait pas comme une torche.

Tru agita son éventail avec vigueur. Elle aurait donné n'importe quoi pour ne pas respirer cet air saturé de parfum et d'odeurs corporelles. Tout le monde convergeait vers la table, dans l'espoir de trouver une place assise. L'empressement suintait par tous les pores de fort âcre manière. Tru respira avec précaution, et prit sur elle pour masquer son dégoût. Tels étaient son existence et son monde. Même après toutes ces années, elle devait lutter pour sa survie.

C'était la première fois que Tru voyait une table aussi grande. Ronde, luisante, en acajou, elle était si immense qu'elle devait pouvoir accueillir plus d'une vingtaine de personnes. Les invités étaient bien plus nombreux que cela et occupaient tous les espaces laissés libres entre la table et les murs, sans aucun égard pour les robes en soie et en brocart de ces dames.

La maison était remplie à ras bord.

Respire. Concentre-toi sur ta respiration.

— Lady Chatham !

Tru se tourna en entendant son nom. Son cœur se contracta quand Mrs Lawrence approcha, splendide dans sa robe en soie aux deux nuances de violet.

— Seigneur, quelle surprise !

La femme se pencha pour planter un baiser sonore sur les deux joues de Tru, qui se raidit malgré elle.

— Qui aurait pu imaginer vous trouver ici, en train de vous mêler au commun des mortels ?

Rosalind adressa un regard méprisant à Mrs Lawrence qui, heureusement, ne le remarqua pas. La sœur de Tru n'avait jamais été une grande dissimulatrice.

— Je ne vois pas ce que vous voulez dire, répondit Tru sur un ton vague.

— La grande Lady Chatham à une séance de divination ? dit-elle en riant et secouant la tête. On pourrait croire que c'est un spectacle bien trop vulgaire pour vous.

— Bien sûr que non, sinon je ne serais pas ici, répondit-elle avec un sourire tendu. Ni vous-même, d'ailleurs, n'est-ce pas ?

— Bien sûr, bien sûr, répondit Mrs Lawrence avec un sourire entendu. Et Lord Chatham ? Vous accompagne-t-il ?

Elle regarda par-dessus l'épaule de Tru, et avec une exagération évidente, fit comme si elle cherchait le comte des yeux. Elle savait pertinemment qu'il n'y avait aucune chance pour que Tru et Chatham soient venus ensemble. Il s'agissait juste d'une attaque gratuite de sa part.

C'était dans des moments comme celui-ci que Tru se souvenait qu'elle n'avait pas été la seule, vingt ans plus tôt, à jeter son dévolu sur le comte de Chatham. Betsy Lawrence et elle-même avaient fait leurs débuts dans le monde la même année, au grand bal de l'Almack's Club. Sauf qu'à l'époque Betsy s'appelait encore Betsy Childs-Rutgers et qu'elle possédait une langue de vipère dont elle se servait pour dénigrer gratuitement les autres débutantes.

Elle n'avait jamais cherché à masquer son intérêt pour Chatham et l'avait poursuivi de ses fougueuses assiduités. Il avait couru des rumeurs selon lesquelles Betsy arpentait les allées sombres de Vauxhall Gardens en sa compagnie. De simples rumeurs. Rien de confirmé. Rien de réellement compromettant. Même si Tru pensait que Chatham en aurait été capable. Son goût pour la débauche ne datait pas d'hier.

Néanmoins, le comte avait fini par choisir Tru. Ou plutôt la dot de Tru, plus importante. Si le père de Betsy avait été en possession d'une bourse plus remplie, elle aurait pu devenir Lady Chatham à la place de Tru.

— Non. Il avait d'autres engagements.

Comme Mrs Lawrence le savait très bien. Comme tout le monde le savait. Il n'accompagnait jamais Tru nulle part, et ce depuis des années.

— Bien sûr, répondit-elle avec ce même sourire condescendant.

Mrs Lawrence agita son éventail en jade devant son visage à la peau luisante. Il faisait très chaud.

— Mais quelle foule ! Si vous voulez bien m'excuser. Je vois que mon très cher Mr Lawrence m'a trouvé une place assise.

Elle se pencha avec un air de conspiratrice.

— Que puis-je y faire ? Cet homme m'aime à la folie.

— Quelle épreuve, répondit Tru, sur un ton pince-sans-rire.

— En effet, renchérit Rosalind. Quelle plaie que ces hommes collants telle de la glu. Courage, Mrs Lawrence.

Des plaques rouges apparurent sur le visage de Mrs Lawrence, comme si elle réagissait à quelque chose de désagréable. Rosalind faisait souvent cet effet aux gens.

— Eh bien, nous ne pouvons pas toutes être sans mari et détester les hommes, n'est-ce pas ? Qu'adviendrait-il de l'humanité dans ce cas ?

Le sourire de Rosalind disparut aussitôt.

Mrs Lawrence cligna des paupières d'un air innocent.

— Il semble totalement perdu sans vous, Mrs Lawrence. Vous feriez mieux de vous hâter avant qu'il panique pour de bon, suggéra Tru, pressée de se débarrasser de Mrs Lawrence.

Celle-ci pencha la tête d'un air dédaigneux, puis alla rejoindre son mari.

— Je la déteste, murmura Rosalind.

— Elle est en effet détestable, renchérit Valencia en haussant les épaules. Riche, encore jolie...

— Ce doit être grâce à toutes ces innocentes débutantes qu'elle a dévorées dans sa jeunesse, dit Tru.

— Mariée à un bel homme, continua Valencia.

— N'oublie pas de mentionner qu'elle a la gentillesse d'une vipère, ajouta Rosalind.

— Très bonne comparaison, acquiesça Tru. Et savez-vous que sa fille est sa copie conforme, mais en plus jeune ?

— Merveilleux. C'était justement ce qu'il nous manquait, dit Rosalind en levant les yeux au ciel.

— Pauvre Delia. La Saison prochaine, elle devra compter avec une réplique de Betsy Childs-Rutgers, dit Valencia en secouant la tête.

— Oh ! c'est déjà le cas, annonça Tru d'une voix lugubre.

— Déjà ? demanda Rosalind, l'air incrédule. Tu veux dire qu'elle a déjà fait ses débuts dans le grand monde ? N'a-t-elle pas un an de moins que notre Delia ?

— Si. Sa mère n'a pas cru bon d'attendre un an de plus. Elle l'a déclarée prête à dix-sept ans.

Elle agita les mains avec emphase.

— La jeune Miss Lawrence est si étincelante et si sophistiquée, un vrai diamant de la plus belle eau.

Rosalind secoua la tête d'un air dégoûté.

— Des bébés... jetés dans le grand marché du mariage.

— Ce n'est pas nouveau. Mère m'a fait participer à mon premier bal dès que j'ai eu fini l'école. Je n'avais que dix-sept ans moi aussi.

Rosalind secoua la tête d'un air désapprobateur.

— Dieu merci, elle ne m'a pas infligé un tel supplice.

— Oui, certaines sont plus chanceuses que d'autres, répondit Tru en maîtrisant les inflexions de sa voix pour ne pas paraître jalouse.

Car elle ne l'était pas du tout. Ce n'était pas la faute de Rosalind si elle était la petite dernière de la famille, celle qui était choyée et que ses parents voulaient auprès d'eux pour leur tenir compagnie dans leurs vieux jours. Rosalind lisait très bien à voix haute. Alors que leur vue baissait, ses parents comptaient de plus en plus sur Ros pour qu'elle leur fasse la lecture. Les romans de Jane Austen adorés par leur mère, et les traités d'horticulture si chers à leur père.

Rosalind adressa à Tru un regard presque méfiant et coupable.

— J'imagine que la pression est moindre pour la troisième née.

Tru lui sourit avec sincérité. Elle n'en voulait pas à sa sœur. Elle ne la jalousait pas. Pourquoi aurait-elle voulu que Rosalind endure tout ce qu'elle avait enduré ? Elle menait une vie insouciante, elle était libre de ses choix, de ses décisions. Tru, qui ne connaissait pas tout cela, était heureuse pour elle. Vraiment.

— Bien sûr.

— Mrs Lawrence ne mentait pas, cependant, dit Valencia en observant la femme qui venait de les quitter. Son mari semble vraiment follement épris d'elle. Comment fait-elle ? Et après toutes ces années ? Au contraire, on pourrait penser qu'il a eu largement le temps de se rendre compte de sa vraie nature.

Tru détourna le regard. Elle avait mieux à faire que perdre son temps à se demander comment Betsy Childs-Rutgers se débrouillait pour se faire aimer à ce point de son charmant époux. Cela échappait à son entendement, alors que son propre mari n'était lié à elle que par calcul, intérêt et appât du gain.

Cela ne servait à rien de chercher à comprendre. Le mieux qu'elle avait à faire, c'était se concentrer sur des sujets sur lesquels elle pouvait exercer un certain contrôle, comme trouver un moyen pour que Delia échappe à une union potentiellement catastrophique, afin que, contrairement à elle, sa fille n'ait pas un jour à méditer sur la tristesse de son existence et la faillite de son mariage.

Il y eut quelques chamailleries parmi les invités pour savoir qui occuperait les dernières places assises. Mrs Lawrence parvint quant à elle à accéder à la chaise que son époux empressé lui avait réservée.

Tru surprit Lady Hollings, une amie de sa mère, en train de donner des coups de coude à l'épouse de l'évêque de Winchester, telles deux petites filles se disputant pour un jouet.

Tout le monde s'immobilisa et se tut quand leur hôtesse pénétra dans la pièce. Comme un seul homme, les invités suivirent des yeux la progression de la femme voilée.

Un laquais avança un siège richement orné, qui tenait plus du trône que de la chaise. Juste derrière, dans l'immense cheminée, assez grande et haute pour qu'un homme y tienne debout, le feu crépitait et lançait des étincelles. Les flammes nimbaient la femme voilée d'un halo orange vif des plus bibliques.

Tru déglutit devant cet impressionnant spectacle. Elle ne

s'attendait pas à ce que Madame Klara soit si jeune. Malgré son voile, il était évident qu'elle n'avait guère plus de vingt ans.

Madame Klara avait fait son apparition à Londres quelques mois plus tôt et avait très vite acquis une belle notoriété grâce aux séances de divination qu'elle organisait pour les membres de la haute société les plus influents. La duchesse de Wellington elle-même s'était rendue à l'une de ces soirées, ce qui avait achevé de faire la réputation de la voyante.

Les cheveux relevés de Madame Klara, noirs comme le goudron, s'accordaient avec sa robe, très ajustée et au décolleté plongeant. Ses bras minces étaient moulés dans de longues manches en dentelle dont les motifs évoquaient une toile d'araignée. Par contraste avec le tissu noir de sa robe, sa gorge semblait d'une blancheur de neige.

Elle était saisissante, et ce n'était pas seulement une question d'apparence. Elle dégageait une présence, une aura irrésistible. Ses yeux transperçaient la gaze de son voile et paraissaient venus d'un autre monde. Ils semblaient capables de voir en chacune des personnes présentes dans la pièce. Tru observa sa sœur. Rosalind ressentait la même chose qu'elle, c'était évident. Elle était fascinée.

Un frisson inexplicable parcourut Tru. Elle frotta ses bras de ses mains gantées dans l'espoir de se réchauffer. Elle ne croyait pas au surnaturel. Les fantômes n'étaient bons qu'à peupler les histoires que l'on se racontait le soir, pour se faire peur. Ils n'étaient pas des entités que l'on pouvait faire apparaître autour d'une table. Il n'y avait rien de vrai dans tout cela. Ce n'était pas réel.

Heureusement qu'il n'y avait pas suffisamment de sièges. Tru n'avait aucune envie d'être scrutée par ce regard intense. Elle était très contente de rester debout, en retrait, et de suivre de loin le numéro qui s'annonçait. Elle recula même, laissant les autres se précipiter vers les chaises tant convoitées.

Ses amies, néanmoins, n'étaient pas de son avis.

Rosalind agrippa sa main et essaya de guider Tru jusqu'à l'une des dernières chaises libres.

— Non, murmura Tru en se dégageant. Ce n'est pas pour moi.

— Au contraire, c'est précisément ce dont tu as besoin, l'encouragea Valencia, en posant les deux mains sur le dossier de la chaise qu'elle souhaitait voir occupée par Tru, avant que quelqu'un d'autre s'en empare. Une distraction joyeuse qui pourrait t'ouvrir de nouvelles perspectives.

— Oh ! non, protesta Tru.

Elle avait besoin de cela comme elle avait besoin de son mari. C'est-à-dire pas du tout.

Les voyantes étaient censées pouvoir parler aux esprits. En quoi cela pourrait-il l'aider à affronter les problèmes qui l'accablaient en ce moment ?

Elle n'avait rien demandé. Elle était venue pour faire plaisir à Rosalind et, peut-être, pour discuter quelques minutes en tête à tête avec Hazel si l'occasion se présentait. Pour l'instant, Rosalind semblait ravie, mais Tru n'avait pas réussi à échanger le moindre mot avec Hazel.

Cette soirée pourrait, éventuellement, la distraire et la divertir et l'aider à oublier, pendant quelques heures, sa détresse. Elle expira pesamment. Elle doutait fort de réussir à oublier quoi que ce soit. Elle vivait dans une angoisse constante depuis la visite de Chatham.

Tru désigna la chaise avec insistance.

— Tu ferais mieux de la prendre, Ros, avant que quelqu'un te la vole.

Avec un soupir exaspéré, Rosalind prit place.

Quand il ne resta plus une seule place assise, Tru poussa un soupir soulagé. Elle était sauvée.

Une bonne vingtaine d'hommes et de femmes étaient désormais assis autour de la table, tandis que trente autres se tenaient debout, ne laissant plus aucun espace vide dans la pièce. Tous affichaient une expression captivée.

Tru se tenait derrière sa sœur, avec Valencia à ses côtés. À la droite de Tru, séparée d'elle par trois personnes, se trouvait Hazel. Cette dernière, prudente, veillait toujours à garder ses distances, car elle savait bien que Valencia ne pouvait pas la supporter. Tru se pencha en avant et lui adressa un petit sourire encourageant.

Elle avait bien conscience de qui était Hazel avant d'épouser le marquis de Sutton. Tout le monde savait.

Mais cela faisait déjà cinq ans. Le marquis avait insisté pour qu'elle soit acceptée et reçue partout où il allait. Elle était la marquise de Sutton. Tru l'avait compris depuis longtemps et cela ne lui posait aucun problème.

Valencia, elle, n'était pas d'accord.

Elle ne se privait pas pour exprimer le fond de sa pensée dès qu'elle le pouvait.

Rosalind se tourna sur sa chaise pour leur sourire de manière extatique.

Toutes les autres personnes présentes dans la pièce semblaient partager ce ravissement. À l'exception de Tru, qui essaya de lui rendre son sourire, mais parvint seulement à crisper les lèvres.

Comment s'était-elle laissé convaincre d'accompagner sa sœur et son amie ? C'était tellement absurde et ridicule.

— Je commence à regretter de ne pas avoir de place assise moi-même, murmura Valencia.

— Vraiment ? demanda Tru, sincèrement surprise.

Si son amie pensait que cette femme possédait le don de double vue, avait-elle vraiment envie que quelqu'un l'ausculte de l'intérieur et fouille parmi les détails de son existence ? Cela semblait risqué, étant donné tout ce qu'elle cachait.

Tru cacha ses mains sous les plis de sa robe. Elle tordit nerveusement les doigts alors que Madame Klara inclinait son visage vers ceux qui l'entouraient, leur adressant à tous un signe de tête altier. Tru eut soudain envie de se plaquer contre le mur et de se mêler au décor du papier peint, comme si elle pouvait disparaître, comme si l'invisibilité était possible.

Rosalind, elle, semblait s'amuser comme une petite folle.

Seule Tru paraissait avoir conscience du danger de la situation.

Elle ne voulait pas se sentir vulnérable ni exposée. Elle avait travaillé dur pour acquérir son irréprochable réputation. Son époux était peut-être un malotru, mais tout le monde s'accordait à dire qu'elle était l'un des piliers de la haute société londonienne.

Madame Klara les invita à se tenir tous par la main. Rosalind s'empressa d'obéir et prit les mains de l'homme et de la femme assis de part et d'autre d'elle. Prendre la main d'inconnus, dont l'un était un homme. Pour le moins étrange.

Sa sœur, cependant, ne semblait pas dérangée par une telle proximité. Non, toute l'attention frémissante de Rosalind se concentrait sur la femme qui se trouvait en bout de table.

Tru l'observait aussi, captivée, et elle fut incapable de détourner le regard quand la voyante baissa la tête et se mit à murmurer dans une langue que Tru ne comprenait pas, sans doute sa langue natale.

Lorsque Madame Klara leva la tête, Tru sursauta légèrement. Ses yeux étaient plus sombres encore ; on aurait dit deux onyx.

Tru regarda autour d'elle, et perçut une sorte de changement. La pièce elle-même semblait plus sombre, comme si quelqu'un avait soufflé plusieurs des bougies. Pourtant, personne n'avait bougé. Tous les yeux étaient fascinés et fixaient la maîtresse de cérémonie. Tru fut obligée de le reconnaître, elle maîtrisait ses effets. C'était une actrice née.

De toute façon, il n'était question que de cela : de représentation, de théâtre. L'argent reçu par Madame Klara devait servir à payer pour cette grande demeure, son décor luxueux et ses domestiques en livrée, soit bien plus que n'aurait pu s'offrir une simple actrice. Plus que tout, Madame Klara brillait par son sens des affaires.

Oui, Tru était cynique. Mais si elle n'avait jamais pu croire à la sincérité de cette femme, c'était avant tout parce qu'elle ne croyait pas aux médiums, voyantes ou autres prophétesses. Ce n'était qu'affaire de superstitions et Tru était bien trop pragmatique pour accorder le moindre crédit à ces fadaises.

Elle se força à détourner son attention de la voyante. De nouveau, elle balaya la foule des yeux et s'étonna encore de la réaction transportée et surexcitée de tous les invités. Ils lui faisaient penser à des enfants le matin de leur anniversaire, quand ils savaient qu'ils allaient bientôt recevoir leurs cadeaux.

Elle connaissait certains des présents. Ils évoluaient dans les mêmes cercles. Même ceux qu'elle ne connaissait pas étaient vêtus à la dernière mode. Les femmes étaient impeccablement coiffées, elles étaient couvertes de bijoux et certaines portaient même des perruques. Les hommes exhibaient chevalières et montres à gousset qui étincelaient dans la lumière des chandeliers.

Tout à coup, ses yeux s'arrêtèrent sur le visage d'un homme qui lui était inconnu. Son regard buté témoignait d'un scepticisme agacé qui semblait au moins aussi important que le sien. Elle se demanda si lui aussi était en train de réfléchir à la façon dont il pourrait être ailleurs et s'occuper plus intelligemment.

Bien entendu, ce ne fut pas seulement son attitude, parfait miroir de ce qu'elle ressentait, qui attira son attention. Il possédait un visage et un physique qui ne pouvaient pas passer inaperçus.

Il était tapi dans le fond de la pièce, dans une position excentrée. Il était entièrement vêtu de noir, contrairement à la plupart des autres hommes présents qui, eux, affichaient des couleurs nettement plus flamboyantes, le bleu lavande étant la nuance reine de la saison, plébiscitée par les hommes comme par les femmes.

Même tapi dans l'ombre, il était saisissant, du genre à attirer l'attention partout où il passait, ce qui était inhabituel. S'il était un homme riche et influent, elle aurait dû le connaître. Il aurait fallu qu'elle le connaisse. En tant que mère d'une fille en âge de se marier, c'était une condition nécessaire.

Avec stupeur, elle se rendit compte qu'il la regardait lui aussi, de ses yeux profonds et scrutateurs dont l'intensité rivalisait avec ceux de Madame Klara. Ils n'étaient pas aussi sombres que ceux de leur mystérieuse hôtesse, mais ils n'étaient pas moins puissants. Pas moins troublants. Pas moins... magnétiques.

Tru était comme figée. Même quand il leva un sourcil sombre sans la quitter des yeux, elle ne détourna pas le regard. Elle ne pouvait même pas cligner des paupières. Tout ce qu'elle pouvait faire, c'était retenir son souffle et le fixer.

5

« La notoriété et la popularité sont les deux faces d'une même médaille. Dans la haute société londonienne, elles se confondent. »

Madame KLARA, voyante et hypnotiseuse renommée

Tru n'était pas du genre à se laisser déstabiliser, et encore moins à le montrer. Avec soin et efforts, elle s'était bâti une réputation de sang-froid et d'impassibilité à toute épreuve. Elle supportait la foule avec stoïcisme et gardait son calme en toutes circonstances. C'était transmettre un message erroné que de regarder un inconnu bien plus longtemps qu'elle ne l'aurait dû. Elle ne voulait surtout pas qu'un homme, quel qu'il soit, puisse penser qu'il l'intéressait. Elle était une femme mature. Une mère de famille respectée. Pas une faible créature prompte à tomber dans les pièges de la passion romantique. Même face à un homme aussi beau qu'intrigant.

Respire. Contente-toi de respirer.

Elle cligna des yeux et détacha son regard de l'inconnu, se concentrant de nouveau sur le dos de sa sœur assise devant elle… et sur la fascinante Madame Klara qui psalmodiait toujours. La représentation se poursuivait. *Représentation.* Tru ne voyait pas d'autre mot. Elle avait l'impression d'assister à un spectacle longuement répété et très bien rodé.

— Nous allons commencer, déclara un homme qui se tenait, droit et immobile, derrière Madame Klara.

Nous allons commencer.

Tru sentit son cœur se serrer et, mal à l'aise, elle regarda autour d'elle. Elle ne comprenait pas bien ce qui allait réellement commencer ni quel allait être son rôle à elle, étant donné que l'homme avait utilisé le pronom « nous », censé inclure l'ensemble de l'assemblée.

Madame Klara se tut tout à coup. Sa tête s'affaissa, toute vie semblant s'être échappée d'elle. C'était comme si elle avait quitté son corps. Sa tête pendait mollement. Sa poitrine se soulevait et retombait au gré de sa respiration laborieuse, seule preuve qu'elle était encore en vie.

Tru se pencha légèrement vers Valencia.

— Euh... J'ignorais que la participation du public serait requise.

— Fascinant, non ? suggéra Valencia en guise de réponse.

Non, songea-t-elle, mais elle se garda bien de le dire.

De nouveau, elle passa d'un pied sur l'autre, comme si ses chaussures étaient trop étroites et que ses orteils étaient engourdis.

Des murmures parcoururent l'assemblée, et s'arrêtèrent net quand Madame Klara finit par parler.

— Silence.

Dans la pièce, plus un son. Tous les yeux étaient fixés sur la femme voilée, et tout le monde attendait la suite. Elle émit un léger chantonnement, tel un bourdonnement. Sans paroles, cette fois. Puis elle finit par lever la tête et se tut. Son regard se posa tour à tour sur chacun des invités présents autour de la table.

Elle s'arrêta, fixant son attention sur une femme de petite taille.

— Marie.

La femme tressaillit, ce qui fit frémir la plume d'autruche de son turban.

— Comment connaissez-vous mon prénom ?

Klara reprit la parole, mais avec une voix différente et un accent français très prononcé.

— Marie, ma chérie.

— Grand-maman ! s'exclama la femme, qui tremblait d'excitation mais n'avait pas pour autant lâché la main de ses voisins. Est-ce vous ? demanda-t-elle en clignant frénétiquement des paupières, les yeux tournés vers la voyante. Pourquoi nous avez-vous quittés ? Pourtant m'avez-vous quittée ?

L'homme avec des favoris très fournis qui était assis à côté de Marie murmura sur un ton sec :

— Elle avait quatre-vingt-neuf ans, Marie. La pensiez-vous éternelle ? Elle avait déjà survécu au déluge.

Marie l'ignora, préférant assaillir Madame Klara de questions.

— Allez-vous bien ? Êtes-vous... en paix ? Parfois me parviennent les effluves de votre savon à la rose et je vous sens à mes côtés. Est-ce vous ? Dites-moi que je ne suis pas folle dans ces moments, je vous en supplie, grand-maman !

Il était difficile de la prendre au sérieux avec cette plume d'autruche qui dansait devant son nez.

— Je suis là, à vos côtés, répondit Madame Klara avec le même accent.

Tru, quant à elle, dut prendre sur elle pour ne pas lever les yeux au ciel.

— Je le savais ! s'exclama Marie, tout en adressant un regard triomphal à son voisin, sans doute son mari. Je vous avais dit que je sentais son parfum.

Il leva un sourcil, l'air pas davantage convaincu qu'impressionné.

Klara continua, ses yeux noirs aiguisés tels des couteaux.

— Je ne peux pas m'en aller avant de t'avoir dit ceci, Marie...

Elle s'interrompit.

— Oui ? fit Marie en se penchant en avant, comme suspendue aux lèvres de la voyante.

— Est-ce que Chauncey va bien ?

Aussitôt, Marie perdit son air extatique.

— Chauncey ?

— Oui. Je te l'ai confié et je crains qu'il ne soit quelque peu morose. Le nourris-tu en respectant les instructions que je t'ai laissées ? Il préfère quand sa viande est coupée très fin. Émincée, Marie, émincée !

Le visage de Marie s'empourpra.

— Vous êtes revenue pour me parler de votre chien infernal !

Il y eut quelques murmures et quelques rires dans la pièce. Une femme susurra derrière son éventail :

— Satanés Français !

— Calmez-vous, Marie.

La femme lâcha la main de son mari d'un geste impatient et posa la paume sur son cœur.

— Grand-maman… Et moi ? Je ne vous manque pas ?

Madame Klara fit des cercles avec sa tête comme si elle étirait son cou, sans répondre à la femme qui semblait bouleversée. Elle se remit à psalmodier.

C'était peut-être ainsi qu'elle invoquait les esprits. Non pas que Tru y crût. Loin de là… Cependant, il y avait de toute évidence tout une marche à suivre, un protocole. Mais cela restait une mascarade. Ce que Tru venait de voir ne prouvait rien. Madame Klara n'avait rien dit qu'elle n'eût pu apprendre en se renseignant au préalable.

Les minutes passèrent. Personne ne parlait. Tout le monde attendait en retenant son souffle.

Tout à coup, la psalmodie cessa. Klara redressa la tête et elle se leva si brusquement que son siège serait tombé si un laquais ne l'avait pas rattrapé.

Il y eut quelques petits cris étouffés et quelques halètements, avant que le silence se fasse de nouveau.

Ah. Ainsi Madame Klara avait terminé d'interpréter le rôle de grand-maman. Quel serait le prochain ? Tru sentit un sourire en coin poindre sur ses lèvres, mais elle le chassa afin de masquer son incrédulité narquoise.

Madame Klara se mit à marcher autour de la table, passant devant les invités à pas tranquilles. Son voile ondoyait sur ses épaules telle une vague. Ceux qui étaient assis se tournaient pour suivre sa progression.

Comme elle approchait, Tru retint son souffle. Elle voulait que la voyante passe son chemin et s'éloigne le plus possible d'elle. Elle sentait une douloureuse oppression dans sa poitrine, qui s'atténua dès que Madame Klara la dépassa, dans un bruissement de soie noire et de gaze.

Tru soupira, mais son soulagement fut de courte durée. Haletante, elle vit Madame Klara reculer d'un pas et fixer son attention sur Rosalind.

— Vous.

— Moi ? fit Rosalind d'une voix étranglée.

Madame Klara tendit vers elle un doigt long et fin.

— Je vous vois.

La voix qui sortait de son corps semblait être celle d'une femme plus âgée. Elle était légèrement rauque et chevrotante. Ce n'était clairement pas la voix normale d'une jeune femme.

— Vous me voyez ? répéta Ros.

— Vous avez toujours été sournoise et rusée, mais cela ne m'a jamais empêchée de voir clair en vous, ma petite.

Il y eut une longue pause, pendant laquelle Ros donna l'impression d'être plongée dans des abîmes de perplexité.

— Miss Hester ? finit-elle par dire dans un souffle.

C'était ainsi que s'appelait la préceptrice de Tru, Ros et Caroline, leur sœur aînée. Elle était morte depuis longtemps – paix à son âme – mais Ros, avec ses farces, l'avait fait tourner en bourrique plus d'une fois.

— Vous vous croyez maligne, mais votre tour viendra bientôt.

— Mon tour ? répéta Ros d'une voix teintée de panique.

Madame Klara hocha la tête de façon saccadée, exactement comme le faisait leur préceptrice.

— Vous pensiez avoir échappé aux responsabilités et aux obligations. Mais le moment d'accomplir votre devoir est bientôt arrivé.

Ros adressa un regard désespéré à Tru, comme pour implorer son aide. L'aventure excitante qu'elle attendait avec tant d'impatience semblait avoir tourné au cauchemar.

La séance était soudainement devenue beaucoup moins amusante.

Valencia tapota l'épaule de Ros, avec l'intention évidente de la réconforter. Ce geste suffit à attirer l'attention de Madame Klara, qui fondit sur Valencia tel un rapace sur sa proie.

— Et vous, ma chère... méfiez-vous de l'escalier.

Valencia, à son tour, parut stupéfaite.

— De l'escalier ?

— Il est facile de manquer une marche, ce qui peut avoir des conséquences dramatiques.

Tru cligna des yeux. Maintenant, tout ceci prenait un air vaguement menaçant.

— Mais quelles fadaises, marmonna-t-elle.

Madame Klara redressa la tête et se mit à fixer Tru, qui, aussitôt, regretta d'avoir attiré son attention. Elle regarda frénétiquement autour d'elle, comme si allait se matérialiser un trou où elle pourrait se cacher et échapper à ce regard noir. Manque de chance, rien de tel ne se produisit.

Leurs regards se croisèrent. La barrière du voile n'atténua pas le choc provoqué par l'attention extrême que la voyante semblait porter à Tru.

Les doigts fins et nus de Klara s'agrippèrent aux mains gantées de Tru.

— Gertrude, murmura-t-elle d'une voix encore différente.

L'estomac de Tru se contracta douloureusement. *Comment ?* Comment cette femme connaissait-elle son prénom ? Elles n'avaient jamais été présentées. S'était-elle renseignée sur tous ses invités ?

Tru essaya de dégager son bras, mais ce fut peine perdue. La jeune femme la maintenait fermement.

— Ou... oui ?

— Il ne faut pas faire cela, dit la femme en lui adressant un regard sévère.

Le fait qu'elle l'agrippe si fort, ses mots étranges, ses regards... Tout cela mis ensemble était très inquiétant. Décidément, Tru n'aimait pas beaucoup sa soirée, et si elle avait pu retirer sa main – et détourner les yeux –, elle se serait enfuie.

— Que voulez-vous dire ? demanda Tru, avec un petit rire nerveux.

— Écoute-moi, Gertrude.

Il y avait quelque chose dans ces mots, dans leur cadence, qui amena Tru à penser à sa grand-mère. Ce qui était absurde, bien entendu. Sa grand-mère était décédée depuis bien longtemps et en aucune façon elle ne croyait cette mystificatrice capable de l'avoir fait revenir d'entre les morts.

— Il ne faut pas faire cela.

— Faire quoi ? demanda-t-elle, abasourdie.

— Lui faire tes aveux.

Faire ses aveux ? Tru savait désormais avec certitude que cette femme versait dans la charlatanerie. Tru n'avait rien fait qui ne mérite qu'elle avoue quoi que ce soit. Elle n'avait rien à cacher, ne taisait aucun secret. Elle était l'un des êtres les plus banals et ennuyeux de la terre.

— D'accord, murmura Tru, pour dire quelque chose.

Avec un peu de chance, cela contenterait Madame Klara, qui laisserait enfin Tru tranquille et passerait à une autre « victime ». Malheureusement, il n'en fut rien. La voyante tenait toujours la main de Tru, et continuait de la regarder de ses yeux perçants.

Au terme d'un grand effort, Tru parvint à se libérer. En chancelant, elle recula d'un pas et se plaqua contre le mur lambrissé. Mais elle n'était pas tirée d'affaire pour autant, car elle sentait tous les yeux des invités posés sur elle.

Respire. Contente-toi de respirer.

Malheureusement, Madame Klara n'en avait pas terminé avec Tru.

— Écoute-moi, continua-t-elle, en pointant son doigt vers elle. Tu es en danger. Ne dis rien. N'avoue rien.

Un frisson parcourut l'échine de Tru. Elle avait commis une erreur en venant ici. Une grave erreur. Le regard de Tru se tourna vers ses amies, comme si elles avaient le pouvoir de contrer cette étrange prédiction.

Ros était complètement tournée vers elle et lui adressait un regard désolé. Tru réussit à apercevoir les visages de Valencia et de Hazel avant de tourner les talons et de s'enfuir, quittant précipitamment Madame Klara et ses paroles prophétiques.

Pourtant, les mots de la voyante la poursuivirent, l'assaillirent en résonnant à ses oreilles, encore et encore.

Tu es en danger. Ne dis rien. N'avoue rien.

Bien sûr, il s'agissait d'une imposture. Une escroquerie de grande ampleur. Comme les autres, Tru avait été prise pour cible et avait été montrée du doigt devant toute l'assemblée. Quel embarras !

Elle traversa le couloir à la hâte, passa sous les yeux scrutateurs des laquais, jusqu'à ce qu'elle trouve une porte-fenêtre. Elle se laissa happer par la nuit, et se retrouva sur un grand balcon qui courait sur toute la largeur de la maison.

Elle inspira. Et expira. Inspira. Expira. *Respire. Contente-toi de respirer.*

Elle se sentait oppressée. Sa peau était moite et la démangeait. Ce n'était pas la première fois que de telles sensations se manifestaient chez elle. Cela avait commencé juste après ses débuts en société. L'attaque la plus spectaculaire avait eu lieu lors de sa nuit de noces, pendant qu'elle attendait que son époux la rejoigne dans le lit conjugal.

À l'époque, elle avait cru mourir de terreur. Elle s'était enfouie sous la courtepointe de son lit après avoir bu le verre de brandy que Hilda lui avait servi de force. Elle avait laissé l'alcool faire son effet, elle s'était endormie et s'était réveillée à l'aube, à l'arrivée de son mari qui lui avait fait l'amour avec gaucherie. Étant donné son état d'ébriété, cela avait été bref – heureusement – et décevant. Ses visites conjugales avaient toujours été brèves, et décevantes, même quand il s'était présenté à elle sobre.

Elle posa ses mains gantées sur la rambarde devant elle et baissa la tête. Elle aspirait des bouffées d'air frais pour tenter de se calmer, tout en se demandant ce qu'elle faisait en ce lieu douteux, alors que sa vie était sur le point de s'effondrer.

Une autre inspiration. Et une expiration. C'était sa façon d'affronter les situations difficiles. Sa façon de réagir à la foule et aux crises de panique. Elle respirait jusqu'à ce que cette sensation d'oppression et d'asphyxie disparaisse.

Elle scruta la nuit, et ses doigts se crispèrent autour de la balustrade en pierre. Elle sentait toujours la main de cette femme serrer la sienne avec la férocité d'une lionne.

En ce moment même, Tru aurait dû être en train de faire quelque chose pour protéger sa fille des machinations de son mari. Au lieu de cela, elle s'était laissé attirer dans cette farce.

Elle adressa un regard de reproche par-dessus son épaule à la maison où Madame Klara poursuivait sa séance. La pseudo-voyante l'avait déstabilisée, et Tru se sentait stupide de s'être montrée aussi impressionnable. Elle s'était révélée être une créature docile entre les mains de cette femme. Quelle brillante actrice que cette Madame Klara. Il fallait au moins lui reconnaître cela.

Quitter précipitamment la pièce n'avait fait qu'ajouter au spectacle et dès le lendemain tout le monde raconterait comment la célèbre voyante avait provoqué la panique chez la calme et posée comtesse de Chatham. Il fallait croire qu'elle n'était pas si calme. Ni si posée. Comment avait-elle pu manquer à ce point de dignité ?

Tu es en danger. Ne dis rien.

Tru secoua la tête, exaspérée par sa propre réaction, par cette femme, par tout. Par cette soirée. Une pure bêtise. Une absurdité sans nom.

Elle aurait dû balayer tout ceci d'un geste de la main, avec un mot d'esprit et un grand éclat de rire. Elle aurait dû rester dans la pièce, elle aurait dû garder son calme et rester de marbre, au lieu de vaciller et de s'enfuir comme une enfant terrifiée.

— Êtes-vous perdue ?

6

« Il y a bien pire comme surnom que “la glaciale comtesse”. Vous n’avez qu’à demander à toutes celles qui, un jour, se sont moquées d’un homme. »

GERTRUDE, comtesse de Chatham

En entendant cette voix à laquelle elle ne s’attendait pas, une voix grave et douce, tel un coup de tonnerre résonnant dans le lointain, Tru se tourna brusquement, la main sur la bouche pour étouffer un petit cri. Elle pensait être seule sur ce balcon, mais l’homme qu’elle avait remarqué un peu plus tôt pendant la séance, celui qui l’avait observée pendant qu’elle le regardait, se tenait à quelques pas d’elle, et avait sans doute été témoin de ce moment de faiblesse. Dans la pièce, tout à l’heure, ses yeux avaient donné l’impression à Tru qu’il effleurait sa peau. Et voilà que cela recommençait.

Il était nonchalamment appuyé contre la façade, et l’observait comme il l’avait fait plus tôt, de ses yeux sombres et intenses qui, eux, n’avaient rien de nonchalant.

D’habitude, les hommes ne la remarquaient pas. Pas de la manière dont ils s’attardaient sur ses amies. Des regards admiratifs suivaient Valencia et Hazel partout où elles allaient. Tru, quant à elle, ne méritait pas une telle attention. Elle était Lady Gertrude, la comtesse de Chatham. Elle s’était mariée à dix-huit ans. Après cela, tout avait été fini pour elle. Terminé. Elle n'était pas quelqu'un qui attisait le désir. Cela faisait plus de dix ans qu'elle ne plaisait plus à son propre époux. Alors, à d'autres hommes… Elle ne suscitait pas l'admiration. Elle évoluait dans la haute société avec l'aplomb et l'austérité de la plus digne des grandes dames.

— Êtes-vous perdue ? répéta-t-il, en haussant un sourcil interrogateur.

Cet homme était une contradiction. Une fascinante contradiction. Comment pouvait-il projeter l'image d'un grand félin semblant prêt à bondir et en même temps prêt à succomber à l'appel d'une irrésistible sieste ?

Tout en s'intimant l'ordre de se méfier de cet inconnu dont elle ne savait rien, elle répondit :

— Non, je ne suis pas perdue.

Elle porta la main à son décolleté, comme si elle pouvait calmer son cœur qui s'était emballé. Le regard de l'inconnu suivit le mouvement et elle eut soudain très chaud. Sa robe n'était pas plus osée que celles que les autres invitées portaient. En réalité, Tru était même vêtue de façon plutôt sage et son décolleté était loin d'être indécent.

Il ne répondit pas, et elle se sentit obligée de rompre le silence.

— J'avais juste besoin d'un peu d'air frais. M'avez-vous… (Elle s'interrompit et déglutit.) M'avez-vous suivie jusqu'ici ?

— Vous m'avez semblé agitée.

Agitée. C'était un doux euphémisme. Elle ne pouvait le nier, cependant. Elle était agitée. Et ce n'était pas dans ses habitudes, même si cet homme ignorait tout de ces dernières. Il ignorait tout d'elle. Son nom. Son surnom de « glaciale comtesse ».

Elle opta pour le détachement.

— Vraiment ? demanda-t-elle en relevant légèrement le menton et retrouvant par là un peu du flegme qui d'habitude la caractérisait.

Pourtant, le caractère peu orthodoxe de cette rencontre la déstabilisait, mais il n'avait pas besoin de le savoir. Elle feignait l'ignorance tout en essayant de ne pas se sentir flattée qu'il ait fait suffisamment attention à elle pour la suivre jusqu'ici. Elle n'était pas une écervelée, une coquette prompte à succomber à l'euphorie d'avoir éveillé la curiosité d'un bel homme.

Elle était une femme mariée. Un jeune aristocrate viril aux yeux ardents était censé la laisser de marbre. Elle était trop loyale envers son époux – qui ne le méritait pourtant pas – pour se laisser griser. Elle n'était pas une jeune fille frivole qui minaudait lorsqu'elle se retrouvait en tête à tête avec un homme. En tant que comtesse de Chatham, elle jouissait d'une réputation irréprochable. De nombreuses ladies sollicitaient ses conseils, sur des sujets variés. Quelle attitude adopter face à des enfants colériques ? Quelle était la garde-robe idéale d'une débutante ? Comment redécorer son salon ? *Et cætera, et cætera...*

Les minauderies ne rentraient pas dans son champ de compétences. Elle était trop âgée pour cela. Les minauderies étaient pour les jeunes filles comme Delia et ses amies.

Elle était une mère de famille. Une grande dame de la haute aristocratie. Ses années frivoles étaient loin derrière elle.

Oh ! elle savait bien que certaines ladies de son rang avaient des amants. Elles avaient accompli leur devoir, donné des fils à leurs époux dont elles vivaient désormais séparées et qui, eux-mêmes, entretenaient une ou plusieurs maîtresses. C'était monnaie courante que certaines ladies s'aventurent hors du droit chemin du mariage pour se divertir un peu. Plus d'une fois, Tru avait surpris des épouses en train de disparaître dans des alcôves avec des hommes qui n'étaient pas leurs maris.

La discrétion était de mise, mais cela se savait. Et ce n'était pas suffisamment extraordinaire pour que la presse à scandale s'y attarde.

Pourtant, si Tru – la glaciale comtesse – devait tout à coup prendre un amant, plus d'un sourcil se lèverait, mais seulement parce qu'elle s'en était abstenue pendant des années.

Elle avait décidé bien des années auparavant qu'elle ne serait pas Chatham, qui se moquait des vœux qu'il avait prononcés autant qu'il se moquait d'elle.

Il l'avait humiliée en prenant une maîtresse à peine deux semaines après leur mariage. En réalité, ses écarts de conduite avaient commencé bien avant cela. Elle l'avait surpris en compagnie d'une femme de chambre quelques jours seulement après leur mariage. La domestique, écarlate, avait défroissé son tablier et sa coiffe et était descendue du lit matrimonial. Cela avait donné le ton au reste de leur lune de miel. Et de leur mariage.

Chatham s'était enfoncé dans les oreillers, un sourire langoureux et insolent aux lèvres. Elle n'avait jamais oublié. Ni son visage ni son expression. Cette image s'était imprimée en elle et s'était installée durablement dans les profondeurs de son esprit, modifiant à jamais ses perceptions. Les notions d'entente conjugale et de fidélité n'avaient plus rien voulu dire pour elle. Pouvoir faire confiance à quelqu'un était devenu un défi. L'espoir d'une vie de couple heureuse s'était envolé.

Elle avait su que leur mariage ne serait jamais basé sur l'affection, ni même sur un minimum de courtoisie.

— C'est votre première soirée de ce type, je suppose ? demanda-t-il.

Elle marqua un léger temps d'arrêt, car l'idée que ces séances soient devenues une habitude pour certains la laissait perplexe.

— Oui. Et vous ?

Il hocha la tête, et fit quelques pas vers elle.

— Et ma dernière, très certainement.

Elle émit un petit rire.

— Vous n'avez pas été convaincu par tout ce théâtre, alors ?

Il sourit, et le cœur de Tru se serra étrangement. Il avait des lèvres remarquablement sensuelles pour un homme, des lèvres pleines et ourlées. Oh ! il était diaboliquement séduisant. C'était une bonne chose que cet homme ne fréquente pas les salles de bal du grand monde, sinon il aurait fait un carnage parmi les débutantes.

— C'était une magnifique performance, en effet, dit-il lentement.

Il semblait retenir chaque mot avant de le prononcer, et Tru, malgré elle, trouva ce phrasé particulier si troublant qu'une bouffée de chaleur l'envahit.

— Du grand spectacle, ajouta-t-il. Maintenant, je comprends mieux pourquoi Madame Klara a acquis une telle réputation.

— Si vous faites partie des sceptiques, pourquoi être venu, alors ?

— C'est un ami qui m'y a incité.

Elle lui adressa un sourire de connivence.

— Ce sont aussi mes amies qui m'ont entraînée ici.

— Ah. Les amis. Que ferait-on sans eux ? J'imagine très bien le genre d'arguments qu'elles ont utilisés pour vous persuader. Vous ont-elles dit que ce serait divertissant ? Et que Madame Klara pourrait vous fournir des indications susceptibles de vous servir dans un avenir plus ou moins proche ?

Elle ne put s'empêcher de rire.

— Vous avez vu juste. C'est exactement ce qu'elles m'ont dit, acquiesça-t-elle. Comme si une voyante pouvait faire office de prêtre, et aider les gens à y voir plus clair dans leur existence.

— Sur ce point, je ne me prononcerai pas. J'ai assez peu fréquenté les prêtres dans ma vie…

Elle retrouva aussitôt son sérieux et se tut. Cet homme, se rappela-t-elle, qui venait lui-même de s'avouer mécréant, était un inconnu dont il fallait se méfier.

Un inconnu qui avançait vers elle, les yeux brillant d'une étrange lueur. Un inconnu avec qui elle était seule.

— Vous ai-je choquée ? demanda-t-il en s'arrêtant devant elle. Me voyez-vous comme un hérétique désormais ?

Ils étaient bien trop près l'un de l'autre. Il inclina la tête tout en la regardant, avec toujours ce sourire charmeur aux lèvres. S'entraînait-il devant un miroir ? Son sourire était beaucoup trop séduisant et elle n'était pas femme à se laisser tourner la tête. Elle s'écarta en longeant la balustrade, à laquelle elle s'agrippait toujours, comme si elle avait besoin d'être rassurée par ce contact solide.

— Pas du tout, mentit-elle.

Un hérétique. Un don Juan, peut-être. Un libertin, très certainement. Mais jamais elle ne lui avouerait une chose pareille.

— Je ne vous connais même pas, monsieur. Je n'oserais pas vous juger.

Encore des mensonges. Elle le jugeait. Elle ne faisait que cela. Juger les hommes et les écarter, à l'exception de quelques-uns qu'elle autorisait à approcher sa fille. Mais ils étaient rares, et ce jeune et beau bourreau des cœurs n'allait certainement pas faire partie de cette catégorie.

Elle avait cru au charme et à l'honneur d'un homme, jadis, et elle payait toujours pour cette faute. Elle ne faisait plus confiance à personne.

Il cessa d'avancer vers elle et elle put respirer un peu plus à son aise. Il l'observa un long moment, avant de dire :

— C'est en effet très sage de votre part. Jugez-moi comme vous le souhaitez. Nous ne sommes que deux inconnus l'un pour l'autre.

Elle le regarda avec méfiance.

— Mais en même temps, un inconnu est parfois la meilleure rencontre que l'on puisse faire dans un jardin, la nuit, poursuivit-il.

Elle n'aurait jamais cru que sa voix puisse devenir si rauque.

— Je vous demande pardon ?

Avait-il réellement conscience du caractère provocateur de ses propos ? Était-ce délibéré de sa part ? Elle n'était pas le genre de femme à qui l'on faisait des propositions malhonnêtes dans un jardin sombre, ni nulle part ailleurs.

Il lui adressa de nouveau ce sourire diaboliquement irrésistible.

— Il n'est pas obligé que cette soirée soit une perte de temps totale.

Elle ressentit un léger vertige, comme si elle avait un peu trop bu.

— Je vous demande pardon ? répéta-t-elle.

C'étaient les seuls mots qu'elle semblait capable de prononcer. Elle n'arrivait pas à réfléchir ni à penser rationnellement. Cet homme envahissait son espace avec un regard décidé. Si cela n'avait pas été hautement improbable, elle aurait pu croire qu'elle lui plaisait.

C'était stupide de sa part. Elle devait se tromper. Elle se trompait. Elle ne provoquait pas ce genre de réaction chez les hommes. Elle n'attirait même plus son mari dans son lit, alors même qu'il était réputé pour être peu regardant vis-à-vis de ses conquêtes.

Tru était mère de deux enfants et, à trente-sept ans, elle avait l'âge de commencer à songer au mariage de sa fille. Elle n'était pas le genre de femme sur lequel les hommes – et *a fortiori* les hommes plus jeunes qu'elle – jetaient leur dévolu lors des soirées.

— Je vous ai remarquée dans le salon tout à l'heure.

Stupéfaite, elle se tourna et regarda par-dessus son épaule s'attendant à trouver quelqu'un derrière elle. Comme s'il parlait à une autre qu'elle. Quand elle le regarda de nouveau, il semblait amusé.

— Vraiment ?

Elle reconnut à peine sa voix. Sans doute appartenait-elle à une autre femme, une femme qui, pour une raison indéterminée, avait le souffle court.

— Bien sûr.

Bien sûr ? Bien sûr ? Pourquoi disait-il cela ? Comme si c'était évident. Comme si elle était tout à fait remarquable. Elle recula d'un pas mal assuré et se heurta à la balustrade. Elle n'avait rien de remarquable. Elle était une femme insignifiante, ni jeune ni vieille, dont la caractéristique première était sans aucun doute la banalité.

— Bien sûr. Comment aurait-il pu en être autrement ?

On aurait dit qu'il flirtait avec elle, mais elle devait se tromper. Cela faisait des années que personne n'avait flirté avec elle.

Même quand elle était encore une jeune débutante, elle n'avait rien d'extraordinaire. Elle n'avait jamais été aussi jolie que Delia. Oh ! bien sûr, elle n'avait jamais été laide non plus, mais c'était sa jeunesse qui avait suffi à la rendre attirante aux yeux de certains. Cela, et surtout son énorme dot…

Sa jeunesse n'était plus, et la roue avait tourné. Terminé le temps des flirts, du papillonnage, des liaisons. Elle laissait cela à d'autres.

Dans la pénombre du balcon, les yeux de l'inconnu brillaient alors qu'il scrutait le visage de Tru.

— Vous êtes belle.

Belle, elle ? Il devait la prendre pour la plus crédule des femmes. N'avait-il pas remarqué Hazel ? Ou Valencia ? La pensait-il stupide au point qu'elle croie à son compliment ? L'indignation la saisit.

— Vous vous moquez de moi.

Il sembla surpris.

— Moi, me moquer de vous ?

— Parfaitement. Et je trouve cela cruel.

Il secoua la tête et la regarda avec un air d'incompréhension totale.

— Mon but n'est pas d'être cruel, madame. C'est même tout le contraire.

Elle cligna des yeux. Elle avait l'habitude que l'on s'adresse à elle en utilisant son titre. Bien sûr, il l'ignorait. Il ignorait tout d'elle. Son nom. Son titre. Son sens du devoir et sérieux à toute épreuve. Le fait que la glaciale comtesse était insensible à la flatterie.

— Vous ne trouvez pas qu'il est cruel de faire semblant de ressentir de l'intérêt pour moi ? demanda-t-elle.

Il ricana et elle se sentit humiliée.

— Ne riez pas de moi, je vous prie, monsieur.

Il s'arrêta net.

— Toutes mes excuses. C'est juste que le mot « intérêt » me semble bien faible pour définir les sentiments que vous m'inspirez.

— Quel mot utiliseriez-vous, alors ?

— Quelque chose de bien moins poli.

La gorge de Tru se serra. Elle demanda à ses pieds de bouger, de l'emporter loin, mais elle resta fermement ancrée où elle se trouvait, rivée à cet homme choquant et à tout ce qu'il projetait.

Oh ! elle ne s'était pas trompée, cet homme était un libertin.

Il se pencha en avant et la regarda d'un air solennel.

— Quel serait le mot juste pour décrire l'envie de vous emporter loin d'ici... l'envie de vous conduire jusqu'au lit le plus proche et de vous arracher votre robe ?

— Folie, murmura-t-elle d'une voix étranglée.

Folie serait le mot juste.

7

« Il y a les femmes intelligentes et il y a les femmes chanceuses. Mieux vaut faire partie des chanceuses. »

VALENCIA, duchesse de Dedham

— Folie, dit-elle.

En entendant cette réponse, Jasper ne put s'empêcher de sourire. Bon sang, cette femme était une perle rare. Intelligente *et* séduisante *et* ingénue. Ce n'était pas une combinaison ordinaire. Il résista à l'envie de porter la main à sa bouche, pour voir si son sourire était bien réel, tant il avait perdu l'habitude de la joie. Elle le prendrait vraiment pour un fou.

Folie.

Il aimait l'idée de l'avoir troublée. Il aimait que sa voix ténue flotte encore dans l'air, aussi vibrante et mélodieuse qu'un chant d'oiseau.

Il avait commencé à faire quelques apparitions en société, à des thés, des dîners... Il avait même assisté à un insupportable récital où deux jeunes femmes avaient, en duo, massacré un piano... et ses oreilles. Il se frayait petit à petit un chemin dans le grand monde. Malheureusement, la plupart des femmes qu'il avait jusque-là rencontrées étaient soit des gamines inexpérimentées à peine sorties de la nurserie, soit des mères de famille obnubilées par le mariage de leur progéniture. Cette femme, cependant, n'appartenait à aucune de ces deux catégories, et c'était un immense soulagement.

Un agréable sursis, très momentané, car dès le lendemain il retournerait au charbon, puisqu'il devait assister à son premier bal. En fait, Jasper était si heureux et reconnaissant qu'il avait envie de profiter pleinement de ce sursis – et de cette femme –, sachant qu'il en serait privé pendant un certain temps.

Durant le court temps qu'il avait passé au sein de la haute société londonienne, il avait appris une chose : personne n'était authentique dans ce monde scintillant. Chaque sourire, chaque mot, chaque rire étaient le fruit d'un calcul. Pourtant c'était le monde qu'il avait choisi pour lui-même. Il l'avait infiltré et il le conquerrait. Il le devait.

Dès que leurs regards s'étaient croisés dans ce salon, il avait senti qu'elle était différente. Contrairement à tous les autres invités, elle ne suivait pas la performance de Madame Klara avec une expression béate. Il avait perçu son scepticisme et, ensuite, elle avait clairement détesté être montrée du doigt par leur hôtesse de manière si osée et théâtrale.

Quand elle s'était enfuie, il n'avait pas pu résister à l'envie de la suivre sur le balcon. Il n'avait pas prévu ce comportement impétueux et audacieux. Il n'avait pas décidé à l'avance de corrompre une femme ce soir, mais hélas, c'était ce qu'il était en train de faire. Ce qu'il était en train *d'essayer* de faire, à tout prix. Car il n'y avait pas d'autre mot. Il lui avait dit qu'il avait envie de la déshabiller et de la mettre dans un lit. Même pas le sien. Le lit le plus proche ferait l'affaire.

Elle le regardait d'un air horrifié. Elle était scandalisée et elle avait de quoi. C'était une lady, et il l'assaillait tel un soldat armé d'un bélier.

C'était de la folie, en effet.

Sa mère l'avait prévenu qu'il avait une nature trop directe et qu'il devrait apprendre la retenue s'il voulait être reconnu en tant que gentleman dans le grand monde.

Un *gentleman*. Ce n'était pas ainsi qu'il se voyait. Et pourtant il était suffisamment riche pour passer pour l'un d'eux, et ou moins pour que les membres de la haute société ferment l'œil sur sa naissance tout sauf noble.

Un grand nombre d'aristocrates ne vivaient que sur les cendres d'une richesse passée, consumée par leurs pères ou grands-pères. Les nobles n'avaient d'autre choix que de l'accueillir parmi eux – même s'il ne possédait pas le pedigree requis –, tout en espérant qu'il épouse l'une de leurs filles et qu'il remplisse leurs coffres. Les salons du grand monde lui ouvraient leurs portes, pour peu qu'il s'y présente avec les poches bien remplies. Sans cela, il ne serait pas le bienvenu. Il avait même dû payer pour entrer dans *cette* maison. Quand il était enfant, il n'aurait jamais imaginé qu'il dépenserait un jour autant d'argent pour assister à une soirée. Évidemment, quand il était enfant, il n'avait jamais pensé devenir celui qu'il était aujourd'hui, ni posséder assez d'argent pour se permettre ce genre de caprice.

Il avait appris à travailler dur, à survivre grâce à son intelligence et à la force de ses bras. Pendant que les aristocrates apprenaient le quadrille, il réparait le toit de l'auberge de son père. Pris par le dur labeur, pris par les affaires de son père qu'il s'était appliqué à faire prospérer, il n'avait pas eu le loisir de conter fleurette. Son style était plus direct, plus expéditif. Si la fille lui plaisait et que c'était réciproque, pourquoi aurait-il perdu son temps à lui faire la cour ? Une jolie vendeuse, une lavandière pleine de vie, une femme de chambre accommodante... Telles avaient été les femmes qui lui avaient toujours plu. Des femmes issues du même milieu que lui.

Il avait pris son plaisir dans la remise de l'auberge trop de fois pour pouvoir les compter. Des rencontres rapides et satisfaisantes, aussi peu compliquées que les femmes avec lesquelles il les avait partagées. Elles se servaient de lui comme il se servait d'elles, et repartaient comblées, avec la promesse de revenir vite.

La femme qui se trouvait face à lui était complètement différente. Elle ne réveillait pas moins ses instincts les plus primaires. Il avait envie de jouir d'elle. Il voulait une rencontre rapide et simple avec elle.

Même s'il savait qu'elle n'était pas son genre de femme habituel – ni même le genre de femme qu'il espérait trouver bientôt –, il ne pouvait s'empêcher de flirter avec elle comme il le faisait avec toutes celles à qui il voulait faire l'amour. En se montrant très direct. Quand il voulait une femme, il ne mâchait pas ses mots.

La vie était courte. Son père était mort un mois avant de fêter ses quarante ans. Le père de son père n'avait même pas atteint cet âge, puisqu'il s'était noyé en tombant dans une rivière après avoir trop bu, alors qu'il n'avait que trente ans.

La vie était fragile, et il ne voyait pas l'intérêt d'hésiter quand tout pouvait être réglé en un clin d'œil. Il allait toujours droit au but. Il avait fait fortune à l'âge de vingt-cinq ans en suivant cette ligne de conduite. Quand il voulait quelque chose, il se lançait à sa poursuite sans tergiverser.

Sa mère lui avait conseillé la prudence et la retenue dans le grand monde, mais ce n'était pas dans sa nature. Elle avait toujours peur pour lui. L'angoisse d'une mère était quelque chose d'usant... pour la mère en question. Et un joug autour du cou de l'enfant, en l'occurrence lui. Depuis qu'elle était veuve, elle vivait dans la crainte qu'il n'arrive quelque chose à Jasper.

Elle n'avait jamais caché qu'elle souhaitait le voir vivre prudemment, modestement et humblement dans le village de Leighton. Elle nourrissait le concernant des espoirs et des ambitions simples. Elle voulait qu'il reste à l'auberge construite par son grand-père et qu'il y mène une existence calme et prévisible. Une existence sûre. Elle aurait voulu qu'il épouse la fille du meunier du village. Il n'avait rien contre Dorcas, mais ce n'était pas le genre d'épouse qu'il fallait à Jasper. Ni pour lui ni pour sa fille. Sa mère avait insisté, répétant que la fille du meunier, qui avait huit frères et sœurs, était suffisamment solide pour enfanter sans danger. Elle était un choix sûr. Et avec elle il mènerait une vie sûre.

Ce n'était pas ce qu'il voulait.

Quand il était parti à Londres pour faire prospérer l'affaire qu'il avait héritée de son père, sa mère l'avait supplié de ne pas y aller, convaincue qu'il allait contracter une maladie mortelle, qu'il serait renversé dans la rue par un carrick lancé à toute allure ou détroussé par des voleurs et laissé pour mort dans un caniveau. Son imagination galopante ne connaissait pas de limites.

Il avait ignoré son injonction à la prudence.

Il n'avait pas épousé Dorcas. Il n'était pas resté à Leighton. Il ne s'était pas contenté d'une vie de simple aubergiste. Il avait ouvert une autre auberge, puis une autre, et encore une autre. Jusqu'à ce qu'il en possède huit au total, tout au long de la *Great North Road*, la grande route qui traversait le pays du nord au sud. Et il venait aussi d'inaugurer son plus bel établissement, un hôtel de luxe situé dans les beaux quartiers de Londres, en ignorant tous les appels à la prudence de sa mère.

Tous, sauf un.

C'était avec prudence qu'il infiltrait le grand monde, un véritable champ de bataille. C'était en tout cas ce qu'on lui avait dit. Un champ de bataille truffé d'ornières et de pièges dont il ne connaissait rien. Pour l'aider à avancer sans dommages, il n'avait qu'un ami : Lord Theodore Branville. Theo était son guide, son mentor, et il n'était pas sans lui rappeler sa mère, tant il multipliait lui aussi les appels à la prudence. Dans les salles de bal de l'aristocratie, lui avait enseigné Theo, il fallait se montrer réservé, froidement poli. Et, surtout, il ne fallait jamais rien faire dans la précipitation ni sans réfléchir.

Apparemment, Jasper ne pouvait pas se contenter de choisir la première débutante venue et d'en faire son épouse. Il aurait pourtant aimé que ce soit aussi simple. Assister à quelques soirées, repérer une épouse potentielle, l'observer un peu, discuter avec le père et signer un contrat de mariage. Et voilà !

Ce n'était pas ainsi qu'il fallait procéder, néanmoins. Theo avait bien insisté sur ce point. Il fallait qu'il y ait une cour en bonne et due forme.

Tu peux te permettre d'être sélectif. Tes poches bien remplies t'y autorisent, ainsi que ton beau visage d'ange. Je ne te le laisserai pas foncer tête baissée. Tu vas trouver une délicieuse épouse, une femme qui ne sera pas seulement décorative. Elle possédera tout ce que tu recherches. Tout ce que tu souhaites, et plus encore. Ton cœur débordera de joie.

Jasper avait essayé d'expliquer à son ami qu'il ne cherchait pas à faire un mariage d'amour. Il laissait cela aux poètes et aux rêveurs. Jasper était sur terre pour bâtir un empire, pas une histoire d'amour.

Mais il s'agissait du balcon de Madame Klara et non d'une salle de bal. C'était un endroit pour les excentriques, où il pourrait faire la connaissance d'une femme prête à flirter avec lui. Un endroit où la folie pouvait prévaloir, où il était libre d'être lui-même et de se comporter comme il en avait envie. Après tout, cette femme n'était pas une débutante. Ce n'était pas une demoiselle en train de marteler les touches d'un piano jusqu'à ce que ses oreilles saignent. Elle était tout autre chose, et il ne se sentait absolument pas gêné dans ses tentatives d'approche.

Il avança vers elle, en levant involontairement une main pour la toucher, pour caresser sa joue, passer les doigts sur sa peau si lumineuse.

— Avez-vous au moins conscience de votre beauté sauvage ?

Il eut l'impression de l'entendre haleter. Elle écarquilla ses beaux yeux cognac et cligna des paupières plusieurs fois. Elle recula de quelques pas, chancelante, et longea la rambarde du balcon pour se mettre hors d'atteinte, les bras tendus en arrière, vers la balustrade qu'elle agrippait. Dans cette posture, son dos légèrement cambré faisait ressortir ses seins, qu'il avait envie de cueillir entre ses paumes.

— Beauté sauvage..., répéta-t-elle, comme si ces deux mots appartenaient à une langue étrangère.

Il acquiesça, tout en dévorant des yeux ce que sa robe sage en soie rouge laissait voir. Il aurait parié qu'elle n'était pas une oie blanche, loin de là, ce qui lui allait très bien. Il n'avait pas une passion dévorante pour les vierges. À chaque fois qu'il couchait avec une servante inexpérimentée, il avait l'impression de devoir s'excuser pendant l'acte, ce qui l'empêchait de s'abandonner et de jouir pleinement.

Cette femme était tout simplement délicieuse. Plantureuse

et appétissante comme un fruit mûr. Il l'imaginait douce et lascive. Très lascive...

— C'est bien cela, acquiesça-t-il. Une beauté sauvage.

Elle s'immobilisa, sans cesser de le fixer, et tout à coup... se mit à rire.

Il cligna des paupières.

Elle pencha la tête en arrière et exposa ainsi sa délicate gorge.

— *Sauvage*, moi ? demanda-t-elle entre deux éclats de rire. C'est la meilleure !

Ce n'était pas le genre de réaction que suscitaient ses compliments d'habitude.

— Cela semble vous surprendre.

— En effet. C'est un non-sens total.

Il haussa les épaules, légèrement vexé.

— Je ne mens jamais aux femmes.

Il les traitait toujours avec la plus grande honnêteté, même si, ces derniers temps, il n'avait pas eu beaucoup de temps à leur consacrer à cause de son travail. Il n'inventait jamais rien pour parvenir à ses fins.

— Pourquoi vous mentirais-je ? poursuivit-il.

Elle secoua la tête.

— Je n'en ai pas la moindre idée.

— Voulez-vous que je vous prouve ma sincérité ? insista-t-il. Quittons cet endroit pour un autre, plus confortable, et je vous montrerai à quel point je suis sérieux.

Elle cessa aussitôt de rire, et son visage revêtit une gravité qui ressemblait presque à du regret.

— Je ne peux pas faire une chose pareille.

Il n'avait pas rêvé. Il y avait bien du regret dans sa voix.

— Parce que c'est de la folie ? demanda-t-il.

Elle hocha lentement la tête.

— Oui.

— Vous n'avez donc pas la moindre envie de quitter cet endroit avec moi ? De m'accompagner quelque part où nous aurions tout loisir de faire plus ample connaissance ? Sans avoir à craindre d'être interrompus ?

Il fixa alors son attention sur ses lèvres, sur la bouche qu'il rêvait de prendre d'assaut, sur les lèvres qu'il mourait d'envie de goûter.

— Pas envie de profiter l'un de l'autre et de profiter des délices que nous pourrions trouver ensemble ?

— Vous êtes irrécupérable.

Elle secoua la tête, mais ne détourna pas le regard. Elle le fixait comme s'il était fou. Inconnu et fou. De toute évidence, les gentlemen ne corrompaient pas les ladies auxquelles ils n'avaient pas été présentés. À ses yeux à elle, il était allé trop loin. Et bien d'autres penseraient sans doute comme elle.

Il inclina la tête pour montrer qu'il comprenait. Pourtant il ne regrettait pas ses manières directes et audacieuses. C'était ainsi qu'il menait sa vie et qu'il prenait ses décisions. C'était ainsi qu'il avait fait de la modeste auberge familiale un vaste empire d'auberges de poste, et plus encore. C'était ce qui l'avait conduit à Londres, après tout. Et ce qui lui avait permis de s'y implanter avec succès.

Bientôt, il évoluerait dans les salles de bal du grand monde, et se mêlerait aux aristocrates qu'il ne connaissait que par ce qu'il en avait lu dans les journaux.

Il soupira. Cette nuit, il serait celui qu'il était vraiment. Il ne penserait pas à sa quête pour trouver une épouse parmi les pures et blanches jeunes filles de l'aristocratie. Cela pouvait attendre. Ce soir, il ne serait que lui, et il ne le regretterait pas un seul instant.

8

« Même une apparition spectrale ne pourrait être pire que celle d'un mari à la porte de la chambre à coucher. »

GERTRUDE, comtesse de Chatham

Il paraissait que lorsque l'on mourait, notre existence défilait devant nos yeux en un tourbillon d'images. Des tranches de vie capturées par la mémoire. Certainement les moments les plus significatifs et inoubliables. Pour Tru, ce serait sans doute le jour de son mariage : personne n'avait dit qu'il devait s'agir de bons souvenirs, après tout. La naissance de ses enfants. Un après-midi d'été passé à musarder dans l'herbe douce comme une caresse. Les visages d'ange des petits Delia et Charles quand ils s'étaient assis tous les trois pour confectionner des couronnes de fleurs, avec des jacinthes sauvages, des coquelicots et du chèvrefeuille. Tels étaient les souvenirs qui lui reviendraient quand elle quitterait ce bas monde, supposait-elle.

Elle était certaine que le moment qu'elle était en train de vivre en ferait également partie. Elle n'avait pas connu le grand amour au cours de sa vie. Ni l'amour tout court. Mais il lui resterait ce moment où un homme lui avait rappelé qu'elle était encore une femme.

Tru s'efforça de reprendre son souffle. Elle avait l'impression d'étouffer et sa gorge était si serrée qu'il était aussi difficile pour elle de respirer que de parler.

— Vous dites des choses horribles, monsieur.

Pourtant elle savait que toutes les fois où elle poserait la tête sur son oreiller le soir, elle entendrait ces mots. Elle y repenserait. Elle repenserait à *lui*. Elle reverrait ce moment où, sur un balcon plongé dans la pénombre, un bel homme lui avait proposé de lui donner du plaisir.

Vous n'avez donc pas la moindre envie de quitter cet endroit avec moi ? De m'accompagner quelque part où nous aurions tout loisir de faire plus ample connaissance ? Sans avoir à craindre d'être interrompus ? Pas envie de profiter l'un de l'autre et de profiter des délices que nous pourrions trouver ensemble ?

Il n'y avait pas d'erreur possible. Ses intentions étaient claires.

Ce n'était pas un simple flirt. Ou, si c'en était un, c'était le flirt le plus direct et le plus éhonté qu'elle ait jamais connu. Certes, la dernière fois remontait à presque vingt ans, mais elle n'aurait pas oublié.

Il inclina la tête pour l'observer.

— Vous semblez surprise. Est-ce la première fois qu'un homme tente sa chance auprès de vous ?

— Bien sûr que oui ! souffla-t-elle, scandalisée.

On ne faisait pas d'avances à la comtesse de Chatham. Tous les hommes de la haute société le savaient bien.

— Je suis une femme mariée.

— Oh.

Ce fut à son tour de paraître surpris.

— Vous ne m'aviez pas donné cette impression.

— Non ?

— Non.

— Et quelle impression donne une femme mariée ?

Et pourquoi donc s'était-il mépris à son sujet ?

Il l'observa pendant un moment, la détaillant de la tête aux pieds.

— Normalement, chez une femme mariée, ce qui transparaît tout de suite, c'est qu'elle fait l'amour régulièrement. Ce qui ne me semble pas être votre cas.

Elle lui administra une gifle retentissante.

La tête de Thorne partit sur le côté, mais il la redressa très vite. Il la regarda d'un air calme et indifférent, ce qui était très vexant. Elle, elle se sentait tout sauf calme et indifférente.

— Comment osez-vous ?

Elle n'aurait su dire ce qui la scandalisait le plus. Sa remarque pour le moins osée ? Le fait qu'il ait raison ? Qu'il lui ait fait perdre le contrôle d'elle-même ?

Lui avait-il suffi d'un regard pour comprendre qu'elle ne faisait pas l'amour régulièrement ? Elle sentit une rougeur embarrassée gagner sa gorge et son visage. Portait-elle sa chasteté forcée sur son visage ? Cette idée l'atterrait.

— Vous avez posé la question. Je m'excuse si ma réponse vous a à ce point offensée.

— C… comment av… Pourquoi pensez-vous que…

Sa voix faiblit, puis s'éteignit, et les mots restèrent bloqués dans sa gorge. Elle ne pouvait pas lui poser la question. Elle ne possédait pas son franc-parler.

Aucun homme ne s'était jamais montré aussi direct avec elle. Mis à part Chatham, dont la liberté de ton ne s'était révélée qu'après leur mariage, quand il s'était mis à s'adresser à elle avec une cruelle franchise, révélant par là sa vraie nature.

— Cela se voit toujours si une femme est comblée de plaisir.

Le plaisir ? *Ce* plaisir ? Pas une seule fois elle ne l'avait connu.

La façon dont cet inconnu la regardait, de son œil sombre et déterminé, la fit réfléchir à ce que cela devait faire de recevoir du plaisir de la part d'un homme.

Tout à coup, le sang se mit à affluer de façon surprenante vers certaines zones de son corps. Son visage. Sa poitrine. Entre ses jambes. C'était assurément la première fois que cela lui arrivait.

— Êtes-vous heureuse en ménage ? demanda-t-il.

Quelle question incongrue !

— Heureuse ? répéta-t-elle d'une voix étranglée.

— Oui. Votre mariage vous donne-t-il satisfaction, madame ?

Elle cligna des yeux. C'était la première fois qu'on lui posait la question. Et c'était normal. Ce n'était pas important. Le mariage et le bonheur étaient deux notions qui n'avaient aucun rapport.

Il répéta, en détachant bien chaque mot :

— Êtes-vous heureuse en ménage ?

Le bonheur conjugal existait-il dans le grand monde, où les mariages d'amour étaient une anomalie ? Franchement, elle ne le pensait pas.

— Cette question n'est pas pertinente.

Ce fut à son tour de cligner des yeux. En hochant la tête, il se balança d'avant en arrière sur ses pieds.

— C'est donc cela. Vous êtes malheureuse en ménage.

— Je n'ai pas dit cela.

Elle se remit à frémir d'indignation. Comment cet inconnu osait-il poser des questions aussi déplacées ?

— Seule une épouse malheureuse pouvait répondre de cette façon.

Comment s'était-elle laissé entraîner dans une conversation aussi intime avec un homme qu'elle ne connaissait pas ?

— En quoi mon bonheur conjugal – ou bien l'absence de celui-ci – vous concerne-t-il ?

— Eh bien, jamais je ne ferais d'avances à une femme heureuse en ménage. Ce serait déplacé.

Ah, parce qu'il se souciait des convenances, à présent ?

— Mais nous savons tous les deux que ce n'est pas votre cas.

Elle n'était pas heureuse en ménage. De nouveau, la brûlure de l'affront se fit sentir. Et, de nouveau, elle ignorait ce qui la vexait le plus. Les mots en eux-mêmes ou bien le fait qu'il dise la vérité.

— Comment osez-vous, monsieur ? Vous ne savez rien de moi.

Rien, mis à part le fait qu'elle était captive d'un mariage qui n'en était pas réellement un. Il le savait, semblait-il. Elle inspira péniblement. Apparemment, elle était à ce point transparente pour lui. Il ne connaissait pas son nom, son titre, son statut, mais il la voyait telle qu'elle était réellement : une prisonnière, enfermée dans une cage dorée.

— Je m'excuse si je vous ai peinée.

Elle leva le menton avec toute l'indignation qu'elle put rassembler.

— Pas du tout.

Même si elle l'avait frappé – et elle le regrettait, elle regrettait d'avoir perdu le contrôle d'elle-même –, elle ne pouvait pas dire qu'il l'avait peinée. Ce n'était pas le mot juste. Elle ressentait une foule d'émotions tumultueuses, mais la peine n'en faisait pas partie. Elle ressentait de l'offense. De l'euphorie. De la *tentation*.

— Nous pouvons changer une chose, néanmoins.

Elle n'aurait pas dû réagir, mais elle ne put s'empêcher de demander :

— Que voulez-vous dire ?

— Vous pouvez connaître le plaisir. Ce soir, au moins. Avec moi. Je jure de tout mettre en œuvre pour atteindre ce but.

Elle le regarda avec une incrédulité qui ne faiblissait pas. Il ne plaisantait pas. *Je jure de tout mettre en œuvre pour atteindre ce but.* Elle le croyait.

Elle eut tout à coup très chaud. Cet homme terriblement séduisant lui proposait une nuit. Avec lui.

Il haussa une épaule.

— Ou pas. C'est à vous de choisir.

Tout le monde savait qu'elle était trop intègre et trop vertueuse pour se permettre la moindre infidélité. Mais cet homme l'ignorait. Il ne savait pas cela d'elle et l'invitation qui se lisait dans ses yeux était aussi pressante que claire.

— Et qui sait ? poursuivit-il avec un petit ricanement qui fit rater un battement à son cœur.

Elle se balança d'un pied sur l'autre, comme si ce mouvement pouvait chasser cette tension désagréable.

— Si nous passons un bon moment ensemble, alors c'est volontiers que je vous proposerai de recommencer. Ne prenons aucune décision hâtive à ce sujet.

Oh. Il était le diable incarné. Et impudent avec cela ! Elle ferait aussi bien de le gifler de nouveau. Ce serait amplement mérité… et pourtant le toucher lui parut une très mauvaise idée.

— Vous ne savez rien de moi, murmura-t-elle.

Ce fut comme si elle se parlait à elle-même. Comme si elle avait besoin de ce rappel.

— Ai-je besoin d'en savoir davantage que ce que je vois ?

Davantage que ce que je sens entre nous ? Les choses n'ont pas besoin d'être plus compliquées que cela.

Il haussa de nouveau les épaules.

— À bien des égards, cela peut se révéler libérateur de prendre du plaisir avec un séduisant inconnu.

Elle émit un petit son, une sorte de sifflement, entre ses dents serrées et secoua la tête. *Non.* Elle ne pouvait pas faire une chose pareille.

— Quel âge avez-vous ? demanda-t-il soudain.

Elle crispa les épaules. L'indignation la suffoquait. Avait-elle dit ou fait quelque chose qui, tout à coup, l'avait fait apparaître vieille et faible à ses yeux ?

— Qu'est-ce que cela peut faire ?

— Je suis juste... curieux.

— Curieux, répéta-t-elle en ricanant presque. J'imagine que vous n'avez jamais entendu dire qu'il était impoli de demander son âge à une femme.

Il rit.

— Nous avons dépassé le stade des civilités, non ? Je pensais que l'honnêteté primait entre nous.

Elle soupira. L'âge n'était qu'un marqueur du temps. Cela n'avait aucun sens de se sentir gênée ou honteuse de n'être plus une jeune fille. Elle n'était plus une vierge nubile que l'on allait juger, avant de l'humilier.

— J'ai trente-sept ans.

Voilà, c'était dit. Cela devrait suffire à le faire changer d'avis. Elle attendit en le fixant, déjà prête à entendre ses excuses quand il prendrait congé.

Il ne se produisit rien de tel.

Il ne bougea pas, et se contenta d'incliner la tête d'un air interrogatif.

— Cela devrait-il me choquer et calmer mes ardeurs ? demanda-t-il.

— Eh bien, oui, tout à fait. Vous êtes bien trop jeune pour moi.

Il lui avait suffi d'un regard pour voir qu'il était plus jeune qu'elle. Les hommes préféraient les femmes jeunes, plus jeunes qu'elle en tout cas. Pour en faire leurs femmes. Ou leurs maîtresses. C'était ainsi.

— Je suis plus jeune que vous, reconnut-il, mais pas tant que cela. J'ai trente-trois ans.

Il avait quatre ans de moins qu'elle. Il y avait un plus grand écart d'âge entre elle et Chatham. Sauf que c'était Chatham, l'homme, le plus vieux des deux. C'était peut-être idiot, mais cela faisait une grande différence.

— Eh bien, voici une autre raison pour réfléchir à votre proposition. Vous savez désormais que je suis une femme d'âge mûr.

— D'âge *mûr* ?

En souriant, il la regarda de haut en bas avec l'air d'apprécier ce qu'il voyait.

— Vous dites cela comme si c'était contre nature. Quelque chose de... mal. Suis-je censé ne m'intéresser qu'aux femmes plus jeunes que moi ? C'est absurde. Cela me priverait de toute une catégorie de femmes, alors que je veux pouvoir être libre de toutes les... rencontrer.

Rencontrer ? Quel doux euphémisme. Il ne fallait pas avoir peur des mots : ce qu'il voulait, c'était... coucher avec ces femmes, et rien d'autre.

— Oh ! dit-elle en secouant la tête, scandalisée. Vous êtes décidément irrécupérable.

— On me l'a déjà dit.

Il sourit de plus belle, et de nouveau, le cœur de Tru se serra.

— C'est même vous qui me l'avez dit. Tout à l'heure.

Elle retint un sourire.

— Je suis sûre que je ne suis pas la seule.

— Eh bien..., murmura-t-il, l'air faussement gêné.

— Évidemment, opina-t-elle.

Il était libertin, après tout.

— Je parierais que vous avez déjà attiré beaucoup de femmes mariées dans votre lit.

— Ah. Êtes-vous en train de dire que je suis attirant ?

— C'est l'évidence même, rétorqua-t-elle, aussi surprise que lui par la franchise et la rapidité de sa réponse.

Il cligna des yeux et son sourire se fit plus langoureux.

— Et, alors, que faisons-nous maintenant ?

De toute évidence, il pensait qu'elle s'était adoucie et qu'elle était dans de meilleures dispositions envers lui.

— Je peux faire appeler ma voiture.

Il se trompait. Elle ne s'était pas adoucie. Elle n'en avait pas le droit.

— Non, c'est impossible. Et c'est fort dommage, ajouta-t-elle.

Il lui adressa un regard intrigué.

— Donc vous me repoussez, mais en étant désolée de le faire ? Cela me semble assez encourageant. Suffisamment pour que je ne renonce pas à vous.

De nouveau, il affichait ce dangereux sourire.

Il s'offrait à elle pour une raison qui lui échappait. Il s'offrait, lui, et il lui offrait une nuit durant laquelle elle pourrait obtenir tout ce qui lui était normalement refusé. La passion. Le partage. L'intimité. Les sensations. Une cassure par rapport au vide et au « rien » qu'elle éprouvait quand elle était seule dans son lit la nuit et qu'elle fixait le plafond de sa chambre à coucher.

— Oh ! non, dit-elle en secouant la tête avec empathie. Il faut renoncer.

— Vous ne me semblez pas spécialement convaincue.

— Je suis peut-être malheureuse en ménage, admit-elle, ne voyant pas l'intérêt de nier ce qu'il savait déjà, mais je suis fidèle.

Il parut encore plus intrigué.

— Et lui ? Est-il fidèle ?

Elle poussa un petit cri de surprise, qu'elle essaya d'étouffer en posant la main sur sa bouche. C'était plus fort qu'elle. L'idée était si ridicule.

— Oh.

Elle s'éclaircit la gorge.

— Non. Il n'est pas fidèle.

Elle avait perdu le compte de toutes les maîtresses qu'il avait eues au fil des années. Et puis il y avait aussi celles dont elle ne savait rien.

— Dans ce cas, pourquoi rester loyale envers lui ? Je n'ai pas l'impression qu'il mérite votre fidélité. Ni qu'il vous mérite, *vous*, d'ailleurs.

Elle chancela légèrement. C'était la première fois que quelqu'un lui disait une chose pareille. Personne ne lui avait suggéré qu'elle pourrait espérer davantage de sa vie, qu'elle méritait mieux. Personne, en effet, ne s'était déjà interrogé sur ce qu'elle méritait. Elle n'en avait jamais pris conscience auparavant, mais cela lui apparaissait désormais avec force.

Même ses amies les plus proches n'abordaient pas le sujet. Ni sa mère, qui était pourtant la personne la mieux placée pour se soucier d'elle et de son bonheur.

Oh ! elles avaient sans doute pitié d'elle, et la plaignaient d'être mariée à un malotru pareil, mais aucune n'avait prononcé les mots que cet inconnu venait de prononcer. C'était peut-être parce qu'elles-mêmes se débattaient avec leurs mariages tout sauf idylliques. Ou peut-être parce que cela n'avait pas d'importance. Cela n'aurait servi qu'à lui inspirer du regret et à lui faire espérer quelque chose qui n'arriverait jamais.

Elle ne put néanmoins s'empêcher de se demander ce qui se serait passé si elle avait rencontré cet homme à dix-sept ans. Sa vie aurait-elle pris une direction différente ? Serait-elle tout de même devenue la comtesse de Chatham ?

Elle secoua la tête pour chasser ces pensées vaines et inutiles. Cet homme était un libertin. Les libertins ne cherchaient pas une épouse, et c'était tout ce qu'elle aurait pu être pour lui. Une épouse potentielle. Tout comme c'était impossible à l'époque, c'était impossible aujourd'hui.

— Parce que, même si vous me tentez beaucoup, dit-elle lentement, je ne peux pas être comme lui. Je ne veux pas être lui.

Elle s'humecta les lèvres.

— Je ne veux pas avoir quoi que ce soit de commun avec lui.

Il acquiesça lentement, semblant comprendre.

— C'est fort dommage.

Il avait délibérément choisi de répéter les mots qu'elle avait prononcés, elle en était certaine, et ils faisaient comme un poids au milieu de sa poitrine.

Fort dommage. En effet.

Tout chez lui était délicieux et tentant, mais la plus grande des tentations résidait peut-être dans le fait qu'elle ne l'ait jamais rencontré auparavant. Un inconnu. Il ne la connaissait pas. Elle ne le connaissait pas. Ils n'évoluaient pas dans les mêmes cercles. Il avait réussi à obtenir une invitation pour la séance de ce soir, mais il ne fréquentait pas les salles de bal et les salons du monde qui était le sien. Il ne savait rien de son mari, rien de ses parents ni de ses enfants. Rien de la glaciale comtesse. Il avait raison. C'était une perspective libératrice. Être quelqu'un d'autre.

Elle soupira et recula. Si seulement elle pouvait être quelqu'un d'autre, même peu de temps. Quelqu'un de plus jeune. Quelqu'un de libre. Ou même l'une de ses amies qui avaient des liaisons extraconjugales. Quelqu'un qui avait l'habitude de la duplicité.

Mais elle n'était rien de tout cela.

— Bonsoir, monsieur.

Il la regarda un long moment. Il commença par lui barrer le passage, puis il inclina la tête et s'écarta d'un pas.

— Bonsoir, madame.

Elle lui rendit brièvement son regard, puis souleva ses jupes et s'éloigna à grands pas, comme si elle craignait qu'il n'essaye de la retenir. Et, à dire vrai, il y avait aussi une part d'elle-même qui avait peur qu'il ne la retienne pas. Peur que cette chance ne file, tels des grains de sable entre les doigts, pour ne jamais revenir, et qu'il ne reste plus rien de ces moments, comme s'ils n'avaient jamais existé.

Alors elle ne serait que ce qu'elle avait été et serait de toute éternité. Une grande dame de la haute société, à la solennité, à la dignité et à la réputation irréprochables... mais pas une femme qu'un homme pourrait voir, une vraie femme. Une femme désirée, charnellement désirée. Elle allait devenir vieille, mourir et tomber en poussière sans jamais avoir connu la passion ni le plaisir.

Il ne la retint pas. Il la laissa partir et elle retourna au salon.

Madame Klara n'avait pas fini sa performance et son public était toujours aussi captivé. Cependant, Valencia la vit tout de suite. Elle posa une main sur l'épaule de Rosalind, et sa sœur chercha son regard. Elle comprit immédiatement que Tru souhaitait partir.

Après un très léger signe de tête, Ros se leva de son siège, ce qui permit à quelqu'un d'accéder à une place tant convoitée.

Tru s'efforça de ne pas regarder la voyante, Madame Klara, que d'aucuns auraient taxée de sorcière. Quoi qu'elle soit, elle possédait un pouvoir certain, et Tru ne put pas résister longtemps. Elle la regarda. Une dernière fois avant qu'elle parte, leurs yeux se croisèrent et Tru y lut les paroles qu'elle avait si gravement prononcées un peu plus tôt dans la soirée.

Vous êtes en danger. Ne dites rien. N'avouez rien.

Les mots étaient là, vivants dans ses yeux. C'était la même mise en garde, et elle était toujours aussi insensée.

Tru parvint à rester impassible en maîtrisant sa respiration et sortit, suivie de ses deux compagnes. Elle n'aperçut pas le bel inconnu au balcon en quittant la maison. Elle l'imaginait pourtant toujours au même endroit, en train de scruter la nuit, et peut-être de penser à elle comme elle pensait à lui. C'était sa vanité qui était à l'œuvre, mais elle se dit que, pour une fois, elle pouvait bien laisser faire. Elle avait fait le bon choix, après tout, celui qu'avaient dicté la raison et la bienséance, et elle rentrait retrouver son grand lit vide, comme toutes les nuits.

— Est-ce que tu vas bien, Tru ? demanda Rosalind, en tapotant sa main alors que la voiture démarrait et que les roues heurtaient déjà les pavés.

— Oui.

— On dirait que tu viens d'avoir la frayeur de ta vie.

— C'est compréhensible, non ? C'était très impressionnant, fit remarquer Valencia en observant Tru avec attention. À ton avis, qu'a voulu dire Madame Klara ?

— C'étaient des balivernes, répondit-elle avec un grand geste de la main. De l'invention pure et simple. Cela n'avait aucun sens.

— Eh bien, elle semblait très convaincante, dit Rosalind en hochant la tête, montrant ainsi qu'elle accordait beaucoup trop de crédit à la voyante.

— C'est l'une des exigences de sa profession, j'imagine, répondit Tru sur un ton cassant.

— Eh bien, moi, elle m'a terrifiée, dit Rosalind en frissonnant. Heureusement que je ne suis pas superstitieuse.

Elle croisa les mains sur son buste et le silence s'installa durant le reste du voyage, les laissant toutes les trois à leurs pensées. Tru déposa ses compagnes chez elles, puis finit le trajet seule.

Seule, sans l'être vraiment, car elle était accompagnée non pas par les paroles prophétiques de Madame Klara mais par le visage de l'inconnu. Son visage, mais aussi sa voix, ses mots.

Ils la suivaient toujours quand elle pénétra dans la maison. Quand Hilda l'aida à se déshabiller. Quand elle se mit au lit, et se demanda : « Et si ? »

Et si elle avait dit oui ? Et si elle était montée dans sa voiture et l'avait laissé l'emmener chez lui ? Et si, pour la première fois de sa vie, elle s'était laissée aller au vice, à l'égoïsme éhonté ?

Elle ne saurait jamais.

Tru était presque endormie quand elle entendit les gonds de la porte de sa chambre grincer faiblement. Elle ouvrit les yeux, à l'affût. Des bruits de pas, très légers et discrets, suivirent.

Tru sourit.

— Cordelia ? Que fais-tu debout à cette heure ?

Le matelas se creusa sous le poids de sa fille, et Tru roula sur elle-même pour lui faire face.

— Comment s'est passée votre soirée, Mère ?

Sa soirée ? Sa soirée avait été terrifiante, à bien des égards, placée sous le signe de la malveillance et du vice.

— Très bien. Et la tienne ?

— J'ai entendu dire que Père était venu vous voir.

Elle se tendit. Évidemment... Tous les domestiques n'avaient dû parler que de cette visite surprise.

— En effet.

Delia marqua une pause, avant de poursuivre.

— J'ai entendu dire qu'il avait choisi un époux pour moi.

Bien entendu, elle avait entendu cela aussi. La maison avait des oreilles, après tout. Le personnel avait certainement cherché à savoir ce qui avait motivé cette visite.

— Mère ? demanda-t-elle, suppliante.

La peur qui faisait trembler sa voix rappela à Tru à quel

point sa fille était jeune. Elle avait vécu presque toute sa vie dans le manoir familial, à la campagne. Souvent, quand Tru venait à Londres, Delia préférait ne pas l'accompagner, car elle n'aimait guère la capitale.

Delia n'était pas prête pour tout cela. Même si Tru avait essayé de la préparer de son mieux, elle l'avait aussi protégée, couvée. Elle n'était pas prête. Pas prête pour un mariage avec un inconnu, un homme sélectionné par Chatham en personne, ce qui laissait présager du pire.

Tru prit une grande inspiration pour se donner du courage.

— Il a choisi quelqu'un, oui.

— Qui est-il ? Mon fiancé ?

Cela peina Tru de constater à quel point Delia était soumise et déjà résignée. Elle prit les mains de sa fille dans les siennes et les serra avec chaleur. Tru, elle, n'accepterait jamais une chose pareille. C'était impossible. Et pourtant, il ne fallait pas qu'elle incite sa fille à la rébellion. Elle se rebellerait pour deux.

— Maman ? Qui suis-je censée épouser ?

— Je ne sais pas, avoua-t-elle.

— Comment pouvez-vous ne pas le savoir ? demanda Delia, qui semblait à la fois perplexe et déçue.

Parce que Tru était Tru. La comtesse de Chatham. Elle connaissait tous les hommes à marier de la haute société. Le fait qu'elle ne connaisse pas celui-ci était en effet très préoccupant.

— Ne crains rien. Je saurai bientôt tout ce qu'il y a à savoir à son sujet.

9

« Vous trouvez peut-être ma vie bien morne ; en ce qui me concerne, je préfère dire que j'ai fait le choix de la sûreté et de la sécurité. Seules les femmes très jeunes ou très stupides préfèrent une vie trépidante. »

GERTRUDE, comtesse de Chatham

Jasper Thorne s'installa confortablement sur la banquette moelleuse de sa voiture. Il rentrait seul. Theo était resté, fasciné comme tout le monde par Madame Klara.

En ce qui le concernait, seule une femme l'avait fasciné ce soir, et ce n'était pas la voyante. Une femme avec des yeux magnifiques qui lui rappelaient son cognac favori. À l'autre extrémité du salon, il avait vu ces yeux se fermer plusieurs fois, en signe d'agacement. Elle était contrariée de se trouver là, forcée à assister à cette séance, et cela l'avait beaucoup amusé de le constater. Il s'était tout de suite senti proche d'elle.

Il leva la main pour écarter le rideau et regarder le paysage nocturne qui défilait. À ce moment-là, les choses avaient déjà commencé à échapper à son contrôle.

Quand il l'avait suivie sur le balcon, c'était avec l'idée de lier connaissance avec cette femme et de s'extraire de la folie qui avait semblé s'emparer de toute l'assistance. Cela n'avait pas été son intention première de lui faire des avances aussi directes. Et pourtant... Il s'était offert à elle pour la nuit, et plus si affinités.

Une soirée en sa compagnie lui avait semblé être une façon bien plus intéressante de s'occuper, plutôt que de regarder Madame Klara embobiner une poignée d'abrutis. Il secoua la tête et ricana intérieurement. Ah, ces aristos... Il n'y avait aucune limite à leur bêtise, ni à leur imagination quand il s'agissait de dépenser leur argent.

Theo avait insisté pour qu'il l'accompagne ce soir. Comme Jasper avait pris la décision de suivre les conseils de son ami quoi qu'il arrive, il n'avait pas protesté quand ce dernier lui avait appris qu'ils étaient censés se rendre chez une voyante. Après tout, Theo lui faisait une grande faveur en l'introduisant dans la haute société londonienne. Jasper n'avait eu ni le cœur ni la volonté de s'opposer à son projet. Il lui devait tant.

La voiture avançait à un rythme régulier, qui le berçait. Il fut cependant heureux d'arriver à l'hôtel, même s'il était déçu de ne pas être accompagné par la femme qu'il avait rencontrée à la séance. Il ne la reverrait sans doute jamais. C'était aussi bien. Ce n'était vraiment pas le moment d'avoir une aventure. Cela aurait été une distraction malvenue.

Il franchit le seuil et pénétra dans le hall majestueux de son hôtel, entièrement pavé de marbre. Il savait qu'il lui fallait une vraie maison pour élever sa fille. Pour l'instant, Bettina logeait avec lui, dans ses appartements. Elle adorait cela. Le personnel de l'hôtel la gâtait... et depuis le troisième étage, la vue sur Londres était spectaculaire.

Personnellement, cela lui allait très bien de vivre dans sa suite particulière, mais il avait parfaitement conscience qu'une jeune fille ne pouvait être élevée à l'hôtel, même s'il s'agissait d'un établissement de luxe. Peu importait que lui-même ait été élevé dans une auberge. Bettina aurait mieux. Elle le méritait, et il avait promis.

Il aurait tout le temps de s'installer ailleurs une fois marié. Il laisserait sa promise choisir une belle maison dans un quartier cossu. Ce serait elle qui y passerait le plus clair de son temps avec sa fille, après tout. Lui serait occupé. Il avait des projets pour d'autres hôtels. Londres n'était qu'un début. Pour ses affaires, il serait donc plus commode qu'il conserve ses appartements à l'hôtel Harrowgate.

Il grimpa l'escalier jusqu'au troisième et dernier étage. Un laquais se trouvait devant la porte de sa chambre, comme toujours. Sa fille dormait là. Jamais il ne l'aurait laissée sans surveillance. Il choisissait toujours avec attention les hommes qu'il plaçait devant sa porte. Tous étaient de véritables colosses. Dans un hôtel où les allées et venues étaient incessantes, il ne voulait pas prendre le risque qu'une personne non autorisée pénètre dans sa suite.

En lui adressant un signe de tête, le laquais lui ouvrit la porte.

Son majordome l'accueillit en le débarrassant de son manteau.

— Ames, vous n'auriez pas dû m'attendre.

— Il n'est pas si tard. Comment s'est passée votre soirée, Mr Thorne ?

— Plutôt bien, je vous remercie, Ames. Comment va ma fille ? J'espère qu'elle n'a pas harcelé Miss Morris afin qu'elle la laisse veiller tard.

— Miss Morris et Miss Bettina ont joué aux échecs, avant d'aller se coucher.

— Ah, et qui a gagné ?

— Je ne crois pas qu'elles aient terminé. Elles ont prévu de reprendre la partie demain.

— Ah, très bien, commenta-t-il, tout en desserrant sa cravate. Je me souviens encore du temps où Miss Morris la battait en six coups.

— Vous parlez d'une époque depuis longtemps révolue, sir. Miss Bettina est une enfant très intelligente. Et un adversaire de taille.

Jasper hocha la tête, satisfait. Bettina était intelligente, cela ne faisait aucun doute. Cela lui serait utile dans la vie. Elle en aurait besoin pour naviguer dans les eaux agitées de la haute société, où abondaient les chasseurs de dot. Il fallait espérer que sa future belle-mère l'aiderait à faire preuve de discernement, mais il était rassurant de la savoir bien armée.

— Voulez-vous que je vous aide à vous déshabiller, monsieur ?

Ames lui faisait la même proposition tous les soirs. Cela l'horrifiait que Jasper n'ait pas de valet. Mais il n'en avait pas besoin. Il n'était pas un enfant. Cela faisait des années qu'il s'habillait et se déshabillait seul.

— Non, je vous remercie.

Il grimpa la petite volée de marches qui conduisait aux chambres, non sans être auparavant allé voir sa fille. La porte de Bettina était la dernière sur la gauche au bout du couloir. Il plaça les mains sur le loquet et écouta un moment. Parfois il la surprenait réveillée, en train de jouer avec ses poupées au lieu de dormir comme elle aurait dû le faire.

Tout était silencieux de l'autre côté de la porte. Il l'ouvrit et inspecta la pièce. Un petit renflement occupait le milieu d'un grand lit à baldaquin. Sous la courtepointe, sa fille respirait doucement.

Les rideaux damassés étaient ouverts et laissaient passer la lumière extérieure. Jasper se dirigea lentement vers la fenêtre pour regarder dehors. L'éclairage public nimbait la nuit d'une lueur chaude qui empêchait la chambre d'être plongée dans l'obscurité complète.

C'était la chose qui l'avait le plus frappé quand il était arrivé à Londres. La nuit n'existait pas. Pas vraiment. Pas comme il y était habitué. Chez lui, dès que l'on sortait après le coucher du soleil, on était avalé par une obscurité illimitée. Ici, le monde ne dormait jamais. Il y avait toujours des gens, du bruit et de la lumière.

Quelque part dans cette ville qui ne dormait jamais se trouvait sa promise. La future belle-mère de sa fille. La femme qui lui servirait de guide dans la vie, et plus particulièrement dans la haute société londonienne, afin qu'elle connaisse le bonheur et la sécurité, comme il l'avait promis à la mère de Bettina. C'était pour sa fille qu'il faisait cela. Pas pour lui. Il n'aurait eu aucune raison, sinon, d'unir de nouveau sa destinée à celle d'une femme.

Il se tourna et se dirigea vers sa fille, qui dormait sans avoir conscience de sa présence. Ses cheveux étaient éparpillés en éventail sur l'oreiller, à peine plus foncés que les draps couleur crème. Elle possédait le visage rond d'Eliza, ainsi que son petit nez pointu. C'était une bonne chose qu'elle ressemble autant à sa mère. Sa mère, toujours joyeuse malgré ses débuts difficiles dans la vie et ses mains calleuses qui attestaient de son dur labeur.

Dans la pénombre, Jasper regarda la chambre joliment meublée, témoin d'une enfance privilégiée. Partout des jouets, des animaux en peluche, et une impressionnante maison de poupées qu'il lui avait offerte à son dernier anniversaire. Dix ans. Cela faisait dix ans, donc, qu'Eliza était morte. Entre-temps, il était devenu très riche. En à peine dix ans, il avait amassé une vraie fortune.

C'était la vie qu'Eliza aurait voulue pour sa fille, si elle avait pu l'imaginer.

Quand Jasper l'avait rencontrée, elle était la simple apprentie d'une couturière. Le père de Jasper était déjà mort à l'époque, et le travail à l'auberge occupait tout son temps. Il avait auparavant entrepris d'ouvrir un autre établissement dans une ville voisine. Il n'avait pas le temps pour faire la cour en bonne et due forme à Eliza.

Pour la trousser, si.

Il voyait Eliza le soir, en secret, souvent dans l'une des stalles de l'écurie, derrière la maison. Pas à l'auberge. Jamais à l'auberge. Sa mère y vivait, et il ne pouvait pas y recevoir sa maîtresse. Il aurait pu, cela dit. Mais il ne l'avait jamais fait. Il veillait à ce que la stalle soit propre et nette, bien garnie en foin frais et agréablement parfumée. Puis il attendait Eliza.

Au départ, il n'envisageait pas le mariage, mais il avait demandé la main d'Eliza quand ils avaient appris qu'elle attendait un enfant. Elle avait accepté et ils s'étaient mariés avant la naissance de Bettina.

Ils auraient sans doute été heureux ensemble. Eliza n'était ni compliquée ni exigeante. Elle ne voulait que lui et leur enfant. Malheureusement, même cela lui fut refusé. Elle mourut quelques jours après avoir mis Bettina au monde, des suites d'un accouchement particulièrement difficile.

Néanmoins, avant de mourir, elle lui avait arraché la promesse qui le poussait à agir aujourd'hui. La promesse de faire en sorte que Bettina ne serait jamais dans le besoin, et qu'elle serait comblée et aimée.

Il lui avait offert une enfance heureuse et il continuerait à la choyer, mais désormais, il devait aussi appréhender l'avenir. L'avenir de Bettina. Elle ne resterait pas petite fille toute sa vie. Il ne pouvait pas décemment l'élever dans l'obscurité d'une auberge de province, même si sa mère était là pour s'occuper d'elle. Cela aurait signifié la condamner à une vie privée de toute perspective. Elle méritait au contraire de mener une existence de lady. Il travaillait dur pour atteindre ce but. Avec l'aide de Theo, il avait déjà été présenté à quelques pères de famille haut placés. Des pères haut placés de filles haut placées. Des filles qui feraient de bons modèles : des belles-mères qui feraient en sorte que Bettina soit un jour sacrée reine de la Saison. Une reine de la Saison qui n'aurait que l'embarras du choix parmi le parterre de prétendants qui se disputeraient ses faveurs. Dans sa vie, Bettina aurait le choix, ce qui était loin d'être le cas de toutes les femmes.

Et alors, la promesse qu'il avait faite à Eliza serait tenue. Il veillerait à ce que tout se passe ainsi.

Même si cela l'obligeait à épouser la fille d'un aristo.

10

« Dans le mariage, il y a deux séries de règles. Celles que doivent respecter les maris et celles que doivent respecter les femmes. À votre avis, lesquels des maris ou des femmes sont les mieux lotis ? »

VALENCIA, duchesse de Dedham

Il était tard, mais pas suffisamment.

Valencia regarda la calèche qui emportait ses amies. Quand la voiture tourna au coin de la rue et qu'elle ne la vit plus, elle regretta de ne pas pouvoir disparaître elle aussi. Vaines espérances. Elle ne pouvait échapper à sa vie, pas plus qu'elle ne pouvait échapper à cette maison ni à l'homme qui s'y trouvait.

En soupirant, elle tourna les talons, ouvrit la porte sans faire de bruit et franchit précautionneusement le seuil, se sentant tel un voleur dans sa propre maison. Ce n'était pas vraiment *sa* maison, après tout. Et cela faisait longtemps qu'elle ne s'y sentait plus chez elle. Plus depuis les premières années de son mariage. Ce grand mausolée de Mayfair appartenait au duc de Dedham. C'était sa maison à *lui*. Elle n'était que l'épouse avec laquelle il acceptait de la partager. L'épouse qu'il avait aimée jadis et à qui il avait fait l'amour avec toute la passion d'un cœur jeune et empli d'espoir. Et pourtant ces jours avaient disparu, et le cœur du duc avec eux. Victimes d'un fatal coup du sort.

Contrairement à Tru, Valencia était forcée de supporter son mari tous les jours sans exception. Dedham n'avait pas d'autre lieu de résidence. Et il ne permettait pas à Valencia d'aller s'installer dans la maison qu'elle possédait. Elle était obligée de le voir, lui, l'ombre de l'homme qu'elle avait épousé. Ils dormaient sous le même toit, mais pas dans la même chambre ni dans le même lit. Cela aussi appartenait au passé.

Dans les couples de la haute société, il n'était pas rare que maris et femmes vivent chacun de leur côté. Elle l'avait même suggéré à Dedham, un jour. Avec prudence. Elle avait émis l'hypothèse que, peut-être, il apprécierait un peu plus de solitude et de tranquillité... et préférerait vivre sans elle. Cela avait été une erreur, bien entendu, et elle s'était repentie de ce faux pas. Jamais plus elle n'avait recommencé.

Elle poussa un soupir de soulagement en constatant que les gonds ne grinçaient pas. Elle demandait régulièrement aux domestiques d'huiler les charnières de toutes les portes, afin qu'aucun bruit inutile ne dérange Dedham. Déranger Dedham était à éviter. Ses accès de mauvaise humeur étaient à éviter.

Un laquais ronflait légèrement, assis dans l'entrée. Elle retint son souffle, faisant attention à ne pas l'avertir de son arrivée. Doucement, elle referma la porte derrière elle.

Le mari de Tru était dépensier et coureur de jupons. Il était désagréable, mais elle avait rarement à supporter sa présence. Sa récente visite n'avait eu pour but que d'informer Tru de sa décision concernant Delia. Sans cette nécessité, il aurait continué de l'ignorer et lui aurait laissé une paix royale.

Valencia lui enviait cette paix. Elle ne l'avait jamais avoué à Tru, néanmoins. Ce faisant, elle aurait révélé à quel point la vie avec Dedham était un enfer. Et personne ne savait. Personne ne devait savoir. Jamais. C'était une trop grande honte. Valencia était condamnée à souffrir en silence.

Elle se pencha pour retirer ses chaussures. Les tenant dans une main, elle leva ses jupes de l'autre. Elle traversa l'entrée sur la pointe des pieds, avec d'infinies précautions pour ne pas émettre le moindre bruit.

Avec un peu de chance, Dedham était suffisamment imbibé

d'alcool et de laudanum pour dormir comme une souche jusqu'au lendemain. Ainsi que presque toutes les nuits. C'était devenu une espèce de rituel pour lui, après le dîner.

Elle grimpa l'escalier en silence.

Sa femme de chambre veillait toujours à laisser les appliques murales éclairées pour elle, afin qu'elle ne trébuche pas dans le noir. Elle n'était pas la seule à craindre les accès de colère de Dedham. Personne n'avait envie de le déranger. Il passait sa colère et son amertume sur tout le monde.

Elle avait parcouru la moitié du couloir en direction de sa chambre, quand une voix s'éleva :

— Où étiez-vous passée ? Vous étiez encore dehors, à faire la catin ?

Elle se tourna et vit son mari qui avançait vers elle, tout échevelé dans sa robe de chambre. Il avait besoin d'une coupe de cheveux, mais elle ne prit pas le risque de le lui en faire la remarque, lui qui était toujours si imprévisible dans ses réactions.

— Dedham, souffla-t-elle, le cœur battant. Vous êtes réveillé, dit-elle assez bêtement.

Son visage grisâtre luisait de sueur. C'était le signe, avec sa respiration irrégulière, qu'il était dans une de ses mauvaises nuits.

— À cause de vous, bien entendu, lança-t-il, les yeux rendus vitreux par le laudanum. Vous espériez sans doute pouvoir rentrer discrètement après toutes les saletés que vous n'avez pas dû manquer de faire.

Elle tressaillit sous la dureté de ses mots.

Il insista.

— Avec qui étiez-vous cette nuit, femme ?

— Avec Tru et Rosalind… et Ha… Hazel était aussi…

— Hazel ? Cette putain ?

Elle n'avait mentionné Hazel que parce que Dedham respectait encore le père de Valencia, et que Hazel était l'épouse de son père, entre autres choses… Si Dedham voulait la confirmation qu'elle n'avait pas passé la nuit avec un présumé amant, il pouvait toujours aller se renseigner auprès de son père.

— Je ne vous crois pas. Vous ne pouvez pas la souffrir… même si, d'après moi, vous avez beaucoup en commun.

— Dedham, je vous en prie.

— Devant qui avez-vous écarté les cuisses ce soir ?

Il était devenu obsessionnel et irrationnel. Depuis l'accident, il était persuadé qu'elle le trompait à tout-va.

Elle essaya une nouvelle fois de le raisonner.

— Dedham, je vous en prie…

— Allons. Vous attendez-vous à ce que je croie que vous êtes restée chaste toutes ces années ?

Elle le regarda d'un air implorant, cherchant sur son visage l'homme qu'elle avait épousé. Elle l'avait aimé, jadis, et il l'avait aimée. Cela avait été réel.

Il était tard. Il allait mal. Discuter avec lui était inutile. Plus elle essayait de le convaincre de sa loyauté d'épouse, plus il s'emportait. C'était toujours la même chose. Un autre rituel.

En soupirant, elle fit un pas vers lui.

— Venez, Votre Grâce. Je vais vous aider à vous recoucher.

La dernière chose qu'elle voulait, c'était réveiller toute la maisonnée avec une nouvelle altercation.

Elle posa une main sur son bras, doucement, afin de ne rien faire qui puisse le heurter et provoquer un accès de colère.

Il baissa la tête et soupira. Ses épaules se levaient et se baissaient au gré de sa respiration laborieuse.

— Dedham ? demanda-t-elle à voix basse.

Lentement, après un long moment, il leva la tête pour la regarder. Il la fixa de ses yeux vitreux et morts.

— Pour qui vous prenez-vous ? Après avoir passé la soirée sur le dos, les jambes ouvertes, vous pensiez pouvoir me mettre au lit comme si vous n'aviez rien fait de mal ?

Elle secoua la tête.

— Dedham, je n'ai pas…

Le reste de sa phrase fut emporté par le cri qu'elle poussa malgré elle lorsque Dedham la repoussa violemment.

Le monde se mit à tourner dans un violent kaléidoscope de couleurs. Des taches de lumières vives apparurent dans son champ de vision pendant qu'elle tombait. Le sol sembla se soulever pour l'accueillir, et il était si dur qu'elle eut l'impression que tous ses os se brisaient à son contact.

Un sifflement aigu – presque un miaulement – parvint à ses oreilles et elle finit par comprendre que ce bruit étrange venait des profondeurs de sa poitrine. La douleur était partout dans l'air qu'elle respirait. Elle avait un goût, un son, une odeur, une couleur. Elle était tout... jusqu'à ce que l'obscurité s'installe et que Valencia ne voie ni ne sente plus rien.

11

« Je regrette l'époque où il suffisait de sonner pour appeler la nurse ou la gouvernante. Quand les enfants deviennent adultes, les choses sont bien plus compliquées. »

La Très Honorable LADY ROSALIND SHAWLEY

Le lendemain matin, Tru était assise dans le salon de la commère la plus réputée de la haute société : sa mère.

Les informations naissaient et mouraient chez Lady Shawley. Si Tru voulait des détails sur l'homme que Chatham avait choisi pour Delia, la baronne saurait très certainement les lui donner.

— Eh bien, Mère ? demanda Tru en reposant sa tasse de thé sur sa soucoupe. Que pouvez-vous me dire au sujet de cet homme ?

— Mère, Mère, Mère !

Tru adressa un regard courroucé au perroquet gris qui se promenait en se dandinant le long du dossier du canapé, derrière Lady Shawley. L'animal adorait imiter tout le monde, mais surtout Tru. Elle détestait cet oiseau. Malheureusement, elle ne pouvait jamais avoir une conservation avec sa mère sans lui.

La baronne tendit une fine tranche de pomme à son animal de compagnie.

— Calme-toi, tu as les plumes toutes hérissées. Tiens, ma petite chérie.

Elle regarda Tru sévèrement.

— Tu contraries Athena.

— Moi ?

En secouant la tête, elle ignora le regard accusateur du perroquet et insista :

— Mère, c'est pour Delia. Que savez-vous de cet homme ?

Si Tru savait prendre le pouls de la haute société, sa mère connaissait tout et tout le monde. « La connaissance, c'est le pouvoir », lui avait-elle dit un jour. C'était pour cette raison précise que la baronne occupait une place aussi élevée dans le grand monde. Il n'existait pas une seule lady, même plus titrée qu'elle, qui ne lui témoignât pas le plus grand respect.

Évidemment, cette visite avait un prix. Au lieu de se préparer et de préparer Delia pour le bal de ce soir comme il fallait absolument qu'elle le fasse, elle était coincée ici, à présenter ses hommages à sa mère. C'était nécessaire, néanmoins. Elle avait besoin de toutes les informations qu'elle pouvait recueillir au sujet de ce mystérieux Jasper Thorne. Tru allait devoir rester au moins une demi-journée, à écouter les bavardages incessants de sa mère.

— Sais-tu quel est ton problème, Gertrude ?

Lady Shawley commençait toujours leurs discussions de la même manière : par des critiques.

— Non, Mère, répondit-elle d'une voix qu'elle espérait neutre, car il ne servait jamais à rien de s'impatienter.

La baronne offrit un autre morceau de pomme à Athena et se remit à trier sa correspondance. L'opération était simple, elle consistait à faire deux piles. L'une pour les invitations que sa secrétaire devrait décliner, l'autre pour celles qu'elle se chargerait elle-même d'accepter. Sa mère était invitée partout. Il fallait user de stratégie pour faire une sélection judicieuse.

Sa mère poursuivit à sa manière, qui indiquait qu'elle ne faisait que commencer.

— Je vais te le dire, alors, ma fille.

— Je vous écoute, murmura Tru.

Elle savait très bien ce que sa mère allait lui dire, toutefois. Ses critiques à son propos étaient une vieille rengaine. Elle les avait si souvent entendues qu'elle aurait très bien pu en dresser la liste. Elle ne voulait néanmoins pas priver sa mère du plaisir de s'en charger.

— Tu ne sais pas manipuler ton époux.

Tru hocha la tête. Oui. Cela en faisait une.

Sa mère poursuivit.

— Tu aurais dû avoir plus d'enfants.

Ah. Oui. Une autre.

— Plus d'enfants ! Plus d'enfants ! chantonna Athena de sa voix nasillarde.

Tru adressa un regard noir au perroquet, et elle eut l'impression que ses pupilles blanches et rondes la fixaient en se rétrécissant. Dès que l'oiseau était apparu dans leurs vies, il avait choisi Tru comme victime. Pourquoi cela ?

— Oh ! tais-toi donc, Athena, lança-t-elle, excédée.

— Gertrude, sois gentille avec ta sœur.

Elle grinça des dents.

— Mère, je ne sais pas combien de fois il faut vous le dire : cet oiseau n'est pas ma sœur.

Son calvaire durait depuis que son père avait offert le perroquet à sa mère vingt ans plus tôt. L'odieuse créature était plus vieille que Delia et Tru craignait qu'elle ne vive éternellement.

Sa mère prit un air pincé et caressa les plumes grises qui s'étaient de nouveau hérissées autour du cou d'Athena. Elle prit un moment pour remettre bien en place le collier en pierres précieuses de l'animal. Le perroquet en avait toute une collection, plus fournie que celle de certaines ladies.

— Athena est d'accord avec moi, c'est tout. Tu devrais l'écouter. Elle est bien plus sensée que toi.

Tru montra du doigt le monstre emplumé.

— Athena ? Plus sensée que moi ? Avec sa minuscule cervelle d'oiseau ?

Sa mère acquiesça et poursuivit :

— Ramène ton mari dans ton lit et donne-lui un autre enfant.

— Un autre enfant ! Enfant ! Enfant ! hurla Athena.

Tru prit une grande inspiration.

— Il est trop tard pour cela.

— Non, il n'est pas trop tard, répliqua sa mère en pointant une enveloppe vers elle.

— Si, s'empressa de rétorquer Tru. Trop tard, je vous le dis.

Sa mère lui adressa un regard réprobateur par-dessus ses lunettes.

— Ta tante Philomena a eu ton cousin Warwick à trente-neuf ans.

— Je ne sais pas pourquoi nous abordons une nouvelle fois ce sujet, maman.

Tru secoua la tête, dépitée, et préféra se taire.

— Ma fille, les enfants ont leur utilité : ils sont comme une monnaie. Avec plus d'enfants, tu pourrais exercer un levier plus important sur Chatham. Voilà pourquoi nous abordons encore ce sujet.

Bien sûr, sa mère savait de quoi elle parlait. Elle avait donné naissance à quatre enfants – trois filles et un fils – et cela faisait en effet quarante ans qu'elle faisait exactement ce qu'elle voulait de son mari. Tru doutait cependant qu'il faille mettre cela sur le compte de sa fécondité. C'était juste une question de providence... et peut-être de chance.

Son père était un homme très placide. Il ne s'intéressait qu'à ses chiens et à la chasse. Du moment que son épouse respectait cela, il la laissait volontiers régenter leur petit monde. Régenter était le bon terme. Non seulement elle avait élevé ses quatre enfants, mais elle gérait aussi la demeure familiale de Shawley House et les comptes en banque de son époux avec bon sens et vigilance. Elle ne l'avait pas appauvri. Au contraire, sous sa supervision attentive, la fortune de son mari s'était accrue.

Sa mère n'avait pas tort, bien entendu. Chatham aurait voulu davantage d'enfants. Des fils pour qu'ils épousent les filles fortunées de l'élite aristocratique, et des filles pour qu'elles épousent des parvenus aux poches bien remplies. Il était prêt à tout pour s'élever encore. Il n'avait jamais mâché ses mots sur ce qu'il considérait être le devoir de Tru. Enfanter était son destin, sa charge, sa seule utilité. Comme toutes les femmes. En plus de sa dot généreuse, c'était peut-être ce que Chatham attendait le plus de leur union. Dans la noblesse, les mariages n'étaient après tout rien d'autre qu'une tractation commerciale, où il fallait trouver un équilibre favorable entre investissements et rendements.

Épouser le comte et lui donner la progéniture qu'il réclamait. Sa tâche avait été clairement établie dès le début. Elle s'en était acquittée, mais pas suffisamment bien, de toute évidence. Au fil des années, Chatham n'avait pas manqué d'exprimer ouvertement sa déception.

Il avait continué à fréquenter son lit après la naissance de Charles. Il voulait un second fils, il ne l'avait jamais caché. Un héritier avait toujours besoin d'un suppléant, aimait-il répéter.

Pendant deux années après Charles, il y avait travaillé, en venant rendre visite à Tru toutes les deux semaines. Il apparaissait dans sa chambre, de nuit, souvent ivre, et la réveillait afin qu'ils accomplissent le devoir conjugal. Peu à peu, ses visites étaient cependant devenues de moins en moins fréquentes. Parallèlement, son mépris pour elle s'était accru.

Jamais elle n'oublierait la dernière visite qu'il lui avait rendue.

Il était resté debout, à côté de son lit, et avait baissé son pantalon avec des gestes saccadés. Il ne s'était pas donné la peine d'ôter ses bottes. Pour quoi faire ? Cela ne lui prenait jamais longtemps. Une demi-douzaine de coups de reins et c'était terminé. C'était déjà cela. C'était toujours bref et inabouti. Pas douloureux. Seulement honteux. Elle n'avait même pas besoin de se déshabiller complètement. Lui ne le faisait jamais. Il ne l'avait jamais fait.

— Je me demande bien pourquoi je me donne encore tout ce mal avec vous. Vous êtes aussi inutile qu'une poupée de chiffon… et tout aussi excitante.

Ses mots cassants l'avaient blessée. Elle avait tressailli et s'était recroquevillée sur elle-même. À cette époque, il pouvait encore l'atteindre. Elle croyait encore qu'il pourrait se souvenir de leurs débuts et de la période heureuse où ils s'étaient fréquentés, les mois précédant leur mariage.

Cette sinistre nuit, elle avait regardé son mari, en essayant de toutes ses forces de retrouver celui qui lui avait si joliment fait la cour. Elle s'était sentie idiote d'être tombée amoureuse d'un homme qui la méprisait désormais de façon si évidente.

À l'époque, cela faisait presque cinq ans qu'ils étaient mariés. L'homme qu'il avait été au moment de leur rencontre et pendant leurs fiançailles avait disparu. Il n'était pas réel. Il n'avait jamais existé.

— Je pensais que vous seriez une génitrice aussi féconde que votre mère, avait-il asséné en secouant la tête, tout en réajustant sa veste. Quel gâchis. Bon sang. J'aurais dû choisir la fille des Houghton. J'ai entendu dire qu'elle avait donné cinq fils à Claremont. Cinq !

Il lui avait adressé un regard méprisant qui lui avait donné envie de se faire plus petite encore.

Il l'avait fait se sentir inutile et bonne à rien. Elle était encore si jeune et si influençable. Naïvement, elle avait cru avoir épousé un homme plein de bonté et d'affection pour elle. S'il avait tenu à elle, ne serait-ce qu'un peu, il ne l'aurait jamais traitée aussi cruellement que cette nuit-là et les années suivantes.

C'était la dernière fois qu'il avait franchi le seuil de sa chambre, Dieu merci.

Elle avait fini par se remettre de cet affront et par comprendre qu'elle n'avait à s'accuser de rien. L'amour de ses enfants, le soutien de ses amies et de sa famille l'avaient aidée à prendre confiance en elle. Elle refusait de porter la responsabilité de la faillite de leur mariage. Toute la faute en incombait à Chatham, et à lui seul.

Maintenant qu'elle savait quel malotru il était, elle ferait tout ce qui était en son pouvoir pour protéger sa fille de ses manigances. Elle n'avait pas été capable de se protéger de lui, mais elle protégerait Delia.

— Donc, vous ne savez rien de cet homme, soupira Tru.

C'était extrêmement décevant. Elle avait rendu cette visite à sa mère pour rien.

— Je n'ai pas dit cela.

— Vous n'avez rien dit *du tout*, répliqua-t-elle, commençant à perdre patience.

Sa mère prit sa plume et inscrivit quelque chose sur la

feuille de parchemin qui était posée sur son écritoire, à côté du canapé. Il s'agissait sans doute d'une directive destinée à sa secrétaire. Ou à la gouvernante. Même si Tru était assise en face d'elle, et qu'elle espérait aborder un sujet important, elle savait que sa mère ne lui accordait qu'une infime part de son attention. Athena était mieux lotie qu'elle.

La baronne reposa sa plume et déclara :

— J'ai en effet entendu parler de ce Jasper Thorne. Ce nouvel hôtel, cette monstruosité – le Harrowgate –, lui appartient, dit-elle en plissant le nez avec dédain.

— Il est dans les affaires ?

— Dans l'hôtellerie, plus précisément. Il possède une flopée d'auberges, le long de la *North Road*. C'est un homme très riche. TRÈS riche.

— Très riche, murmura Tru. Évidemment.

Il devait avoir atteint un certain âge pour avoir accumulé une telle fortune. C'était une idée qui la révulsait. Que sa jeune et belle fille soit mariée à un vieillard.

Sa mère fronça de nouveau le nez.

— C'est un self-made-man, comme on dit. C'est terriblement vulgaire, je le sais, mais au moins il y aurait quelqu'un d'autre pour remplir les coffres de Chatham. Ton père et moi-même ne serions plus les seuls à devoir nous en charger.

C'était une piètre consolation. Delia valait mieux que cela. Tru ne sacrifierait pas le bonheur de sa fille afin que son gaspilleur de père puisse continuer de jeter l'argent par les fenêtres.

— Je n'accepterai pas une chose pareille.

— Non ? demanda sa mère, en soulevant un sourcil vaguement intéressé.

— Non, asséna-t-elle.

— Hum.

Sa mère plaça une nouvelle enveloppe sur l'une des deux piles.

— Que dois-je faire, alors, Mère ?

— À propos de la décision qu'a prise Chatham concernant le prétendant de Delia ? demanda-t-elle comme si elle avait besoin de cette clarification.

— Oui.

Parce qu'il était hors de question qu'elle reste les bras croisés.

— Que peux-tu faire ? Tu n'as jamais exercé le moindre contrôle sur Chatham. Si tu en avais été capable, il n'aurait pas couru tout le pays tel un chien fou. Et il ne serait pas à ma porte tous les mois pour quémander de l'argent.

Tru remua, gênée. Elle savait très bien que son mari venait trouver sa mère pour qu'elle lui donne de l'argent, de la même façon qu'elle savait très bien que ses parents regrettaient le jour où ils avaient béni leur union. Le comte avait dilapidé sa dot en un temps record. Sans sa mère, il serait assailli par tous ses créanciers. Elle lui épargnait la prison… tout en épargnant la honte et le scandale à Tru et ses enfants.

— Donc nous devrions nous contenter d'accepter cet homme, cet inconnu sorti de nulle part, que Chatham a choisi ?

— Acceptez de le rencontrer, au moins. Il n'est peut-être pas si mal.

Pas si mal.

Elle aurait voulu beaucoup plus pour sa fille. Vraiment beaucoup plus que *pas si mal.*

Sa mère se pencha en avant et baissa la voix, tout en jetant un œil à la femme de chambre stoïquement plantée à côté de la porte. La baronne se méfiait toujours des oreilles indiscrètes. D'après elle, c'étaient les domestiques qui étaient responsables de toutes les rumeurs qui couraient en ville.

— Si vous le rencontrez, et que toi et Delia trouvez le choix de Chatham vraiment discutable, alors il existe des façons de décourager un homme de faire sa demande en mariage.

Elle esquissa une grimace.

— Je pourrais t'orienter vers de nombreuses femmes, sans mari, qui sont expertes dans l'art de repousser les hommes. Elles pourraient te donner quelques astuces. Tu n'as qu'à demander à ta sœur.

— Vraiment ?

C'était étrange que sa mère lui propose ce genre de conseils maintenant, alors qu'elle ne l'avait pas fait plus tôt, quand Tru était encore une jeune débutante. Mais en même temps, Tru ne s'était jamais opposée à la cour que lui faisait Chatham. Elle avait fait son devoir de fille de bonne famille, en acceptant de se marier, et Chatham s'était montré charmant.

— Oui, vraiment, répéta sa mère.

Tru prit un moment pour réfléchir. Delia était absolument ravissante. Son seul « défaut » tenait à la maigreur de sa dot, à imputer aux habitudes dispendieuses du comte, mais apparemment ce Jasper Thorne le savait déjà. Il comptait sans doute en tirer profit, d'une façon ou d'une autre.

— Ce qu'il faut, c'est découvrir ce que cet homme espère obtenir grâce à ce mariage, expliqua sa mère. Et ensuite, il faut lui montrer qu'il n'obtiendra pas *cette chose* en prenant Delia pour épouse.

— Oh.

C'était si simple que cela en devenait... brillant.

— Je vois.

— Je vais me renseigner, dit sa mère en tapotant sa main dans un geste réconfortant. Et découvrir ce qui motive ce Mr Thorne.

— Je vous en serais infiniment reconnaissante, Mère.

— C'est normal, ma chérie. Je ne souhaite pas à ma petite-fille d'être aussi malheureuse que sa mère.

Tru se raidit.

— Je ne suis pas malheureuse, dit-elle d'une petite voix.

— Maaalheureuse. Maaalheureuse, répéta Athena.

Tru résista à grand-peine à l'envie de lui tordre le cou.

— Vraiment ? Cela signifie-t-il que tu es heureuse avec Chatham ? demanda sa mère en lui adressant un regard sceptique.

Heureuse avec Chatham ? Bien sûr que non.

Cela fait longtemps, cependant, que Tru avait appris à ne pas compter sur Chatham pour son bonheur. Comme elle et son mari évoluaient dans des cercles bien différents – elle ne fréquentait pas les tripots, ni les bordels, ni les écuries de courses –, ils se croisaient rarement. Elle trouvait son bonheur sans lui.

Elle profitait d'autres aspects de son existence. Ses enfants. Ses amies et Ros. Ses œuvres de bienfaisance. Sa position dans la société. Elle aimait beaucoup passer du temps à la campagne. Heureusement, Chatham ne s'y rendait presque jamais. En réalité, sa vie était agréable, même si son mari était un malotru.

Elle soutint le regard de sa mère.

— Je suis plutôt heureuse, Mère.

— Mmm. Plutôt heureuse.

Elle acquiesça avec raideur.

— Oui.

— Étrange, n'est-ce pas ? poursuivit la baronne. Ce « plutôt heureuse » n'est pas assez bien pour ta fille.

— Que voulez-vous dire ?

— Je dis juste que tu devrais peut-être avoir les mêmes exigences pour toi que celles que tu as pour Delia.

— Il y a une différence, Mère. Pour moi, il est trop tard.

— Allons, fit Lady Shawley sur un ton moqueur, en secouant sa tête coiffée d'une perruque.

Elle adorait changer de perruque régulièrement. Ce jour, elle portait un postiche d'un rouge flamboyant dont les anglaises artificielles étaient rassemblées en une volumineuse masse au sommet de son crâne.

— Tu es encore jeune. Il n'est pas trop tard.

Elle se pencha en avant et murmura :

— Prends un amant, Gertrude.

Tru regarda sa mère avec stupeur.

— Prends un amant, prends un amant, prends un amant, répéta Athena.

Tru attrapa un biscuit sur le plateau où se trouvait le service à thé et le lança sur l'oiseau.

La femme de chambre à côté de la porte rit sous cape.

— Ne passe pas ta mauvaise humeur sur Athena… et ne me regarde pas comme si j'avais proféré une abomination. Beaucoup de femmes le font. Pas moi, précisa-t-elle, mais *d'autres* femmes. Des femmes qui, comme toi, ont épousé une vermine.

— Mère !

Lady Shawley haussa les épaules.

— Oh ! nous savons ce qu'il est vraiment. Malheureusement, nous ne le savions pas avant le mariage. Il nous a tous charmés, je le crains. Mais ne fais pas ta mijaurée. Trouve-toi un beau libertin.

Qui était cette femme assise en face d'elle ? se demanda Tru, abasourdie. Sa mère était-elle vraiment en train de lui suggérer de prendre un amant comme elle lui aurait conseillé de goûter un nouveau parfum de glace au salon de thé ?

— Quel mal y aurait-il à cela ? demanda la baronne. Tu es capable de te montrer discrète. Tu as droit au plaisir, Gertrude. Tu le mérites.

Tru prit une grande inspiration. Il était vraiment étrange d'entendre sa mère employer presque les mêmes mots que l'inconnu de la veille au soir.

— Mère…

— Pas besoin de prendre un air aussi scandalisé. Je peux te suggérer quelques beaux libertins qui feraient l'affaire…

— Je n'ai pas besoin de vos suggestions !

Si elle avait eu envie de prendre un amant – ce qui n'était pas le cas –, elle ne demanderait pas à sa mère de le lui trouver.

— Oh ? Tu as déjà quelqu'un en tête, alors ? Qui est-ce ?

— Non, non ! Je n'ai personne en tête.

Personne qu'elle puisse nommer en tout cas, puisqu'elle ne savait même pas comment il s'appelait.

Tru secoua la tête, et essaya de chasser le souvenir de l'inconnu aux cheveux noirs et à la voix de velours de son esprit. Peu importait qu'un homme anonyme lui ait proposé une nuit de plaisir anonyme. Il aurait été difficile de faire plus discret, mais elle ne regrettait pas une seule seconde de l'avoir éconduit. Pas une seule.

Elle n'était pas ce genre de femme. Elle ne pouvait pas faire ce genre de choses. Elle n'était pas comme le comte. Elle ne pouvait pas faire ce qu'il lui avait fait, ce qu'elle lui reprochait. Cette trahison éhontée, sans cesse répétée. Ce n'était pas dans sa nature d'être aussi intrépide, aussi téméraire. Par ailleurs… elle n'avait jamais vraiment aimé faire l'amour. Elle l'avait fait par nécessité et par devoir, rien de plus.

Abasourdie et gênée par le tour qu'avait pris la conversation – s'il y avait bien un sujet qu'elle pensait ne jamais aborder avec sa mère, c'était celui-ci –, elle se leva. Si elle encourait les foudres maternelles pour ce départ prématuré, eh bien, tant pis.

— Il faut que je rentre, et vite. J'ai fort à faire pour préparer Delia pour ce soir. Nous nous verrons au bal.

— Jamais je ne manquerais cela, mon enfant… ni l'occasion de rencontrer Mr Thorne.

Tru s'approcha pour embrasser sa mère.

— À ce soir.

Dans l'entrée, une domestique lui tendit ses gants et sa pelisse, pendant que sa voiture était amenée. Durant cette attente, alors qu'elle réajustait sa tenue, la voix nasillarde d'Athena parvint jusqu'à elle comme dans un cauchemar.

— Prends un amant, prends un amant, prends un amant !

12

« Aucune soirée, aucun bal, aucun événement ne commence avant mon arrivée. »

MAEVE, MRS BERNARD-HILL

— Qu'est-ce donc que ce nom, Thorne, d'abord ? marmonna Tru, en s'éventant vigoureusement pendant qu'elle observait la salle de bal pleine à craquer.

Jasper Thorne. Cela sonnait presque comme un nom de pirate. D'après le peu qu'elle savait de lui, c'était exactement ce qu'il était. Un pirate. Et Chatham, toujours intéressé, se moquait bien de ses origines douteuses.

— Et, ajouta-t-elle, pourquoi fait-il si chaud dans cette pièce ?

L'air brûlant semblait rare et elle prit de longues inspirations, cherchant à calmer la panique qui menaçait de s'emparer d'elle. *Respire. Contente-toi de respirer.* Elle s'attendait à ce qu'il y ait autant de monde ce soir, et elle s'y était en théorie préparée, mais cela ne l'empêchait pas d'avoir envie de s'enfuir en courant pour trouver un endroit tranquille où l'air était frais et la compagnie inexistante.

Tru balaya du regard la salle de bal, cherchant, parmi l'arc-en-ciel de soieries et de brocards, un vieux corsaire qui sentait l'eau de mer et le poisson pourri, avec un bandeau sur l'œil et un couteau entre les dents.

Un peu exagéré, peut-être, mais c'était Chatham qui était allé chercher cet homme. Même si Tru essayait de rester optimiste, ce point pouvait laisser présager le pire.

— Je ne trouve pas qu'il fasse particulièrement chaud. Tu entres peut-être dans une nouvelle phase de ta vie de femme, murmura Maeve en se penchant vers elle.

Tru cessa son inspection pour adresser un regard courroucé à son amie.

— Je te demande pardon ?

Maeve haussa les épaules.

— C'est une possibilité à prendre en compte.

Tru ne prit pas la peine d'expliquer à son amie que si elle avait si chaud, c'était parce qu'elle était tendue à l'extrême. À bien des égards, la soirée pouvait très mal se passer.

Chatham avait été très clair dans ses instructions. La soirée de Cordelia et de Tru serait en priorité consacrée à Jasper Thorne. Et elles ne devaient pas décevoir le comte. Il fallait surtout qu'elles impressionnent Mr Thorne. Elles devaient le conquérir sous peine d'encourir les foudres de Chatham.

— Pour certaines femmes, cela se produit tôt, continua Maeve, en agitant généreusement son éventail afin que Tru bénéficie d'un peu plus de fraîcheur.

— Tôt, c'est-à-dire ? s'enquit Hazel, comme si elle était réellement intriguée par le sujet et qu'elle voulait en savoir plus.

— Tru n'est pas encore concernée, voyons, intervint Rosalind, indignée. Elle n'a que trente-huit ans.

Trente-sept. Elle pensait que sa sœur connaissait son âge. Elle n'aurait pas trente-huit ans avant plusieurs mois, mais Tru ne prit pas la peine de la corriger. Elle n'avait aucune envie de prolonger cette conversation.

Présentement, une seule chose absorbait tout son temps et toute son énergie. Mettre un terme à la cour entre Delia et Jasper Thorne avant même qu'elle n'ait commencé. Il fallait qu'elle agisse rapidement. Le comte serait certainement capable de faire établir un contrat de mariage à son insu. Clairement, il n'avait pas besoin de son consentement. Pourquoi se donnerait-il la peine de l'avertir des prochaines étapes ? Ils n'étaient pas ce genre de couple.

— Il n'y a pas de quoi se sentir offensée. Ces choses-là sont inhérentes à la nature féminine, poursuivit Maeve, toujours très terre à terre.

En tant que fille de diplomate, elle avait vécu un peu partout dans le monde entier avant de se marier. Son époux occupait un poste très élevé au ministère de l'Intérieur, et, accessoirement, était aussi le troisième fils d'un vicomte très influent.

Elle était une source d'information sur tous les sujets possibles et imaginables et elle connaissait tous les membres du gouvernement. Elle parlait couramment quatre langues et était au fait des coutumes et des traditions de nombreuses civilisations. Elle n'était jamais à court d'anecdotes savoureuses, même si, parfois, elle parlait un peu trop librement, comme en ce moment précis. Elle figurait néanmoins sur toutes les listes d'invités.

— Ma cousine n'avait pas encore quarante ans quand cela lui est arrivé.

Tru n'avait ni le temps ni l'envie de débattre avec Maeve de la question ni de la convaincre que, non, elle n'était pas entrée dans un nouveau cycle de sa vie de femme. Elle avait d'autres sujets de préoccupation. Il fallait qu'elle repousse Jasper Thorne, alors que cela n'avait jamais été son but de repousser quiconque. Pour mettre en place les stratagèmes adéquats, elle allait devoir faire preuve de créativité.

— As-tu la moindre idée de ce à quoi il ressemble, Hazel ? demanda-t-elle.

Elle tendait le cou pour apercevoir son époux, car elle était sûre que Chatham ne serait pas loin de sa proie. Lui et toutes les mères de famille à la recherche d'un bon parti pour leur fille.

— Quel âge a-t-il, approximativement ?

— Oh. J'ai juste entendu parler de lui. Je ne l'ai jamais vu, répondit Hazel d'un air innocent. J'ai entendu son nom quand une de mes amies était, enfin… quand elle le fréquentait.

Même si elle avait choisi ses mots avec prudence, elle avait fait cette révélation sans rougir. Sans doute avait-elle cessé depuis longtemps d'avoir honte de son passé.

Valencia, quant à elle, avait honte pour deux. Elle pinçait les lèvres, comme si elle s'empêchait d'exprimer son mépris. À dire vrai, elle avait les traits tirés ce soir, depuis qu'elle était arrivée au bal, elle qui, d'habitude, était toujours si enjouée. Tru se demanda si elle se sentait bien.

— Quand l'une de tes amies le fréquentait..., répéta Rosalind, la tête penchée sur le côté, comme si elle essayait de comprendre.

Sa sœur était naïve. C'était peut-être parce qu'elle n'était pas mariée. Elle ne savait rien des hommes, rien de leurs petites manies ni de leur comportement. Son ingénuité tranchait dans un monde où l'on avait plutôt tendance à voir le mal partout.

Le sens de cette remarque n'avait pas échappé, cependant, à Tru, Maeve et Valencia. Elles avaient parfaitement compris et échangèrent des regards entendus. Une amie de Hazel, appartenant au demi-monde, avait partagé le lit de cet homme. Peut-être avait-elle même été, un temps, sa maîtresse régulière. C'était une chose banale, après tout. Les hommes, quel que soit leur milieu, faisaient ce qu'ils voulaient. La retenue leur était étrangère.

— Bien sûr, c'est comme cela que tu connais cet homme, murmura Valencia. Par une *amie*.

Hazel la regarda avec animosité.

— Oui. Par une amie. Avant que je rencontre ton père, Tabitha et moi partagions la même chambre. Nous n'avons pas toutes été des petites filles gâtées. Tout le monde n'a pas la chance d'être né avec une cuillère en argent dans la bouche.

Le visage de Valencia se crispa davantage.

— Ladies, les gronda Maeve, comme elle avait l'habitude de le faire, en bonne fille de diplomate.

Elle avait été la première à accueillir Hazel parmi leur petit groupe ce soir. C'était une caractéristique de son éducation internationale. Elle était très tolérante et acceptait toutes les différences.

Quand Hazel avait épousé le marquis, Maeve avait organisé un dîner en leur honneur, forçant ainsi Valencia à côtoyer sa nouvelle belle-mère, une femme dont elle aurait préféré ignorer l'existence. Depuis ce jour-là, Hazel était autorisée à circuler dans leur orbite.

— Je suis certaine que tu as partagé la chambre de beaucoup de gens, répondit Valencia, cassante. Si seulement cela pouvait être encore le cas, au lieu que tu occupes la chambre qui appartient, de droit, à ma chère mère.

Hazel poussa un soupir exaspéré.

— Oh ! je t'en prie, Valencia. Ta mère est morte il y a plus de dix ans.

Tru soupira à son tour. C'était l'habitude. Il n'y avait pas beaucoup de fêtes où Hazel et Valencia n'échangeaient pas des propos acides. Cela faisait des années que cela durait. Tru aurait sincèrement souhaité que les deux femmes fassent la paix, afin qu'elles puissent toutes profiter les unes des autres sans avoir à subir ces volées d'insultes et de sarcasmes.

— Tabitha n'a jamais mentionné son âge... mais je ne pense pas qu'il soit trop vieux. Elle en aurait sans doute fait la remarque.

— Moi, je l'imagine très bien vieux, dit Rosalind. Chatham est tout à fait capable de vouloir unir notre Delia à un vieil homme ayant déjà un pied dans la tombe.

Entendant cela, Hazel prit un air gêné. Elle leva son verre et but son ratafia comme si c'était absolument indispensable. C'était compréhensible, songea Tru, étant donné que Hazel était mariée à un homme correspondant en tout point à cette description.

Le marquis était plus mort que vif, et Hazel était sa troisième épouse. Il aimait les jeunes femmes... et, curieusement, il avait réussi à survivre aux deux premières pour convoler une troisième fois. Avec Hazel.

Valencia était la fille de sa première épouse. Ce qui faisait de Hazel sa belle-mère. Elle avait six ans de moins que Valencia et elle était sa belle-mère. Valencia ne l'acceptait pas. Elle n'acceptait pas non plus que Hazel ait été la maîtresse de son père avant qu'il décide d'en faire sa marquise. À l'époque, cela avait choqué dans le grand monde, mais personne n'avait voulu offenser le marquis de Sutton. À présent, au bout de plusieurs années, personne ne parlait plus des origines fort peu respectables de Hazel. Cela semblait oublié… sauf pour Valencia. Jamais elle n'oublierait.

— Ah ! s'exclama Hazel. Voici Chatham.

Elle désigna de la tête un endroit lointain, à l'autre extrémité de la salle de bal.

— Le prétendant de Delia doit être avec lui.

Tru tout entière se figea. Son cœur cessa de battre. Elle ne prit même pas la peine de corriger Hazel. Mr Jasper Thorne n'était pas le prétendant de Delia. Pas encore. Et il ne le serait jamais si on la laissait faire.

Elle suivit le regard de Hazel, et repéra aussitôt son mari, qui avait belle allure dans son magnifique habit de soirée. Il y avait plusieurs hommes autour de lui. Son regard s'arrêta sur chacun d'entre eux, qu'elle reconnut comme faisant partie de la cohorte habituelle du comte. Des maris bons à rien comme lui pour la plupart, fréquentant tous les tripots avec assiduité.

Il y eut un homme, cependant, qu'elle n'identifia pas.

Il lui tournait le dos. Si elle voyait son visage, peut-être se rendrait-elle compte qu'elle le connaissait. Néanmoins, habillé tout en noir, il tranchait par rapport aux compagnons de son mari, qui avaient adopté les couleurs de la Saison et arboraient des tenues gris tourterelle, bleu paon ou lavande.

— Est-ce lui ? demanda Tru, si bas qu'elle ne fut même pas certaine que ses amies l'aient entendue.

Elle pouvait à peine parler. Elle ne pouvait pas bouger du tout. Si ses amies ne l'avaient pas entendue, elles avaient compris, cependant, et toutes se taisaient pendant qu'elles scrutaient la salle de bal.

Delia était là, quelque part. Avec un peu de chance, elle n'avait pas encore été repérée par Chatham… et le mystérieux Mr Thorne. Si Tru voulait instiller le doute dans l'esprit de cet homme, c'était le moment, alors. Car une fois qu'il aurait posé les yeux sur la jolie Delia, il la voudrait pour lui. C'était obligé. Elle était belle, charmante, et titrée. Elle possédait tout ce que les hommes recherchaient.

Tru sentit son cœur se serrer.

Son mari rit de bon cœur à quelque chose qui venait d'être dit, en tapant familièrement sur l'épaule de l'inconnu, comme s'ils étaient des amis de longue date. Oh ! oui. C'était lui. Elle en était sûre, à présent. C'était Jasper Thorne. L'homme qu'elle devait vaincre. L'homme qui prendrait sa fille si elle ne faisait rien pour l'en empêcher, pour l'aiguiller vers une autre direction. Elle déglutit de nouveau. Il était plus grand que Chatham, comme la plupart des hommes qui l'entouraient.

Il ne s'était pas encore tourné ; elle se sentit cependant incommodée. Même sans l'avoir vu, elle avait légèrement la nausée. C'était aussi inexplicable qu'injustifié.

Ce n'était qu'un homme. Un homme comme tous les autres... enfin, peut-être plus riche que les autres. Et plus grand. Ses épaules larges tendaient sa veste de façon fort peu civilisée. Elle humecta ses lèvres. C'était normal qu'il la mette mal à l'aise. Le destin de sa fille reposait sur lui.

— Il ne semble pas vieux, murmura Valencia.

Non, en effet. Il semblait viril et fort. Puissant. Bien plus que la plupart des dandies qui l'entouraient.

— Comment peux-tu dire cela en ne voyant que son dos ? demanda Rosalind, perplexe.

— Il va peut-être plaire à Delia, suggéra Maeve, le regard brillant et empli d'espoir.

— Oh ! oui. Peut-être, acquiesça Valencia, d'une voix légèrement acerbe. Comme nos maris nous ont plu à toutes. Au début.

Puis son visage se referma.

Tru comprenait très bien ce qu'elle voulait dire.

L'histoire de Valencia ressemblait beaucoup à la sienne. En pire, peut-être. Cela dépendait de la façon dont on voyait le fait qu'elle et son mari se soient aimés jadis. Sincèrement. Profondément. Ils avaient fait figure d'exceptions dans la haute aristocratie. Un mariage d'amour.

Valencia et Dedham avaient été heureux ensemble au-delà de leurs fiançailles, de leur nuit de noces et de leur voyage de noces. Leur bonheur avait duré plusieurs années. Même sans enfant, ils étaient heureux et amoureux. Jusqu'à l'accident. Jusqu'au jour où Dedham avait fait une terrible chute de cheval.

Il s'était remis. Plus ou moins. Au début, le médecin avait déclaré qu'il ne survivrait pas. Qu'il ne se réveillerait jamais. Il avait gardé les yeux clos pendant des jours. Puis il les avait ouverts. À ce moment-là, le médecin avait dit que Dedham ne remarcherait jamais. Pendant des semaines, il n'avait pas quitté son lit. Puis il s'était levé.

Il n'était pas mort. Miraculeusement, il remarchait. Mais au prix de souffrances atroces. Il sortait rarement de chez lui. Il était trop atteint. Il n'était plus lui-même. Il n'était plus l'homme qui aimait Valencia. L'homme que Valencia aimait. Il n'aimait rien. Rien sauf ses compagnons fidèles : le whisky et le laudanum.

— Ce doit être lui, non ? demanda Rosalind, tout en plongeant la main dans son réticule pour en sortir une petite flasque de brandy dont elle versa furtivement une goutte dans son verre de punch.

— Je pense, oui, murmura Tru, l'estomac de plus en plus noué.

— Eh bien, à quoi ressemble-t-il ?

Valencia lui adressa un regard sévère.

— C'est ce que nous attendons toutes de voir.

Rosalind la poussa gentiment tout en buvant dans son verre. Valencia chancela légèrement, comme si elle était déséquilibrée. Une grimace passa sur son visage. Très brièvement. Avant qu'elle retrouve son expression fermée, et son immobilité.

Tru ouvrit la bouche pour lui demander si elle se sentait mal et si elle voulait se mettre au calme un moment quand Maeve étouffa un petit cri et se cramponna à sa main.

— Là ! Regarde ! Il s'est tourné !

Jasper Thorne, si c'était bien lui, se tourna, et elles purent voir son visage.

Unanimement s'éleva une exclamation ravie.

À son tour, Tru pressa la main de Maeve. Peut-être un peu trop fort. Son amie tressaillit. Elle lui demanda pardon et la lâcha. Elle enfouit les mains sous les plis de ses jupes et crispa les doigts autour du tissu.

— Eh bien, je dirais que c'est inattendu, déclara Rosalind. Il n'est pas si mal, ajouta-t-elle après une nouvelle gorgée de son punch corrigé au brandy. Pas mal du tout, même. Il pourrait tout à fait convenir à Delia.

— C'est vrai. Notre Cordelia a bien de la chance. Il est très bel homme, acquiesça Maeve, toujours positive et enjouée.

Comment n'aurait-elle pas pu l'être ? Elle menait une vie de rêve avec son mari de rêve et ses enfants de rêve. Tru était très heureuse pour elle, bien entendu, mais Maeve l'irritait parfois un peu, dans des moments comme celui-ci, par exemple. Mener une existence idéale l'empêchait de voir ce qui rendait la situation présente particulièrement délicate.

Maeve ne pouvait se représenter ce qu'être mariée à quelqu'un comme Chatham signifiait. Ni à quelqu'un comme Dedham, d'ailleurs. En regardant Mr Thorne, elle ne voyait qu'un beau visage. Elle ne pouvait rien imaginer d'autre. Contrairement à Tru. Tru, elle, n'avait aucun mal à imaginer le pire... tous les problèmes que pouvait entraîner le fait d'épouser un bel homme. C'était une leçon qu'elle avait très bien apprise.

— Et il est jeune, en plus, s'enthousiasma Rosalind.

Valencia fit la moue. C'était elle qui, avec Tru bien entendu, semblait la moins impressionnée de toutes. Un joli visage la laissait de marbre, en effet. Elle avait épousé un bel homme. Elle savait très bien que la beauté n'était pas tout. Parfois la beauté n'était même rien du tout. Elle n'allait pas systématiquement de pair avec la gentillesse, ou le bonheur. La beauté ne garantissait rien.

— Tru ? fit Maeve, visiblement gênée par son silence persistant. Qu'en penses-tu ? On dirait que tu t'es inquiétée pour rien.

Oh non, elle ne s'inquiétait pas pour rien. Au contraire. L'angoisse et la peur faisaient rage en elle pendant qu'elle le regardait. C'était pire que ce qu'elle craignait.

S'il vous plaît. Seigneur. Non. Cela ne pouvait pas être lui.

Le prétendant que Chatham avait trouvé pour leur fille ne pouvait pas être « son » beau libertin de la veille au soir. Cela ne pouvait pas être l'homme qui lui avait fait des avances et lui avait promis le plaisir.

Elle se trompait. Elle se trompait forcément. Il devait s'agir d'une plaisanterie.

— Ce n’est pas lui, murmura Tru, sans croire elle-même à ce qu’elle disait.

Ce n’était pas possible. Cela ne pouvait pas être possible.

— Non ? Dans ce cas, qui est-ce ? Je ne l’ai jamais vu avant ce soir. Ce doit être lui. Regarde la façon dont Chatham semble le flatter.

Seigneur Dieu. Il ne pouvait se trouver à ce bal, aux côtés de son mari comme si sa présence était tout ce qu’il y avait de plus légitime. Comme s’il avait le droit légitime de courtiser sa fille et de prétendre à devenir son époux. Comme si c’était sa décision à lui et qu’elle n’avait pas son mot à dire sur la question.

Et pourtant c’était bien lui. L’homme qui embrasait son esprit depuis la veille était Jasper Thorne, l’homme pressenti pour devenir l’époux de sa fille.

13

« Les seules armes dont dispose une femme sont sa beauté et sa dot. Compter, dans sa généalogie, des aïeules capables d'enfanter des fils vigoureux et en pleine santé est aussi un atout certain. »

GERTRUDE, comtesse de Chatham

Elle se trouvait en plein cauchemar.

La vie de Tru était loin d'être parfaite, c'était une certitude, mais ce genre de choses ne lui arrivait pas, normalement. C'était absolument horrible. Elle ne pouvait pas être à ce point malchanceuse. À ce point maudite.

Pour une raison qui lui échappa, le visage de Madame Klara s'imprima dans son esprit, ce qui était absurde. La voyante ne lui avait rien prédit de tel. Sa mise en garde avait porté sur autre chose. Sur des aveux. Ou plutôt sur la nécessité de ne pas en faire. Quoi que cela signifie – et Tru se disait toujours qu'il s'agissait d'un tissu d'absurdités –, cela ne s'appliquait pas à cet homme ni à cette dramatique situation.

Non. Il s'agissait juste d'une terrible coïncidence.

Apparemment, Jasper Thorne était l'homme qui hantait ses pensées et avait troublé son sommeil la nuit précédente. C'était l'homme qui se tenait à l'autre bout de la salle de bal, épaule contre épaule avec son mari. L'homme qu'elle pensait ne jamais revoir. L'homme auquel elle avait songé avec une pointe de regrets après la conversation avec sa mère, quand elle s'était demandé si elle n'avait pas rejeté sa proposition avec trop de précipitation.

— Tru, tu es très pâle tout à coup, fit remarquer Rosalind. Veux-tu que j'aille te chercher quelque chose à boire ou à manger ?

— Non... non, répondit Tru, incapable de détourner son attention de cet homme.

Le comte agita la main, tout en parlant. Il semblait chercher quelque chose. Ou plutôt quelqu'un. Tru comprit aussitôt. Ce n'était pas elle qu'il cherchait. Elle n'avait aucune importance à ses yeux. Elle n'était que sa femme. Non, il cherchait sa cible, celle qui avait de la valeur pour lui. Cordelia.

L'estomac de Tru se contracta davantage.

Pendant sa quête, le regard de son mari échoua sur elle. Elle était repérée. Il l'observa un long moment. Elle le devinait en train de réfléchir. Elle n'était pas Cordelia, mais c'était tout de même mieux que rien. Et elle pourrait sans aucun doute le conduire à sa fille. Il lui adressa un hochement de tête et un signe de la main.

— Oh ! oh, il t'a vue, commenta Rosalind.

En effet. Et il n'était pas le seul. Jasper Thorne suivit le regard de Chatham. Leurs regards se rencontrèrent. Elle était repérée. Et *identifiée.*

Il écarquilla les yeux. Elle eut comme un coup au cœur et fut prise de panique. Son premier réflexe fut de tourner les talons et de s'enfuir. C'était une vaine entreprise. Elle ne pouvait pas échapper à ceci, à cet homme, à sa vie. Pourtant, elle ne put s'empêcher de relever ses jupes et de bousculer les invités pour se précipiter vers la sortie.

Elle savait très bien qu'elle devait avoir l'air ridicule. Chatham, plus tard, lui ferait payer sa réaction. Il lui avait clairement ordonné d'impressionner favorablement Mr Thorne, et pourtant, elle ignorait les instructions de son mari pour s'enfuir.

Elle entendit sa sœur l'appeler, mais elle ne s'arrêta pas.

Elle sortit par la porte-fenêtre ouverte sur la véranda et se précipita dehors, où elle aspira l'air frais avec avidité. Mais elle n'était pas assez loin. Les bruits du bal étaient encore trop proches. La musique, les invités, Chatham, Mr Thorne...

Elle descendit les marches qui menaient au jardin, à la recherche de solitude et de tranquillité. Elle se dirigea spontanément vers le labyrinthe végétal. Des couples s'y trouvaient, bien sûr, et elle fit attention à les éviter.

Au détour d'une haie, elle se heurta à un mur de feuilles et de branches. Au-dessus d'elle brillait la lune. Elle posa la main au milieu de sa poitrine alors que la nuit l'engloutissait. Elle essaya de calmer son cœur qui cognait si fort qu'il risquait d'exploser.

La solitude lui permit de respirer plus calmement. Alors la stupidité de sa réaction s'imposa à elle avec force. Aussitôt, son esprit se mit à chercher des raisons susceptibles d'expliquer son départ précipité. Elle réfléchit à des excuses potentielles. Son mari lui demanderait pourquoi elle lui avait désobéi et s'était enfuie comme un lièvre apeuré.

Thorne l'avait vue.

Il savait à présent qui elle était.

Elle hocha la tête pour se rassurer, en se disant que tout se passerait bien. Chasser Thorne de son existence serait plus facile que prévu. Une fois qu'il aurait compris qu'il avait fait des avances à la mère de son épouse potentielle, la honte l'obligerait à fuir de lui-même. Il porterait son attention ailleurs, vers une autre débutante. Sa gêne serait telle qu'il préférerait chercher une autre proie.

Une voix grave et profonde fit vibrer l'air autour d'elle.

— C'est *vous*.

Elle se raidit et s'écarta de la haie comme si elle avait pris feu.

Il l'avait trouvée.

Ses yeux sombres brillaient dans la nuit et semblaient heureux de la voir. Elle ignora la bouffée de chaleur provoquée par son regard. Elle n'avait pas à apprécier ses regards. Et lui n'avait pas à sembler heureux de la voir.

Elle se força à détourner les yeux, et regarda au loin, s'attendant presque à voir le comte surgir. Aucune trace de Chatham, cependant. Ce fut un soulagement. Il n'y avait que lui. Cet homme. Qui n'était plus un inconnu. Jasper Thorne l'avait suivie. Il avait hanté ses pensées, et à présent il la hantait dans la réalité. Qu'il aille au diable.

— Et c'est *vous*, répliqua-t-elle vivement.

— Pourquoi vous êtes-vous enfuie quand vous m'avez vu ? demanda-t-il, l'air perplexe.

— Pourquoi ? Pourquoi ? répéta-t-elle, dans un murmure consterné. N'est-ce pas évident ?

— Apparemment non. Expliquez-moi, je vous prie.

Elle secoua la tête, surprise qu'il n'ait pas encore compris.

— Pensiez-vous que j'avais envie de vous saluer en compagnie de mon mari ?

— Votre mari ?

Il cligna des yeux, et elle se força à ne pas s'émerveiller devant la longueur de ses cils.

Elle se figea. Il ne savait pas encore. Des picotements parcoururent sa colonne vertébrale. Il n'avait pas encore découvert son identité.

Il recula et posa une main devant sa bouche, comme s'il essayait de retrouver son calme.

— Oui, mon mari, souffla-t-elle, tout en se demandant pourquoi cet aveu, alors qu'elle était mariée depuis presque vingt ans, lui causait maintenant un si profond regret.

Elle était la comtesse de Chatham. Elle avait tenu ce rôle pendant plus de la moitié de sa vie. Cela faisait longtemps qu'elle n'éprouvait plus de regret. Cela ne servait à rien. Et pourtant, alors qu'elle était les yeux dans les yeux avec Mr Thorne et qu'elle savait à présent qui il était... elle ressentait du regret. Un regret profond.

— Votre mari ! Chatham ? demanda-t-il en désignant la maison. Ce... bon à rien ? Cet idiot ? Ce...

Il s'arrêta lorsqu'elle tressaillit.

— Cet homme est votre mari ?

Elle acquiesça avec raideur.

Il se tendit et contracta les mâchoires.

— Je comprends que vous vous trouviez mal mariée.

Elle marqua le coup. Puis elle se redressa et croisa les bras sur sa poitrine en essayant d'afficher un calme et une impassibilité qu'elle était loin de ressentir.

— Cette situation est fort dérangeante.

— Dérangeante ? Dites-vous cela parce que j'ai failli coucher avec vous hier soir ?

— Failli ? s'exclama-t-elle, offusquée mais parcourue de frissons brûlants en s'imaginant couchée tout contre lui. Ah ! vous prenez vos rêves pour la réalité, monsieur !

— Oh ! vous étiez près de vous laisser convaincre, répondit-il avec assurance, d'une voix devenue rauque. Et je suis sûr que vous ne cessez d'y penser depuis hier soir. Tout comme moi.

Tout comme moi.

Elle chassa cette idée déplacée.

Il était tout de même assez incroyable, néanmoins, qu'il réitère ses avances après avoir découvert qui elle était. C'était un débauché de la pire espèce qui aurait mérité une autre gifle de sa part.

— Votre arrogance ne connaît aucune limite, monsieur. Je puis vous jurer qu'il n'a rien *failli* se passer entre nous. Rien du tout.

Il hocha la tête et s'approcha. Elle put alors mieux voir son visage crispé. Elle ne comprenait pas pourquoi il semblait si en colère contre elle. C'était à elle de se sentir offensée, pas à lui.

Il s'arrêta juste devant elle.

— Vous pouvez nier autant que vous le voulez, mais je me souviens distinctement de vos mots.

— De mes mots ? demanda-t-elle, méfiante. Lesquels ?

— « C'est fort dommage », déclara-t-il avec emphase.

Elle recula, sous le choc. *C'est fort dommage.* Les mots par lesquels elle avait exprimé son regret de ne pouvoir prendre du plaisir avec lui. Elle avait baissé la garde l'espace d'un instant.

Elle ferma les yeux, cherchant à échapper à la gêne d'avoir osé exprimer son désir devant lui.

— Cela n'a plus aucune importance. Vous êtes ici pour trouver une épouse.

— Oui. Et je pense avoir trouvé.

Elle le fixa, paniquée. Il ne voulait tout de même pas dire que...

— Ma fille ? demanda-t-elle, le souffle court. Ma fille que vous n'avez encore jamais rencontrée ?

— Ce sera bientôt chose faite. Votre mari y tient.

— Vous ne la connaissez même pas.

— Est-il vraiment nécessaire de se connaître pour se marier ? Il ne me semble pas.

Elle ne pouvait pas lui donner tort sur ce point.

— Et c'est ce que vous voulez ? demanda-t-elle, changeant d'approche. Vous souhaitez épouser une inconnue ?

— Elle a tout ce qu'il me faut.

— Et que vous faut-il, précisément ?

— Il me faut une lady.

Tru désigna la bâtisse.

— La maison en est remplie ce soir. Cherchez ailleurs : vous n'aurez que l'embarras du choix.

— Je cherche une jeune lady occupant une place élevée dans la haute société.

Ah. Une jeune lady de haut rang. Cela réduisait quelque peu le champ des possibles.

— Je répète : cherchez ailleurs. D'autres jeunes femmes remplissent ces critères.

— Chatham a su se montrer fort persuasif.

— C'est-à-dire ?

— D'après lui, Lady Cordelia est parfaite pour moi.

Parfaite pour lui ? Ah, décidément, son mari était une *parfaite* nuisance.

Il continua :

— Et il prétend qu'aucune autre lady ne sera plus heureuse d'être courtisée par moi.

Apparemment, Chatham avait mené une campagne agressive. Il voulait que Mr Thorne ait l'impression que Delia était sa seule option, comme si d'autres familles pouvaient se montrer incommodées par ses origines modestes et son absence totale de pedigree. Ce n'était pourtant pas la vérité. Alors que tous les aristocrates ne seraient pas prêts à céder leur fille au plus offrant, la plupart n'y verraient aucun inconvénient. Car tel était le grand monde. Vénal, avant tout.

— D'autres jeunes ladies sauraient vous satisfaire, je vous le certifie.

— Et pourtant votre mari s'est montré très insistant. Pour lui, ma future épouse ne peut être que Lady Cordelia. Il m'a déjà proposé sa main. Je pourrais tout aussi bien mettre fin à mes recherches dès maintenant.

Ce fut une souffrance d'entendre une chose pareille.

— Après ce qui s'est passé entre nous... vous ne pouvez pas envisager sérieusement de faire la cour à ma fille ?

— Je suis invité à dîner avec toute votre famille demain.

Elle sursauta comme si quelqu'un l'avait frappée. Bien entendu, elle découvrait ce projet de dîner.

— Vous ne devez pas...

— J'ai déjà accepté.

Elle secoua la tête, tout en se demandant si son désarroi et sa rage apparaissaient dans son regard.

— Vous devez absolument vous décommander.

— Jamais je ne commettrais pareille impolitesse.

Elle fit un pas vers lui, certaine qu'il se moquait d'elle.

— À quel jeu jouez-vous, monsieur ?

— Je ne joue pas. Je suis très sérieux quand je prétends être à la recherche d'une épouse bien née. J'ai une fille qui a besoin d'une mère pour lui apprendre à devenir une lady et à faire sa place dans le grand monde.

À son tour, il désigna la maison et ses alentours.

— Ceci sera son monde. Elle fera partie de cet étincelant... spectacle.

C'était étrange, mais elle décela une part égale de dégoût et d'admiration dans sa voix.

— Je le jure.

Sa fille ?

Tru resta interdite, et silencieuse. Jamais elle n'aurait envisagé ce cas de figure. Il avait une fille ? C'était ce qui le motivait ? Mr Thorne... un *père* ? Lui ? Ce qui l'amena à une autre pensée, fort dérangeante.

Delia ? Une mère ? Elle qui était encore une enfant. Cela ne semblait pas juste de la faire accéder en même temps aux statuts de femme mariée et de mère, alors qu'elle-même devait encore grandir.

Il poursuivit.

— Dites-moi. Votre fille. Est-elle comme vous ?

Elle secoua la tête, prise de court.

— Je... je... Un peu.

En réalité, elles se ressemblaient peu, physiquement. Delia était blonde, avec des yeux pervenche. En cela, elle tenait davantage de Chatham. Son tempérament, cependant, s'approchait de celui de Tru. De celui de Tru dans sa jeunesse, en tout cas.

Tru, quand elle était une débutante, était timide et peu sûre d'elle. Elle se laissait facilement influencer par les autres. Ce n'était plus le cas à présent. Elle n'avait plus peur de s'exprimer. Ni de se battre.

— J'ai hâte de faire sa connaissance.

Ces mots étaient plutôt innocents, mais Tru le revit tel qu'il s'était montré la veille au soir : séducteur et prêt à tout. Et maintenant c'était après sa fille qu'il en avait ? Jamais elle ne tolérerait une chose pareille.

— Ne vous approchez pas de ma fille, Mr Thorne.

— Vous me voulez pour vous toute seule, c'est cela ?

Elle prit une grande inspiration et résista à l'envie de le gifler comme il l'aurait pourtant mérité. Oh ! quelle arrogance chez cet homme ! Elle replia les doigts et enfonça ses ongles dans ses paumes. Face à lui, elle se sentait capable du pire.

Elle souleva ses jupes, le contourna largement et s'éloigna à grandes enjambées.

Elle était déjà loin lorsqu'il l'interpella :

— À demain soir, comtesse.

Elle se raidit et s'immobilisa. Elle hocha la tête sans se retourner. *Demain soir.* Elle reprit son souffle et repartit, en jurant qu'elle serait prête.

14

« Si seulement les pères pouvaient aimer leurs filles plus qu'ils n'aiment leurs cartes, leur whisky et leurs courtisanes. »

GERTRUDE, comtesse de Chatham

Jasper attendit dans le jardin un moment, résistant à l'envie d'emboîter le pas à la comtesse de Chatham. Cela aurait fait du bruit dans le grand monde. Un homme tel que lui en train de poursuivre la très mariée, très convenable et très influente comtesse de Chatham.

La comtesse de Chatham. Bon sang.

Il n'aurait pas pu être attiré par une simple fille d'écurie ou par une veuve vivant seule ? Oh ! non. Cela aurait été trop simple. Il fallait qu'il ait rencontré la mère de la débutante à laquelle il avait prévu de faire la cour. Qu'il l'ait rencontrée et qu'il ait flirté avec elle. Plus que flirté.

Accompagnez-moi quelque part où nous aurions tout loisir de faire plus ample connaissance.

Il lui avait fait des avances, et de façon tout sauf subtile. Et quand il l'avait revue ce soir, cela avait été plus fort que lui. Il avait *encore* flirté avec elle.

Sans doute devrait-il tirer un trait sur la jeune Chatham, comme la comtesse le lui avait demandé. Cela semblait plus raisonnable, en effet. Lady Cordelia n'était pas la seule petite princesse de sang bleu disponible sur le marché du mariage. Il pourrait en trouver une autre. Le moment venu.

Cependant, Chatham était bien disposé à son égard. Le comte était venu lui rendre visite deux semaines plus tôt. Ils ne s'étaient jamais rencontrés auparavant, mais Theo avait préparé le terrain, semant çà et là des informations à son propos. Apparemment, les graines plantées pour lui avaient pris racine. Chatham avait appris que Jasper cherchait une épouse parmi les jeunes filles bien nées du pays, et il n'avait pas mâché ses mots :

— Cette Saison, ma fille est disponible au plus offrant, et tout porte à penser qu'il pourrait bien s'agir de vous.

Jasper n'avait laissé paraître aucune réaction. Il était resté assis à son bureau, les doigts tapotant les accoudoirs de son siège. Il avait feint l'indolence malgré la tension certaine que provoquait chez lui ce comte prétentieux et vulgaire.

Il avait entendu parler de Lady Cordelia Chatham, bien évidemment. Son nom était apparu à plusieurs reprises dans les journaux, et lui-même l'avait inscrite tout en haut de sa liste. Seulement, il n'avait pas imaginé que son père en personne se présenterait à sa porte. Ni qu'il lui parlerait de manière si décomplexée.

Les pères n'étaient-ils pas censés se montrer plus protecteurs envers leurs filles ? Lui-même ne pouvait pas s'imaginer un seul instant jeter la sienne en pâture à un homme sans s'être donné la peine de chercher à savoir si ce dernier était recommandable ou pas.

Avec impassibilité, il avait murmuré :

— Merci d'avoir pensé à moi, Lord Chatham. J'ai hâte de faire la connaissance de votre fille.

— Ne tardez pas trop. Elle ne sera plus disponible la Saison prochaine, Mr Thorne.

Il avait adressé un regard insistant à Jasper.

— Cela, je peux vous le jurer. Si vous la voulez, décidez-vous vite.

Il s'était levé et s'était dirigé vers la porte, devant laquelle il s'était arrêté pour ajouter :

— Nous serons au bal chez les Lindley vendredi soir. Si ma fille vous plaît, vous n'aurez qu'à vous joindre à nous pour le dîner samedi soir.

Cela avait semblé presque trop facile. Ce n'était que très récemment qu'il avait décidé de rencontrer Lady Cordelia Chatham, et son père était apparu comme par magie, pour la lui apporter sur un plateau d'argent. Si elle n'était que la moitié de ce que prétendait la presse à scandale, elle correspondait exactement à ce qu'il cherchait. Il trouvait son père fort désagréable, mais ce n'était qu'un détail sans importance.

Jasper connaissait les hommes de son espèce, guidés par leurs vices et l'appât du gain. Tant que Chatham aurait ce qu'il désirait, c'est-à-dire une rente fixe, il ne poserait aucun problème.

La mère de Lady Cordelia, cependant, ne serait pas aussi facile à manœuvrer. Une femme comme elle n'était pas appâtée par l'argent. Jasper l'avait compris tout de suite. Elle ne serait pas d'accord pour lui céder sa fille et il ne pouvait pas l'en blâmer. Pas après leurs débuts... particuliers.

Il ferait mieux de les oublier, tous les trois : le père, la fille et la mère. La situation était déjà bien assez compliquée comme cela. Il recherchait une mère pour son enfant. Il n'était pas question d'amour, d'affection, ni même de désir. Il était question de trouver quelqu'un pour Bettina. Pas pour lui.

Sauf qu'il mourait d'envie de suivre la comtesse. En temps normal, il l'aurait fait. En temps normal, il se serait comporté comme il l'avait fait la veille au soir. Quand il voulait une femme, il faisait en sorte qu'elle le sache, et en temps normal, il obtenait ce qu'il voulait.

Sauf que ce n'était pas son monde.

C'était *leur* monde. Le monde de la comtesse. Il était simplement en train d'apprendre à le connaître. En train d'essayer de l'infiltrer. Et ce n'était peut-être pas si simple que cela. Il y avait des règles. Des façons de procéder, des conduites et des comportements dont il devait tenir compte. Il était certain que suivre à la trace une femme mariée, la mère de la jeune débutante qu'il courtisait, contrevenait à ces règles.

Il regarda vers le ciel et observa la lune. C'était la même lune qui brillait quand il vivait au fin fond de l'auberge de son père. Et ce serait la même où qu'il aille. C'était un réconfort. Certaines choses ne changeaient jamais. Il serait toujours Jasper Thorne. Cet homme aux mains calleuses, manquant de raffinement, et aussi peu fait pour les salles de bal que pour les ladies sentant l'eau de rose. La seule chose acceptable chez lui, c'étaient ses poches bien remplies.

Plus tôt il aurait trouvé son épouse, plus vite il serait débarrassé de tout cela. Il pourrait retourner à sa vie, à ses affaires, pendant que sa femme bien née veillerait à l'éducation de sa fille afin que sa présence dans ces salles de bal paraisse naturelle et légitime à tous.

Lady Cordelia Chatham pourrait être cette épouse.

Il se dirigea vers la maison, d'un pas assuré mais lent.

— Thorne ! Vous voici. Je vous cherchais.

Chatham se précipita vers lui dès qu'il eut pénétré dans la salle de bal et lui tapa dans le dos comme s'ils étaient des amis de longue date.

— Je suis juste allé prendre l'air.

Chatham se tourna et adressa un signe de la main à quelqu'un dans la pièce, remuant ses doigts couverts de bagues.

Jasper suivit son regard et passa en revue les invités impeccablement vêtus. Les soieries et les brocarts étincelaient sous la lumière des lustres. À côté de lui, une femme riait comme un âne en train de braire, tout en vidant goulûment une coupe de champagne. Elle passa la langue sur ses lèvres de façon suggestive. Elle se pencha vers une amie et, tête contre tête, elles le regardèrent en pouffant et en se murmurant quelque chose à l'oreille.

Il surprit quelques bribes de conversation.

Bâti comme un paysan... Bien bâti de partout, je parie...

Il devait y avoir écrit quelque part sur son front qu'il n'était pas l'un d'eux. C'était une sensation désagréable, mais il était bon qu'il se souvienne de ce qu'il était à leurs yeux. Une nouveauté. Quelqu'un dont ils pouvaient se servir, mais qui jamais ne serait l'un d'eux.

— Ah, la voici ! Ma délicieuse fille.

Jasper dirigea son attention vers Chatham... et vers la jeune fille vêtue d'une robe d'un blanc virginal qui arrivait vers eux, tel un ange.

— Père ? murmura-t-elle, en regardant Jasper.

— Cordelia, je te présente Mr Thorne.

Elle baissa modestement ses yeux bleus et exécuta une parfaite révérence. Comme elle se relevait, il saisit sa main gantée et s'inclina respectueusement, comprenant aussitôt pourquoi tout le monde chantait les louanges de cette jeune lady.

— Lady Cordelia, la salua-t-il. Il me tardait de faire votre connaissance.

— Moi de même, Mr Thorne.

Sa voix tremblait quelque peu et manquait de conviction. Que ses mots soient sincères ou pas, elle offrait un très beau tableau avec ses boucles blondes et sa peau laiteuse. Jeune, fraîche et innocente... et d'une pureté virginale. Il l'avait tout de suite vu, et cela ne l'enthousiasmait guère. Elle était encore une enfant, ou presque. Elle ne l'attirait pas du tout, et il était certain que sa mère aurait été heureuse de l'apprendre.

Bon sang. Il ne parvenait pas à chasser la comtesse de son esprit, même face à sa fille. Il ne put s'empêcher de scruter le visage de Cordelia, à la recherche d'une ressemblance, même minime, avec Lady Chatham. Il y avait pourtant très peu, chez elle, qui lui rappelait sa mère. Quelque chose dans la forme des yeux, peut-être. Dans la courbe des sourcils.

Il leva les yeux et regarda autour de lui. La comtesse ne lui abandonnerait pas son enfant. Elle était une mère dévouée et protectrice, ce qui l'honorait. Il savait qu'elle était tout près, et qu'elle les observait, sans doute en le maudissant. Il le savait parce qu'il la connaissait. Déjà, il la connaissait.

Son pouls s'accéléra à l'idée que la comtesse avait en ce moment même les yeux rivés sur lui. Il n'y avait rien de modeste dans son regard à elle. Seulement de la détermination. Ces yeux d'un brun chaud étincelaient et l'embrasaient. Il chercha parmi les visages. En vain.

La voix du comte le fit revenir à la réalité.

— Il nous tarde de vous recevoir à dîner demain. Notre cuisinière...

Le comte prit un air béat et embrassa le bout de ses doigts.

— ... est une vraie perle. Vous allez vous régaler.

Jasper hocha la tête, mais le dîner du lendemain lui importait peu. Ce qui lui importait, en revanche, c'était de revoir la comtesse. Bon sang. Il ferait mieux d'inventer une excuse, de prendre congé et de trouver une autre jeune fille à courtiser.

Au lieu de cela, il s'entendit dire :

— À quelle heure souhaitez-vous que j'arrive ?

Chatham ne chercha pas à masquer son contentement.

— Merveilleux, merveilleux ! Disons, eh bien... vingt heures ?

Le comte regarda Jasper puis Cordelia d'un air triomphant, comme si c'était fait, qu'ils étaient déjà fiancés.

Jasper hocha la tête, et se sentit tout à coup accablé d'un étrange poids. Le comte s'excusa alors, et alla parler à une lady qui semblait riche, si l'on pouvait en juger par le nombre de colliers à son cou et par la tiare qu'elle arborait fièrement. Chatham ne lui accorda pas toute son attention, cependant.

Le comte adressa à sa fille un regard insistant et désigna Jasper du menton. La jeune lady s'éclaircit la gorge et lui sourit avec appréhension.

Thorne décida de lui épargner cela et engagea lui-même la conversation.

— Vous amusez-vous, Lady Cordelia ?

— Oh ! beaucoup, Mr Thorne...

L'arrivée de Theo l'empêcha de poursuivre.

— Lady Cordelia.

Il s'inclina devant elle en souriant. Theo avait quelques années de plus que Jasper, mais il avait conservé une allure juvénile, sans doute à cause de son visage rond et de son sourire malicieux.

— Lord Branville, répondit-elle, l'air presque soulagé.

Clairement, elle ne se sentait pas à l'aise, seule avec Jasper.

Theo lui tapa dans le dos.

— Qu'en penses-tu, Thorne ? As-tu déjà vu autant de belles et élégantes ladies réunies en un même lieu ?

— Jamais, répondit-il consciencieusement.

C'était comme si l'arrivée de Theo avait envoyé un signal aux alentours. Lady Cordelia fut bientôt assaillie par un essaim de jeunes hommes, ce qui prouvait bien, au cas où Jasper aurait encore nourri quelques doutes sur la question, qu'elle était en effet une débutante très courue.

Theo s'approcha et murmura discrètement à son oreille :

— As-tu suivi la glaciale comtesse dehors ?

Il regarda l'homme qui était devenu son ami.

— La glaciale comtesse ?

— Lady Chatham, avoua-t-il en chuchotant. C'est ainsi que tout le monde l'appelle.

Jasper ne comprenait absolument pas pourquoi. Il n'y avait rien de froid chez cette lady. Au contraire, elle suscitait les plus brûlantes des sensations chez lui.

— Vous avez disparu tous les deux un moment, et quand la lady a fait son retour, son visage était tout empourpré. Qu'a-t-il pu se passer pour troubler notre glaciale comtesse, d'ordinaire si imperturbable ? Elle semblait fâchée. Vous êtes-vous querellés ? S'oppose-t-elle à ce que tu fasses la cour à sa fille ? Je ne pense pas qu'elle soit comme son mari, qui juge la valeur des prétendants de sa fille à l'épaisseur de leur portefeuille. Il en faut plus pour l'impressionner, selon moi. Mais en même temps, c'est à Chatham que reviendra le dernier mot.

Theo haussa les épaules, comme si c'était ainsi qu'allaient les choses, et Jasper savait que c'était la vérité, mais cela ne signifiait pas qu'il trouvait cela juste ou normal.

— Je ne vois pas ce dont tu veux parler.

Theo le regarda avec un scepticisme non voilé.

— Très bien. Garde tes secrets si tu le souhaites.

Il les garderait. Lady Chatham était une femme mariée. Il ne dirait rien qui puisse salir son nom ni entacher sa réputation.

Qu'elle reste la glaciale comtesse aux yeux du monde. Lui seul savait ce qu'il en était vraiment. Lui seul savait qu'elle était bien autre chose. Et c'était mieux ainsi.

15

« Le grand monde, particulièrement quand arrive la période où commencent à s'envisager et à se préparer les mariages, regorge de masques, de costumes et de gens essayant par tous les moyens de cacher leur véritable identité. À tel point que l'on se croirait parfois à l'opéra. »

LADY CORDELIA CHATHAM

Delia regarda son reflet dans le miroir de sa coiffeuse.

— Je n'ai pas envie de descendre.

Sa mère arriva derrière elle en faisant bruire ses jupes en soie, et en balançant ses hanches si féminines que Delia lui enviait. Sa mère avait des formes. Des hanches. De la poitrine. Un décolleté profond qui aurait eu sa place dans un tableau de Botticelli. Elle, elle n'était pas une brindille qui avait du mal à remplir un corset.

Delia aimait penser qu'elle posséderait un jour les mêmes courbes, mais, physiquement, elle n'avait pas hérité de sa mère. Sans doute ne serait-elle jamais voluptueuse. Un portrait de la comtesse, réalisé l'année où elle avait fait ses débuts dans le grand monde, ornait le hall d'entrée, chez ses grands-parents, et l'évidence était là. Elle avait toujours possédé des courbes généreuses, contrairement à Delia.

Sa mère posa les mains sur ses épaules qui, pour une fois,

étaient nues. Cela faisait quelques semaines que Delia avait fait ses débuts en société, et elle ne portait plus ses robes d'enfant. Néanmoins, cette tenue rouge cramoisi était à part. D'habitude, Delia s'en tenait aux tons pastel et au blanc, comme les autres débutantes. Dans cette robe rouge, elle ressemblait à une femme, même si elle se sentait toujours une enfant, ce qui résumait son état d'esprit général. Elle se sentait comme une enfant essayant de jouer à l'adulte.

Sa mère avait émis quelques réserves quand Delia avait choisi cette robe au magasin. La couleur et l'échancrure du corsage lui avaient posé un problème, mais la jeune fille avait insisté jusqu'à ce que la comtesse capitule.

Avec excitation, elle avait imaginé tous les endroits où elle pourrait porter cette tenue audacieuse. Elle se sentait prête à vivre de grandes et belles aventures. Lors des essayages, dans la boutique de la modiste, jamais elle n'aurait pu penser qu'elle l'étrennerait devant un homme choisi pour elle par son père. À présent, se voir dans cette tenue la mettait très mal à l'aise et elle aurait aimé pouvoir la cacher au fond de sa penderie et faire comme si elle n'avait pas insisté pour se la faire offrir.

L'intérêt soudain que son père lui témoignait, alors que jusque-là il n'avait jamais prêté attention à elle, ne laissait rien présager de bon. Il voulait que ce Jasper Thorne devienne son époux. Pourquoi sinon serait-il arrivé si tôt et se serait-il mis à fouiller dans sa garde-robe pour en sortir la tenue qu'elle portait ce soir ? Quand elle l'avait surpris en train de passer ses robes en revue, il avait expliqué :

— Il faut que tu ressembles à une femme ce soir, et non pas à une petite fille, comme quand tu portes les tenues choisies par ta mère.

— La cuisinière t'a préparé du thé, dit sa mère en désignant le plateau posé sur une petite table.

Comme si une tasse de thé pouvait guérir tous les maux.

Delia lui adressa un sourire timide.

— Est-ce pour faire passer plus facilement la pilule de ce soir ?

C'était ainsi que sa mère procédait quand elle était malade, enfant. Elle demandait à la cuisinière de préparer du thé et ses biscuits favoris pour l'aider à avaler ses remèdes.

Le regard de la comtesse s'adoucit, et Delia crut y déceler de la pitié. Cela l'inquiéta davantage. Sa propre mère avait pitié d'elle. Sa compassion était loin d'être réconfortante.

Sa mère caressa l'une des mèches qui retombaient lourdement sur ses épaules.

— Delia, contentons-nous de dîner ce soir avec ce Mr Thorne, et ensuite...

— Je ne le connais même pas, l'interrompit-elle.

— Ce n'est qu'un dîner.

— Il est... *vieux*.

Et beau, sans doute. De ce type de beauté intense et ténébreuse qu'aimaient certaines femmes. Pas elle. Elle, elle aimait la légèreté et la joie. Les jeunes gens espiègles.

Sa mère sourit.

— Trente-trois ans, ce n'est pas vieux.

Puis elle secoua la tête.

— Mais ce n'est pas important, car, comme je viens de le dire, ce n'est qu'un dîner. Cela ne signifie pas que...

— J'ai parlé avec Père, lança-t-elle.

Sa mère cligna des yeux.

— Oh. Quand cela ?

— Ce matin, pendant que vous étiez sortie.

Elle hocha la tête et désigna les manches bouffantes de sa robe.

— Quand il a choisi cette tenue pour moi.

— Je vois, répondit sa mère, visiblement mal à l'aise. Et qu'a-t-il dit ?

— Ce n'est pas un simple dîner comme vous le répétez. Père me l'a clairement fait comprendre quand il a choisi cette robe pour moi.

En hochant la tête, Delia poursuivit :

— Il m'a dit que je devais faire en sorte de me montrer particulièrement accommodante ce soir.

Delia s'arrêta pour respirer et se donner du courage.

— Que je devais l'impressionner par tous les moyens. Il a dit que Mr Thorne était très riche et que nous avions besoin de lui.

Elle vit une émotion brûlante traverser le regard de sa mère. Ce fut fugitif, mais cela suffit. C'était toujours pareil. Sa mère cachait qu'elle méprisait son père. Ou plutôt, elle essayait de cacher qu'elle le méprisait. Elle n'y parvenait jamais totalement, néanmoins. Delia savait. Son frère et elle savaient tous les deux.

Ils savaient et ils auraient aimé pouvoir faire quelque chose pour aider leur mère, pour la sauver, parce qu'elle méritait mieux que leur père. Pourtant, c'était impossible. C'était sa vie et elle ne pouvait y échapper. Delia espérait, de toutes ses forces, qu'elle ne connaîtrait pas pareil destin. Elle ne voulait pas se retrouver mariée à un homme qu'elle ne pouvait souffrir. Elle ne pensait pas être aussi forte que sa mère. Elle n'y survivrait pas.

C'était sans doute mieux que Charles soit en pension, même s'il lui manquait et que sa présence la réconfortait toujours. Il n'aimerait pas cela du tout. Il voudrait empêcher Delia de connaître le même sort que leur mère. Il s'opposerait à leur père, et cela ne se passerait pas bien du tout.

La comtesse serra plus fort les épaules nues de Delia et la fit se tourner vers elle.

— Je vais te faire un serment. Personne ne te forcera à épouser quiconque. Tu n'as pas à *impressionner* Mr Thorne. Pas le moins du monde. Sois toi-même.

Delia regarda sa mère en silence. Elle aurait voulu parler, lui faire confiance, mais ni sa conviction ni ses mots ne firent surface. Elle avait la gorge trop serrée.

— Je te le promets, Cordelia. Ce sera à toi de choisir ton époux.

Les yeux d'un brun chaud de sa mère plongèrent dans les siens, et Delia comprit qu'elle était sincère. Elle croyait à ce qu'elle disait. Même si ce n'était pas vrai. Même si elle n'avait pas le pouvoir de protéger Cordelia contre la volonté de son père, la comtesse pensait vraiment en être capable.

Delia n'était pas aussi crédule, cependant. Elle savait. Ce choix ne lui appartenait pas, ni à sa mère. C'était son père qui possédait les pleins pouvoirs. Quoi que pense sa mère, elle ne pourrait jamais tenir sa promesse.

Son père choisirait qui bon lui semblerait pour elle. Et elle l'épouserait.

Cela faisait au moins quinze ans que Tru et son mari n'avaient pas reçu à dîner ensemble. Le comte avait emménagé dans sa propre maison peu après leur mariage et avait mené sa vie sans elle. « Ensemble » ou « collaboration » étaient des mots qui ne s'appliquaient pas à leur couple.

Et pourtant cela n'empêchait pas Chatham de présider ce dîner comme s'il était le seigneur de la maison et de tous ceux qui y vivaient. Assis en bout de table, il claquait des doigts pour interpeller le majordome et les laquais de Tru et indiquer quand servir chaque plat et à boire.

Le menu avait aussi été composé exclusivement par lui. Il avait insisté sur les viandes en sauce et largement négligé les légumes. Pas de sherry pour les dames. Elles n'en avaient pas besoin. C'était très différent des dîners que Tru organisait elle-même. Et très différent des dîners que, dans sa jeunesse, elle avait imaginé organiser une fois qu'elle serait mariée. Ses rêves de régner sur une maisonnée main dans la main avec un époux aimant n'avaient été qu'idiotie et puérilité.

Avec dégoût, elle regarda le comte se servir de ses doigts pour attraper une côtelette et la tremper dans la sauce qui maculait son assiette. Tru attrapa son verre de bordeaux et but une gorgée. C'était plus fort que du sherry, mais peut-être en avait-elle besoin ce soir. Au-dessus de son verre, son regard rencontra celui de l'homme assis en face d'elle.

Jasper Thorne.

Il souleva un sourcil. Elle plissa les yeux, afin qu'il sente son animosité. Il porta alors son attention vers Delia, assise à côté de lui. Elle lui sourit aimablement. Elle s'était montrée aimable toute la soirée.

Malgré la conversation qu'elles avaient eue juste avant le dîner, Delia faisait des efforts pour paraître agréable. Elle faisait honneur à l'éducation reçue de sa mère, et faisait preuve de charme, d'assurance et de beaucoup d'esprit. Sa préceptrice aurait été fière d'elle. Tru l'était, sans aucun doute. Même Chatham la regardait d'un air ravi, et Tru crispa les doigts autour de sa fourchette, prise d'une envie soudaine de la planter dans sa chair.

Elle regrettait presque que Delia ne fasse pas de bruit en mangeant sa soupe, ne braie pas comme une mule, ne multiplie pas les remarques ineptes sur le temps qu'il faisait. Dans ce cas, Jasper Thorne prendrait peut-être ses jambes à son cou et oublierait Delia à jamais.

Après une grande inspiration, Tru se força à détourner le regard. Observer Chatham, Delia et Jasper Thorne était trop pénible et angoissant pour elle.

Elle parcourut des yeux le reste de la tablée. Son mari avait invité d'autres personnes. Valencia et son mari. Et le plus vieil ami du comte, Lord Burton, un homme vil. Chatham et lui avaient fréquenté Eton en même temps. Ils adoraient évoquer les souvenirs de leur passé, comme s'ils en avaient besoin pour se rappeler leurs répugnants exploits, et que les autres avaient envie d'entendre le récit de leurs sordides méfaits. Elle connaissait ces navrantes aventures par cœur, pour les avoir entendues bien trop souvent. Les mauvaises farces à leurs camarades. Les beuveries. Les serveuses qu'ils avaient partagées. Tous deux formaient un duo des plus vulgaires.

Valencia et son mari ne l'étaient peut-être pas, mais leur présence était dérangeante pour une autre raison. Valencia n'était jamais elle-même en compagnie de son époux. Elle restait immobile, le visage fermé et les lèvres pincées, pendant que le comportement son mari, qui n'était déjà pas en pleine possession de ses moyens, était dicté par l'alcool et les remèdes sur lesquels il comptait pour alléger ses souffrances. Ce soir, cependant, rien ne semblait efficace. Il avait le teint verdâtre, et des gouttes de transpiration perlaient à son front alors qu'il levait une fourchette tremblante vers sa bouche et s'efforçait de manger comme on était censé le faire à la table d'un comte.

Chatham avait toujours vu d'un très bon œil l'amitié entre Tru et Valencia. Cette dernière était mariée à un duc, après tout. Peu lui importait que le duc de Dedham, depuis son accident, ne soit plus que l'ombre de lui-même. Peu lui importait qu'il ait l'air halluciné, et qu'il semble prêt à s'effondrer à tout moment. Un duc était un duc. Un homme important, et Chatham aimait toujours s'entourer d'hommes importants. Chatham, sans nul doute, essayait d'impressionner Mr Thorne avec ses amis haut placés. Il ne faisait pas que vendre sa fille... Il vendait également ses relations.

Le duc, qui n'était plus l'homme robuste qu'il avait été, se mit tout à coup à chanceler sur son siège. Valencia agrippa son bras pour le retenir. Il cligna des yeux et se redressa, avant de se dégager et d'adresser un regard fulminant à son épouse.

— Tout va bien, murmura-t-il.

Elle retira sa main et acquiesça, en baissant les yeux. Sans doute était-elle gênée d'avoir été si durement rabrouée en public. Ses joues étaient légèrement empourprées.

Le cœur de Tru se serra pour son amie. Elle savait ce que cela faisait d'être méprisée, ignorée et repoussée par son propre mari, par l'homme avec lequel on avait échangé des vœux et qui était censé être un partenaire pour la vie. C'était particulièrement douloureux quand cela se passait devant témoins.

— Le brandy vous monte à la tête, Votre Grâce ? demanda le comte, jovial, à Dedham. C'est du bon... Mais il est fort. N'hésitez pas à nous le dire si vous préférez autre chose. Nous avons un excellent madère, par exemple.

C'était le Chatham charmant, celui qui l'avait abusée quand elle était jeune.

Dedham leva son verre dans un geste de salut, puis le vida.

— Du très bon, reconnut-il. Et pas trop fort pour moi, quoi que vous ayez l'air d'en penser, milord.

Valencia secoua très légèrement la tête. Sans lever les yeux, elle saisit son verre, comme si elle avait besoin de s'occuper les mains coûte que coûte.

Tru entendit Delia demander à Mr Thorne :

— Que pensez-vous de la Saison pour l'instant, Mr Thorne ?

— Je dois avouer que cette soirée est la meilleure que j'ai passée jusqu'ici, Lady Cordelia. Grâce à votre charmante compagnie, bien sûr.

Tru leva les yeux au ciel et retint une grimace hautaine. *Bien sûr.*

— Puisque vous appréciez tant la compagnie de Cordelia, vous devriez vous joindre à nous : nous partons pour la campagne après-demain, annonça le comte.

— Nous… partons ? demanda Delia, l'air stupéfait.

Vraiment ? Tru se retint néanmoins de poser la question. Elle ne voulait pas montrer qu'elle n'était pas informée des décisions prises par son mari. Elle ne souhaitait pas avoir l'air stupide et dénuée de la moindre autorité, même si c'était la vérité.

— Vous partez à la campagne ? Mais la Saison vient à peine de débuter, s'exclama Burton.

— Le printemps est magnifique au Lake District, répondit Chatham en piquant dans sa viande, cette fois avec ses couverts. Tout est si vert que c'en est aveuglant. Les jardins débordent de fleurs. C'est le temps idéal pour pêcher, chasser, monter à cheval. Joins-toi à nous, Burton. Tu as toujours adoré aller là-bas.

Chatham pointa sa fourchette vers Thorne.

— Et vous aussi, Thorne. Nous allons inviter du monde. Il n'y a rien de plus gai qu'un petit séjour entre amis à la campagne.

Tru prit une grande inspiration. Elle avait bien compris ce que son mari essayait de faire. Il essayait d'attirer Thorne loin de Londres, loin de la Saison et de ses diversions… loin de toutes les diversions jeunes, jolies et à marier.

Il pensait sans aucun doute que cela augmenterait les chances pour que Thorne et Delia se fassent la cour. Peut-être obtiendrait-il même un contrat de fiançailles signé à la fin du séjour. Oh ! comme il était malin. Elle le croyait même capable de faire en sorte que Thorne compromette Delia et soit obligé de demander sa main. En imaginant cela, elle ressentit une bouffée de chaleur. Elle savait mieux que quiconque que compromettre une femme n'était pas quelque chose qui causait des scrupules à son mari. Était-il immoral au point de vouloir orchestrer la ruine de sa propre fille ?

— Mais la Saison vient de commencer, murmura Delia.

Elle interrogea Tru du regard : clairement, elle se demandait si sa mère était au fait de ce projet. Jasper Thorne suivit le regard de Delia et observa Tru d'un air pensif.

Elle attrapa son verre en tâtonnant légèrement et le porta à sa bouche, espérant trouver un peu de force dans son breuvage.

— Eh bien, Thorne, qu'en dites-vous ? insista le comte. Je ne peux pas vous promettre que les choses resteront tout à fait calmes et sages, mais à quoi sert un petit séjour à la campagne, sinon à se défouler gentiment ?

Il ricana et adressa un clin d'œil égrillard à Burton et à Thorne.

Burton hocha la tête, et s'esclaffa à son tour.

— Vous savez recevoir sur vos terres, Chatham. Cela, je peux l'attester.

Tru, elle, n'aurait pu être aussi affirmative : elle n'avait jamais été conviée aux séjours organisés à la campagne par son mari. Elle imaginait très bien, néanmoins, à quoi ils pouvaient ressembler.

Le regard du comte se porta vers le duc.

— Serez-vous aussi des nôtres, Dedham ? Cela fait bien longtemps que vous ne nous avez pas honorés de votre présence à Chatham House.

Longtemps, en effet. La dernière fois remontait sans doute à avant l'accident. Valencia avait dit à Tru que son mari passait le plus clair de son temps à souffrir mille morts, cloîtré entre les murs de leur résidence londonienne, et que les voyages lui étaient devenus trop pénibles.

Le duc déplaçait la nourriture dans son assiette du bout de sa fourchette pour faire comme s'il mangeait. Tru se souvenait que ses enfants faisaient la même chose quand ils étaient petits.

— Monsieur mon époux ne voyage plus guère désormais...

— Taisez-vous donc, ma femme. Je suis capable de répondre tout seul.

Valencia se tut et fixa son assiette d'un air sombre et tendu.

Tru s'attendait à ce que le duc décline l'invitation. Voyager lui était devenu impossible, c'était une certitude.

Dedham piqua dans un petit bout d'agneau et le porta à sa bouche. Il était évident qu'il se forçait à manger.

— Voyez-vous, murmura-t-il, je pense que je vais me joindre à vous, en effet.

Il essuya le coin de sa bouche puis son front baigné de sueur à l'aide de sa serviette.

— M'éloigner un temps de la capitale et de son agitation devrait me faire le plus grand bien.

Valencia lui adressa un rapide coup d'œil. Son déplaisir était visible, et Tru la comprenait. Le trajet serait difficile pour le duc, et ce serait à elle qu'il ferait payer ses souffrances et son inconfort.

Valencia posa de nouveau la main sur son bras.

— Vous ne pouvez tout de même pas envisager sérieusement un tel déplacement. Ce serait...

— Je pense, l'interrompit-il d'une voix tranchante, en dégageant son bras, qu'un petit séjour à la campagne me sera tout à fait bénéfique. Nous en serons.

Valencia retira sa main et la glissa sous la table, sur ses genoux. Elle se força à sourire, mais sa détresse affleurait derrière cette façade. Tru la regarda, tentant d'exprimer son empathie et ses regrets. Elle en voulait terriblement à son mari, dont les sombres machinations, en plus d'impliquer sa fille, atteignaient aussi une amie très chère.

— Merveilleux. Alors, c'est décidé, nous partons tous. Et vous, Thorne ? Vous joindrez-vous à nous ?

Tru regarda Jasper Thorne dans les yeux. C'était un défi qu'elle lui lançait. Elle voulait qu'il comprenne clairement que s'il acceptait, elle transformerait sa vie en enfer. Elle lui ferait regretter le moment où il avait décidé de jeter son dévolu sur sa fille.

— Si une personne supplémentaire n'est pas une trop lourde charge pour madame votre épouse.

Il soutint son regard tout en prononçant ces mots. Ses yeux parcourent son visage, comme s'il se repaissait de son courroux. En même temps, que s'imaginait-elle ? Qu'il allait refuser l'invitation de son mari ?

— Mon épouse ?

Chatham cligna des yeux et regarda autour de lui, semblant chercher Tru à la table, alors même qu'elle n'était assise qu'à deux places de lui.

— Qu'a-t-elle à faire là-dedans ?

Évidemment, puisque Tru ne faisait pas partie du cours normal de son existence.

— Je ne voudrais pas m'imposer...

Tru se força à déglutir pendant qu'il continuait de parler. Elle aurait tant aimé qu'il se taise. Il faisait preuve de politesse, cet homme peu éduqué. Quelle ironie. Son mari, lui, était né avec une cuillère en argent dans la bouche, et pourtant il avait les manières d'un pirate barbaresque. Tandis que Jasper Thorne… Eh bien, il était à l'opposé de cela. Il pouvait se targuer de posséder dignité, esprit et bonnes manières. Sauf quand il tentait de corrompre les femmes mariées, bien sûr.

Contrairement à ce que son apparence aurait pu laisser penser – on voyait clairement qu'il n'avait jamais eu peur du rude travail manuel –, il était la courtoisie incarnée. Si Mr Thorne devait être capable de broyer quelqu'un à mains nues, Chatham broyait les gens avec ses mots coupants, ses regards mauvais et ses rictus méprisants. Telles étaient les armes en sa possession, et Tru les connaissait toutes très bien.

— Ne vous inquiétez pas pour ma femme, dit Chatham en agitant la main. Il ne faut pas tenir compte de Gertie.

Tru tressaillit et baissa les yeux. Ce diminutif que lui seul utilisait lui faisait horreur. Ses mots lui faisaient horreur. Toute sa personne lui faisait horreur. Mais elle chassa vite cette sombre émotion de son cœur. Le haïr ne servirait à rien, sauf à s'empoisonner elle-même.

Elle se concentra sur son assiette et sur son contenu plutôt que sur ce que son mari venait de dire. Elle avait sans doute rougi, mais elle espérait que personne ne l'avait remarqué.

— N'est-ce pas, qu'il ne faut pas tenir compte de vous, ma chère ? demanda Chatham.

Cela n'aurait pas dû lui faire si mal. Chatham ne disait jamais rien de gentil à son propos. Ni en privé ni en public. Pourquoi se serait-elle attendue à autre chose ? Que des invités soient présents ne changeait rien. Qu'il l'humilie par ses actes ou par ses propos n'était pas une surprise.

À l'instar de Valencia, elle se força à sourire et regarda Jasper Thorne, face à elle.

— Il faut vous joindre à nous, Mr Thorne. Plus on est de fous, plus on rit.

Il inclina la tête.

— Comment pourrais-je refuser une compagnie aussi délicieuse ?

Il esquissa un geste pour désigner l'ensemble de la tablée, mais son regard intense était fixé sur elle.

— Merveilleux ! s'exclama Chatham. C'est donc chose réglée. Pouvons-nous nous retirer au salon, à présent ?

Il s'essuya la bouche, puis se leva, avant de se tourner vers Valencia.

— Votre Grâce, peut-être pourriez-vous prendre place au piano ? Vous jouez si magnifiquement.

Valencia acquiesça.

— Avec plaisir, milord.

Ils quittèrent tous la salle à manger. Tru venait de pénétrer dans le couloir quand elle entendit son mari dire dans son dos :

— Mr Thorne, avez-vous vu le jardin ? Cordelia, pourquoi n'accompagnes-tu pas Mr Thorne ?

Tru se retourna.

— Il fait nuit.

Son mari lui adressa un regard mauvais.

— Il y a des lampes... et la lune.

Il se tourna vers leur fille et lui désigna, au bout du couloir, la porte-fenêtre qui donnait sur le jardin.

— Allons, Cordelia. Comporte-toi en bonne hôtesse. Fais visiter le jardin à Mr Thorne.

Elle ne laisserait pas faire une chose pareille. Tru leva le menton d'un air déterminé.

— Je ne pense pas, milord...

Il la saisit alors par le bras, et la mena de force en direction du salon.

— Laissons ces jeunes gens prendre un peu l'air, mon épouse. Ils ne sont pas obligés de supporter notre ennuyeuse compagnie.

Elle regarda en arrière, par-dessus son épaule, et aperçut les yeux écarquillés de sa fille ainsi que les sourcils froncés de Mr Thorne. Mais elle fut poussée en avant par son mari et ne put regarder dans son dos plus longtemps.

— Avez-vous perdu tout sens des convenances ? souffla-t-elle. Comment osez-vous faire une chose pareille ?

Son mari cligna mollement des yeux. Il ne semblait pas perturbé par sa question rageuse. Ennuyé plutôt. L'ennui était une expression qu'il affichait souvent en la regardant.

— De quoi parlez-vous ?

— Vous savez parfaitement de quoi je parle. Vous venez de jeter votre fille en pâture à ce loup… à qui vous avez proposé de l'emmener dans le jardin sans chaperon.

— Ne dramatisez pas. Il ne me semble pas être du genre à culbuter les jeunes filles dans les buissons. Ils feront juste quelques pas au clair de lune. Tout au plus, il se peut qu'il lui vole un baiser ou deux.

Il haussa les épaules.

— Une petite caresse furtive de-ci de-là, peut-être. Pas plus que ce que font la plupart des jeunes gens dès que l'occasion se présente.

Il haussa de nouveau les épaules, comme si cette éventualité ne le dérangeait pas le moins du monde.

— Vous n'êtes qu'un barbare, lança-t-elle, folle de rage.

Le visage de son mari se crispa. Il n'aimait pas cela. Pas du tout.

— Faites attention à la façon dont vous vous adressez à moi, Gertie. Je ne fais rien d'autre qu'accélérer cette cour, afin qu'elle parvienne plus rapidement à sa destination finale.

Il la regarda de façon pénétrante.

— S'il veut notre fille, qu'il la prenne. Je ne m'y opposerai pas, et vous non plus.

— Chatham.

Elle se força à employer un ton plus posé malgré la colère ardente qui la dévorait.

— Ce n'est pas la bonne…

— Vous n'allez pas gâcher ce beau projet, ma chère *épouse*, comme vous me semblez en avoir l'intention.

Elle avait pensé qu'il tenterait peut-être une manœuvre aussi basse lorsqu'ils seraient tous à la campagne, mais jamais elle n'aurait imaginé qu'il aurait l'audace de le faire dès ce soir.

— Ce n'est pas ainsi que…

— Laissez-moi faire, je vous prie. Je ne tolérerai pas que vous vous en mêliez. À supposer qu'il veuille d'elle, je veux Jasper

Thorne comme gendre, et je ne souhaite pas entendre un mot de vous sur la question.

Sa main se serra autour de son bras.

— Est-ce bien compris ?

Ses doigts serraient de plus en plus fort pendant qu'il attendait qu'elle acquiesce. Elle aurait sans doute quelques ecchymoses le lendemain, mais elle n'aurait pas besoin de ces marques pour se souvenir de ce moment… ou de ce qu'elle devait faire.

16

« En termes d'importance, l'opinion de mon mari se place loin derrière celle de ma couturière. »

GERTRUDE, comtesse de Chatham

Jasper voulait la mère de la fille à laquelle il faisait la cour. C'était aussi malheureux que malvenu et il fallait qu'il mette un terme à cette situation regrettable.

Il n'était pas comme tous ces aristos, qui claquaient des doigts pour appeler leurs domestiques sans penser qu'ils étaient des gens qui travaillaient toute la journée et souvent une partie de la nuit pour un salaire dérisoire, qui se levaient tous les matins avant le soleil pour recommencer et pour se voir traités comme de vulgaires chiens.

Jasper avait été élevé dans une modeste auberge, où il avait curé les stalles, transporté l'eau, nettoyé les sols, réparé les toits, les clôtures, et même lavé les cabinets. Il n'avait pas eu le choix : soit il faisait tout ce qui devait être fait, soit son père le frappait. Et quand il voulait quelque chose, il ne suffisait pas d'en avoir envie pour l'obtenir. Son père n'avait jamais été quelqu'un d'indulgent ni de généreux.

Jasper connaissait l'envie et le désir, mais il connaissait surtout le refus et la frustration. Il y était habitué. Ne pas parvenir à ses fins avec Lady Chatham était une nouvelle frustration qu'il devait accepter.

Il arpentait l'allée pavée du jardin avec la main de Lady Cordelia posée dans le creux de son bras. Ses pensées auraient dû être toutes tournées vers la jeune femme qui était à ses côtés, mais il ne pouvait s'empêcher de songer à la femme qu'il avait abandonnée à l'intérieur. Il avait envie de frapper son mari pour le punir de la façon dont il lui avait parlé et dont il l'avait agrippée et tirée derrière lui comme si elle n'était qu'un sac de grain.

Oh ! quel merveilleux spectacle cela aurait été. Il avait fait appel à toute sa raison et à toute sa maîtrise pour résister à son impulsion rageuse. Attaquer Chatham ne l'aurait pas aidé. Jasper aurait été chassé de la maison et de l'entourage de Lady Chatham à jamais, et il n'était pas encore prêt à dire adieu à la comtesse.

Elle se trouvait en ce moment même au salon, avec son méprisable époux et son non moins méprisable ami. Le duc, qui semblait prêt à s'effondrer de son siège et à perdre connaissance à tout moment, et sa femme aux yeux tristes étaient présents eux aussi, en train de converser et de jouir de l'importance que leur avait accordée la bonne fortune de leur naissance élevée. Enfin, peut-être pas la duchesse. Elle lui avait semblé aussi malheureuse que la comtesse.

Et pourtant cela lui démangeait d'aller les rejoindre. Il voulait de nouveau planter son regard dans celui de la glaciale comtesse.

Gertrude. *Gertie*, comme l'avait appelée son mari. Elle n'aimait pas cela. Il l'avait vue tressaillir à chaque fois que Chatham avait utilisé ce diminutif.

Il avait assisté à ce dîner à cause d'*elle*. Il avait voulu revoir la comtesse. Pourtant se retrouver face à face avec elle, l'observer avec son mari et sa fille aurait dû le faire changer d'avis à son sujet.

Cela aurait dû, mais la raison lui avait fait défaut. Au contraire, il la voulait encore plus après cet éprouvant dîner.

Son mari était une ordure de la pire espèce. Quand Jasper avait été témoin de la façon dont il s'adressait à elle, dont il l'ignorait, la méprisait, il avait eu envie de l'arracher aux griffes de ce monstre et de l'emmener très loin.

— Qu'en pensez-vous, Mr Thorne ? demanda Lady Cordelia en désignant le jardin.

— C'est en effet un très beau jardin, déclara Jasper alors qu'ils marchaient toujours. Un endroit très tranquille. On en oublierait presque que l'on est à Londres.

— Mère aime les jardins, les fontaines, et la nature en général, dit-elle en montrant justement celle qui, non loin de là, glougloutait agréablement. Dans notre manoir, à la campagne, le parc est absolument merveilleux. Mère aimerait que nous passions toute l'année là-bas, d'ailleurs, mais Chatham House est trop loin de Londres, et il faut que je sois là pour…

Elle se tut, mais il savait ce qu'elle s'apprêtait à dire. Il fallait qu'elle soit là pour le « marché du mariage », et pour trouver son futur époux.

À son air abattu, il comprit qu'elle ne semblait pas transportée par cette perspective, et il ne put s'empêcher de se demander si c'était lui spécifiquement qui lui faisait cet effet ou l'idée même du mariage.

Bien entendu, cela n'avait aucune importance. Plus maintenant. Il ne pouvait pas épouser cette jeune fille. Pas après ce qui s'était passé entre lui et la comtesse. Ce serait pervers de sa part. Il l'avait su au moment où il avait découvert l'identité de sa mère. Il ne manquait pas à ce point de principes. Il ne courtiserait ni n'épouserait cette jeune fille après avoir tenté de séduire sa mère.

Bien entendu, il n'avait pas pu l'annoncer à Lady Chatham quand elle l'avait pourtant supplié d'abandonner son projet. Il savait qu'il aurait dû la soulager de ce poids, mais il avait pris goût aux joutes verbales avec elle et il adorait voir ses joues se colorer sous l'effet de l'indignation.

Car, visiblement, il l'indignait.

Lady Cordelia lui adressa un sourire poli.

— Mais vous aurez bientôt l'occasion de découvrir Chatham House et d'admirer les parterres de fleurs par vous-même. Je suis certaine que Mère voudra vous faire visiter elle-même les jardins, Mr Thorne. Elle est très fière de ses roses.

Oh ! comme il en avait envie. Il en mourait d'envie, même. Passer du temps, seul, en compagnie de la comtesse dans sa roseraie… ou n'importe où. Il secoua très légèrement la tête, tout à coup conscient – à son corps défendant – qu'il fallait mettre fin à tout cela.

Il était venu à Londres pour développer son affaire, et pour trouver une épouse, ou plutôt une mère pour sa fille. Pas pour lui. Il pourrait trouver une femme pour lui quand il aurait accompli cela.

Il fallait qu'il prenne ses distances avec cette famille. Il existait d'autres jeunes ladies à marier. Cette fascination qu'il éprouvait pour la comtesse ne tombait pas au bon moment, c'était certain, et il fallait qu'il y mette un terme avant que la situation devienne encore plus compliquée et qu'elle le distraie de la tâche qu'il s'était fixée.

Une fois qu'il en aurait épousé une autre, peut-être la recroiserait-il. Une rencontre fortuite avec la glaciale comtesse sur une terrasse. Peut-être se montrerait-elle, cette fois, réceptive à ses avances.

Il s'éclaircit la gorge et s'immobilisa pour faire face à Lady Cordelia, bien décidé à mettre un terme à cette histoire qui n'avait déjà que trop duré.

— Cela a été un plaisir de faire votre connaissance, Lady Cordelia, mais je ne pense pas pouvoir me joindre à vous pour ce petit séjour à la campagne, finalement.

Elle le regarda avec intensité.

— C… comment ? Mais pourquoi ?

Elle secoua la tête.

— Pardonnez-moi d'insister, monsieur, mais mon père tient beaucoup à votre présence parmi nous.

Sa voix était teintée de désespoir, et même de… panique.

— Il sera très déçu.

Jasper l'observa un moment et se rendit compte qu'elle avait peur. Cela lui déplut que cette jeune fille, si jeune, ait peur. Il scruta son visage et comprit tout de suite.

Elle avait peur d'être tenue responsable si Jasper entrait dans la maison et annonçait qu'il avait changé d'avis et qu'il ne viendrait pas à la campagne. Son père serait déçu. En colère, même. Et il l'accuserait, elle. Chatham en conclurait qu'elle avait dit ou fait quelque chose, lors de leur petite promenade, qui avait contrarié Jasper au point de lui donner envie de se détourner d'elle.

Elle ne voulait peut-être pas de Jasper pour époux, mais elle ne voulait pas déchaîner les foudres de son père.

— Milady, commença-t-il, en parlant avec lenteur, permettez-moi de vous parler librement.

Elle écarquilla les yeux et regarda autour d'elle tel un animal traqué, comme si elle voulait aller se cacher derrière une haie.

— Oh ! je préférerais que vous vous absteniez. S'il vous plaît, ne faites pas cela.

Là aussi, il comprit tout de suite ce qu'elle craignait... Elle pensait qu'il était sur le point de se déclarer à elle et cette perspective la terrifiait. S'il avait encore nourri quelques doutes, cette réaction les aurait balayés. Cette jeune fille ne voulait pas de lui. Ce qui était aussi bien, étant donné qu'il ne voulait pas d'elle non plus.

— Tranquillisez-vous, Lady Delia. Je n'ai nulle intention de mettre un genou en terre et de demander votre main.

Cela la fit taire sur-le-champ. Elle le regarda bouche bée.

Il poursuivit :

— De toute évidence, vous ne me voyez pas comme un potentiel époux.

Entendant cela, elle chancela et se mit à bredouiller :

— P... pourquoi dites-vous cela ? Vous ai-je offensé de quelque manière que ce soit ?

Elle agrippa son bras de ses deux mains et le serra compulsivement.

— Oh ! je vous en supplie, ne dites rien à mon père.

À cet instant, il se sentit abject. Cette jeune fille avait clairement été contrainte, voire menacée, par son père, et lui avait accepté cela sans broncher. Il avait réfléchi à la proposition de Chatham comme si les souhaits et les désirs de Lady Delia ne comptaient pas. En ce moment précis, il ne pouvait que penser à sa propre fille que jamais il ne contraindrait à *rien*. Ni lui ni aucun autre homme d'ailleurs.

Aurait-il pris conscience de cela s'il avait au contraire décidé de ne pas mettre fin à cette cour à cause de la comtesse ? Aurait-il continué à se montrer si indifférent au bonheur et aux réticences de Lady Delia ? Cette idée l'attristait au plus haut point.

— Je vous le promets : je ne dirai rien à votre père.

Elle mordilla ses lèvres.

— Mais il m'en voudra. Et il en voudra à Mère. Il pensera que c'est notre faute à toutes les deux si vous avez cessé votre cour.

Elle lâcha son bras et posa les mains sur ses joues comme si ce geste pouvait la calmer.

— Je jure de ne pas formuler la moindre critique envers vous. Je ne ferai que chanter vos louanges…

— Peu importe. Il sera suffisant que vous ne cherchiez plus ma compagnie et que vous refusiez de vous joindre à nous à la campagne.

Elle poussa un lourd soupir désespéré.

— Et quand vous vous mettrez à faire la cour à une autre. Oh ! Seigneur.

Elle se laissa choir sur la margelle de la fontaine, sans se préoccuper des gouttes d'eau qui éclaboussaient son dos.

— Lady Delia, commença-t-il, sur ce ton calme et apaisant qu'il utilisait quand Bettina était contrariée. Voulez-vous m'épouser ? Allons, soyez sincère. Vous ne me vexerez pas.

Elle le regarda presque timidement, par-dessous ses cils, et secoua la tête.

— Non, murmura-t-elle.

— Dans ce cas, vous ne devriez pas vous sentir obligée de le faire.

— Ah. Allez dire ceci à mon père.

Elle haussa les épaules.

— Je pourrais tout aussi bien vous épouser. Vous me semblez être quelqu'un de correct.

— Merci bien, répondit-il, sur un ton pince-sans-rire.

Elle poursuivit :

— J'aurais juste aimé avoir un peu plus de temps. Malheureusement, Père voudrait que je sois déjà fiancée. Si ce n'est pas avec vous, ce sera avec quelqu'un d'autre. Et ce sera fait avant la fin de la semaine.

Il s'assit à côté d'elle.

— Et si vous aviez plus de temps, s'il n'y avait ni pression ni urgence… que feriez-vous ?

— Je profiterais de la Saison. Je trouverais peut-être quelqu'un qui me corresponde parfaitement. Et si ce n'est cette Saison, alors la prochaine.

Il acquiesça.

— Il vous faut plus de temps. Vous êtes jeune. Rien ne presse.

Lui-même ne s'imaginait pas presser sa propre fille au mariage. Il ne s'imaginait pas accorder sa main à quiconque, d'ailleurs. Il était plutôt enclin à repousser cette échéance le plus loin possible.

— Si seulement Père pouvait être du même avis que vous.

— Et votre mère ? demanda-t-il en s'efforçant d'adopter un ton détaché.

— Oh ! jamais elle ne me forcerait à épouser quiconque. Elle veut que ce soit moi qui choisisse. Elle dit qu'une femme ne devrait jamais être contrainte et devrait prendre cette décision de son plein gré.

Il esquissa un petit sourire en coin. Cela ne l'étonnait pas de Lady Chatham. Il ne la connaissait pas depuis longtemps, mais il l'avait déjà cernée.

— Votre mère me semble pleine de sagesse et de bonté.

— Oh ! elle l'est. La meilleure des mères.

— Et s'il existait un moyen de vous libérer de la pression que votre père exerce sur vous ?

Elle fronça légèrement les sourcils.

— Je vois mal comment…

— En acceptant ma cour.

La panique revint dans ses yeux.

— Vous venez de dire que vous ne souhaitiez pas m'épouser.

— Et je n'ai pas menti.

— Je suis désolée, répondit-elle en poussant un soupir exaspéré, je ne comprends pas.

— Nous pourrions feindre de nous faire la cour. Tout le monde nous penserait promis l'un à l'autre. Cela vous laisserait respirer et profiter de votre Saison, puisque vous seriez certaine que vous ne seriez obligée d'épouser personne dans les mois à venir. Personne et certainement pas moi. Cela vous laisserait davantage de temps pour prendre votre décision. Vous ne subiriez aucune pression de la part de votre père…

— Parce qu'il croirait que nous nous faisons la cour, finit-elle.

— Oui.

Elle secoua de nouveau la tête.

— Vous feriez cela pour moi ? Pourquoi ?

Très bonne question. Comment pourrait-il lui dire ? La vérité la scandaliserait. Cela le scandalisait presque, lui, et pourtant il avait été témoin de toutes sortes de choses dans l'auberge de bord de route où il avait grandi. Loin de chez eux, les gens commettaient toutes sortes d'actes de débauche… dans les auberges de poste où ils pensaient que personne ne les connaissait. L'anonymat libérait toutes les envies.

— Dites-moi, demanda-t-elle, en le fixant d'un air suspicieux.

Elle cherchait clairement à savoir ce qui le motivait. Il n'était pas obligé de le lui dire, bien entendu. Surtout si lui-même ne comprenait pas bien.

— Sachez juste que cela me profitera aussi.

— De quelle manière ? insista-t-elle.

Il ouvrit et ferma la bouche plusieurs fois, avant de formuler sa réponse.

— Comme vous, Lady Cordelia, j'ai mes propres buts et j'ai besoin de temps pour les atteindre. Je ne souhaite pas être pressé de toutes parts, alors que c'est aussi ma première Saison.

Elle esquissa un sourire.

— Nous sommes donc pareils, vous et moi.

— Il semblerait bien, acquiesça-t-il.

Elle l'observa en silence, avec des yeux vifs qui lui rappelèrent un peu ceux de sa mère.

— Comment puis-je être sûre que vous ne me mentez

pas ? Que se passerait-il si au moment où j'acceptais de jouer à ce jeu avec vous, je découvrais qu'en réalité vous n'avez pas l'intention de jouer ?

— Vous voulez dire, que se passerait-il si je vous abusais ?

Elle hocha la tête.

— Je ne vous abuserai pas. Vous avez ma parole.

Elle le fixait toujours, avec dureté.

Il sourit pour tenter de l'amadouer.

— J'ai bien conscience d'être un étranger, et que ma parole ne signifie rien pour vous.

— C'est exact, monsieur.

Il écarta les bras.

— Je ne vous veux aucun mal, vous n'avez rien à craindre de moi.

Pourtant elle le regardait toujours d'un air méfiant.

Il poursuivit :

— Quelles sont vos options, Lady Cordelia ? Soit vous acceptez ma proposition, et nous faisons semblant de nous faire la cour pendant… (Il haussa les épaules.) Quoi ? Quelques semaines ?

Que fais-tu ? Qu'es-tu en train de promettre ? Ce n'était pas ainsi qu'il atteindrait son but. Une « fausse » cour avec Lady Delia signifiait qu'il ne ferait la cour à personne d'autre. *Mais tu serais tout près de sa mère.* C'était de la folie, mais il ne se tut pas. Il n'abandonna pas ce plan insensé.

— Soit nous mettons fin à ceci tout de suite et nos chemins se séparent. Mais vous savez aussi bien que moi que votre père vous remettra sur le marché du mariage avant la fin de la semaine et que vous serez fiancée avant la fin de la Saison. Il choisira quelqu'un d'autre… quelqu'un qui ne se montrera pas aussi arrangeant que moi. Vous serez une femme mariée avant la fin de l'année.

Elle ferma longtemps les yeux, comme si elle était en proie à mille tourments, puis les rouvrit en hochant la tête.

— Oui. Vous avez raison.

— Je peux vous offrir… le temps dont vous parliez. Un répit. Que décidez-vous, Lady Cordelia ?

— Un peu de répit me ferait le plus grand bien, je l'avoue.

Mais que se passera-t-il quand notre petite farce prendra fin ? Tout cela ne nuira-t-il pas à ma réputation ?

— Pas si c'est vous qui y mettez un terme. Nous ferons en sorte que tout le grand monde sache que c'est *vous* qui *me* rejetez. Votre réputation n'en sortira que grandie.

Après quelques minutes de réflexion, elle leva le menton.

— J'accepte votre offre généreuse, Mr Thorne.

Elle tendit le bras.

— Marché conclu.

Il serra sa main.

— Marché conclu.

— Nous nous reverrons à Chatham House, alors.

Il expira.

— Oui.

Un séjour à la campagne. Dormir sous le même toit que la comtesse. C'était exactement ce qu'il voulait… et cela le rendait déjà complètement fou.

Elle le regarda de nouveau d'un air méfiant lorsque leurs mains se lâchèrent.

— Je dois avouer que vos motivations m'échappent toujours. Ne voulez-vous pas une femme, Mr Thorne ? N'est-ce pas pour cela que vous êtes ici ? demanda-t-elle en regardant tout autour d'elle, comme si elle embrassait du regard la ville tout entière. Que vous apporte notre accord ?

— Je trouverai une femme en temps voulu. Pour l'instant, je vais me contenter d'observer. Comme vous, ceci va me laisser davantage de temps pour décider de ce que je veux. De qui je veux. Sans pression. Tout le monde croira que mon choix s'est arrêté sur vous, donc toutes les mères de famille me laisseront en paix.

Tout en prononçant ces mots, il se rendit compte qu'ils n'étaient pas complètement dénués de bon sens.

— Mais votre choix ne s'est pas arrêté sur moi, n'est-ce pas ? insista-t-elle, comme si elle avait encore besoin d'être rassurée.

— Je vous le promets, répondit-il avec un sourire encourageant. Je n'ai aucune vue sur vous.

J'ai des vues sur votre mère.

17

« C'est un scandale de devoir tenir compte de l'opinion d'autrui. »

HAZEL, marquise de Sutton

C'était intolérable pour Tru. Sa fille était dehors. Seule avec Jasper Thorne.

Elle savait à quel point celui-ci pouvait se montrer séducteur, et Delia n'était pas du tout habituée à fréquenter des hommes tels que lui. Tru, qui était pourtant une femme mûre, avait elle-même toutes les peines du monde à lui résister.

Pendant que Valencia jouait du piano – merveilleusement bien, comme toujours –, les yeux du duc de Dedham se fermèrent. L'alcool, le laudanum, ou tout ce qu'il avait pu absorber pour atténuer ses souffrances, avait eu raison de lui. Sa tête retomba en arrière contre son fauteuil et il se mit à émettre de légers ronflements.

Le comte et Burton parlaient en tête à tête et étaient si pris par leur conversation qu'ils semblaient avoir oublié l'existence même de Tru. Ils étaient sans doute occupés à réfléchir ensemble au lieu de perdition où ils allaient finir la soirée.

Elle tapait impatiemment du pied tout en promenant son regard de son mari à la porte du salon. Elle espérait voir Delia faire son entrée dans la pièce le plus rapidement possible. Cette attente était une épreuve insurmontable. Thorne était dehors, dans la nuit, avec sa fille. Sans chaperon.

Alors que les instants s'étiraient pour devenir de longues minutes, son angoisse s'accrut. Le seul fait de penser à ce qu'il pouvait être en train de dire ou de faire à sa fille la faisait grincer des dents. Elle se balança légèrement sur son siège, les mains croisées sur les genoux, sans que cela soit lié à la douce musique émise par le piano. Tru savait quels dégâts cet homme pouvait causer. Elle savait la puissance, l'emprise qu'il pouvait avoir. Et elle savait la tentation qu'il pouvait susciter.

Elle se dit que c'était de l'inquiétude. De la crainte. De l'inquiétude et de la crainte, et non pas de la *jalousie*. Pas le moins du monde. Ce serait si déplacé. Si mal.

À présent, elle en avait vraiment assez. En retenant son souffle, elle se leva et se dirigea à pas furtifs vers la sortie. Une fois à la porte, elle regarda dans son dos et constata avec soulagement que personne n'avait remarqué son départ.

Les hommes étaient perdus dans leur monde. Seule Valencia la regardait, tout en continuant de jouer. Leurs yeux se croisèrent dans un moment de communication silencieuse. Valencia comprit. Elle savait où allait Tru. Elle lui adressa un signe de tête presque imperceptible et Tru se glissa hors de la pièce.

Elle leva ses jupes et pressa le pas dans le couloir.

Elle franchit la porte-fenêtre qui donnait sur la terrasse. Les feuilles des arbres bruissaient dans le vent. Ses pantoufles frappaient contre le sol en pierre. Arrivée à la balustrade, elle s'appuya contre la rambarde pour scruter le jardin. Chatham avait raison. Avec l'éclairage et la lune, la nuit n'était pas si sombre. Ses yeux se posèrent un instant sur la fontaine et ses eaux argentées.

— Mère ?

Tru se tourna précipitamment. Delia et Thorne arrivaient sur la terrasse, depuis un escalier latéral.

— Delia, répondit-elle, tout en observant sa fille vêtue de cette scandaleuse robe qu'elle regrettait d'avoir ajoutée à sa garde-robe.

Elle l'inspecta de la tête aux pieds, comme pour détecter si quelque chose de fâcheux lui était arrivé, si cet homme avait osé la toucher.

— Comment s'est passée cette petite promenade ?

— Très bien, acquiesça Delia en levant les yeux vers Thorne.

Quant à lui, il regarda Tru, avec une expression amusée et légèrement moqueuse qui la fit se sentir ridicule.

Bien entendu, il lisait dans ses pensées et il savait très bien pourquoi elle les attendait. *Bien entendu,* il savait qu'elle le soupçonnait d'avoir poussé son innocente fille à faire quelque chose qui la gênait.

— Votre jardin est très beau, Lady Chatham, mais d'après Cordelia, je serai encore plus impressionné par le parc à Chatham House.

Sa voix profonde vibrait dans l'air et la caressait autant que s'il l'avait touchée.

— J'attends cette petite excursion à la campagne avec impatience.

Il avait dit cela exprès pour lui rappeler qu'il se joindrait à eux. Il se montrait aussi insistant que déterminé. Par ailleurs, elle remarqua qu'il avait pris la liberté de nommer Cordelia par son prénom, en omettant son titre. Cette familiarité n'avait pas échappé à Tru… et elle lui déplaisait au plus haut point. Cela ne fit qu'ajouter à son exaspération.

— Ah. Oui. Bien.

Elle désigna la maison.

— Delia, aurais-tu l'obligeance de me laisser seule un moment avec Mr Thorne ?

Cette absurdité avait assez duré. Elle allait y mettre fin tout de suite. Il n'y aurait pas de séjour à la campagne avec lui. Ni avec personne, d'ailleurs. Une fois que le comte se rendrait compte que Jasper Thorne n'en serait pas, il annulerait ce projet ridicule. Ils resteraient à Londres pour la Saison comme tout le monde.

Delia les regarda tour à tour d'un air hésitant.

— Très bien. Je vais vous attendre à l'intérieur.

Elle lâcha le bras de Mr Thorne et se dirigea vers la maison.

Impatiente, Tru regarda sa fille, attendant qu'elle disparaisse complètement pour se tourner vers Thorne.

Son regard brillait d'une lueur diabolique.

— Vous avez envie de…

Il laissa les mots, lourds de sous-entendus, en suspens.

Vous avez envie de…

Elle poussa un soupir exaspéré. Elle savait qu'il se comporterait mal. C'était un débauché, il se comportait en tant que tel et il adorait cela. Il adorait la mettre mal à l'aise.

— De vous dire quelques mots, oui, dit-elle en hochant la tête.

Elle le vit se forcer à prendre un air sérieux.

— Quelques mots. Très bien. Je vous écoute. Allez-y.

Elle avait l'impression qu'il se moquait d'elle. Ses yeux étaient toujours railleurs, et de nouveau, elle ressentit ce besoin irrépressible de le gifler. Cette réaction était totalement inédite. Personne ne lui avait jamais donné des envies de violence. D'habitude, elle était toujours calme. Maîtresse d'elle-même. Digne. Qu'y avait-il chez lui qui la piquait au vif ainsi ?

Elle regarda une nouvelle fois en direction de la maison, pour s'assurer que Delia avait vraiment disparu et qu'ils étaient bel et bien seuls.

La scène se répétait. Elle et lui seuls sur une terrasse, la nuit, avec une nature bruissante tout autour d'eux. Ce n'était pas une sensation qui la mettait très à l'aise.

Elle changea de jambe d'appui, comme si elle était à la recherche d'un meilleur ancrage au sol, et que cela pouvait lui donner un meilleur aplomb, au sens propre comme au sens figuré.

Elle n'avait jamais rien éprouvé de tel. Pas même à l'époque où Chatham et elle se faisaient la cour. Elle avait déjà été nerveuse, bien entendu, mais ce n'était rien comparé à l'essaim de papillons qui semblait voleter dans son ventre à ce moment précis.

Était-ce de l'attirance qu'elle éprouvait ? Cet état particulier dont elle entendait parfois les autres femmes parler ? Le cœur qui battait, la difficulté à respirer… Si c'était cela, elle pouvait s'en passer, merci bien.

Elle était plus déterminée que jamais à le repousser, plus décidée que jamais à chasser cet homme de la vie de Delia. Ou, plus important, à le chasser de sa propre vie.

Jasper attendait, tout en la regardant.

La comtesse se tourna vers la porte-fenêtre où avait disparu sa fille, afin, sans doute, de s'assurer qu'ils étaient bien seuls.

— Elle est partie. Vous pouvez parler librement, déclara-t-il, pressé d'entendre ce qu'elle avait à dire.

Elle était hors d'elle. Tout son corps exprimait l'indignation. Sa poitrine généreuse frémissait dans son corsage, et son regard fut aimanté par les rondeurs de son décolleté. Elle avait hâte de pouvoir déverser sa colère sur lui, et pour une raison qu'il n'expliquait pas totalement, il avait hâte lui aussi.

Il la voulait furieuse, il voulait la voir en proie à des émotions ardentes.

La créature glaciale, presque muette et inexpressive qu'elle avait été durant le dîner le laissait indifférent. S'il ne l'avait pas croisée quelques jours plus tôt chez Madame Klara, il n'aurait pas été capable de concevoir que ces contraires irréconciliables étaient en fait une seule et même femme.

Il voulait revoir cette femme, celle qu'il avait rencontrée précédemment… et il était prêt à tout pour la faire sortir de sa coquille.

— Avez-vous perdu votre langue ? lança-t-il, en s'approchant, en l'encerclant, en s'arrêtant juste derrière son dos raide, pour que sa voix glisse vers son oreille et effleure les fines boucles brunes de sa tempe. Ou bien avez-vous besoin de la permission de votre mari pour parler ? Même quand vous n'êtes pas en sa compagnie ?

Il s'arrêta juste devant elle.

Ses yeux lancèrent des éclairs et il sut qu'il avait touché une corde sensible. *Parfait.*

— Il est impossible que vous vouliez faire cela, déclara-t-elle d'une voix indignée qui le combla.

Si elle avait su ce qu'il voulait vraiment, son indignation aurait fait un nouveau bond.

Il pencha la tête et demanda à mi-voix :

— Qu'est-ce qui est impossible ? Que je veuille faire la cour à votre fille ? Ou que je veuille me joindre à vous à la campagne ? Soyez plus précise, je vous prie.

Elle serra les poings.

— Je parle de ces deux choses, monsieur.

Il hocha lentement la tête.

— Je vois. Eh bien, j'ai décidé que je voulais ces deux choses. Et que je ferai ces deux choses.

Il regarda son visage s'empourprer sous l'effet de la colère. Il s'amusait plus que de raison. Il n'aurait pas dû aimer à ce point la provoquer. Et pourtant, d'une certaine façon, il la soupçonnait d'en avoir besoin. Elle avait besoin d'être tirée de cet état de stupeur et de docilité, arrachée à sa vie ennuyeuse et sage.

À chaque inspiration, ses narines frémissaient. Oh ! elle bouillait de colère. Il ne put s'empêcher de penser qu'elle aurait mieux fait de diriger sa fureur contre son mari, qui le méritait amplement. Puis il changea rapidement d'avis. Il préférait qu'elle garde ce feu pour lui et qu'elle demeure cette coquille vide et glacée auprès de son mari. Chatham ne méritait pas de la voir ainsi.

Elle secoua la tête.

— Cela ne sert à rien. Ma fille ne veut pas de vous.

Elle esquissa un sourire, comme si, de cela, au moins, elle était certaine.

— Peu importe ce que vous direz. Peu importe ce que mon mari dira. Elle ne...

— C'est fait, l'interrompit-il.

Elle marqua un temps d'arrêt et le regarda en clignant des yeux.

— Que voulez-vous dire ?

— Elle a accepté.

Toute couleur disparut de son visage, en même temps que l'assurance qu'elle affichait quelques secondes plus tôt.

— Je ne comprends pas.

Oh. Pourtant si, elle comprenait. C'était juste qu'elle n'aimait pas cela du tout.

— Cordelia a accepté ma cour.

— Non.

— Si.

Elle secoua la tête avec véhémence, les yeux écarquillés.

— Je connais ma fille. Elle ne voulait même pas dîner avec vous ce soir. Jamais elle n'aurait accepté votre cour...

— Et pourtant si, rétorqua-t-il en haussant les épaules. Que puis-je vous dire ? J'ai dû la charmer.

La comtesse resta un moment bouche bée en entendant cela.

— Vous mentez.

Il se redressa et carra les épaules, comme s'il était vexé.

— Je vous assure que non.

Elle le fixa un long moment, durant lequel il put identifier l'instant précis où elle accepta l'idée que, peut-être, il disait la vérité. Elle baissa les épaules.

— Je ne comprends pas comment cela a pu se produire.

— Je suis sûr qu'en fournissant un petit effort, vous pourrez comprendre. Souvenez-vous, je possède un certain pouvoir de séduction.

Ses joues retrouvèrent d'un coup leurs vives couleurs. Elle se souvenait. C'était exactement ce qu'il voulait. Il voulait qu'elle se souvienne. Qu'elle se souvienne et qu'elle cède aux sentiments qu'elle cherchait à nier.

— Que lui avez-vous fait ?

Il leva la main pour se défendre.

— Rien du tout.

Elle le regarda d'un air incrédule.

— Vous avez l'intention de faire la cour à ma fille, murmura-t-elle d'une voix amère, malgré...

— Malgré quoi ?

— Malgré ce qui s'est passé entre nous...

Il secoua la tête.

— Mais il ne s'est rien passé entre nous.

Il lui adressa un regard délibérément appuyé.

— Vous avez décliné ma proposition de passer une nuit ensemble.

Il prononça ces derniers mots avec délectation, comme si c'était d'elle qu'il se délectait.

— Vous souvenez-vous, comtesse ?

Elle hocha la tête rageusement.

Il poursuivit.

— Je suppose que cela vaut mieux, maintenant que je courtise votre fille. Ce serait pervers… d'avoir la fille après avoir eu la mère.

Il conclut cette déclaration choquante avec un haussement d'épaules désinvolte.

Elle pointa un doigt vers lui.

— Vous ne toucherez pas à un cheveu de Delia.

— Ce sera à elle de choisir. Peut-être se montrera-t-elle plus accommodante que vous. Nous verrons. Tout peut se passer à la campagne, si j'ai bien compris.

— Espèce de monstre !

Elle se précipita vers lui, les mains levées comme des griffes prêtes à le lacérer. Si un regard pouvait tuer, il serait déjà mort. Un dragon féroce, prêt à tout pour protéger sa progéniture, voilà ce qu'elle était. Et lui était prêt à tout – la preuve – pour la voir dans cet état. Il n'avait rien cherché à faire d'autre, après tout, que déchaîner ces ardeurs, qu'embraser la glaciale comtesse. Il la voulait dragon tous les jours, à tous les moments.

Il attrapa ses poignets. Elle perdit l'équilibre et s'affaissa contre lui alors qu'elle luttait pour se dégager. Elle se ressaisit aussitôt et recula comme s'il brûlait. Elle se tortillait, essayant par tous les moyens d'éviter tout contact avec lui.

Elle lui donna des coups de pied dans les tibias, mais elle se fit sans doute plus mal aux orteils qu'elle ne lui fit mal. Il la plaqua sans difficulté contre le mur extérieur de la maison.

— Oh !

Elle lui adressa un regard fulminant. Sa tête était ceinte de lierre, dont les feuilles se mêlaient à ses cheveux.

— Lâchez-moi.

— Pour que vous m'attaquiez de nouveau ?

— Vous le méritez !

— Ce comportement est indigne d'une lady, voyons. Que penserait votre fille ?

Sa poitrine se gonflait au rythme de sa respiration rapide et attirait inexorablement son regard.

— Qu'elle vienne et qu'elle voie par elle-même, souffla-t-elle. Alors peut-être comprendra-t-elle quel débauché vous faites.

— Vous ne pensez pas ce que vous dites.

Elle leva le menton.

— Si.

— Oh ! je ne parlais pas de l'insulte : je sais que vous me considérez comme un débauché. Mais je ne pense pas que vous vouliez qu'elle voie ceci.

Il leva ses deux bras au-dessus de sa tête et les plaqua contre la façade, puis il se colla contre elle. Ses seins s'écrasèrent contre son torse, ce qui provoqua une contraction de tous ses muscles et un afflux de sang dans son sexe. Elle poussa un petit halètement qui lui donna terriblement envie de l'embrasser.

— Ceci la scandaliserait. *Vous* la scandaliseriez.

— Moi ?

Ses yeux s'arrondirent et se mirent à étinceler dans la nuit. Malgré l'horreur qui s'entendait dans sa voix, il y avait de la fascination dans son regard. De la fascination, de la curiosité, et du désir aussi.

— Oui. Vous.

Il effleura sa joue du bout du nez et respira son doux parfum.

— Elle ne vous reconnaîtrait pas. Cette femme ardente, sensuelle, prête à tout, ce n'est pas sa mère.

En grognant, elle tourna la tête et essaya de le mordre. Ses dents se refermèrent dans le vide, près de sa pommette.

Il ne réfléchit pas. Il n'y avait plus aucune retenue ni raison chez lui. Il réagit. En tournant rapidement la tête. Sa bouche captura la sienne, cueillit ses lèvres. Ses dents se heurtèrent aux siennes.

Il l'embrassa avec tant de force qu'ils s'enfoncèrent tous deux dans le lierre qui couvrait la façade.

Il l'embrassa comme il mourait d'envie de le faire depuis qu'il l'avait rencontrée.

Il l'embrassa comme s'il était en train de succomber et qu'elle était la dernière femme qu'il pourrait jamais embrasser, le dernier repas qu'il pourrait goûter, la dernière boisson qu'il pourrait avaler.

Il l'embrassa comme s'il s'agissait de leur seul et unique baiser... parce qu'il savait que c'était sans doute la vérité.

18

« J'ai la chance de bien connaître la plupart des membres de la bonne société. Et, d'expérience, je puis vous assurer qu'ils sont tous... horribles. »

VALENCIA, duchesse de Dedham

Tru ne le mordit pas. Elle aurait pu. Elle aurait très certainement dû. Mais elle ne le fit pas.

Ses lèvres se figèrent pendant qu'un petit cri stupéfait lui échappait. Il sembla apprécier et profita de son égarement. Il l'embrassa, encore et encore jusqu'à ce qu'elle ne sente plus ses lèvres. Il embrassa sa lèvre supérieure. Puis sa lèvre inférieure. Il alterna... jusqu'à ce que, tout à coup, elle sente sa langue sur sa bouche, et contre la sienne. Il fit de cette intrusion la plus douce des caresses et, à ce contact voluptueux, le sang dans ses veines se transforma en lave en fusion.

Elle était heureuse d'avoir le mur derrière elle pour la soutenir, car sinon elle aurait eu du mal à rester debout.

Ce n'était bien sûr pas son premier baiser, mais elle en eut l'impression. Elle se sentait novice. Cela dit, en termes de passion amoureuse, elle l'était.

Elle était incapable de se souvenir de ses précédents baisers, ce qui était assez parlant. Chatham l'avait embrassée. Au début. À dire vrai, il n'avait jamais consacré beaucoup de temps à cette activité après leur mariage. Dans l'acte amoureux, il passait allègrement les préliminaires pour se concentrer sur la conclusion. L'amour avec lui avait toujours été très décevant. *Il* avait toujours été très décevant.

Ce qu'elle était en train de vivre était tout le contraire de décevant, en revanche. Ces longs baisers profonds et fulgurants faisaient naître des sensations dans chaque parcelle de son corps. Dans cette fusion des lèvres et de langues, sa bouche était devenue une entité propre, quelque chose qui existait indépendamment d'elle, qui vibrait et vivait selon ses propres besoins et envies.

Elle avait été touchée par un seul homme dans sa vie, et cela remontait à très longtemps. À si longtemps que la seule chose dont elle se souvenait, c'était que cela n'avait rien signifié pour elle. Cela avait été rapide et vide. Dénué de toute émotion. Le néant absolu.

Ceci était tout sauf le néant.

Ceci était le plaisir. Un plaisir incroyable. Merveilleusement… merveilleux. Et il était stupéfiant qu'elle puisse vivre une chose pareille.

Elle était bombardée de sensations. La bouche qui l'embrassait était brûlante. Les mains qui l'agrippaient étaient fermes et fortes, presque féroces. Elle se sentait dévorée. Engloutie.

Elle mordit Jasper… sans comprendre réellement d'où était venue cette impulsion. L'appel de la liberté ? Quelque chose de plus sauvage encore ? Était-ce cette chose primitive qu'elle sentait palpiter dans les profondeurs de ses entrailles ?

Il recula en jurant. Il porta la main à ses lèvres d'un geste brusque tout en lui adressant un regard noir et brutal.

Elle tenta de maîtriser les halètements frénétiques et bruyants qu'était sa respiration.

C'était un moment terriblement chargé. Elle savait ce qu'elle devait faire à présent.

Elle l'avait mordu, et ce faisant elle l'avait interrompu. À présent, elle devait tourner les talons et fuir ce débauché qui l'avait embrassée comme s'il en avait le droit. Elle devait tout raconter à son mari, afin de mettre un terme à cette regrettable affaire et sauver sa fille par la même occasion.

Il l'avait embrassée. Sa poitrine se souleva dans un nouveau halètement. C'était la première fois qu'un homme prenait de telles libertés avec elle.

Avec une moue dédaigneuse, elle se hissa sur la pointe des pieds et empoigna d'une main ses cheveux noirs et épais. Elle attira sa tête vers elle et plaqua sa bouche sur la sienne.

Elle s'émerveilla de tout ce qu'elle était capable de ressentir – partout dans son corps – alors que seules leurs bouches étaient en contact. Toutes ses terminaisons nerveuses étaient en feu, elles vibraient, chantaient et envoyaient des sensations qui convergeaient toutes vers ce point brûlant et douloureux entre ses jambes.

C'était trop.

Son autre main était toujours plaquée contre le mur. Ses doigts s'entrelacèrent avec ceux qui la maintenaient. Ses ongles s'enfoncèrent dans la peau de Jasper, pour s'accrocher à lui plutôt que pour le repousser.

Il poussa un grognement étouffé et ouvrit plus grand la main, afin que leurs paumes se fondent l'une dans l'autre. Leurs mains, tout comme leurs bouches, étaient soudées, et cette sensation était délectable.

Elle gémit sous sa bouche avide. Elle se sentait dévorée par un simple baiser.

Il se pencha et inclina la tête de façon à aller plus loin, avec sa bouche, sa langue, ses dents…

Elle enroula les doigts autour de ses cheveux et les tira comme si c'était un moyen de s'immiscer en lui. Elle manquait peut-être d'expérience, mais elle était guidée par l'instinct et elle savait que faire. Il l'embrassait et elle l'embrassait en retour, prenant autant que recevant.

Tout à coup, sa bouche bougea différemment contre la sienne et des mots firent vibrer ses lèvres.

— Je savais que ce serait comme ça avec vous…

Ce fut une giclée d'eau glacée, qui éteignit le feu.

Non. Elle le poussa aux épaules et rompit le lien qui les unissait.

— Ce ne sera comme *rien du tout* avec moi, car il ne va *rien y avoir du tout*.

Il posa les mains à plat sur le mur, de part et d'autre de la tête de Tru, comme s'il la maintenait en cage. Il la regarda avec des yeux d'une noirceur infinie.

— Pourquoi vous punissez-vous ?

— Parce que ce n'est pas moi, souffla-t-elle. Je ne suis pas comme cela.

Il regarda longuement son visage, puis ses yeux parcoururent le reste de son corps.

— Moi, je pense que si. Je l'ai senti... Je l'ai goûté...

Les yeux de Thorne revinrent à sa bouche, et elle n'eut alors qu'une envie : qu'il l'embrasse encore, afin que ce délicieux moment se poursuive.

— Et je pense que c'est exactement ce que vous voulez.

— Étranges mots de la part d'un homme qui prétend vouloir faire la cour à ma fille.

C'était un être vil et méprisable et elle se détestait d'avoir à ce point apprécié ses baisers.

Quelque chose passa alors sur son visage. Quelque chose d'indéchiffrable, mais qui la mit légèrement mal à l'aise. Il avait envie d'exprimer ce qu'il ressentait, cela se voyait, mais les mots ne sortirent pas. Finalement, il décida de garder le silence.

Il recula lentement pour lui laisser de l'espace.

Elle en profita et alla se placer à une distance plus respectable de lui, alors qu'il n'y avait rien de respectable entre eux.

Elle ressentait toujours un picotement dans les mains, là où il l'avait tenue.

— Vous ne pouvez pas faire ceci. Ne venez pas à la campagne avec nous, je vous en supplie.

Il soutint son regard pendant un long moment, puis s'approcha, jusqu'à se retrouver de nouveau tout contre elle. Elle déglutit, mais ne se déroba pas. Elle ne flancha pas. Il fallait qu'elle soit forte et qu'elle n'oublie pas l'homme terrible qu'il était. Plus de baiser. Jamais.

Du pouce, il effleura ses lèvres gonflées, et murmura d'un air nonchalant :

— J'adore quand vous me suppliez. Vos yeux deviennent si brillants, si vivants… et votre bouche se fait si douce.

Elle humecta ses lèvres, et, involontairement, sa langue le frôla.

— Je vous en prie. Ne faites pas cela.

Il observa ses lèvres comme s'il était fasciné, en caressant toujours sa peau plus sensible que jamais. Son regard noir se fit brûlant.

— Je ne peux pas.

Elle poussa un soupir rauque, sans savoir s'il était causé par la déception ou le soulagement.

Il ôta son pouce de ses lèvres. Après lui avoir adressé un dernier regard, il tourna les talons et quitta la terrasse, la laissant seule alors que son corps vibrait, que ses lèvres piquaient et que son cœur la faisait atrocement souffrir.

Qu'avait-elle fait ?

Tru était mauvaise et dévoyée. La pire de toutes. Sans honte. Sans conscience. Sans la moindre idée de la façon dont elle allait se comporter quand elle reverrait Jasper Thorne, surtout en compagnie d'autres personnes. Comment allait-elle supporter de le voir avec sa fille ? Il suffirait d'un coup d'œil à son visage pour que tout le monde comprenne.

La nausée retournait son estomac et les larmes brûlaient ses yeux, brouillant sa vision. Désemparée, elle chancela au milieu de la terrasse et croisa les bras autour d'elle pour tenter de reprendre pied. Elle aurait voulu redevenir comme avant, redevenir elle-même, la femme raisonnable et digne qu'elle se savait être.

Pendant des années, elle s'était crue au-dessus des amants adultères du grand monde. Elle s'était targuée de ne pas être comme Chatham, de ne pas être comme tous les autres. Et elle avait été aussi sotte qu'arrogante. Non seulement elle avait embrassé un homme, mais elle avait embrassé l'homme qui courtisait sa fille. Et elle avait aimé cela. Quel genre de personne était-elle ?

Quel genre de personne était-il ?

Au bout de quelques minutes, elle s'était suffisamment reprise pour tenter de rentrer. Elle n'avait pas le choix. Elle était la comtesse de Chatham. Elle devait mettre son masque en place et affronter le monde, y compris Jasper Thorne.

Respire. Contente-toi de respirer. Elle traversa le couloir à pas hésitants, heureuse que ses jupes cachent ses jambes tremblantes. Il fallait juste qu'elle survive à cette soirée, ensuite elle pourrait se réfugier dans sa chambre, où elle enfouirait sa tête dans son oreiller et hurlerait contre l'injustice que représentait l'intrusion de Jasper Thorne dans sa vie.

— Tru !

En entendant son nom, elle s'arrêta et se tourna.

Valencia la rejoignit à pas rapides. Ses jupes élégantes de soie bleue rehaussée de broderies argent bruissaient contre ses chevilles. C'était vraiment une tenue exquise, et toutes les robes de Valencia étaient exquises. Dans le grand monde, elle faisait figure de modèle. Quoi que Valencia décide de porter, on pouvait être sûr que tout le monde la copierait le lendemain.

En ce moment précis, elle regardait Tru d'un air inquiet.

— Je te cherchais. Tu n'es pas revenue au salon avec Delia. Et Mr Thorne avait disparu lui aussi…

Elle désigna son front.

— Regarde toutes ces rides. C'est le souci que tu me causes. Mes nerfs ne vont pas pouvoir le supporter longtemps.

— Thorne est-il retourné au salon ? s'empressa-t-elle de demander.

— Oui. C'est à ce moment-là que j'ai décidé de partir à ta recherche.

Valencia s'arrêta devant elle, et scruta son visage.

— Y a-t-il un problème ? Cela ne va pas ?

— Je… je vais bien.

Elle espérait, sans trop y croire, que cela ne se voyait pas qu'elle venait d'être embrassée avec passion.

Valencia leva un sourcil. Apparemment, elle n'était pas dupe.

— Que s'est-il passé ? demanda-t-elle.

Tru secoua la tête avec vigueur.

— Je ne peux pas...

Sa voix se coinça dans sa gorge, l'empêchant de poursuivre.

Valencia regarda rapidement autour d'elle. Elle saisit les mains de Tru et l'emmena dans le salon de musique, qui était vide. Après avoir refermé la porte, elle se tourna vers Tru.

— Raconte-moi.

Son amie la connaissait trop bien.

La comtesse déglutit et s'éclaircit la gorge.

— C'est décidé. Chatham a décidé. Il le veut. Thorne veut la main de ma fille et pour une raison qui m'échappe, elle ne l'en a pas découragé.

Elle tirerait cela au clair dès qu'elle se retrouverait seule avec Delia.

— En fait, elle donne même l'impression d'être tout à fait bien disposée à son égard.

Elle termina sa phrase par un petit soupir étranglé.

— Tru. Pourrait-ce être parce qu'elle le trouve séduisant ?

Valencia s'humecta les lèvres et poursuivit d'une voix douce :

— Serait-ce si terrible si cela arrivait ?

Tru écarquilla les yeux. Elle se sentait trahie, et blessée.

— Oui ! Cela serait terrible. *Terrible.* Chatham se moque du bonheur de notre fille. Tout ce qui compte pour lui, c'est l'épaisseur de son portefeuille.

— Je le sais bien. Mais Mr Thorne ne me semble pas si détestable. Il est beau. Jeune. Courtois.

Elle grimaça et inclina la tête.

— Au moins en apparence. Mais n'est-ce pas la seule chose que nous sommes autorisées à voir avant d'épouser un homme ? L'apparence. La façon dont un homme se présente, c'est tout ce dont nous pouvons juger.

Elle haussa les épaules.

— Cela étant, Mr Thorne ne semble pas si terrible.

Tru savait que ce que Valencia disait avait du sens. Elle parlait d'expérience. Son expérience et celle de Tru. Elles avaient choisi leurs maris parce qu'elles étaient de nature confiante et qu'elles avaient été courtisées par des hommes usant et abusant de leur charme. Parce que leurs familles avaient encouragé de telles unions. Parce que la société dans laquelle elles évoluaient leur avait fait comprendre qu'elles seraient folles de ne pas céder. Parce qu'elles pensaient qu'elles seraient heureuses en ménage.

Valencia continua :

— Au moins, elle ne commet pas l'erreur de se croire amoureuse de lui. Elle accepte cet arrangement avec lucidité. Ce n'était pas une qualité dont nous pouvions nous vanter à son âge. Nous, nous pensions toutes les deux épouser des princes de contes de fées.

Tru tressaillit et acquiesça.

— C'est vrai, mais tu ne sais pas...

Sa voix se tarit d'elle-même.

Valencia la regarda droit dans les yeux.

— Qu'est-ce que je ne sais pas ? S'il y a autre chose, dis-le-moi.

Allait-elle oser ? Même s'il s'agissait de Valencia ?

Dans un souffle, elle avoua :

— Je connaissais déjà Mr Thorne.

Valencia recula légèrement, comme pour se préparer à la suite.

— Tu n'en avais pas parlé. Quand l'as-tu rencontré ? Et où ?

— Chez Madame Klara.

Cela lui semblait appartenir à un passé lointain, et pourtant cela ne remontait qu'à quelques jours.

— Comment ? Je n'ai rien remarqué...

— Quand je suis sortie pour échapper à Madame Klara. Nous avons eu une discussion. Nous avons eu des... mots.

C'était une façon très escamotée de décrire la situation.

— Pourquoi n'en as-tu rien dit ?

Tru haussa les épaules, et se détourna légèrement. En ce moment précis, elle ne se sentait pas capable d'affronter son amie, mais Valencia ne l'entendait pas de la sorte. Elle saisit les épaules de Tru et la força à la regarder dans les yeux.

— S'est-il passé quelque chose d'*inconvenant* entre toi et Mr Thorne ?

— C'est possible.

Valencia eut un petit rire qui résonna comme un craquement dans l'air.

— Depuis toutes ces années, Chatham fait des cabrioles avec qui il veut, pendant que tu restes stoïque et loyale. Et voilà qu'aujourd'hui tu décides d'aller voir ailleurs... et c'est avec le prétendant de ta fille ?

Son amie émit un petit sifflement qui aurait tout aussi bien pu être dicté par l'émerveillement que par la désapprobation. Il s'agissait des deux, peut-être.

— Vous êtes le scandale incarné, Lady Gertrude.

— Pas du tout, rétorqua-t-elle avec vigueur.

— Qui aurait pu deviner ?

Pas moi.

— Je n'avais pas prévu qu'une chose pareille se produirait. C'était une erreur.

Une erreur colossale.

Valencia secoua la tête.

— On ne prévoit jamais.

— Et rien d'irréparable n'a été commis. Nous avons juste échangé un baiser.

C'était tellement en dessous de la vérité que cela en devenait un mensonge. Valencia devrait cependant s'en contenter.

— Cela ne se reproduira plus.

L'incident de ce soir lui avait ouvert les yeux. Cet homme était un débauché et elle ne se laisserait plus séduire par lui.

Valencia, néanmoins, semblait dubitative.

— Vraiment ? demanda-t-elle.

— Vraiment ! répéta Tru, avec un hochement de tête vigoureux. Je lui ai demandé de nous laisser tranquilles, mais il insiste pour se joindre à nous à la campagne.

— Il t'a embrassée, lui rappela Valencia, ce qui fit tressaillir Tru. Mais il fait la cour à ta fille. À quoi joue-t-il ?

— Je l'ignore. Je sais juste que je n'ai aucune intention de rentrer dans son jeu.

— Que vas-tu faire, alors ?

Elle réfléchit un moment avant de soupirer. Évidemment, elle ne pouvait se débarrasser elle-même de Jasper Thorne, et

Delia, pour une raison qui lui échappait, semblait quant à elle incapable de l'éconduire.

— Il faut que j'aille trouver Chatham.

C'était la seule solution.

— Je vais tenter de le convaincre qu'une union entre Delia et Thorne n'est pas à son avantage, que Thorne n'est pas l'homme qu'il faut pour Delia.

— Parce qu'il est l'homme qu'il *te* faut ?

Elle regarda son amie avec indignation.

— Non ! Je n'ai pas dit cela.

Valencia lui adressa un regard sceptique.

— C'est un bel homme et, de toute évidence, tu lui plais. Cela ne ferait pas de toi une mauvaise personne si tu te sentais attirée par lui.

— Si, bien sûr que si, l'interrompit-elle aussitôt.

Il fallait qu'elle endurcisse son cœur : elle refusait de laisser son amie mettre ses défenses à mal avec ses mots insensés.

— Une fois que son union avec Delia ne sera plus à l'ordre du jour, tu pourrais envisager une liaison avec lui. Peut-être alors…

— Jamais je ne pourrais…

Elle ne put même pas terminer sa phrase. Pour elle, il était absolument inacceptable d'avoir une liaison avec Jasper Thorne.

Valencia la regarda avec une légère tristesse, en secouant faiblement la tête, et, en même temps, les magnifiques et épaisses mèches noir de jais qui retombaient sur ses épaules.

— Tu as eu si peu de joie dans ta vie. C'est injuste. Tu ne mérites pas un tel sort.

Tru aurait pu dire exactement la même chose à Valencia. Elle ne le fit pas, cependant. Il était stérile de se lamenter sur l'injustice de l'existence.

À la place, elle leva le menton avec dignité.

— J'ai mes enfants.

— Ils ne devraient pas être ta seule joie. Ils vont grandir et trouver leur propre voie, leur propre bonheur. C'est dans l'ordre des choses. Toi aussi, tu devrais trouver ton bonheur indépendamment d'eux. Tu mérites d'être heureuse. Que ce soit avec Thorne ou avec un autre, où est le mal ?

Tru secoua la tête. Elle préférait mille fois renoncer au bonheur plutôt que de perdre son honneur.

— Vraiment, non.

— C'est une erreur, selon moi.

Les yeux noirs de Valencia s'adoucirent. Cela se voyait qu'elle comprenait Tru, qu'elle comprenait ce que cela pouvait faire lorsque l'on était pris au piège d'une union malheureuse, sans le moindre espoir de salut.

— De résister à Mr Thorne ? Certainement pas, asséna-t-elle avec une petite moue de dédain.

Jamais elle n'aurait pris Jasper Thorne comme amant, même s'il n'avait pas courtisé sa fille. Jamais elle ne prendrait d'amant, d'ailleurs, quel qu'il soit. Et pourtant, dans ce cas précis, elle devait faire tout son possible pour détourner cet homme de ses sombres projets. Cela allait sans doute requérir beaucoup de créativité de sa part. Et peut-être quelques sacrifices, également. Car, depuis la nuit des temps, les mères étaient heureuses de pouvoir se sacrifier pour leurs enfants.

À bien y réfléchir, peut-être pourrait-elle utiliser le fait qu'il semble s'intéresser à elle… et ne pas lui opposer la farouche résistance qu'elle s'était pourtant juré de lui témoigner. Pour le bien de Delia, bien entendu.

Elle prit une grande inspiration.

— Nous ferions mieux de retourner au salon.

Valencia eut un petit rire amer.

— Je doute que nous ne manquions à nos maris, mais soit.

Bras dessus bras dessous, elles marchèrent vers le salon comme des amies, des camarades, ou des soldats prêts à livrer bataille.

19

« Le devoir conjugal est toujours une affaire compliquée. Je suis profondément soulagée de ne plus avoir à m'y soumettre. »

GERTRUDE, comtesse de Chatham

Chatham et Lord Burton étaient partis quand Tru et Valencia arrivèrent au salon. Il n'y avait plus que le duc qui ronflait légèrement, dans son fauteuil, et Delia et Thorne en grande conversation devant la cheminée.

— Mère, l'accueillit Delia avec le sourire. Père et Lord Burton nous ont quittés. Ils étaient attendus ailleurs.

Évidemment...

— Je vois cela.

Tru imaginait très bien ce qui les attendait. Des tables de jeu, des filles perdues, du brandy coulant à flots. Leur ordinaire, en somme.

Valencia se dirigea vers son mari et le secoua doucement pour le réveiller. Il était toujours d'une pâleur maladive, mais ce n'était pas inhabituel. Tru se demandait souvent si le teint blême du duc était une conséquence de sa blessure, ou bien des quantités astronomiques d'alcool, de laudanum, de potions en tout genre qu'il ingérait depuis des années.

— Il se fait tard, annonça Tru, en fixant Jasper Thorne.

Il lui rendit son regard. Le sien était ferme et bien trop

pénétrant. Comme s'il savait tout. Tru en fut troublée. Affectée. *Furieuse.* Par-dessus tout, elle voulait qu'il s'en aille. Qu'il disparaisse. Il le comprenait très bien.

— Oui, acquiesça Valencia alors que son mari se levait, les yeux vitreux, le dos courbé, se mouvant comme un vieillard et non comme l'homme dans la force de l'âge qu'il était censé être. Nous avons beaucoup à faire demain afin de préparer ce voyage.

Elle prit Dedham par le bras et le guida dans la pièce. Arrivée devant Tru, elle s'arrêta pour l'embrasser.

— À bientôt à Chatham House.

Ils ne furent alors plus que trois dans la pièce : Tru, Jasper Thorne et Delia. L'étrangeté de la situation n'échappa à personne.

Delia s'éclaircit la gorge.

— Je pense que je vais me retirer à mon tour, Mr Thorne.

Elle se plaça face à lui et exécuta une petite révérence. Sa fille avait vraiment de très jolies manières, mais en ce moment précis, Tru aurait préféré que ce ne soit pas le cas. Elle aurait préféré qu'elle soit tout sauf attirante aux yeux de cet homme, afin qu'il quitte cette maison au plus vite et les oublie toutes les deux.

— J'ai hâte de passer du temps en votre compagnie à la campagne.

Tru adopta une expression sévère, espérant ainsi masquer les émotions qui se bousculaient en elle.

Thorne prit la main gantée de Delia et la baisa. Tru se hérissa. Cela lui faisait horreur de le voir la toucher. Elle suivit du regard sa fille pendant qu'elle quittait la pièce.

Puis ils furent de nouveau tous les deux. Elle n'avait pas imaginé se retrouver si vite seule avec lui.

— Je me présenterai ici même avec les deux plus confortables de mes voitures après-demain matin. Je suis sûr que votre fille trouvera le voyage très agréable.

Elle n'avait même pas réfléchi à cela. Elle s'était contentée de s'imaginer piégée avec lui à Chatham House. Elle n'avait même pas pensé au trajet pour y arriver.

— Je préférerais que vous vous absteniez. Nous pouvons nous débrouiller sans vous pour aller jusqu'à Chatham House.

— Je suis certain que votre mari préférerait quant à lui que je voyage avec vous et votre fille.

Il avait évidemment raison. Cela faisait des années que leurs voitures n'avaient pas été remplacées ni même rénovées. Cela n'avait peut-être même jamais été fait depuis leur mariage. Elles étaient dans un état déplorable. Chatham allait forcément saisir l'occasion qui lui était offerte de voyager sur des banquettes bien moelleuses. Oh ! Seigneur. Et Thorne possédait plusieurs auberges routières. Chatham allait certainement insister pour qu'il leur offre l'hospitalité dans ses établissements. Quelle humiliation d'être mariée à une sangsue pareille.

Tru ouvrit la bouche afin d'insister, mais elle se souvint de ce qu'il lui avait dit. *J'adore quand vous me suppliez.*

Elle referma aussitôt la bouche. Non. Elle ne recommencerait pas.

Il s'approcha et s'inclina devant elle comme il l'avait fait devant Delia, et cela lui déplut. Cela lui déplaisait de constater qu'il se comportait avec elle de la même manière qu'avec sa fille. Cela induisait chez elle des pensées dérangeantes.

— À très bientôt.

Pourquoi son salut lui fit-il l'effet d'une menace ?

Elle le regarda quitter la pièce, et ne respira que quand il en fut sorti. Puis elle alla s'effondrer dans le fauteuil le plus proche. Elle posa la main sur son cœur qui battait à tout rompre et réfléchit à tout ce qu'elle aurait à faire le lendemain. Ses lèvres picotaient encore… tout comme le reste de sa personne. Elle se sentait vivante, vibrante, frémissante. Tout cela grâce à un baiser.

Cela ne ferait pas de toi une mauvaise personne si tu te sentais attirée par lui.

Valencia se trompait. Au contraire, cela ferait d'elle une très mauvaise personne. Elle ne pouvait pas avoir une liaison avec le prétendant de sa fille… Mais avec un autre homme ? *Où est le mal ?* Sur ce point, Valencia avait peut-être raison. Une fois cette affaire réglée, il serait peut-être temps pour elle de prendre un amant.

C'était la première fois que Tru rendait visite à son mari, chez lui, à Gresham Square. C'était un quartier vivant et animé, pas seulement résidentiel, car il comptait aussi de nombreuses boutiques, théâtres et salles de spectacle. Elle avait visité une galerie d'art très réputée à quelques rues de là quelques jours plus tôt. Elle avait longuement admiré les sculptures et les tableaux exposés, mais il s'était passé tant de choses depuis que cela lui semblait désormais appartenir à un passé lointain.

Elle n'avait jamais eu ni le désir ni l'effronterie d'aller rendre visite à Chatham chez lui. Elle était seulement soulagée que le comte mène sa vie loin d'elle. Une fois qu'il avait été clair que son mari était un débauché éhonté, elle avait été heureuse de pouvoir faire sans lui.

Le trajet en voiture était très bref. Dix minutes, à peine. Toutefois, il lui parut interminable.

Elle savait très bien que Chatham ne vivait pas souvent seul. Ses maîtresses se succédaient sous son toit. C'était une raison suffisante pour que Tru ne se risque pas à venir le voir. Les épouses et les maîtresses ne devaient jamais se croiser. C'était une règle tacite connue de tous. C'était sans doute mieux pour les unes, comme pour les autres. Enfreindre cette règle aurait en tout cas été une très grave faute de goût. Néanmoins, alors qu'elle se tenait devant l'édifice en brique, elle sut que la raison principale qui la faisait garder ses distances avec Chatham était qu'elle n'avait tout simplement aucune envie de se retrouver en sa compagnie. Elle n'éprouvait jamais ni le désir ni le besoin de le voir.

Sauf en ce moment.

Pour le bien de Delia, elle était prête à tout, et même à quelque chose d'aussi détestable que ce qu'elle s'apprêtait à faire.

Après ce qui s'était passé la veille au soir, il fallait qu'elle le voie.

Après son petit déjeuner et après avoir donné à Hilda et Stella les instructions nécessaires pour préparer les bagages, elle avait demandé qu'une voiture soit avancée. Il s'agissait de mesures préventives, au cas où elle échouerait et ne parviendrait pas à convaincre Chatham de renoncer à ce séjour à la campagne.

Elle priait pour que Hilda et Stella soient en train de s'affairer pour rien. Avec un peu de chance, elle réussirait à raisonner le comte et elle pourrait demander à ses femmes de chambre de défaire ce qu'elles avaient fait.

Elle ne prit pas la peine de frapper. Sa fierté l'en empêchait. Elle était la comtesse de Chatham. Elle n'était peut-être pas connue du personnel, mais jamais elle ne frapperait à la porte du domicile de son mari. Elle entra dans le vestibule, et regarda autour d'elle avec curiosité pendant qu'elle retirait ses gants et les posait sur la table ronde qui se trouvait au centre de la pièce.

Un majordome apparut, bouche bée. Il la toisa d'un œil sévère et réprobateur. De toute évidence, il la prenait pour une idiote venue quémander *in situ* les faveurs du comte.

Avant qu'il puisse dire quoi que ce soit, elle lui épargna un grand embarras et retint au passage l'insulte qu'il lui destinait.

— Veuillez informer le comte que sa femme l'attend au salon, déclara-t-elle sur un ton glacialement poli.

L'homme cligna des yeux et la regarda de nouveau, mais très différemment.

— Très bien, milady.

Il la conduisit devant la porte du salon.

— Si vous voulez bien l'attendre ici, je vais le prévenir de votre arrivée.

Après un hochement de tête altier, emprunté à sa mère, elle pénétra dans la pièce. Elle resta debout, pendant qu'elle inspectait les lieux avec curiosité. Elle se demanda si son mari avait choisi lui-même le décor. Elle ne le savait pas si inconditionnel de la couleur pêche. Les meubles, les tableaux, les tapis... tout se déclinait en diverses nuances de pêche.

Elle se tourna en entendant des pas agités. Il arrivait. Elle reconnaissait sa démarche. Elle fut presque surprise qu'il ait été si rapide. Il n'était pas un lève-tôt. Généralement, il dormait jusqu'en début d'après-midi. Sa visite devait vraiment le déconcerter.

— Gertie ? Est-ce bien vous ? demanda-t-il depuis le seuil.

Ses cheveux de moins en moins épais étaient en bataille, et

il semblait ne rien porter sous son élégante robe de chambre. De toute évidence, son arrivée l'avait tiré du lit.

— Voilà qui est très inhabituel.

Il n'attendit pas sa réponse. En se tournant, il s'adressa à son majordome, qui patientait.

— Apportez-moi mon petit déjeuner, Baxter. Je vais manger au salon, pendant que ma femme m'expose ce qui l'amène ici à cette heure indue, alors qu'elle sait très bien que je me suis couché tard hier soir.

Il pénétra plus avant dans la pièce et se laissa tomber sans cérémonie sur le sofa, face à la cheminée. Appuyé sur l'accoudoir, il pressa deux doigts contre sa tempe, comme s'il avait la migraine... ou qu'il s'ennuyait mortellement. Les deux étaient peut-être vrais.

— Eh bien ? Expliquez-moi pourquoi je ne devrais pas être furieux contre vous, qui avez osé me réveiller. Vous outrepassez certaines limites, femme, en venant ici.

Elle déglutit.

— J'en ai conscience...

— Vraiment ?

Il allongea les jambes devant lui. Les pans de sa robe de chambre s'écartèrent, dévoilant une grande partie de ses mollets et de sa cuisse, ce qui était plus qu'elle n'avait jamais vu, ou jamais eu envie de voir, de lui. Il la regarda avec insistance.

— Vraiment, vous en avez conscience ? Car je ne voudrais pas heurter vos sensibilités de respectable mère de famille. Vous pourriez être choquée de ce que vous allez être susceptible de voir.

Depuis quand son mari craignait-il de heurter ses sensibilités ? Elle avait souvent l'impression, au contraire, qu'il faisait tout pour.

Elle reprit :

— J'ai bien conscience que vous êtes ici chez vous.

— Et comment ! C'est ma maison, ici, et j'y fais ce que je veux.

— Oui, acquiesça-t-elle.

Chatham désigna le plafond.

— Ma maîtresse est au lit, à l'étage, et récupère après une

nuit plutôt agitée. Elle pourrait se réveiller à tout moment et descendre pour voir où je suis passé. Si cela se produisait, je ne pense pas qu'elle prendrait la peine de se couvrir beaucoup. Fatima n'est pas très pudique. Je m'en voudrais que la *glaciale comtesse* subisse un tel affront.

Il n'avait pourtant pas le moins du monde l'air désolé. La seule chose qu'il craignait était sans doute que la présence de sa femme ne contrarie sa chanteuse d'opéra.

— Si je devais subir un tel affront, je ferais mine de rien et je ne me plaindrais pas, promit-elle.

Évidemment, elle était au courant depuis toujours des aventures extraconjugales de son mari, mais c'était la première fois qu'il reconnaissait si ouvertement son infidélité. Cela n'avait pas l'air de lui poser le moindre problème de conscience, remarqua Tru, choquée. Elle ne pensait pas pouvoir le mépriser davantage. Apparemment, elle se trompait.

Il sourit.

— Vous ? Si prude et orgueilleuse ! Franchement, je doute que vous en soyez capable.

Il marqua une pause, durant laquelle son sourire s'évanouit tout à fait.

— Vous n'auriez pas dû venir.

— Soyez bien certain que je ne me serais pas donné cette peine si je n'avais pas à vous entretenir d'un sujet extrêmement important.

— Soit. Parlez, mais faites vite, afin que vous puissiez rentrer chez vous le plus tôt possible. J'imagine que vous avez fort à faire avant notre départ de demain.

— C'est au sujet de Jasper Thorne.

— Ah.

Le vague intérêt que son regard avait pu contenir disparut aussitôt. Il s'ennuyait officiellement et ouvertement. En soupirant, il se leva et se mit à tisonner le feu.

— Qu'avez-vous à dire à propos de Jasper Thorne ?

— Je pense que nous ne devons pas l'autoriser à faire la cour à Delia.

Il se retourna brusquement.

— C'est un sujet dont nous avons déjà débattu.

— J'ai accepté de le rencontrer.

— Oui, et vous le connaissez à présent. Vous et Delia. Et je ne vois pas ce que vous pouvez lui reprocher. Je sais que les femmes le trouvent séduisant. Il n'y a qu'à voir comme elles lui tournaient autour, l'autre soir, au bal. Ce n'est pas un vieillard. Au moins, j'ai épargné cela à Delia. Il a encore toutes ses dents. Elle sera enviée par toutes ses amies. Il la comblera bien au-delà de ses rêves et de ses espérances.

Tru faillit ricaner en entendant cela. Qu'est-ce que Chatham savait des rêves et des espérances de sa fille ?

— Je vois mal ce que vous pouvez avoir à lui reprocher, poursuivit-il.

Cet homme m'a embrassée et je me sens très mal à l'aise en sa présence.

— Il fera un excellent gendre.

Gendre ? Elle aurait peut-être dû y réfléchir plus tôt, mais elle n'avait jamais pensé à lui en ces termes, et l'idée suffit à lui donner la nausée. Si Thorne et Delia se mariaient, il serait son gendre. Elle pouvait difficilement envisager plus gênant.

— Il ne plaît pas à Delia et elle souhaiterait continuer à chercher quelqu'un qui lui convienne davantage.

— Il lui convient parfaitement. Et que voulez-vous dire par « il ne lui plaît pas » ? demanda-t-il en secouant la tête, puis en poussant un grognement mécontent. Elle a beaucoup de chance de m'avoir pour effectuer les recherches à sa place. Quelle idiote. Elle n'a décidément aucune jugeote.

— Nous devrions respecter ses vœux...

— Balivernes.

Une domestique entra alors, poussant un chariot contenant à manger – en grande quantité – et une théière fumante. Chatham s'empressa de retourner s'asseoir. Il fit signe à la servante d'apporter le chariot jusqu'à lui, déplia la serviette de table qui s'y trouvait et la posa sur ses genoux.

— Chatham ? appela une voix.

Tru se tourna. Une femme se tenait sur le seuil et elle sut aussitôt qu'il s'agissait de Fatima, pour la simple raison qu'elle portait une robe de chambre vaporeuse qui ne cachait que très peu ses courbes généreuses. Le vêtement, noué de façon très lâche, laissait voir une grande partie de son impressionnante poitrine.

— Ah, c'est toi, très chère.

Il l'invita à s'approcher en claquant des doigts.

— Viens partager mon petit déjeuner. Je suis sûr que tu es affamée.

La femme ne se contenta pas de traverser la pièce : à chaque pas, elle déplaçait son corps avec une langueur rare.

Chatham désigna Tru de la tête.

— Voici Gertie, ma femme. Fatima, très chère, je te présente ma comtesse.

Fatima inclina la tête. Elle ne semblait pas du tout gênée de se trouver en présence de l'épouse de son amant.

— Je suis heureuse de faire votre connaissance, milady, répondit-elle d'une voix mélodieuse.

Elle s'assit à côté du comte, et secoua ses cheveux noirs et lustrés. Le pire, songea Tru, c'était qu'elle semblait sincèrement contente de la rencontrer.

Fatima commença à manger de façon très sensuelle. Cette femme n'était pas simplement belle. Elle était fascinante. Elle mangea une grappe de raisin comme si elle lui faisait l'amour : d'abord elle la posa sur sa langue, puis elle la mâcha lentement, en ayant l'air de savourer chaque instant. Avec un sourcil levé, elle désigna d'un doigt élégant une petite brioche. Tru comprit qu'elle la lui proposait.

— Non, merci, déclina Tru en secouant la tête.

Chatham se joignit à Fatima, piochant avec appétit dans les victuailles, se nourrissant et se faisant nourrir par elle. Il ne proposa pas à Tru de manger elle aussi. Elle aurait refusé, de toute façon. Même si elle n'avait pas encore pris son petit déjeuner, son estomac n'aurait rien accepté dans une situation aussi étrange.

Décidant d'ignorer la présence de la maîtresse de son mari, Tru poursuivit :

— Nous devrions rester à Londres, où Delia peut participer à la Saison. Pourquoi l'isoler de tous ces jeunes hommes à marier ?

— C'est Thorne que j'isole des autres jeunes femmes à marier.

— Je crains qu'il ne soit rebuté par le désintérêt affiché par Delia à son égard. Quant à nous, nous aurons perdu du temps et sans doute laissé passer d'autres occasions.

Entendant cela, son mari cessa de manger. Il adressa un regard noir à Tru avant de pointer plusieurs fois sa fourchette dans sa direction avec agressivité.

— Votre fille a plutôt intérêt à ne pas tout gâcher, vous m'entendez ?

— Je ne peux rien vous garantir à ce propos. Comme vous l'avez dit, c'est un bel homme. Et extrêmement riche. Qui peut dire s'il sera toujours intéressé par notre Delia une fois qu'ils auront fait plus ample connaissance ? Elle est encore un peu... verte, et ce n'est pas la plus sophistiquée des jeunes ladies.

Elle aurait été capable de dire n'importe quoi sur sa fille si cela avait pu faire changer d'avis son mari.

— Taisez-vous ! Taisez-vous, parce qu'il *est* intéressé. Nous en avons déjà parlé. Nous avons passé un accord, lui et moi. Cette cour n'est qu'une formalité.

Le cœur de Tru se serra douloureusement.

— Vous vous comportez comme si c'était fait. Et qu'ils étaient déjà fiancés, murmura-t-elle.

— C'est tout comme. Soyez une bonne épouse et faites en sorte que votre fille soit docile. Rappelez-lui ses devoirs, et dites-lui de me remercier de ne pas lui avoir trouvé un hideux barbon.

Elle le regarda d'un air suppliant tout en ayant conscience que cela ne servirait à rien. Il reprit son repas et se mit à couper son jambon. Fatima, quant à elle, observait Tru avec une légère curiosité, mais sans rien dire.

Il voulait qu'elle soit une bonne épouse ? S'il savait à quel point, au contraire, elle était une mauvaise épouse. Malheureusement, même le lui avouer ne changerait sans doute rien.

Il voulait Thorne pour ses poches bien remplies. Il ne se préoccupait pas du bonheur de sa fille. Quant à la tranquillité d'esprit de Tru, c'était le cadet de ses soucis. Cela signifiait qu'elle allait devoir remédier à cela toute seule.

20

« Il n'y a rien d'aussi pénible qu'être une débutante. Excepté être la mère d'une débutante. »

GERTRUDE, comtesse de Chatham

Les voitures étaient en tout point aussi confortables que promis, et Tru eut de nouveau l'occasion de se rendre compte de l'immense richesse de Jasper Thorne. Elle l'avait compris depuis longtemps, cela dit. Son mari ne se serait pas entiché de lui sinon, et ils ne seraient pas en ce moment même assis dans cette luxueuse voiture. Elle n'aurait pas passé la nuit à repenser à leur baiser et à essayer de trouver un moyen d'annuler ce séjour à la campagne.

— Fichtre !

Chatham écarquilla les yeux tout en s'installant en face de Tru. Il passa la main sur les riches garnitures comme s'il s'agissait du corps d'une maîtresse perdue et retrouvée.

— Eh bien, dites donc, Thorne, je n'ai jamais vu une aussi belle voiture. Française ?

De fines couvertures en cachemire étaient posées sur les banquettes, prêtes à servir, ainsi qu'une carafe d'eau citronnée et un panier garni de biscuits et autres petits gâteaux. Des serviettes délicatement brodées étaient pliées dans le panier, au cas où les douceurs qu'il contenait auraient fait des miettes.

Chatham ne perdit pas de temps. Il se pencha et attrapa une pleine poignée de gâteaux, qu'il engloutit les uns après les autres en poussant de petits grognements satisfaits.

C'était le comble du luxe, et Tru ne put s'empêcher d'être impressionnée par tant d'opulence. Il n'était pas seulement question d'opulence, d'ailleurs, mais aussi de courtoisie. Malgré des origines modestes, Jasper Thorne savait traiter ses invités avec respect et générosité. C'était un hôte parfait, royal.

Tru passa la main sur les panneaux en acajou incrustés d'or et d'ivoire, au-dessus de sa tête. Cela semblait trop beau pour une voiture. Ces parois étaient dignes du plus raffiné des boudoirs.

Mr Thorne se tenait devant la voiture. Il passa la tête par la portière ouverte.

— C'est un Écossais de Glasgow qui les fabrique. Je lui en ai commandé deux.

— Un Écossais ? Incroyable !

Chatham tâta les dossiers en velours précieux. Ils étaient garnis d'un grand nombre de ressorts, pour un confort optimal. C'était un luxe qu'ils apprécieraient particulièrement durant le long voyage qui les attendait.

— Qui aurait pu croire que les Écossais étaient bons à quelque chose ?

Tru, consternée, ferma les yeux. Cet homme était d'une bêtise et d'une méchanceté…

Quand elle ouvrit les yeux, elle découvrit Mr Thorne en train de la regarder avec intensité, comme s'il n'avait pas du tout entendu son mari. Il ne l'aurait pas fixée autrement si elle avait été sa seule passion dans l'existence, ou un mets qu'il s'apprêtait à dévorer. Elle retint son souffle, tandis qu'elle sentait sa poitrine tendue et douloureuse comprimée dans son corsage en mousseline.

Elle ne put détacher son regard de ses yeux sombres et ardents. Pourtant son mari était assis juste en face d'elle. C'était très troublant. Chatham se moquait complètement d'elle, mais elle imaginait sa rage s'il apprenait qu'elle et Thorne étaient…

Même en pensée, elle ne put terminer sa phrase.

Chatham n'était pas le genre d'homme à fermer les yeux sur

les incartades de sa femme. Surtout pas dans ce cas précis. Il avait choisi Thorne pour Delia. Il serait furieux et humilié s'il apprenait que Thorne avait davantage envie de coucher avec son épouse qu'avec sa fille.

Elle inspira profondément. Et qui était-elle pour dire que Thorne n'avait pas aussi envie de coucher avec sa fille ? Cette idée la révulsait. Pourtant, il courtisait Delia avec, en tête, le mariage. Peut-être espérait-il pouvoir les avoir toutes les deux dans son lit ? Elle fut prise d'une nausée subite et posa une main sur son ventre.

Elle n'aimait pas du tout cette idée, mais il ne fallait surtout pas qu'elle la chasse de son esprit. Cela dépeignait Thorne sous son pire jour et devrait suffire à l'empêcher de le trouver séduisant.

Heureusement, son mari s'émerveillait toujours devant la beauté de la voiture et ne leur prêtait aucune attention. Il ne vit pas le long regard qu'ils échangèrent. Il ne sentit pas la tension entre eux.

Mr Thorne ne voyagerait pas avec elle. C'était déjà cela. Cela avait été décidé à l'avance, et c'était bien mieux ainsi. Une trop grande proximité avec lui pendant de longues heures aurait été éprouvante pour sa constitution. C'était bien trop risqué. Et si Chatham avait deviné qu'il s'était passé quelque chose entre eux ?

— C'était vraiment très généreux de votre part de nous proposer vos deux voitures pour ce voyage, Mr Thorne, dit-elle.

Il inclina la tête. Il ne portait pas de chapeau, et sous le soleil matinal ses cheveux sombres prenaient des reflets auburn.

— Il nous fait la cour à nous aussi, gloussa Chatham, provoquant un spasme nerveux chez Tru.

— En effet, murmura Mr Thorne, en la dévorant d'un regard brûlant.

Elle remua sur la banquette, mal à l'aise. Comment Chatham faisait-il pour ne rien voir ? Elle se sentait déshabillée par le regard de Jasper Thorne, et éprouvait, dans tout son être, la sincérité de sa réponse. Son « en effet » résonnait en elle, comme un grondement de tonnerre. Il lui faisait vraiment la cour.

Enfin « cour » n'était peut-être pas le terme le plus approprié. Il s'était lancé dans une grande entreprise de séduction qui, hélas, ne la laissait pas de marbre.

C'était de la folie pure et simple.

Il fallait être d'une perversion inouïe pour faire ouvertement la cour à sa fille et, en même temps, la poursuivre de ses assiduités. Thorne était un libertin de la pire espèce. Il disputait le titre d'homme le plus répugnant qu'elle connaisse à son mari.

Elle était fort aise de ne pas avoir à voyager assise à ses côtés. Vraiment. Pas de regard appuyé. Pas de frôlement intempestif de mains ou de jambes. Thorne voyagerait avec Delia dans la seconde voiture.

Tru aurait été inquiète si Rosalind n'avait pas été là. Sa sœur ferait office de chaperon. C'était une bonne chose. Ros n'hésiterait pas à étouffer Thorne avec une des couvertures en cachemire s'il osait se conduire de façon inappropriée avec Delia.

De façon surprenante, c'était Chatham qui avait pris cette décision. Tru ne savait pas qu'il avait envoyé un mot à Rosalind et qu'il l'avait invitée à se joindre à eux, jusqu'à ce que sa sœur se présente chez elle, guillerette, à la première heure de la matinée. Apparemment, même Chatham s'était rendu compte qu'il fallait respecter un semblant de convenances, et Rosalind serait là pour veiller à ce qu'aucune ligne rouge ne soit franchie.

La voix de la jeune femme s'éleva avec impatience.

— Quand partons-nous ? J'aimerais atteindre Chatham House avant la fin de la Saison !

Tru esquissa une petite moue.

Le regard de Thorne s'attarda encore un peu sur Tru, avant qu'il se tourne pour s'adresser à sa sœur, d'un ton poli.

— Vous avez tout à fait raison. Partons, Miss Shawley.

Au moins, ses parents ne s'étaient pas joints à eux. Athena supportait de plus en plus mal les longs voyages, d'après sa mère. Quoi qu'il en soit, c'était un soulagement. Sa mère avait le don de voir clair en elle. Elle aurait forcément remarqué qu'il se tramait quelque chose entre Thorne et Tru. Chatham était peut-être ailleurs, mais sa mère, avec son œil acéré, voyait absolument tout. Tout. Une autre raison pour mettre fin à cette histoire insensée.

Thorne se tourna une dernière fois vers elle. Et pas vers Chatham, occupé à se servir un verre de citronnade. Il n'y aurait certainement plus rien à boire ni à manger avant qu'ils aient quitté Londres.

— Lady Chatham, murmura Thorne, en attrapant sa main gantée. Nous nous reverrons lors de notre premier arrêt, pour changer de chevaux.

Sans cesser de la regarder, il posa les lèvres sur ses doigts. Elle retint son souffle, et soutint l'intensité de ses yeux noirs d'encre, regarda sa bouche, sentit le contact de ses lèvres à travers le cuir de ses gants.

Elle hocha la tête assez bêtement, en se demandant pourquoi sa phrase sonnait comme une promesse, et non comme la remarque anodine qu'elle était réellement. Oui. Ils se verraient au prochain arrêt. Cela ne voulait rien dire, et pourtant une onde de chaleur la parcourut.

Bien entendu, elle allait beaucoup le voir au cours des jours à venir, jusqu'à ce qu'ils atteignent Chatham House… et une fois qu'ils seraient arrivés, elle le verrait encore davantage, puisqu'elle ferait tout son possible pour l'empêcher de passer du temps avec Delia, même si cela signifiait se poster en travers de son chemin sous n'importe quel prétexte.

Elle aurait d'autres invités dont elle devrait s'occuper, d'autres responsabilités à endosser, mais elle les négligerait. Toute son attention serait concentrée sur lui.

Une boule se forma dans sa gorge lorsqu'elle pensa à ce qui l'attendait. Ce ne serait pas facile. Il faudrait le supporter, et lui résister, tout en passant du temps avec lui afin qu'il laisse sa fille tranquille. Mais elle réussirait à le convaincre de renoncer à Delia, quoi qu'elle doive faire pour cela.

Alors que la voiture quittait Grosvenor Square et s'apprêtait à traverser la ville, Tru se cala contre le dossier de la banquette et se mit à réfléchir. Jusqu'où serait-elle prête à aller pour sauver sa fille ?

Était-elle déterminée à l'éloigner de Delia au point d'user

de ses charmes auprès de lui ? Elle avait plusieurs heures pour répondre à cette question et se demander s'il s'agissait vraiment d'un si gros sacrifice. Plusieurs heures pour se demander s'il était seulement question de sauver sa fille ou bien s'il n'était pas aussi question de se faire plaisir...

Les deux voitures roulaient l'une derrière l'autre, en direction du nord. Elles n'étaient pas seulement belles, elles étaient aussi légères et rapides. Le paysage défilait à toute allure derrière la vitre de Tru.

Il était prévu que le reste des invités quitte Londres le lendemain, pour leur laisser le temps d'arriver les premiers. Tru avait prévenu la gouvernante qu'ils seraient nombreux et qu'il fallait préparer toutes les chambres, mais elle préférait arriver en avance pour s'assurer que tout était en ordre.

Puisque Tru n'avait aucun contrôle sur ce séjour à la campagne, elle ne fut informée de la liste complète des invités que pendant le trajet. Chatham finit par daigner s'adresser à elle et lui expliquer ce qu'il avait prévu. Après tout, dans l'espace clos de la voiture, il n'y avait rien d'autre à faire que parler.

La conversation ne dura qu'une heure. Cela fut suffisant pour que les sujets essentiels soient abordés : les activités envisagées pour distraire les invités, les menus, l'attribution des chambres. Tout fut débattu et réglé.

En plus des époux Dedham et du repoussant Lord Burton, Chatham avait invité une douzaine de personnes. Uniquement du très beau monde. De très hauts aristocrates, mais sans fille à marier. Chatham avait bien fait attention à ce point. Delia n'aurait aucune rivale.

Il faudrait quatre jours pour atteindre Chatham House, et Tru se rendit compte pendant la première heure du voyage qu'il s'agirait peut-être des quatre plus longues journées de sa vie.

Elle n'avait pas l'habitude de passer autant de temps avec son mari et elle prit conscience de la chance qu'elle avait de ne plus vivre sous le même toit que lui.

La première heure, pendant qu'ils parlaient, il mangea et but avec une gloutonnerie telle qu'il en eut des renvois répugnants. Quand il se cala dans un coin et se mit à somnoler, ce fut un soulagement immense.

Il dormit pendant presque toute la première journée, sans même que les arrêts le fassent ouvrir l'œil, jusqu'à la halte prévue pour la nuit. Quand les voitures pénétrèrent dans la cour de l'auberge, il se réveilla et émit un bâillement sonore. Bien évidemment, il n'aurait manqué le dîner pour rien au monde.

Il mangea avec appétit et veilla toute la nuit, puisqu'il avait dormi toute la journée. Il resta dans la salle du bar de l'auberge de Mr Thorne, où il joua aux cartes avec d'autres clients et flirta avec les serveuses. Peut-être fit-il même plus que flirter avec elles. Tru n'en sut rien. Elle ne quitta pas sa chambre, et s'appliqua à bien dormir afin de ne pas arriver trop fatiguée à Chatham House.

Le jour et la soirée suivants se déroulèrent plus ou moins de la même manière.

Ils passaient les nuits dans des auberges appartenant toutes à Mr Thorne, où ils étaient traités comme des rois. Les meilleures chambres leur étaient réservées, et ils eurent droit à d'immenses lits, à une nourriture exquise et à des serviteurs aux petits soins.

— Attention, Thorne, je pourrais m'habituer à tout cela, dit Chatham, tout en prenant place en voiture, alors qu'ils s'apprêtaient à entamer leur troisième jour de voyage.

Mr Thorne l'avait aidé à grimper, en le portant presque, car Chatham n'avait pas encore dessoûlé. Tru aurait dû avoir honte. Sauf que cela faisait bien longtemps que les écarts de conduite de son mari ne l'affectaient plus. Elle n'était responsable que de ses propres actes.

Thorne se tenait debout à côté de la portière.

— Comment cela, milord ?

— Je ne savais pas qu'il pouvait être aussi plaisant de passer ses soirées dans une auberge routière.

— C'est que vous ne vous étiez pas encore arrêté dans les bonnes auberges, milord, répondit aimablement Thorne.

Tru leva les yeux au ciel. Les autres auberges exigeaient sans doute qu'il règle sa note au matin. C'était là la différence majeure.

Son expression agacée n'échappa pas à Thorne. Il esquissa un petit sourire et lui demanda :

— Et vous, milady, comment trouvez-vous mes auberges ?

— Très confortables, Mr Thorne. Votre personnel fait preuve d'une grande hospitalité et sait veiller au confort de ses hôtes.

Il inclina la tête en signe de remerciement.

— Je regrette de ne pouvoir vous offrir l'hospitalité une nuit supplémentaire.

— Qu'entends-je ? s'exclama Chatham. Mais je refuse de dormir ailleurs que dans l'une de vos auberges, Thorne.

Chatham agita un doigt dans le vide de façon ridicule, avant de s'effondrer sur la banquette. Cela se confirmait : il n'avait pas fini de cuver.

— Nous devons quitter la *North Road* et prendre vers l'ouest pour atteindre Chatham House, expliqua Thorne doctement, comme si le comte ne le savait pas déjà. Il n'y a pas d'auberge qui m'appartienne sur ce tronçon.

Chatham souffla, tel un enfant boudeur.

— Il vous en faut plus.

Thorne sourit.

— J'y travaille.

Le comte secoua la tête.

— Ce sera trop tard, mon vieux. Comment allons-nous faire dans une auberge « normale » ? Nous allons y être traités comme... comme...

— Comme des gens... normaux ? suggéra Tru.

Thorne eut un petit rire, et elle essaya de ne pas s'enorgueillir d'avoir réussi à l'amuser.

Chatham acquiesça, semblant prendre la question très au sérieux.

— Oui.

— L'aubergiste de ce soir aura peut-être envie de faire la cour à notre fille lui aussi, et ainsi, il pourra vous gâter, dit-elle sans réfléchir.

Un silence tendu s'installa.

Chatham se redressa. Il semblait sobre, tout à coup, et furieux.

— Les sarcasmes ne vous siéent guère, mon *épouse*.

Il murmura le mot « épouse » comme s'il lui arrachait la bouche.

Thorne ne paraissait pas amusé non plus, et il la regardait d'un air de reproche. Comme si elle l'avait offensé. Ah, les hommes ! Elle en avait assez d'eux. Assez de devoir subir leurs caprices et leurs changements d'humeur. Assez d'être à leur merci.

En soupirant, elle se tourna et regarda par la vitre. Elle avait très envie que Thorne s'en aille et que la voiture démarre.

Plus qu'une journée et elle serait à Chatham House. Là-bas, elle ne serait pas obligée de passer autant de temps en compagnie de son insupportable époux. Elle aurait sa propre chambre où se réfugier quand elle en éprouverait le besoin.

Elle fronça tout à coup les sourcils, car elle venait de penser à quelque chose. Elle doutait que des chambres particulières leur soient attribuées dans cette dernière auberge... mais elle espérait en partager une avec sa sœur et Delia, plutôt qu'avec Chatham. Un petit frisson la parcourut. C'était au-dessus de ses forces. Partager une voiture avec lui était déjà suffisamment pénible. Alors partager une chambre... un *lit*. Jamais. Plus jamais.

Chatham passait son temps à caresser Thorne dans le sens du poil, et Thorne semblait déterminé à obtenir la main de Delia. Ces deux-là semblaient faits pour s'entendre et ils pouvaient très bien partager la même chambre, si nécessaire.

En même temps, elle se tracassait certainement pour rien. Il était fort probable que le comte préfère passer toute la nuit à jouer aux cartes avec d'autres clients. Il ne mettrait d'ailleurs sans doute pas le pied dans la chambre, même s'ils étaient forcés d'en partager une. Il n'y avait pas de raison pour qu'il ne se comporte pas comme les deux nuits précédentes.

Elle entendit bientôt la portière qui se refermait. La voix profonde de Thorne s'éleva. Il donnait l'ordre au cocher de se mettre en route.

Ils étaient repartis et Tru était bien décidée à ne plus penser une seule seconde au déroulement de leur soirée et de leur nuit. Elle avait déjà suffisamment de soucis comme cela.

21

« Si seulement il en était des époux comme des robes de bal et que l'on puisse en changer à chaque nouvelle occasion. »

VALENCIA, duchesse de Dedham

Ils n'étaient qu'à quelques heures de l'auberge où ils devaient passer la nuit quand ils s'arrêtèrent dans un petit village pour changer de chevaux et déjeuner.

Un valet d'écurie aida Tru à descendre de voiture, et elle fut heureuse de pouvoir se dégourdir les jambes dans la cour. Sa sœur et Delia partirent à la recherche des toilettes pendant que les hommes s'occupaient d'organiser le déjeuner. Tru regarda le ciel, et offrit son visage au soleil, appréciant la chaude caresse de ses rayons après des heures passées enfermée dans un espace confiné avec Chatham.

— Il y a un puits à souhait, tout près, si vous voulez le voir, madame.

Tru se tourna et vit une servante qui venait de sortir de l'auberge. Elle portait un panier appuyé contre ses hanches, et montrait du doigt les collines derrière l'auberge.

Un puits à souhait ? Y avait-il, sur son visage, quelque chose qui la désignait comme une idiote superstitieuse ? D'abord la séance de divination chez Madame Klara, et maintenant cette proposition. Elle commença à secouer la tête, pour signifier qu'elle ne s'intéressait pas à ces bêtises... puis se reprit. *Et pourquoi pas ?* Ce n'était pas une si mauvaise idée. Pourquoi ne pas faire quelques pas et aller admirer le paysage ? Un peu d'air frais lui ferait le plus grand bien, surtout après toute une matinée enfermée avec Chatham.

Elle hocha la tête en souriant.

— Oui. C'est une très bonne idée. Voulez-vous bien m'indiquer le chemin ?

— Oui. Vous n'avez qu'à me suivre.

La jeune fille lui fit faire le tour de l'auberge, vers les écuries, puis lui montra un sentier qui serpentait et menait à travers un bosquet.

— C'est très simple : restez toujours sur ce chemin et vous y arriverez. Vous ne pouvez pas le manquer. C'est un endroit vraiment charmant, vous verrez.

— Je vous remercie.

Tru souleva ses jupes et emprunta le chemin en question. Elle n'eut pas à marcher longtemps pour trouver le puits. La servante avait raison. Il était impossible de passer à côté. Il semblait tout droit sorti d'un livre d'images, avec ses pierres grises recouvertes de mousse. Du lierre et des petites fleurs avaient poussé dans les fissures. Elle s'approcha et se pencha pour essayer d'apercevoir le fond. Elle ne vit que du noir, à l'infini.

— Rassurez-moi, vous n'envisagez pas de vous y précipiter ?

En entendant la voix de Jasper Thorne, elle se tourna et esquissa un petit sourire, qu'elle espérait flegmatique.

— Je ne cherche pas à ce point à vous éviter, Mr Thorne.

— Ah. Voilà une nouvelle réconfortante.

— Ne vous méprenez pas. Cela ne signifie pas que je vous apprécie ou que votre présence me fasse plaisir.

Il hocha la tête en souriant.

— Bien sûr que non.

— Pourquoi souriez-vous ? demanda-t-elle.

Elle venait de l'insulter et il lui souriait ? Elle ne le comprenait pas du tout. Chatham n'aurait jamais réagi ainsi. Pas en souriant ni en gardant son calme.

En guise de réponse, il rétorqua :

— En réalité, vous m'appréciez. Je le sais.

Elle ne sut d'abord pas que répondre. Elle cligna des yeux d'un air stupéfait.

— Votre arrogance ne connaît aucune limite.

— La confiance en soi est une qualité.

— Pas si l'on en déborde.

Une expression légère éclaira son beau visage.

— Ah, vous avez le don de me réjouir.

— Moi ?

Elle essaya de chasser ce contentement qu'elle sentait poindre en elle. Lui plaire devait être le cadet de ses soucis.

Thorne était un beau jeune homme courtisé par toute la haute société. Chatham n'était pas le seul à le flatter, lui qui souriait et riait à tout ce qu'il disait, que ce soit drôle ou pas.

— Oui, tout à fait. Vous me faites sourire, comtesse.

Elle le regarda, consternée, attendant qu'il confirme qu'il se moquait bien d'elle. Elle n'était pas amusante. Elle ne possédait pas un esprit particulièrement vif ni piquant. Elle n'était qu'une observatrice, à la rigueur une joueuse qui déplaçait des pions sur un grand échiquier. Cela faisait longtemps qu'elle n'était plus une pièce du jeu elle-même. Elle n'était plus une femme avec qui l'on flirtait.

— Je ne devrais pas vous faire sourire. Ce n'est pas intentionnel, en tout cas.

Elle eut un petit rire et regarda ses pieds un moment avant de lever les yeux vers lui, avec, espérait-elle, plus d'assurance qu'elle n'en éprouvait.

— Je suis quelqu'un de très ennuyeux, je vous assure.

— Ennuyeux ? Certainement pas. Moi, je vous trouve surtout séduisante.

Séduisante ? Elle ?

Dans son cercle d'amies, elle était la plus sérieuse. La « maman ourse » comme l'appelait Valencia. Elle jouait le rôle de la médiatrice. Elle proposait son aide et ses conseils. Elle ne séduisait personne.

— Personne ne dit cela de moi.

— Non ?

— Non, répéta-t-elle, sûre de son fait.

Il ne serait peut-être pas si difficile de le détourner de Delia, après tout. Pas s'il la trouvait à ce point attirante. Elle avait déjà envisagé cette solution : s'offrir à lui pour épargner sa fille. Cependant, à présent que cette option se précisait, elle sentait la panique et la nervosité s'emparer d'elle.

Il la regarda longuement.

— C'est peut-être parce que personne ne vous voit telle que vous êtes vraiment, dit-il d'une voix douce.

Tandis que lui, si ?

Elle avait très envie de savoir ce qu'il voyait d'autre en elle quand il la regardait, mais elle s'abstiendrait de poser la question. Elle aurait l'air d'attendre les compliments et de guetter son approbation. Elle n'avait pas besoin de nourrir son ego. Il était inexistant. Et sans importance.

— Parce que, poursuivit-il, j'ai été souvent accusé d'être taciturne par le passé. Et vous parvenez à me faire sourire.

Il haussa les épaules comme si c'était un simple test qu'elle venait de réussir. Elle ignorait néanmoins ce que signifiait ce test.

— Vous ? Taciturne ? Ce n'est pas un adjectif que j'utiliserais pour vous décrire.

Il sourit plus franchement, et elle eut du mal à ne pas le trouver irrésistible.

— Je me sens différent quand je suis près de vous, quand je suis... avec vous, comtesse.

Elle sentit des tiraillements étranges dans son ventre.

— Vous me faites me sentir différente moi aussi, avoua-t-elle.

Elle regarda autour d'elle, comme si elle avait peur que quelqu'un n'ait entendu sa confession. Elle savait qu'elle n'aurait pas dû prononcer ces mots... surtout parce qu'ils étaient vrais. Jasper Thorne lui faisait ressentir des choses. Cela faisait bien longtemps qu'un homme ne lui avait pas fait cet effet. Et d'ailleurs, un homme lui avait-il déjà fait cet effet ?

Elle secoua la tête, une fois, avec vigueur, comme si cela pouvait l'aider à retrouver sa raison. *Quand je suis avec vous.* Pourquoi dire une chose pareille ? Cela n'avait aucun sens, puisque jamais ils ne pourraient être ensemble. Il n'y avait aucune chance, aucune possibilité au monde, ni même dans l'univers, pour qu'ils soient l'un avec l'autre. Une telle liberté, un tel choix, n'existait pas.

Elle regarda de nouveau autour d'elle, car elle craignait de plus en plus que quelqu'un ne les voie ou même ne les aperçoive ensemble, et qu'il n'en tire des conclusions erronées.

— De quoi avez-vous peur ? demanda-t-il.

— N'est-ce pas évident ?

— D'avoir envie de moi autant que j'ai envie de vous ? Que ce soit bien entre nous ? Même mieux que bien, et que...

— Arrêtez, dit-elle en levant la main. Taisez-vous.

Elle lança un autre regard dans son dos, pour vérifier que quelqu'un n'arrivait pas par le chemin qu'elle-même avait emprunté.

— Il ne faut pas dire des choses pareilles.

— Pourquoi ? Nous sommes seuls.

Elle se mordit les lèvres et poursuivit, en murmurant :

— Et nous ne devrions pas l'être.

Il ricana.

— Personne ne peut rien soupçonner. Vous avez passé l'âge d'avoir un chaperon. Tout le monde me croit ici pour Delia... pas pour vous.

— Vous êtes bien ici pour Delia, insista-t-elle, d'une voix claquant tout à coup comme un fouet. Pas pour moi.

— Oui, acquiesça-t-il sans grande conviction. Pour le reste du monde, je suis ici pour Delia.

Pour le reste du monde. Quelle étrange expression.

— Et vous oubliez votre fille : vous faites cela aussi pour elle, dit-elle. Vous êtes ici pour ma fille et *la vôtre.*

C'était ce qu'il lui avait confié, mais il avait peut-être besoin qu'on lui rappelle ses motivations pour cesser de la tourmenter et de la tenter.

— Oui, bien sûr. Pour ma fille, également.

Il hocha la tête avec détermination.

Elle s'éclaircit la gorge.

— Il ne me semble pas que vous m'ayez raconté ce qui était arrivé à sa mère.

Dès qu'elle eut prononcé ces mots, elle les regretta. C'était très indiscret et déplacé de sa part.

Son regard sombre, d'une profondeur infinie quelques secondes auparavant, se ferma d'un coup. Ses lèvres se serrèrent, ses mâchoires se contractèrent au point de faire saillir les muscles de son visage.

— Je suis dés... désolée, balbutia-t-elle. Je ne voulais p...

— Elle n'est plus de ce monde. Elle est morte en couches. Ou plutôt des suites de l'accouchement. Elle a souffert pendant quelques jours, avant de s'éteindre.

— Oh.

Elle se doutait qu'il était veuf. Les divorces et les annulations de mariage étaient rares et quasiment impossibles. Mais peut-être n'avait-il jamais été marié. Elle ne commettrait pas l'indélicatesse de remettre en question la légitimité de sa fille, cependant. Chatham n'en avait jamais parlé, et elle ignorait s'il savait que Thorne était déjà père. Cela lui importerait sans doute peu. Les filles ne comptaient pas. Sauf quand elles pouvaient apporter quelque chose à leur père.

— Je suis désolée, murmura-t-elle. Cela a dû être difficile.

Sa fille n'avait jamais connu sa mère. Il ne lui restait que l'héritage de sa mort, et la culpabilité de se savoir responsable de cette perte. Ce serait un fardeau très lourd à porter.

— Ce doit être encore très difficile, ajouta-t-elle.

— C'était il y a dix ans.

— J'imagine que les années n'ont pas effacé la souffrance.

— Vous imaginez beaucoup. Trop, sans doute, dit-il en lui décochant un regard lourd de reproche, comme s'il détestait être pris en pitié. Souffririez-vous si votre mari mourait avant vous ?

L'impertinence de sa question embrasa ses joues.

— Vous n'êtes pas moi, s'empressa-t-elle de rétorquer. Et vous ne savez rien de mes relations avec mon mari.

— J'en sais suffisamment. J'ai des yeux pour voir. Je vous vois. Je le vois.

Il fit une moue réprobatrice et dédaigneuse.

Elle secoua la tête et lui adressa un sourire pincé.

— C'est très malin de votre part.

— Quoi donc ?

— Vous détournez la conversation. Pourtant, c'était vous dont nous parlions, Mr Thorne.

Il soupira.

— C'était moi dont *vous* parliez, corrigea-t-il.

— J'essayais en tout cas, oui. De vous et de votre femme… enfin, de la mère de votre fille…

Il haussa les épaules comme pour masquer un léger tressaillement.

— J'étais jeune et stupide… Je ne savais pas…

— Que ne saviez-vous pas ? Qu'il peut être dangereux de mettre un enfant au monde ? Que certaines femmes n'y survivent pas ? En quoi est-ce votre faute ?

— J'aurais dû…

Sa voix s'éteignit d'elle-même et il poussa un autre soupir, plus lourd et plus profond.

— Parfois de mauvaises choses arrivent à des gens bien. Sans raison. Sans que cela soit la faute de personne. Et votre fille a de la chance de vous avoir, déclara Tru.

Il inspira.

— Mais je ne suis pas sa mère, n'est-ce pas ?

Il secoua la tête et passa la main dans ses cheveux.

— Une enfant a besoin d'une mère. Cela fait trop longtemps que ma fille n'en a pas.

Et il songeait à Delia pour qu'elle devienne la mère de sa fille ? C'était trop difficile à concevoir pour Tru. Et trop dérangeant. Sa fille de dix-huit ans, qui était elle-même tout juste une femme, pourrait-elle devenir l'épouse de cet homme et la mère de sa petite fille ?

Elle secoua la tête comme pour chasser cette idée, qu'elle trouvait intolérable.

Bien entendu, il se pourrait que sa fille ait des enfants un jour. C'était plus que probable. Et Tru serait heureuse pour elle quand cela se produirait. Mais l'idée qu'elle devienne mère du jour au lendemain était trop étrange. Mère de l'enfant de cet homme ? Épouser Jasper Thorne, partager son lit, élever sa fille comme si c'était la sienne, lui donner d'autres enfants… Tout cela faisait beaucoup trop.

Il poursuivit :

— Ma mère a fait de son mieux. C'est une bonne grand-mère, mais elle prend de l'âge et elle ne peut pas donner à Bettina tout ce qu'elle mérite. Et ma mère ne connaît pas non plus le grand monde. Elle n'est pas comme vous. Et Bettina mérite mieux que d'être juste élevée par sa gouvernante.

Il se tut alors et elle posa la main sur son bras. Ce fut plus fort qu'elle. Elle ressentait le besoin de lui témoigner son soutien et ses encouragements. Il était si rare que les pères se préoccupent du sort et du bien-être de leurs filles. La plupart des hommes ne seraient pas gênés que leurs filles soient élevées par d'autres.

Il regarda la main de Tru posée sur son bras. Ses yeux restèrent un long moment fixés sur ce point précis, comme si un insecte s'y était posé. Elle replia involontairement la main autour de son avant-bras. Ce fut un geste totalement spontané. Ses doigts se mouvaient avec une volonté propre, semblant chercher le contact de sa chair, comme s'ils en avaient besoin.

Il la regarda dans les yeux, sans tenter de masquer la peine et l'inquiétude qui habitaient son regard. En retour, elle les ressentit dans sa propre chair.

— Votre contact est un grand réconfort, comtesse.

Elle retira sa main et rougit.

— Eh bien, j'imagine que c'est normal. Je suis une mère moi aussi, après tout…

— Vous n'êtes pas *ma* mère, comtesse. Et ce contact ne me donne pas du tout l'impression d'être *maternel*.

Elle croisa les bras, en coinçant bien ses mains comme si elle avait besoin de s'interdire de le toucher. Elle désigna le chemin de la tête.

— Nous ferions mieux d'y aller. On nous attend sans doute pour le déjeuner.

Il fit un pas de côté et lui fit signe de le précéder.

Elle avança à grandes enjambées, afin de le distancer, tout en sachant que cela ne l'empêcherait pas de penser à lui, encore et encore.

22

« Peu importe ce qui est vraiment. Seule compte l'apparence. »

GERTRUDE, comtesse de Chatham

Cette fois, Tru, incapable de résister au bercement de la voiture, s'endormit avant Chatham. Elle se souvenait juste d'avoir regardé son mari manger et boire ce que les employés de Mr Thorne avaient gentiment préparé pour eux et de s'être étonnée que le comte puisse avoir encore aussi faim après le copieux déjeuner pris à l'auberge, et puis... plus rien. Elle s'était assoupie.

Elle fut réveillée en sursaut par l'arrêt soudain et brutal de la voiture. Elle tomba en avant et son visage heurta le bord du siège opposé au sien. Dur retour à la réalité, songea-t-elle en frottant son nez endolori.

Malheureusement, la réalité qui les attendait était plus cruelle encore.

Chatham regarda par une fenêtre, puis par une autre, en se penchant dehors autant qu'il le put.

— Que se passe-t-il ? demanda-t-elle en lissant les plis de sa robe. Pourquoi nous sommes-nous arrêtés ? Et si *brutalement* ? Y a-t-il un obstacle en travers de la route ?

Les hennissements des chevaux couvraient les cris du cocher.

Leurs sabots heurtaient le sol. Leur harnachement cliquetait. Ils piaffaient.

Chatham s'empressa de se rasseoir. Son visage était rouge, et ses yeux paniqués.

— Nous devons rester ici. N'attirez surtout pas l'attention.

Son mari lui fit signe de se taire.

— Que se passe-t-il ? demanda-t-elle néanmoins.

— Silence ! Nous sommes attaqués par des bandits de grand chemin.

Le cœur de Tru se serra. *Seigneur.*

Ils se turent tous les deux. Tru tendit l'oreille pour essayer d'entendre quelque chose malgré le bruit des chevaux.

Une voix finit par briser le silence.

— Haut les mains et donnez tout ce que vous avez !

— Malheur, gémit Chatham, en regardant d'un air affolé tout autour de lui, comme s'il cherchait un moyen de s'enfuir de là.

— Gardez votre calme, dit-elle en attrapant son réticule. Nous allons leur donner tous nos objets de valeur, et ensuite ils s'en iront.

Elle tremblait malgré le calme de ses mots.

— C'est ce qu'ils veulent.

— Ces vermines n'auront rien du tout.

Il tira comme un forcené sur la chevalière qu'il portait au doigt et détacha sa montre à gousset de son veston.

— Tenez.

Avant qu'elle comprenne ce qu'il faisait, il tendit le bras vers elle et glissa ses bijoux dans son corsage.

— Oh ! s'exclama-t-elle en frappant sur ses doigts.

— Cessez de vous tortiller, espèce d'idiote.

Il sortit quelques billets de banque de son portefeuille et voulut les enfiler eux aussi dans son corsage. Elle l'en empêcha.

— Il suffit ! dit-elle en agitant les mains devant elle. Cachez-les dans vos sous-vêtements à vous. Ne vous servez pas de moi !

Elle extirpa la chevalière et la montre de son décolleté et les lui rendit. Elle ne voulait surtout pas être prise en train de dissimuler des objets de valeur. Elle n'avait pas spécialement envie de mettre les brigands en colère. Surtout pas pour protéger Chatham.

— Silence, siffla-t-il, tout en cachant ses bijoux sous son pantalon.

Elle leva les yeux au ciel.

— Et quoi ? Vous pensez qu'ils ne savent pas que nous sommes ici ? Nous ne pouvons pas nous cacher.

Que pensait-il, cet imbécile ? Il y avait deux voitures qui roulaient ensemble, l'une derrière l'autre. Il était impossible de se cacher.

Plusieurs cris se firent entendre. Les bandits, sans doute, qui hurlaient leurs instructions. Elle tendit l'oreille, et tressaillit quand elle crut entendre une voix de femme. Cela ne pouvait être que Delia ou Rosalind. C'était plus probablement sa sœur, qui avait souvent du mal à tenir sa langue.

— On dirait qu'ils s'en prennent à l'autre voiture, chuchota Chatham. Nous pourrions filer en douce et aller nous cacher dans les bois.

— Dans l'autre voiture, il y a notre fille !

En secouant la tête, Tru tendit le bras vers la poignée de la portière.

Le comte l'empêcha de sortir, en posant la main sur la sienne et en la serrant jusqu'à lui faire mal.

— Que faites-vous donc, espèce d'écervelée ? Ne sortez pas !

Elle ne se cacherait pas. Elle ne laisserait pas sa fille et sa sœur, ni même Thorne, à la merci de ces brigands sans foi ni loi.

— Ils savent très bien que nous sommes ici, et notre fille est entre leurs mains. Elle est sans défense !

— Elle n'est pas sans défense. Elle a Thorne et votre sœur. Votre *sœur*, répéta-t-il en la fixant bien. La plus terrifiante des créatures. C'est sans doute elle qu'ils vont tuer.

Et c'était ainsi qu'il espérait la tranquilliser ?

— Je ne resterai pas ici à me cacher comme une lâche, sans savoir ce qui peut leur arriver.

Elle se débattit et parvint à ouvrir la portière. En chancelant, elle descendit de voiture.

Les assaillants masqués se trouvaient en effet autour de

l'autre voiture. Delia, Rosalind et Thorne étaient debout dehors, les bras levés.

Un bandit agita son pistolet avec vigueur. Il se trouvait beaucoup trop près de Delia au goût de Tru. Un coup aurait facilement pu partir. Elle souleva ses jupes et se mit à courir, bien décidée à s'interposer entre le brigand et sa fille.

L'homme masqué la vit, ou bien se contenta de percevoir un mouvement. Il fit tournoyer son pistolet en l'air et tira dans un fracas épouvantable. La balle toucha la voiture, faisant voler une pluie d'éclats de bois. L'un d'eux atteignit Tru à la joue. Elle remarqua à peine la piqûre puis la brûlure, car elle courait toujours au milieu des cris et du chaos. Son cœur cognait à tout rompre dans sa poitrine.

— Martin ! Pauvre idiot ! cria l'un des bandits au tireur.

Pendant ce temps, Thorne s'échappa du groupe et se jeta sur l'homme armé, le faisant chuter violemment à terre.

De nouveaux cris s'élevèrent alors que les deux hommes luttaient à terre, dans la poussière, pour la possession du pistolet.

Tru arriva enfin auprès de sa fille, et passa un bras autour de ses épaules tout en regardant avec désarroi la scène qui se déroulait sous leurs yeux effrayés.

Trois autres bandits se jetèrent sur Jasper pour l'arracher à leur comparse et s'emparer de lui.

Une fois debout et tenu en respect, Thorne se mit à haleter rageusement, tout en regardant les malfrats avec mépris. Puis son regard se posa sur Tru, dont la poitrine se serra lorsqu'elle vit son expression de furie et d'angoisse mêlées. Il ne la quittait pas des yeux, comme s'il voulait être sûr qu'elle n'avait rien.

Tru crispa les doigts autour des épaules de Delia et la poussa derrière elle. Elle regarda autour d'elle, en priant avec ferveur pour que quelqu'un ou quelque chose leur vienne en aide.

Le comte ne se montrait pas. Jamais il ne voudrait se mettre en danger. Ni pour sa fille, ni pour sa femme, ni pour Jasper Thorne. Ni pour préserver son honneur. Les cochers et le palefrenier restaient eux aussi prudemment en retrait. Il était clair qu'aucune aide ne viendrait de nulle part. Ils étaient bel et bien à la merci de ces hommes armés et dangereux.

Martin, l'homme qui avait tiré, avait perdu son masque pendant qu'il luttait avec Thorne. Il reniflait et essuyait son nez sanguinolent, tout en regardant Jasper avec haine.

Thorne, quant à lui, ne lui accordait pas la moindre attention. Il fixait toujours Tru.

— Êtes-vous blessée ? demanda-t-il d'une voix dure, avec un regard d'une effrayante intensité.

Elle fut incapable de prononcer le moindre mot, car elle ne pouvait que fixer son visage angoissé.

— Je vous ai posé une question, hurla-t-il. Allez-vous bien ?

Il irradiait la puissance et l'autorité, même entravé. Elle n'était pas la seule à le penser. Les brigands l'observaient avec méfiance, comprenant clairement qu'ils n'avaient pas affaire à quelqu'un de tendre.

Tru sursauta et hocha la tête.

— Je... je vais bien, balbutia-t-elle.

Il fixait toujours son visage.

— Vous saignez, grogna-t-il.

Elle porta la main à son visage, à l'endroit où sa peau piquait. Lorsqu'elle retira ses doigts, elle constata qu'ils étaient maculés de sang.

Delia se tourna pour la regarder à son tour.

— Mère ! Vous êtes blessée ! Avez-vous été touchée ?

— *Mère ?* répéta l'un des brigands en la regardant avec stupéfaction. Elle ne ressemble pourtant pas aux mères que je connais.

— Ouais, ricana Martin. Et j'en ferais bien mon quatre-heures.

Tous les hommes se mirent à ricaner grassement. Sauf Thorne. Il se débattit pour échapper à ses ravisseurs, mais Tru ne comprit pas si c'était pour se précipiter vers elle, ou pour se jeter de nouveau sur le tireur.

Elle s'avança, confiant sa fille à Rosalind. Espérant apaiser la tension intense qui régnait, elle tendit une main rassurante à Thorne.

— Ce n'est qu'une égratignure, Mr Thorne. La balle ne m'a pas atteinte.

— Vous voyez ! Elle n'a rien, déclara l'un des bandits, en

remuant une main dans sa direction. Elle se porte comme un charme. Détendez-vous.

Thorne adressa un regard noir à l'homme.

— Elle *saigne.*

Le brigand perdit son air jovial et révéla par là sa vraie nature de brute. C'était un bandit de grand chemin, après tout. On ne pouvait attendre de lui ni gentillesse ni compassion.

— Elle va bien, insista-t-il. Calmez-vous, à moins que vous ne vouliez que les choses ne deviennent un peu plus sérieuses.

— C'est déjà fait, répliqua Mr Thorne en désignant l'homme qui avait voulu tirer sur Tru. Votre ami, Martin, a failli la tuer.

— Il n'aurait jamais fait une chose pareille.

— Si elle est encore en vie, c'est simplement parce qu'il est mauvais tireur.

En entendant cela, Martin se précipita en avant, en bombant le torse, le visage rouge d'indignation.

— Je ne suis pas mauvais tireur. Je vais vous montrer c...

Il ne finit pas sa phrase.

Thorne se libéra à cet instant. Il jaillit, tel l'éclair, et frappa Martin en plein visage, à la bouche.

Tous poussèrent un cri, comme si c'étaient eux qui avaient été touchés.

— Espèce de petite vermine, grogna Thorne.

Il continuait de frapper l'homme qui avait chuté à terre et des coups ponctuaient chacun de ses mots.

— Vous êtes allés trop loin. J'aurais pu fermer les yeux sur un simple vol, malgré l'indignité d'un tel acte, mais sur cela, jamais !

Il désigna Tru de la tête.

— Elle saigne. Vous pensez que je vais laisser passer cela ?

Martin le regarda, en tenant son nez ensanglanté.

— C'est sur vous que j'aurais dû tirer.

Il regarda ensuite ses comparses.

— Vous allez le laisser continuer à me frapper ? Il ne peut pas nous traiter comme ça !

Les autres bandits se regardèrent tous d'un air hésitant. Aucun ne semblait prêt à intervenir.

— Il ne nous a pas touchés, hasarda l'un d'eux. Juste toi.

Un autre ajouta :

— Tu as failli tuer sa femme, et ensuite tu as dit que tu voulais en faire ton quatre-heures.

Tru cligna des yeux. *Sa femme.*

Elle ouvrit la bouche pour rétablir la vérité, puis elle changea d'avis. Ce n'était sans doute pas une bonne idée de contredire de dangereux hors-la-loi.

— Mon oncle, supplia Martin, en regardant l'un des voleurs.

Ce dernier secoua la tête avec dédain.

— Va attendre près des chevaux, lança-t-il. Je m'occuperai de toi plus tard.

Martin se releva et épousseta ses vêtements. Après un dernier regard assassin à Thorne, il s'éloigna en frappant des pieds sur le sol.

— Toutes mes excuses, dit l'oncle avec une déférence que l'on ne se serait pas attendu à trouver chez un criminel. La jeunesse est parfois... impétueuse.

Thorne grommela et alla se poster à côté de Tru. Elle sentit son cœur se gonfler dans sa poitrine. Le sang cognait à ses oreilles. Chatham était lâchement tapi dans l'autre voiture, mais cet homme avait galamment défendu les trois femmes avec lesquelles il voyageait.

À gestes lents, Thorne sortit son portefeuille de la poche intérieure de sa veste et le tendit.

— J'ai quelques livres là-dedans, plus que vous ne pourriez en gagner en une semaine d'honnête labeur. Je vous les donne, à condition que vous passiez votre chemin et que vous n'importuniez plus ces dames.

L'homme réfléchit de longues minutes avant de répondre.

— Qu'est-ce qui m'empêcherait de prendre votre argent et tout ce que nous voulons d'autre ?

Il regarda Thorne, puis, longuement, Tru, Delia et Rosalind.

— Nous pourrions fouiller les dames. Je suis sûr qu'elles possèdent des objets de valeur.

— Vous feriez mieux de laisser ces dames tranquilles. Si vous osez poser ne serait-ce que le petit doigt sur elles, je jure que je consacrerai toutes mes ressources, qui sont considérables, à vous traquer sans relâche.

Les bandits se regardèrent entre eux, comme s'ils ne savaient plus que faire.

Thorne poursuivit :

— Je connais le nom du jeune Martin. J'ai vu son visage. Je ne mettrai pas longtemps à retrouver sa trace. Et après cela, il ne me faudra que quelques jours pour découvrir votre identité à tous.

Un silence de mort s'installa.

Thorne soutenait sans ciller les regards des brigands et semblait indifférent au fait que plusieurs armes étaient pointées sur lui.

Le chef des voleurs pencha la tête sur un côté, avec l'air de réfléchir et de jauger la portée de la menace jetée par Thorne. Il finit par lever son pistolet, pour le pointer vers le ciel. Il avança avec nonchalance vers Thorne et lui arracha son portefeuille des mains. Sans cesser de le regarder, il en sortit les billets de banque qu'il contenait.

— Très bien.

Thorne inclina la tête à son tour et récupéra le portefeuille que l'homme lui rendait.

— Faites attention, monsieur, pendant le trajet qu'il vous reste, conseilla le bandit. Ces routes peuvent s'avérer dangereuses.

Rosalind leva les yeux au ciel, mais ne dit rien. Étonnamment.

Ils regardèrent les bandits tourner les talons et se diriger vers leurs chevaux. Ils ne bougèrent pas tant qu'ils ne les virent pas disparaître dans les bois.

— Eh bien, déclara alors Rosalind. Pour une aventure, c'était une aventure.

— Une aventure dont, personnellement, je me serais bien passée, commenta Tru en soupirant.

Mr Thorne se posta devant elle, l'air furieux.

— Pourquoi êtes-vous sortie de votre voiture ?

On aurait cru entendre Chatham !

— Vous auriez voulu que je reste cachée pendant que ma fille et ma sœur étaient aux prises avec ces scélérats ?

— J'aurais voulu que vous restiez en sécurité.

Elle secoua la tête.

— Et vous, seriez-vous resté dans votre voiture si *votre* fille avait été menacée par des bandits de grand chemin ?

Il serra les dents.

— Ce n'est pas pareil. Je suis...

— Qu'êtes-vous ? Un homme ? Un père ? demanda-t-elle en ricanant. Épargnez-moi vos préjugés.

Il cligna des yeux, comme si sa réponse le surprenait.

Elle leva un sourcil.

— Suis-je censée aimer moins ? Ressentir moins ? Parce que je suis une femme ? N'ai-je pas le droit de chercher à protéger ceux que j'aime ? Mon propre enfant ?

Il soupira, tout en fixant son visage avec insistance.

— Vous me déconcertez, comtesse.

En marmonnant quelque chose – un juron, peut-être –, il tendit la main vers sa joue. Elle tressaillit au contact de ses doigts sur sa blessure.

— C'est une balle qui aurait pu transpercer votre visage, grommela-t-il. Et pas seulement une écharde.

Elle posa sa main sur la sienne.

— Mais cela n'a pas été le cas.

Ils restèrent ainsi, les yeux dans les yeux, pendant que les doigts de Thorne, sous sa main, caressaient sa joue.

Peu à peu, elle prit conscience qu'ils n'étaient pas seuls. Rosalind et Delia étaient présentes. Elle tourna la tête et les vit qui les regardaient, Jasper Thorne et elle, avec une grande curiosité. Elle s'éclaircit la gorge et recula, en laissant retomber son bras.

— Est-ce que tout le monde va bien ? demanda-t-elle d'une voix tremblante.

— Il semble que tu sois la seule à avoir été blessée, ma sœur, dit Rosalind. J'espère que tu ne garderas pas de cicatrice.

Thorne se retourna pour regarder les arbres à l'horizon, comme s'il mourait d'envie de pourchasser les fuyards et de leur faire payer cher leur impudence.

— Je vais bien, insista-t-elle en reprenant la main de Thorne pour le rassurer. Tout s'est bien terminé. Ils n'ont pris que de l'argent.

Il la regarda en clignant des yeux, l'air interdit.

— Je me moque bien de l'argent. Tout ce qui compte, c'est vous.

— Oh.

Ce fut à son tour de cligner des yeux avec stupéfaction. De nouveau, elle eut conscience que sa sœur et sa fille les regardaient et ne perdaient pas un mot de leur discussion.

— Je ne suis pas blessée, Mr Thorne. Je suis saine et sauve.

Elle recula d'un pas, espérant ne paraître que circonspecte.

Une voix se fit alors entendre :

— Sont-ils partis ?

Ils se tournèrent tous les quatre, et virent Chatham penché à la fenêtre de la voiture.

— Oui, milord, lança Rosalind. Et ce n'est pas grâce à vous.

— Dans ce cas, qu'attendons-nous ? demanda-t-il en agitant le bras. Dépêchons-nous de repartir.

Puis il disparut à l'intérieur de la voiture.

Ils échangèrent des regards dédaigneux.

— J'imagine que nous ferions mieux de repartir, en effet, dit Rosalind en relevant ses jupes et en se dirigeant vers la voiture. Il ne sert à rien de traîner ici et d'attendre que ces bandits changent d'avis et opèrent un demi-tour.

— Ils ne reviendront pas, déclara Thorne, les lèvres pincées.

Delia regarda encore Tru et Thorne un moment, les yeux grands ouverts, avant de suivre sa tante.

Ils se retrouvèrent alors seuls dans la lumière du jour, se voyant comme jamais auparavant. Thorne, avec les cheveux décoiffés et le regard encore fulminant. Tru, toujours incapable de reprendre son souffle, la joue en sang.

Thorne fouilla à l'intérieur de sa veste et en sortit un mouchoir. Avec douceur, il l'appliqua contre le visage de Tru, en comprimant la blessure afin de faire cesser l'effusion de sang.

Elle ne bougea pas, ne respira plus sous ses tendres soins. Ils étaient si proches l'un de l'autre que la chaleur de son corps parvenait jusqu'à elle et l'enveloppait. Elle se sentait liée à lui, et poussée vers lui par une force invisible.

Une lumière brillait dans ses yeux noirs, telle une torche dans la nuit. Elle entrouvrit les lèvres pour pousser un petit soupir et inspira. Son odeur emplit ses narines.

— Y allons-nous ? cria de nouveau Chatham depuis la fenêtre. Pourquoi nous éternisons-nous ici ?

Elle se dépêcha de reculer, lissa ses jupes d'une main tremblante et prit une grande inspiration.

— Nous ferions mieux de reprendre la route.

Quand il lui rendit son regard, Thorne ne sembla pas du tout gêné. Il hocha la tête, alors que ses lèvres pincées n'altéraient en rien la splendeur qu'était sa bouche. C'était injuste, vraiment. Un homme ne devrait pas posséder une si belle bouche. Elle aurait pu rester des heures à l'admirer, jusqu'à connaître par cœur sa lèvre inférieure si pleine, et sa lèvre supérieure, irrésistiblement ourlée. À imaginer embrasser cette bouche. La parcourir et l'aimer avec sa langue.

Quelque chose, sur son visage, dut la trahir. Une expression. Une lueur dans ses yeux.

Il voyait clairement dans ses pensées, car son regard se fit plus profond, plus acéré, et il leva légèrement la main, comme pour la toucher.

— Tru, murmura-t-il.

Une telle familiarité la heurta de plein fouet. C'était trop. Elle cligna des yeux, frissonna et recula.

Après un dernier regard, elle tourna les talons et se hâta vers la voiture qui l'attendait.

23

« Si vous voulez éprouver le courage véritable d'un homme, il suffit de placer ce dernier sur la trajectoire de l'arme d'un bandit de grand chemin. »

GERTRUDE, comtesse de Chatham

L'auberge où ils étaient censés passer la nuit n'avait rien d'extraordinaire, mais elle était tout à fait correcte. Elle répondrait parfaitement à leurs besoins, même si elle n'était pas au niveau des établissements de Mr Thorne, un point que Chatham ne s'était pas privé de faire remarquer dès leur arrivée, en se plantant dans l'entrée les mains sur les hanches et en observant l'espace exigu tout autour de lui d'un œil critique et d'une moue désapprobatrice.

Après leurs mésaventures de la journée, Tru se sentait encore un peu étourdie. Sa joue ne saignait plus, mais la sensation de brûlure – physique et émotionnelle – demeurait.

Jasper Thorne avait pris pour elle des risques que son mari n'avait pas jugé bon de courir. Ce n'était pas qu'elle s'attendait à un comportement héroïque ou altruiste de la part du comte, mais jamais elle n'aurait imaginé que Thorne puisse se comporter de façon aussi noble. Elle en était très ébranlée.

Elle osait à peine le regarder, car elle craignait qu'il puisse déceler sur son visage quelque chose qu'elle ne voulait pas qu'il voie. Quelque chose qui allait bien au-delà de la gratitude. Quelque chose comme de l'admiration, de l'adulation… du désir.

Le comte était déjà passé à autre chose. Cela n'était guère surprenant. Il ne s'était pas vraiment agi d'une mésaventure pour lui. Il ne s'était pas retrouvé face à un bandit de grand chemin, après tout. Aucun pistolet n'avait été pointé sur lui ni agité devant son visage. Pas du tout. Il n'avait jamais été menacé et était resté bien en sécurité dans la voiture, avec ses objets de valeur cachés dans son pantalon.

Le petit groupe dîna silencieusement dans la salle de l'auberge. Il y avait quelques autres personnes, des clients, bruyants, qui mangeaient aux tables voisines. Tru grignota à peine. Contrairement à son habitude, elle manquait d'appétit, et elle fut soulagée quand le repas fut terminé et les assiettes débarrassées.

Chacun eut droit à une chambre individuelle. C'était sans doute grâce à Thorne. Il n'était peut-être pas le propriétaire de cette auberge, mais il semblait parler le langage adéquat. Ou bien peut-être était-ce juste sa bourse qui était suffisamment pleine.

Dès leur arrivée, le personnel fut aux petits soins et chacun fut conduit jusqu'à sa chambre, où furent promptement montés baquets d'eau et pains de savon, afin qu'ils puissent se rafraîchir. Même le repas fut copieux. Ce n'étaient pas les mets les plus raffinés, mais la nourriture était abondante.

Le portefeuille de Thorne avait peut-être été délesté des billets qu'il contenait, mais il avait clairement d'autres réserves d'argent. Tru le surprit en train de distribuer des pourboires généreux aux employés à plusieurs reprises au cours de la soirée. Chatham, quant à lui, ne sortit pas un sou de sa poche, même si les bandits ne lui avaient rien pris.

À la fin du dîner, Chatham demeura comme d'habitude dans la salle de l'auberge, pressé de jouer aux cartes avec qui voudrait.

Thorne s'éclipsa en s'excusant, car il voulait voir si ses hommes étaient bien installés pour la nuit. Tru, Delia et Rosalind montèrent dans leurs chambres.

— Même si, mis à part l'incident d'aujourd'hui, le voyage a été agréable, j'ai hâte d'arriver à Chatham House demain, déclara Rosalind. La Saison ne va pas me manquer du tout. Nous pourrions rester à la campagne jusqu'à ce qu'elle soit terminée.

— Cela m'étonne de ta part, murmura Tru alors qu'elles arrivaient devant la chambre de Delia.

— Et pourquoi donc ? demanda Rosalind. N'essaye pas de me faire croire que Londres te manque. Je sais que tu as la foule en horreur.

C'était la vérité. Elle détestait vraiment les pièces bondées, le défilé des personnes et la succession des soirées, les interminables raouts et rassemblements où elle devait se retenir de respirer. Mais sa fille avait fait ses débuts dans le grand monde et elle ne pouvait se soustraire à ses obligations.

— Nous allons rester au moins une semaine, j'en suis sûre, dit-elle en haussant les épaules. Mais Chatham ne voudra sans doute pas rater toute la Saison. Il aime trop ses petits plaisirs.

Son but serait très certainement de rester juste ce qu'il fallait pour parvenir à ses fins et s'assurer que Delia et Thorne soient bien fiancés. À cette idée, la gorge de Tru se serra et un goût amer lui vint en bouche.

Elles se souhaitèrent bonne nuit puis se séparèrent pour entrer dans leurs chambres respectives, après que Tru eut insisté pour qu'elles s'enferment à clé.

Seule dans sa chambre, Tru ouvrit sa valise et en sortit ses affaires de nuit. Elle était épuisée. La journée avait été longue et difficile. Le mieux qu'elle avait à faire, c'était se coucher le plus vite possible et s'endormir profondément.

Pourtant, elle ne s'approcha pas du lit. Elle ne parvint même pas à se déshabiller. Elle fit quelques pas dans la petite pièce et s'arrêta devant la fenêtre qui donnait sur la cour.

En regardant dehors, elle aperçut Thorne qui quittait les écuries et se dirigeait à grandes enjambées vers l'auberge. Il portait une cape que le vent faisait battre contre ses jambes.

Sans réfléchir à ce qu'elle faisait, elle se précipita vers la porte, bien décidée à l'intercepter. Pour quelle raison ? Elle n'en savait rien. Pour le remercier de ce qu'il avait fait pour elle ce jour ? De ne pas être comme son mari ? Elle secoua la tête. Non. Cela ne mènerait à rien de les comparer tous les deux. Cela ne servirait qu'à emplir son cœur de déception, d'insatisfaction, et de désir pour quelque chose qui jamais ne pourrait être. Ils étaient très clairement très différents. L'un était un homme d'honneur et l'autre... eh bien, l'autre était Chatham.

Elle avait pensé, ou plutôt espéré, pouvoir être entendue par son mari et le convaincre de mettre un terme à la cour entre Delia et Thorne, mais à présent, elle comprenait que c'était stupide et illusoire. Elle aurait dû s'en douter. Le comte ne pensait qu'à ses intérêts propres. Il était têtu et dénué d'empathie. Ce qui s'était passé aujourd'hui en était la preuve.

Thorne, lui, pourrait l'écouter et l'entendre. Peut-être pourrait-elle le persuader de faire une croix sur ce mariage insensé. Elle y croyait plus que jamais. C'était son seul espoir. Thorne était un homme d'honneur, capable de raison et de compassion.

Elle sortit dans l'étroit couloir et partit à la recherche de Thorne. À l'autre bout du couloir, vers l'escalier, tout était sombre. Supposant qu'elle le verrait bientôt déboucher sur le palier, elle se dirigea vers les marches à pas prudents.

— Vous ne devriez pas vous promener dans ces couloirs seule la nuit.

Elle se retourna, haletante, et le trouva juste derrière elle, qui la surplombait tel un mur. Elle ne l'avait pas entendu approcher.

— Les auberges routières ne sont pas réputées héberger les plus respectables et honorables des hommes, ajouta-t-il.

Il devait être bien placé pour le savoir, se dit-elle, mais cela ne changea rien au fait qu'elle apprécia peu son conseil. Elle était adulte, et n'avait pas l'habitude qu'on lui dise ce qu'elle devait faire. Être négligée par son mari présentait au moins cet avantage.

Elle posa la main sur son cœur qui cognait à tout rompre.

— Vous m'avez fait peur.

— Il vaut mieux que ce soit moi plutôt qu'un brigand mal intentionné.

Elle émit un petit rire nerveux.

— En effet. J'ai eu mon compte de brigands pour la journée.

— Dans ce cas, laissez-moi vous raccompagner jusqu'à votre chambre, où vous serez en sécurité.

Il prit son bras sans attendre son autorisation.

— Êtes-vous toujours aussi pressant ?

Il la lâcha et la regarda d'un air interdit. Il était terriblement séduisant avec son regard profond, ses cheveux décoiffés par le vent et sa silhouette imposante qui sentait l'air nocturne et autre chose encore. Quelque chose d'intrinsèquement mâle et puissant.

Elle frotta son bras, à l'endroit où elle sentait encore la brûlure de son contact. Il ne l'avait pourtant pas serrée particulièrement fort. Mais peu importait. Il suffisait qu'il la touche. Son contact lui faisait l'effet d'un tison. C'en était contrariant. *Il* était contrariant. C'était un homme bien, mais il n'était pas pour elle.

Tout à coup, ce fut trop. Endurer sa proximité, supporter sa gentillesse, sa sollicitude, alors que l'homme qui aurait dû veiller sur elle et vouloir la protéger n'aurait pas versé une larme devant son cadavre.

Pourquoi ne voudrait-elle pas qu'un homme pareil fasse à la cour à sa fille ? Elle secoua la tête avec contrariété.

— Pourquoi vous sentez-vous obligé d'être tellement... *vous* ?

Il cligna des yeux.

— Je ne vous suis plus du tout. Êtes-vous en colère ? Contre moi ?

— Oui !

Oui, elle était en colère. Furieuse. Folle de rage. Elle était allée à sa rencontre avec l'objectif de le convaincre d'abandonner la cour qu'il faisait à Delia, mais à présent, elle n'était que ressentiment à son égard.

— Pourquoi ?

— Je n'ai pas demandé votre protection. Ni cette stupide noblesse d'âme dont vous paraissez déborder. Je n'en ai pas besoin. Je n'en veux pas !

Elle n'avait pas besoin de ces émotions, ni de ces sentiments qu'elle sentait grandir en elle.

Ce fut à son tour de sembler fâché. Ses yeux lançaient des éclairs.

— Suis-je censé rester indifférent ?

— À moi ?

Elle hocha la tête avec vigueur, et poursuivit :

— Oui. Vous ne devriez pas vous occuper ni vous soucier de moi. En réalité, vous devriez vous moquer complètement de moi.

C'était ce dont elle avait besoin, ce qui devait être. Elle avait besoin qu'il soit aussi indifférent et insensible que son mari. Elle en avait désespérément besoin. Elle avait besoin qu'il ne fasse pas attention à elle afin qu'en retour elle puisse ne pas faire attention à lui. Afin qu'elle puisse le détester pour ses projets matrimoniaux avec sa fille et qu'elle le bannisse de leurs vies en toute bonne foi.

— Eh bien, dommage, grogna-t-il. Je ne me moque pas de vous. C'est même tout le contraire. Avez-vous cru que je ne ferais rien tout à l'heure ? Avez-vous cru que je resterais les bras croisés pendant que l'on vous menaçait et que l'on vous faisait du mal ? Avez-vous cru que je laisserais ces hommes vous regarder et vous parler de cette manière ?

Une boule d'émotions se forma et grandit en elle.

— Arrêtez, supplia-t-elle. Arrêtez de dire des choses pareilles.

Elle ressentit le besoin puéril de couvrir ses oreilles.

Il la fixait de son regard brûlant. Il voyait son visage. Il voyait sous sa peau et ses os. Il voyait tout d'elle.

Elle secoua la tête. Non. C'était impossible. Elle ne pouvait pas ressentir de telles choses pour cet homme. C'était bien trop dangereux. Il était bien trop dangereux. Ce n'était plus pour le bien de sa fille qu'elle avait besoin qu'il disparaisse de sa vie.

C'était pour son bien à elle.

Il n'est pas ici pour toi. Il est ici pour Delia. Pas pour toi. Jamais.

Elle répéta ces phrases dans sa tête, encore et encore, car c'était nécessaire. Elle avait besoin d'y croire. Elle avait besoin de s'en convaincre, afin qu'elle cesse de le désirer à ce point.

Elle se rendit compte qu'elle avait bougé. Et lui aussi.

Il l'avait poussée contre le mur du couloir. Il était le feu et elle se recroquevilla sur elle-même, de peur qu'il ne la brûle.

Il était le chaos. La vie. La vitalité. Sa puissance brute et son énergie se communiquaient à elle, et la sortaient d'une torpeur qui avait duré plusieurs décennies.

Elle leva les mains pour le repousser et posa les paumes

sur son torse impressionnant. Ce fut là qu'elle faillit. Là qu'elle succomba, qu'elle rendit les armes. Quand elle le sentit si ferme, si solide sous ses mains.

Elle fléchit les doigts, qui s'enfoncèrent dans son torse avec la volupté d'un chat ronronnant. Elle était perdue. Elle se mordit la lèvre dans une tentative désespérée pour contenir le désir qui montait en elle.

— Vous dites ces choses alors que vous ne les pensez pas, dit-il d'une voix rauque.

Sa bouche était si proche de son visage qu'elle sentait les doux effluves du whisky qu'il avait bu après le dîner.

Elle leva le menton avec défi.

— Je ne dis que ce que je pense.

C'était un mensonge patent, mais nécessaire. Nécessaire à son salut.

— Vraiment ? fit-il en levant un sourcil. Vous n'avez pas envie que je me soucie de vous ? Vous n'avez pas envie que je vous protège en cas de besoin ? Vous avez envie que je sois en tout point comme l'abruti auquel vous êtes mariée ?

Un sanglot resta bloqué dans sa gorge. Pourtant, elle continuait de hocher la tête avec emphase.

— Menteuse, lança-t-il, les yeux furieux. Vous voulez que je sois tel que je suis. C'est ce dont vous avez envie et besoin.

Elle cessa de hocher la tête pour la secouer. Elle niait. Elle niait de toutes ses forces. Sa vie dépendait de sa capacité de le convaincre qu'il se trompait et que ce qu'ils faisaient était mal.

Et pourtant, ses mains la trahissaient. Elles bougeaient sur son torse, se régalaient de sa fermeté, de sa puissance. Ce corps ferme et puissant saurait la protéger. La chérir.

Il était le plus intense des aphrodisiaques. Lui. Juste lui. Seulement lui. Et la culpabilité qu'elle ressentait était immense. Mais cela ne l'empêchait pas d'avoir envie de se coller à lui, de disparaître en lui tout en l'absorbant jusqu'à ce qu'ils ne fassent plus qu'un. C'était de la pure folie. Elle n'avait jamais rien ressenti de tel. Elle n'avait même jamais imaginé que cela soit possible.

— Pourquoi ? murmura-t-elle, à la fois malheureuse et comblée. Pourquoi me faites-vous une chose pareille ?

Il secoua la tête et la regarda un peu tristement, mais surtout avec un air désolé.

— Je ne sais pas. Je sais que je devrais arrêter. Je sais que ce n'est pas bien. Je sais…

Elle l'embrassa.

Elle l'embrassa.

C'était peut-être son air désolé, le fait qu'il ait reconnu qu'il ferait mieux d'arrêter, de la laisser. À cette idée, elle éprouvait une terrible sensation de perte qu'elle ne put dissiper qu'en plaquant ses lèvres sur les siennes.

Il était tout ce qu'elle n'avait pas, tout ce qu'elle n'avait jamais eu.

Durant ce moment suspendu, elle prendrait ce qui lui avait été refusé, et en jouirait. Cela ne durerait pas, mais elle profiterait de chaque seconde.

Elle passa les bras autour de ses épaules et l'étreignit avec passion.

Ce fut comme si elle venait d'allumer un feu en lui. Ses mains puissantes furent partout. Sur son dos, ses hanches. En train de l'attirer davantage à lui. De caresser son ventre. La brûlure était insupportable. Elle le sentait à travers la barrière de leurs vêtements.

Il saisit ses fesses, puis remonta le long de son dos, vers ses épaules, son cou. Il plongea dans sa chevelure. Ses doigts s'enfoncèrent dans ses boucles épaisses et firent jaillir les épingles qui les maintenaient.

Ses cheveux retombèrent, libres, dans son dos, et il les saisit à pleines mains, provoquant chez elle des frissons qui se répercutèrent jusque dans son entrejambe. Il lui fit pencher et incliner la tête afin de plonger sa langue dans sa bouche et de dévorer ses lèvres.

La chaleur était intolérable. La passion étourdissante. Tru peinait à rester debout. Si son dos n'avait pas été appuyé contre le mur, et si Thorne n'avait pas été là pour l'empêcher de chuter, elle serait tombée, se serait effondrée, comme réduite en poussière.

Elle aurait dû avoir peur, mais il n'en était rien.

Elle ne craignait pas de tomber. Elle n'avait peur de rien. C'était comme si elle n'avait vécu jusque-là que pour ce baiser.

Elle était sûre, absolument sûre, qu'au moment de sa mort ce serait l'une des images qui lui viendraient à l'esprit, l'un des souvenirs qui lui prouveraient qu'elle avait vécu. Qu'elle connaissait la vie.

Un seul moment pouvait-il faire une vie ? Elle sut à cet instant, dans un éclair d'une aveuglante clarté, que oui.

24

« Il n'existe pas de meilleur endroit pour commencer – ou terminer – une histoire d'amour qu'un manoir à la campagne. »

GERTRUDE, comtesse de Chatham

Elle était en train de l'embrasser.

C'était incroyable, exquis.

Même si elle n'était théoriquement pas sienne, en ce moment précis elle l'était. En ce moment précis, Jasper pouvait tout à fait oublier qu'elle était mariée... et qu'aux yeux du monde, il faisait la cour à sa fille.

La situation était chaotique, mais c'était un chaos extrêmement doux et délectable.

Elle s'était hissée sur la pointe des pieds et sa bouche sensuelle dévorait la sienne comme s'il s'agissait de sa friandise préférée.

Il fit glisser les mains dans son dos, empoigna ses fesses en s'immisçant entre les plis de ses jupes, et elle le récompensa en gémissant tout contre sa bouche.

Lui qui avait commencé à craindre que jamais elle ne fende l'armure. Qu'elle ne le maintienne à distance et ne le dédaigne à jamais, et qu'il ne perde finalement son temps à faire semblant de courtiser quelqu'un qu'il n'avait pas l'intention d'épouser.

Tout cela pour le seul but de pouvoir approcher une femme qui ne voulait pas entendre parler de lui.

Il lui rendit son baiser avec la même ferveur. Cela faisait si longtemps qu'il en avait envie et qu'il se retenait ! Son seul regret était qu'ils se trouvent dans un couloir et non dans un lit.

Il saisit sa tête, et ses doigts se perdirent dans sa chevelure sauvage, puis il la poussa contre le mur et dévora sa bouche avec avidité, comme s'il buvait un nectar délicieux et salvateur.

Elle se fondait en lui. Son corps, contre le sien, était souple et chaud. Il eut vaguement l'idée, dans un recoin de son esprit, de bouger, de l'emmener dans un endroit à la fois plus confortable et plus commode pour la suite qu'il entrevoyait à cette étreinte.

Pourtant, il rechignait à bouger, à s'arrêter, à interrompre, ne serait-ce qu'un instant, ce moment magique. Alors ils s'embrassèrent, encore et encore.

Il était inévitable, supposa-t-il, que quelqu'un finisse par les surprendre. Ils se trouvaient dans le couloir d'une auberge. Il n'était même pas très tard. N'importe qui pouvait surgir à n'importe quel moment.

Et ce fut ce qui se produisit.

Le petit cri de surprise ne parvint pas tout de suite jusqu'à eux. Le fracas de la vaisselle se brisant, si.

Ils se séparèrent dans un sursaut.

Une jeune serveuse se tenait à l'autre bout du couloir, et les fixait d'un air éberlué.

— Je m'excuse, je ne voulais pas...

Elle ne finit pas sa phrase.

Jasper secoua la tête, afin peut-être de reprendre ses esprits.

La jeune fille se pencha pour ramasser le plateau qu'elle avait fait tomber, ainsi que la vaisselle qu'il contenait. Presque tout était cassé.

Avant qu'elle puisse dire quoi que ce soit, Tru se précipita pour l'aider. Jasper observa la scène un moment, surpris et charmé. Sa belle comtesse ne rechignait pas à aider une humble fille d'auberge, et il ne l'en estima, ne l'en désira que davantage.

— Oh ! non, madame, laissez. Je peux m'en occuper seule.

La jeune fille lança un petit regard inquiet dans la direction de Jasper, comme si elle craignait qu'il ne laisse éclater sa colère.

— Je ne veux pas vous causer du dérangement.

— Mais quel dérangement, voyons ?

Une fois que tous les débris de vaisselle furent ramassés, la serveuse se releva et se dépêcha de partir.

Jasper se retrouva de nouveau seul avec la femme qui était devenue sa seule et unique obsession. C'était un sentiment amer et déplaisant. Elle appartenait à un autre. À un homme indigne d'elle et qui ne la méritait pas, mais cela ne changeait rien au fait que jamais elle ne pourrait être à lui. Tout ce qu'ils partageraient, tout ce qu'il obtiendrait d'elle, tout ce qu'elle lui donnerait lui serait repris. Volé.

Tru regarda la jeune serveuse disparaître. Les mains jointes devant elle, elle se tourna vers lui avec la dignité d'une reine. La glaciale comtesse était de retour. Elle n'était plus la féline sauvage et passionnée qui l'avait embrassé quelques minutes plus tôt.

Il laissa échapper un petit soupir dépité. Quand reviendrait-elle, cette créature ? Sans doute pas cette nuit.

Elle le fixait, de ses beaux yeux cognac empreints d'une froide réserve.

— Il faut absolument que vous mettiez un terme à tout ceci. C'est terminé. Rentrez à Londres.

Il n'avait pas besoin de plus amples explications. Il avait compris.

— Vous voudriez que je m'en aille, tout de suite ? Et ce séjour à la campagne ?

Il vit un éclair d'espoir passer sur son visage et il en conçut une amère déception. Elle pensait l'avoir convaincu.

Elle s'empressa de reprendre la parole, comme si elle craignait qu'il ne change d'avis et voulait tout faire pour que cela ne se produise pas.

— Je vous excuserai. Ce n'est pas grave. Personne ne sera offensé...

Elle s'interrompit tout à coup et fit une petite moue dédaigneuse.

— Et quand bien même, reprit-elle, cela ne serait pas votre problème.

Ses conseils étaient sensés. Cette comédie qu'il jouait avec Delia était déraisonnable. Il pourrait tout aussi bien s'en aller et mettre un terme à tout cela.

Elle secoua la tête.

— Pourquoi faites-vous cela ? demanda-t-elle. Chatham se sert de vous, simplement parce que vous êtes riche.

Il posa la main sur son cœur pour feindre une surprise outrée.

— Comment ? Êtes-vous en train de me dire que je ne suis pas le type d'homme que les arrogants aristocrates espèrent pour leur précieuse progéniture ?

Il secoua la tête en émettant un ricanement désabusé.

— Ne vous inquiétez pas, comtesse, j'ai tout à fait conscience que la femme que j'épouserai sera celle que je me serai achetée.

Elle tressaillit.

— Et cela ne vous dérange pas ? Je n'ai pas l'impression que ce soit vous, cela.

Il haussa les épaules.

— Allez-vous me donner des leçons sur le mariage ? Vous ? Il ne me semble pourtant pas qu'avec le comte vous formiez un couple particulièrement modèle.

Ces mots lui échappèrent, mais il aurait sans doute mieux fait de ne pas les prononcer.

Elle se raidit brusquement et il sut qu'il l'avait perdue. L'armure s'était reformée autour d'elle. Toute la douceur et tout le désir qu'il avait pu inspirer à cette femme s'étaient évanouis.

— Bonne nuit, Mr Thorne.

— Jasper, répliqua-t-il.

Il inclina la tête sur le côté et la regarda avec intensité. Il poursuivit :

— Je pense en effet que nous avons dépassé depuis longtemps le stade des formalités, Tru.

Elle lui adressa un regard empli de mépris.

— Bonne nuit, Mr Thorne.

Chatham House correspondait en tout point à l'idée qu'il avait pu se faire d'un manoir appartenant à un comte. Une espèce de monstre tentaculaire en briques et pierres, ceint d'un fossé marécageux et d'un jardin aux haies formant des labyrinthes, avec, plus loin, un grand lac où s'ébattaient des cygnes. Il avait l'impression de feuilleter un livre de contes de fées.

L'endroit tenait davantage du château que de la maison et lui rappela pourquoi il s'escrimait à pénétrer la haute société. C'était le genre de maison qu'il voulait pour sa fille. C'était ce que Bettina méritait, ce qu'il avait promis à sa mère pour elle. Ce qui existait de mieux. Rien de moins.

L'après-midi de leur arrivée, sa comtesse disparut. *Sa* comtesse. *La sienne.* Il savait que c'était inapproprié. Elle ne pourrait jamais être sienne, mais dans son esprit, elle l'était. Il ne pouvait pas la regarder ni penser à elle sans que les mots « à moi » s'imposent à lui. Elle était une maladie contagieuse, un poison dans son sang contre lequel il n'existait ni traitement ni antidote.

Il savait qu'elle était absorbée par les préparatifs du séjour organisé par son mari. La maison était un vrai tourbillon. Les domestiques s'affairaient partout. Les invités étaient censés arriver le lendemain matin, mais qu'elle l'évite semblait être un choix délibéré de sa part.

Elle l'esquivait.

Après leur dernière conversation, après qu'il lui eut jeté en pleine face que son mariage n'avait rien d'admirable ni d'idéal, il ne pouvait pas lui en vouloir.

Malheureusement, il devait se contenter de la seule compagnie de Delia, et de sa tante qui faisait office de chaperon et ne les lâchait pas d'une semelle. La sœur de Tru avait beau avoir le même âge que lui, elle n'en était pas moins un vrai dragon et elle était aussi vigilante et inflexible qu'une vieille dame. Elle l'observait avec méfiance et avec un air entendu qui le mettait mal à l'aise, car il ne pouvait s'empêcher de se demander si elle pouvait voir en lui et deviner ses pensées. Si elle connaissait la vérité, si elle avait deviné qu'il était là pour Tru et pas du tout pour Delia.

Ce n'était pas la situation qu'il avait envisagée quand il avait accepté l'invitation du comte. Il l'avait fait pour pouvoir approcher Tru. Il avait commis une erreur de calcul, n'avait pas anticipé que les choses deviendraient si compliquées avec la comtesse. C'était la première fois que cela lui arrivait. Que lui arrivait-il, d'ailleurs ? Il préférait s'abstenir de trop y réfléchir…

Quand les invités arrivèrent, le lendemain, Tru refit surface, car elle était forcée de jouer son rôle d'hôtesse. Néanmoins, elle évitait délibérément de croiser son regard.

Durant le dîner ce soir-là, alors que tous les convives avaient pris place autour d'une table assez grande pour accueillir trente personnes, elle se montra charmante. Elle discuta et rit gaiement tout en s'assurant que personne ne manquait de rien.

Elle était une hôtesse parfaite, et s'acquittait de son devoir sans lui accorder jamais la moindre attention. C'était très malin de sa part. Personne ne pouvait se douter de rien, mis à part peut-être sa sœur à qui rien ne semblait échapper.

Après le dîner, les convives se dirigèrent vers la pièce que tout le monde appelait « la petite salle de bal ». Un orchestre constitué de musiciens venus du village voisin les y attendait.

Le comte ouvrit le bal avec sa fille et s'arrêta au milieu de la première danse pour la confier à Jasper.

Le reste de la soirée se passa dans une espèce de tourbillon. Thorne dansa avec Delia et quelques autres femmes. La duchesse de Dedham, la marquise de Sutton, et Mrs Bernard-Hill. Ce fut un exploit de ne pas se laisser hypnotiser par la perruque argentée et étincelante de cette dernière. Puis il retrouva Delia, qui semblait toujours finir dans ses bras. Ce n'était pas une coïncidence. Le comte était à l'initiative de toutes ces manœuvres, à n'en pas douter.

Jasper attendait son heure, et ne perdit pas Tru de vue un seul instant. Quand le bon moment se présenta, il le saisit et traversa la pièce d'un pas décidé.

— Lady Chatham ? fit-il en s'inclinant légèrement devant elle.

Puis il se redressa et désigna le parquet.

Elle marqua un temps d'arrêt, et il sut qu'elle cherchait un moyen de décliner son invitation. Mais comment éviter de danser avec lui sans attirer l'attention ? Il l'avait prise au piège et elle le savait bien. Avec un hochement de tête rigide, elle accepta sa main et l'accompagna sur la piste de danse.

Il avait délibérément choisi une valse campagnarde pour l'inviter. Une excuse pour la reprendre dans ses bras.

Elle dansait comme dans un rêve. Avec grâce et naturel. Elle avait été créée pour cela. Pour lui. Ils bougeaient ensemble, semblant faits l'un pour l'autre.

— Vous m'évitiez, comtesse.

Il prononça ces paroles avec un léger sourire, afin que tous ceux qui les regardaient pensent qu'ils ne faisaient rien d'autre qu'échanger quelques mots polis. Pourtant, en regardant par-dessus la tête de Tru, il se rendit compte que son stratagème ne fonctionnerait peut-être pas aussi bien qu'il le pensait. Miss Shawley les observait, et elle n'était pas la seule. La sœur de Tru se trouvait en compagnie d'autres femmes. La duchesse de Dedham, la marquise de Sutton et Mrs Bernard-Hill. Quelque chose qui ressemblait à de la spéculation brillait dans leurs yeux.

— J'ai été très occupée. C'est beaucoup de travail d'organiser un tel événement.

— Je n'en doute pas. Mais cela n'empêche pas que vous m'évitiez.

Son regard se durcit.

— Non.

— Vous ne danseriez pas avec moi si vous pouviez faire autrement.

Le sourire qu'elle affichait devint fragile comme du verre.

— Vous êtes ici pour ma fille. Je vous ai demandé d'arrêter, de mettre fin à cette cour… de partir. Mais vous êtes là.

— Oui, je suis là, acquiesça-t-il.

Mais pas pour sa fille. Pour elle.

Comme si elle avait entendu ses pensées, elle cessa de fixer ce point dans la salle qu'elle n'avait pas quitté depuis qu'ils dansaient ensemble et elle le regarda dans les yeux. Il vit quelque chose dans leur profondeur insondable. Une douceur. Un désir. Une chaleur. C'était précisément ce qui l'avait mené jusqu'ici, qui l'avait lié à elle, qui lui avait fait oublier que son but premier était de trouver une épouse.

— Vous pouvez partir quand vous le souhaitez, je ne vous retiens pas, murmura-t-elle, même si ses yeux disaient exactement le contraire, même si ses doigts s'enfonçaient de plus en plus dans ses épaules.

— Oh ! non, je ne partirai pas.

La musique ralentit, signe que la danse arrivait à sa conclusion. Il s'arrêta. Elle aussi. Ils se lâchèrent.

Il s'inclina de façon très correcte devant elle, même si les pensées qui affluaient en lui étaient tout sauf correctes. Ce qu'il ressentait et ce qu'il voulait était mal, mais cela ne signifiait pas qu'il pouvait arrêter de le vouloir. De *la* vouloir.

Ses yeux bruns brillaient d'une lueur de défi. Il y avait, entre eux, des mots qui n'étaient pas prononcés, qu'ils entendaient néanmoins.

L'heure était venue, comprit-il. L'heure de lui révéler qu'il était là pour elle et uniquement pour elle.

Mrs Bernard-Hill, avec son improbable perruque argentée, s'approcha tout à coup, toute frémissante d'excitation.

— Oh ! Gertrude, ma chère !

Elle adressa à Jasper un sourire timide.

— Il paraît que vous avez été attaqués par des brigands. Je viens de l'apprendre. Comme cela a dû être terrifiant !

Tru lança à Jasper un regard légèrement amusé.

— Nous sommes heureux de nous en être tirés sains et saufs, Maeve.

— Oui, mais des brigands, tout de même ! insista Mrs Bernard-Hill. Ce n'est pas rien, et je les imagine tout droit sortis d'un roman de Mrs Radcliffe. Allons, Tru, il faut tout me raconter sur-le-champ.

Elle emmena Tru hors de la piste. Il suivit à pas lents, sachant qu'il devait aller parler à Delia pour lui dire qu'il avait l'intention de révéler à sa mère que leur cour était une farce, mais il fut intercepté par la femme qui était assise en face de lui au dîner.

— Mr Thorne.

Elle attrapa son bras et frotta au passage son impressionnante poitrine contre sa manche.

— Je suis à bout de patience. J'ai attendu que vous m'invitiez à danser toute la soirée. N'est-ce pas mon tour ?

Il sourit poliment.

— Si, bien sûr, Lady Ashbourne.

Sans savoir qui de lui ou de sa cavalière les avait guidés vers la piste, il se retrouva entraîné dans une autre valse.

25

« Je suis convaincue que la plupart des coureurs de jupons ont secrètement envie d'avoir une épouse pour qu'elle leur dise ce qu'ils doivent faire. »

MAEVE, MRS BERNARD-HILL

La valse prit fin et Valencia se laissa reconduire par Lord Burton jusqu'à ses amies, au bord de la piste de danse.

— Merci, Votre Grâce.

Burton se pencha au-dessus de sa main et l'effleura de ses lèvres, avec une insistance indécente. Malgré ses gants, elle eut l'impression de sentir sa langue râpeuse sur sa peau.

Elle la retira, et la glissa parmi les plis de ses jupes, comme pour l'essuyer.

Quand Burton leva la tête, ses yeux brillaient d'un éclat maléfique qui s'accordait parfaitement avec son geste déplacé. L'homme était incorrigible. Naturellement. C'était l'un des meilleurs amis de Chatham, après tout. Le mari de Tru ne fréquentait que des débauchés comme lui.

Ce n'était pas la première fois qu'il faisait des avances à Valencia. Jusqu'ici, il n'avait néanmoins jamais osé alors qu'il se trouvait sous le même toit que son mari. Cela prouvait bien que pour lui, le duc ne représentait pas une menace. Ce n'était pas étonnant. Le duc semblait proche du trépas.

Elle eut chaud aux joues en se remémorant les flatteries de Burton. Elle se savait relativement séduisante. Elle aurait menti si elle avait prétendu le contraire. C'était agréable de savoir qu'elle plaisait à un homme, même s'il s'agissait d'un libertin comme Burton. Et pourtant elle aurait menti encore plus si elle avait fait comme si elle pouvait accueillir favorablement ses avances et y donner suite. Certaines femmes se sentaient libres de le faire. Elle non. Contrairement à Burton, elle trouvait son mari très menaçant.

— Puis-je aller vous chercher quelque chose à boire ? demanda Burton, qui semblait bien décidé à tout tenter pour rester en sa compagnie.

— Merci, ce serait très gentil.

Pour sa part, elle était bien décidée à tout tenter pour qu'il la laisse respirer en paix, ne serait-ce que quelques minutes. Dedham, au moins, s'était retiré pour la nuit. Le long voyage qu'ils avaient entrepris pour arriver jusqu'ici avait laissé des traces. Le duc était exténué, bien plus qu'après sa dose habituelle de whisky... et de laudanum.

Burton inclina la tête et se dirigea vers la table où étaient disposés les rafraîchissements. Il avait une assez belle allure, mais cela n'avait pas d'importance. Même si son intérêt pour elle était évident, cela n'avait pas d'importance. Dans le couple qu'elle formait avec le duc, il n'y avait jamais eu de place pour les relations extraconjugales. Ni avant ni après l'accident. Encore moins après.

Même si cela faisait des années qu'elle n'avait pas partagé le lit de son mari, elle demeurait chaste. L'état du duc ne lui permettait pas de savourer les plaisirs de la chair. Son état l'empêchait de profiter de tous les plaisirs. L'homme joyeux et bon vivant qu'elle avait épousé était mort en tombant de cheval. Le monstre avec lequel elle vivait à présent avait pris sa place.

Elle détourna les yeux de Burton. Si elle devait encourir les foudres de son mari en prenant un amant, songea-t-elle, ce ne serait pas pour quelqu'un comme Burton. Même si elle le trouvait suffisamment séduisant pour prendre ce risque, elle était certaine qu'il ne ferait rien pour cacher leur aventure, bien au contraire. Certains hommes aimaient se vanter de leurs conquêtes, et Burton était l'un d'eux. Elle ne tomberait pas dans ce piège.

Elle prit une grande inspiration et sourit à ses amies, avant de leur accorder toute son attention. Elle n'avait surtout pas besoin que quelqu'un pense que Burton l'intéressait et que la rumeur se propage jusqu'à son mari. Elle ne souhaitait pas mettre Dedham en colère. Il était déjà bien trop irascible comme cela.

Ce n'était pas parce qu'il l'aimait que Dedham était jaloux. Pas du tout. Il était jaloux d'elle parce qu'elle ne vivait pas dans la souffrance perpétuelle et qu'elle pouvait encore profiter de l'existence, alors que c'était devenu impossible pour lui. Il était jaloux à l'idée qu'elle puisse trouver quelqu'un susceptible de lui offrir le bonheur auquel lui-même ne pouvait plus prétendre.

Comme si le fait de penser à Dedham avait convoqué sa présence, Rosalind lui donna un petit coup de coude.

— Val ? fit-elle. Ton mari est là-bas.

Valencia secoua la tête en souriant à Rosalind. Non. C'était impossible. Au dîner, il lui avait paru particulièrement mal en point. Le simple fait de s'asseoir avait semblé très pénible pour lui. Il s'était retiré dans sa chambre dès la fin du repas. Elle l'y avait accompagné afin de s'assurer qu'il était installé aussi confortablement que possible pour la nuit. Jamais il n'aurait eu envie de venir les rejoindre dans la salle de bal. La souffrance causée par ces jours de voyage avait été trop intense. Quand elle l'avait laissé, il avait déjà sombré dans un sommeil rendu possible grâce à une dose importante de laudanum.

Il avait vu de nombreux médecins et tous avaient dit la même chose. C'était un miracle qu'il ait survécu à cette chute de cheval. D'après les témoins, il avait été éjecté à plus de six mètres de sa monture. Et il était retombé de façon curieuse, presque sur la tête. Non seulement c'était un miracle qu'il ait survécu, mais il était stupéfiant qu'il puisse encore marcher.

Il vivait. Il marchait. Et chacune de ses respirations était une agonie.

Après l'accident, le chirurgien qui s'était occupé de Dedham lui avait conseillé de faire attention à ne pas abuser du laudanum.

Mais cela faisait longtemps que son mari ne tenait plus compte de cette mise en garde. Plus il souffrait, plus il était prêt à absorber n'importe quoi pour atténuer la douleur.

Maeve se pencha vers Valencia, l'air soucieux.

— Valencia, dit-elle à voix basse. C'est vrai. Ton mari est ici, et il semble très contrarié.

Un frisson glacé la parcourut. Valencia se retourna et balaya la salle de bal d'un regard dubitatif.

Elle l'aperçut à l'autre extrémité de la pièce, qui la regardait d'un air courroucé. Maeve n'avait pas exagéré. Il semblait contrarié. Très contrarié.

Il avait réussi à se lever. L'inquiétude la saisit. Elle connaissait ce regard. L'avait-il vue danser avec Burton ? Il ne pouvait pas avoir entendu leur conversation. Il ne pouvait pas savoir que son cavalier lui avait fait des avances.

Cela ne signifiait pas qu'il ne soupçonnait rien, bien entendu. Il la soupçonnait de tout. Il ne lui faisait jamais confiance et l'accusait de façon répétée de lui être infidèle.

Il la fixait d'un regard fulminant, lourd de désapprobation et de reproche, et comme toujours empreint de souffrance.

Elle n'avait rien fait de mal, mais cela ne l'empêchait pas de lui en vouloir. Le seul fait qu'elle existe semblait le rendre fou de rage. Si elle paraissait heureuse ou donnait l'impression de s'amuser, cela rendait les choses encore plus difficiles pour elle.

C'était étrange de penser qu'il l'avait un jour aimée, qu'il avait cherché à la séduire, qu'il l'avait traitée avec gentillesse et courtoisie. Cela lui avait servi de leçon, c'était certain. Jamais plus elle ne ferait confiance à son cœur. Les gens changeaient. Les destinées aussi. L'affection et l'amour pouvaient disparaître, bien plus vite qu'ils n'étaient arrivés.

Que faisait-il ici ? Elle était surprise qu'il parvienne à se tenir debout, et encore plus qu'il ait réussi à marcher jusque-là. Elle ne l'aurait jamais cru capable de quitter sa chambre.

Elle avait craint que le prix à payer après ce long voyage ne soit trop élevé. Il allait souffrir – plus encore que d'habitude – pendant des jours entiers, sans doute pendant toute la semaine qu'ils devaient passer à Chatham House, mais il avait insisté pour venir. Il était têtu, refusait d'admettre et d'accepter qu'il n'était plus l'homme viril et éclatant de santé qu'il avait été.

— Oui, dit-elle en poussant un lourd soupir. C'est bien Dedham.

— Ne devrait-il pas être au lit ?

Elle comprenait pourquoi Rosalind posait cette question. Il ne semblait pas lui-même. Il était blême. Creusé. De profondes lignes barraient sa bouche et entaillaient ses joues. Elle connaissait déjà ce triste spectacle, mais ses amies, non.

— Oh ! Seigneur.

Tru s'approcha et la regarda d'un air préoccupé.

— Que fait-il ici ? Tout laisse à penser qu'il serait mieux au lit.

Valencia soupira. *Essaye donc d'aller le lui dire.*

— Oh. Il doit se sentir bien. Il paraît en meilleure forme que la dernière fois où je l'ai vu, mentit charitablement Rosalind.

Cela se voyait cependant qu'elle pensait tout le contraire. Et elle avait raison. Le duc ne semblait pas en bonne forme du tout. En fait, il semblait proche de la mort.

Un silence étrange s'installa dans leur petit groupe pendant qu'elles regardaient le duc de Dedham traverser la salle de bal d'un pas chancelant.

Malgré les tourments qu'il lui faisait subir, elle ressentit un élan de pitié. Elle savait pourquoi il agissait ainsi. C'était une tentative désespérée de sa part pour renaître, pour redevenir celui qu'il avait été bien des années plus tôt.

— Je pensais que tu l'avais aidé à se coucher, murmura Tru.

Elle acquiesça.

— C'est ce que j'ai fait.

— Eh bien, c'est une bonne nouvelle de le voir debout et vaillant, commenta Maeve avec un entrain ridicule.

Valencia dut réprimer une grimace. Maeve voulait bien faire. Elle voulait toujours bien faire et ce soir, malheureusement, cela ne passait pas.

Cette apparition ne laissait rien présager de bon. La distance n'empêchait pas Valencia de voir la tension figer et durcir les traits du duc. Il souffrait, mais il résistait. Il payerait cher cette petite excursion hors de sa chambre et cette lutte.

Et, comme toujours, ce serait elle qui le payerait encore plus cher.

Leurs regards se croisèrent et elle vit tout de suite qu'il n'avait pas oublié sa colère. Elle brûlait d'une flamme vive dans ses yeux.

Il brûlait de colère contre elle.

Tru cacha sa moue derrière son verre et but. Entre les gorgées, elle observait la demi-douzaine de couples qui évoluait sur la piste. Jasper Thorne n'était plus avec Delia et dansait à présent avec Lady Ashbourne.

En toute honnêteté, elle aurait préféré le voir avec Delia qu'avec cette femme en particulier. Lady Ashbourne était très belle. Son mari faisait partie des intimes de Chatham, ce qui signifiait qu'il était aussi vil que lui. Sa femme semblait elle aussi portée sur la recherche effrénée des plaisirs. Partout où elle allait, elle traînait dans son sillage une cour de jeunes hommes, charmés par son teint de porcelaine et ses yeux bleus qui semblaient promettre des délices infinies.

Lady Ashbourne avait la réputation sulfureuse de sélectionner un amant parmi son parterre d'admirateurs à chaque Saison. Un amant par Saison. Telles étaient ses habitudes. Comme celle-ci venait à peine de commencer, elle n'avait sans doute pas encore arrêté son choix.

Jasper Thorne était certainement son type. Il possédait la jeunesse, la beauté et des poches bien remplies. Tru grimaça. Jasper Thorne était le type de *toutes* les femmes.

Elle savait très bien que sa réaction était déplacée. Elle aurait dû se moquer de qui était sa cavalière. Elle aurait dû se moquer que Lady Ashbourne semble avoir envie de flirter avec lui. Elle n'aurait dû ressentir que du soulagement à l'idée qu'il s'intéresse à une autre que Delia, même si ce n'était que le temps d'une danse.

Si Chatham avait fait attention à ce qu'aucun invité n'ait de fille en âge de se marier, il avait négligé la question des épouses. C'était une erreur de sa part, étant donné la réputation de Lady Ashbourne, et les intentions de Chatham.

Alors qu'elle dansait avec Mr Thorne, ses mains se promenaient dans son dos et sur ses épaules avec une familiarité déplacée. Le cœur de Tru se serra pendant qu'elle les observait, avec discrétion espérait-elle. Et même si elle ne parvenait pas à paraître indifférente, quelle importance ? Thorne était censé faire la cour à sa fille et une de leurs invitées prenait des libertés inadmissibles avec lui. Elle avait le droit d'avoir l'air offensée.

— À votre avis, Lady Ashbourne a-t-elle fait son choix ?

Elle sursauta légèrement et adressa un regard surpris à son mari qui venait de se poster près d'elle. D'habitude, il l'ignorait durant ce genre de soirée. Elle ne prit pas la peine de lui demander ce qu'il voulait dire. Elle avait très bien compris et elle n'était pas d'humeur à jouer à l'ingénue.

Lady Ashbourne rejeta la tête en arrière et émit un grand éclat de rire après que Thorne lui eut dit quelque chose.

Tru se força à détourner les yeux, et concentra toute son attention sur le duc.

— C'est tout à fait possible. C'est généralement à cette époque de l'année qu'elle choisit son amant.

Il poussa un grognement mécontent.

— Lady Ashbourne semble conquise par notre Thorne.

— *Notre* Thorne ! Ce n'est pas le mien, s'empressa-t-elle de rétorquer. Vous seul l'avez choisi.

— C'est vrai. C'est moi qui l'ai choisi, et c'est pour cette raison que je n'aime pas du tout ce que je suis en train de voir.

— Vous l'avez invitée, rappela-t-elle.

— Lord Ashbourne est un bon ami.

— Hum, grommela-t-elle, bien consciente qu'être « bons amis » signifiait partager un penchant pour le vice et la débauche.

Chatham observa les deux danseurs pendant quelques instants supplémentaires avec un air préoccupé, avant de hausser les épaules.

— Elle est mariée. Il cherche une épouse. Il peut jouir à sa guise des délices de Lady Ashbourne, cela ne change rien pour moi.

Cela ne change rien pour moi. Parce qu'il ne s'agissait que de Chatham. Delia n'était qu'un pion. Une pièce sur un échiquier, dans une partie jouée par des hommes. Par Chatham et Thorne. Son mari semblait considérer que ce mariage ne concernait et ne regardait que lui. C'était une erreur. Tru prit une grande inspiration. Sa détermination était intacte, et Chatham avait tort de la négliger comme il négligeait Delia. Il pensait que sa femme ne tenterait jamais rien qui puisse saper son autorité, mais il n'aurait pas dû la sous-estimer.

— Et les voilà repartis pour une danse, dit Chatham, une pointe d'agacement dans la voix.

Elle tourna les yeux vers la piste. C'était vrai. Lady Ashbourne et Thorne continuaient. Deux danses à la suite. C'était invraisemblable.

— Il est fort probable qu'ils passent la nuit ensemble, fit remarquer le comte. Si ma mémoire est bonne, Ashbourne et elle font chambre à part... même quand ils sont invités à la campagne. *Surtout* quand ils sont invités à la campagne. Cela les laisse libres de... s'amuser.

— Un coureur de jupons, est-ce vraiment ce que vous voulez pour notre fille ? Elle mérite mieux que cela, non ?

— Vous êtes une incurable romantique, Gertie.

Il secoua la tête d'un air réprobateur.

— J'avais oublié. J'espère que vous n'avez pas mis ces idées idiotes dans la tête de notre fille. Si c'est le cas, le mariage risque de la décevoir. Si elle s'attend à de l'amour, de l'affection, et à un mari qui partage son lit toutes les nuits, elle s'expose à de cruelles désillusions.

Il avala d'une gorgée le reste de son verre de whisky, tout en continuant d'observer les danseurs.

— Mais surtout, je *le* plains, ajouta-t-il. Ces femmes-là sont d'un ennui...

Elle lui adressa un regard froid.

— Vous en savez quelque chose, dit-elle d'une voix perfide.

— En effet, répondit-il avec un petit sourire.

Puis, sans avoir la courtoisie de la saluer ni de s'incliner, il tourna les talons et s'en alla.

Valencia la rejoignit alors.

— Il semble de très bonne humeur, murmura-t-elle.

— Le contraire serait étonnant. Tout se passe exactement comme il l'avait prévu et espéré.

— Même ceci ? demanda Valencia en désignant de la tête Lady Ashbourne qui était en train de flirter avec Thorne. Cela ne doit pas lui plaire.

— Il n'est pas inquiet. Il faut bien que les hommes jettent leur gourme. Aucun rapport avec le mariage, dit-elle d'une voix pincée.

— Bien sûr, murmura Valencia d'une voix absente, alors que ses yeux parcouraient la pièce, sans doute à la recherche de son mari.

Depuis qu'il avait fait son apparition dans la pièce, Valencia s'était montrée inhabituellement silencieuse. Avant cela, pourtant, Valencia avait dansé, ri et parlé avec tous les invités. À présent, elle épiait d'un air tendu tout ce qui se passait autour d'elle. C'était toujours la même chose. Elle était absente et silencieuse en présence de son mari, souriante et pleine de vie sans lui.

— Valencia ? Est-ce que tout va bien ?

C'était une question stupide. Tru savait très bien que non. Quelle épouse, contrainte au mariage et ensuite traitée avec cruauté ou indifférence - et parfois les deux - par son mari, pouvait aller bien ?

Cela faisait de longues années que son amie n'allait pas bien. Depuis le terrible accident de son mari. Le jour où Dedham avait brisé son corps, elle aussi s'était brisée. Elle était à présent mariée à un homme au corps et à l'esprit malades, et qui faisait en sorte que sa femme souffre autant que lui.

Plutôt que de répondre à sa question, Valencia dit :

— Rassure-toi. Je ne pense pas que ta fille soit peinée par l'intérêt soudain que Thorne semble témoigner vis-à-vis de Lady Ashbourne.

Tru réfléchit à cela tout en observant sa fille, qui était assise près des fenêtres ouvertes. Valencia avait raison. Delia ne semblait pas affectée. Elle riait et discutait gaiement avec Rosalind, sans prêter la moindre attention à son prétendant en train de flirter avec une autre. Elle s'en moquait éperdument.

En regardant sa fille, Tru comprit une chose. C'était curieux, mais bien qu'elle ait accepté cette cour, Delia n'était pas du tout attirée par Thorne.

Contrairement à Tru, malheureusement.

— Il ne lui plaît pas, dit-elle, songeuse. Alors que son père s'est entiché de lui, hélas.

— N'est-ce pas toujours la même situation qui se répète ? demanda Valencia. Ce sont toujours les pères qui sont plus impressionnés par les prétendants de leurs filles que les filles elles-mêmes.

Elle leva les yeux au ciel.

— Mon père aurait épousé Dedham lui-même, si cela avait été possible.

Elles rirent toutes les deux, en apparence légèrement, mais en ressentant de l'amertume.

Lassée d'en revenir toujours au même problème, celui des pères et des maris qui dictaient leurs lois, Tru préféra changer de sujet.

— Il faut que j'aille trouver Mrs Carson pour m'assurer que tout est bien en ordre pour la journée de demain, s'excusa-t-elle.

En réalité, elle avait surtout besoin de quitter la salle de bal pour ne plus être obligée d'assister au flirt entre Thorne et Lady Ashbourne. Ce spectacle lui déplaisait. Mais cela n'avait pas de sens. Qu'il flirte avec une autre signifiait qu'il n'était pas viscéralement et exclusivement attaché à sa fille, ce qui était précisément ce qu'elle voulait. Elle aurait dû se réjouir plutôt que de ressentir ce pincement au cœur tout à fait déplacé.

Elle se dirigea vers son salon préféré, plus petit que celui où elle recevait ses visiteurs. C'était une pièce aux couleurs crème et pastel, avec des sièges très confortables, garnis de coussins moelleux dans lesquels elle pouvait s'enfoncer. Un vrai refuge.

Elle alla se servir un verre de son bordeaux préféré. Elle venait d'y tremper les lèvres quand elle entendit la porte s'ouvrir. Tru se retourna pour voir qui l'avait rejointe. S'attendant à trouver l'une de ses amies, elle fut surprise de découvrir Jasper Thorne. Enfin, pas si surprise que cela. Il avait le chic pour la suivre et se faufiler un peu partout. Ce n'était pas la première fois qu'ils se retrouvaient seul à seule. Elle força son cœur qui s'était mis à cogner dans sa poitrine à se calmer.

Elle lui tourna le dos pour ajouter du vin dans son verre. Sans le regarder, elle demanda :

— Avez-vous fini de danser, Mr Thorne ?

— Vous pensiez que je n'aimais pas cela ?

Elle émit un petit rire bref.

— Non, pas du tout.

Elle lui lança un regard perfide par-dessus son épaule.

— Et après vous avoir vu ce soir, je suis même persuadée du contraire. Vous m'avez l'air d'*adorer* danser.

— Oh ! je ne déteste pas cela, mais croyez-moi, il y a beaucoup d'autres choses que je préférerais faire avec une femme désirable entre les bras.

Au cas où elle aurait manqué d'imagination pour se représenter ce qu'il voulait dire, il lui adressa un regard aussi brûlant qu'insistant. Elle se sentit rougir, du cou aux oreilles. Cet homme était insupportable. Il pensait avoir le droit de faire la cour à sa fille, de flirter avec Lady Ashbourne et ensuite de la suivre pour lui adresser des sous-entendus obscènes.

— Vous sembliez bien vous amuser en compagnie de Lady Ashbourne.

Malgré ses efforts pour prendre sur elle, elle avait parlé sur un ton accusateur.

Il s'approcha. Le cœur de Tru se mit à battre plus vite, et accéléra encore quand il la contourna pour aller se servir lui-même un verre de vin.

— Me trompé-je en décelant une pointe d'animosité dans votre voix ? De réprobation ?

— Ne serait-ce pas légitime ?

Il soupira. Il se redressa pour lui faire face, et elle se sentit hérissée comme jamais.

Qu'y avait-il de si révoltant chez lui ? C'était un homme. Un homme riche, puissant et gâté par la nature. Il pourrait avoir n'importe quelle femme pour épouse, celle qu'il choisirait. Personne n'exerçait de contrôle sur lui. Personne ne le manipulait comme un pantin, en tirant des ficelles. Cela, c'était pour Tru. Cela, c'était la vie de Tru. Voilà, au fond, ce qu'elle lui reprochait : il était libre, et pas elle.

Tru reprit son souffle. C'était la première fois qu'elle était dans cet état, si hargneuse, si susceptible. D'ordinaire, elle maîtrisait toujours ses émotions. Elle n'avait pas l'habitude de se donner en spectacle. Elle contrôlait son image et cultivait sa réputation de grande dame. Avoir un caractère bouillant n'était pas dans sa nature, et ne pouvait pas l'être.

Pourquoi lui faisait-il cet effet et la transformait-il en quelqu'un d'autre, en une version d'elle-même qu'elle reconnaissait à peine ?

— Permettez-moi de vous prodiguer un conseil, puisque vous évoluez dans le grand monde cette Saison, commença-t-elle.

— Je vous en prie.

— Vous devriez davantage ménager les sentiments des femmes que vous courtisez, ou plutôt, de *la* femme que vous courtisez.

Ma fille.

Il avait clairement fait comprendre qu'il ne s'intéressait à personne d'autre. Il avait déclaré qu'il faisait la cour à Delia, pauvre de lui !

— Les sentiments ?

Il cligna des yeux comme si c'était la première fois qu'il entendait ce mot. C'était peut-être le cas. Il était aussi sensible qu'un mur de pierre, après tout. C'était la seule explication à son comportement, au fait qu'il courtise sa fille tout en flirtant avec une autre. Tout en la regardant, elle, d'une façon qui lui donnait l'impression d'être nue sous ses yeux.

— Delia mérite mieux. Si vous avez l'intention de vous amuser et de flirter avec d'autres femmes, ne le faites pas en présence de ma fille. Ayez au moins ce respect.

Ne le faites pas en ma présence.

Il secoua la tête.

— Mais de quoi parlez-vous ?

— Je vous ai vu. Nous vous avons tous vu. Vous avez dansé avec Lady Ashbourne deux fois. Deux fois. À la suite. Et vos manières...

— Mes manières ?

— Oui, rétorqua-t-elle. Vos manières, monsieur, étaient pour le moins déplacées.

Elle n'avait pas besoin d'en dire plus. Il avait compris.

Il soutint son regard pendant un long moment. Il semblait balancer entre l'amusement et l'agacement, peiner à choisir entre les deux.

Tout à coup ses yeux s'éclairèrent.

— Vous m'observiez, alors ?

Elle leva les épaules.

— On ne peut pas dire que je vous épiais. Vu où vous vous trouviez, il était impossible de ne pas vous voir.

Il leva les yeux au ciel en ricanant.

Il la trouvait fouineuse. Il pensait qu'elle se mêlait de ce qui ne la regardait pas. Soit. Mais c'était normal : elle était une mère. Une mère ferait n'importe quoi pour son enfant. En tant que père, il aurait dû comprendre cela.

Elle poursuivit :

— Si vous devez être un coureur de jupons, je vous demande de vous comporter avec discrétion.

— Si je *dois* ?

— Allons. Je ne suis pas née de la dernière pluie, et vous êtes un homme du monde. Nul besoin de faire comme si nous ne savions pas que, dans la haute société, les hommes se comportent de cette façon.

C'était ainsi que les choses s'étaient déroulées pour elle. Elle avait espéré que cela serait différent pour sa fille, mais le monde n'avait pas changé depuis.

Elle avala une gorgée de vin d'une façon assez peu digne d'une lady.

Il secoua la tête.

— Satanés aristos. C'est plus fort que vous, n'est-ce pas ?

Que voulait-il dire par là ? Elle baissa son verre.

— Je vous demande pardon ?

Quoi qu'il veuille dire, étant donné son langage et sa moue méprisante, il ne devait pas s'agir d'un compliment.

Il s'avança, si près qu'elle sentit la chaleur qui irradiait de son corps massif.

— Dois-je vous rappeler que je n'appartiens pas au grand monde ? J'apprécierais que vous ne mélangiez pas tout et que vous ne m'assimiliez pas à ces hommes avec lesquels je n'ai pas grand-chose en commun.

— En effet, vous ne faites pas partie du grand monde, mais vous y aspirez clairement. Sinon seriez-vous ici, à faire la cour à ma fille ? Vous voulez être l'un de nous.

Il lui adressa un regard dur.

— C'est ce que vous pensez ?

C'était comme si les paroles de Tru avaient allumé un incendie en lui. Ses yeux lançaient des flammes et, à son tour, elle sentit qu'elle s'embrasait. Le feu couvait dans le cœur de Tru, puis se propageait au reste de son corps, inondait ses veines. Ses seins lui semblaient plus lourds, chauds, comme si elle avait la fièvre. Elle connaissait cette sensation. Elle l'avait déjà éprouvée avec lui. Et avec personne d'autre.

— Je veux beaucoup de choses dans la vie, comtesse. Du bon whisky. Des mets délicats. Un lit chaud et douillet pour toutes les nuits.

Il s'interrompit, prit une grande inspiration tout en détaillant son visage, ses yeux, sa bouche, puis ses yeux de nouveau.

— Le doux accueil des cuisses d'une femme à l'occasion.

À ces mots, Tru haleta, et son pouls s'accéléra.

Il continua, d'une voix qui coulait comme le miel.

— Ce monde, *votre* monde... (Il remua les doigts dédaigneusement autour de lui.) n'a jamais fait partie des choses que je veux, mais j'ai fait la promesse de l'offrir à Bettina.

Il prit une grande inspiration qui gonfla sa poitrine.

— Voici pourquoi je suis ici.

Elle l'observa un moment, sentant sa colère céder devant les élans de son cœur. Il ne fallait pas, cependant : il avait peut-être une fille sur laquelle il veillait, mais elle aussi.

Et elle continuerait de veiller sur elle, coûte que coûte.

Elle avait juste besoin de convoquer l'image de Lady Ashbourne suspendue de façon indécente à son cou pour que sa colère revienne.

— Puis-je vous suggérer d'aller chercher « le doux accueil

des cuisses d'une femme » ailleurs ? lança-t-elle. Plutôt qu'ici, sous le même toit que ma fille.

Il croisa les bras et l'observa d'une façon qui lui donna envie d'aller se cacher quelque part.

— On dirait que vous avez décidé de me croire capable du pire.

Aurait-il voulu qu'elle lui fasse confiance ? Elle eut tout à coup envie de rire. Elle n'était plus une jeune fille naïve. Elle savait très bien qu'elle ne devait plus jamais baisser la garde avec un homme. Après tout, quelle raison de lui faire confiance lui avait-il donnée ?

Il tendit le bras derrière lui, plus ou moins dans la direction de la petite salle de bal.

— Vous avez mal interprété ce que vous avez vu. Je n'ai aucune vue sur Lady Ashbourne. Je vous promets que je n'ai pas l'intention d'être un mari qui fera honte à sa femme.

Elle prit une grande inspiration, piquée dans son orgueil. Avait-il dit cela parce qu'il pensait que Chatham lui faisait honte ? Parce qu'il avait vu de ses propres yeux le peu de cas que le comte faisait d'elle ?

De nouveau, elle se sentit rougir. Bien entendu, Chatham se comportait vis-à-vis d'elle sans le moindre honneur et sans la moindre discrétion. C'était la vérité. Elle le vivait tous les jours, mais cela lui faisait mal que Thorne s'en soit lui aussi rendu compte.

Je vous promets que je n'ai pas l'intention d'être un mari qui fera honte à sa femme.

Le comte ne lui avait jamais promis une chose pareille. Il ne lui avait, d'ailleurs, jamais rien promis.

Presque malgré elle, elle se mit à parler :

— Je ne cherche qu'à empêcher ma fille de commettre une erreur...

— Celle que vous-même avez commise ?

Elle recula légèrement.

— Je vous demande pardon ?

Il se rapprocha.

— Il est clair que vous et votre mari ne formez pas un couple auquel on aspirerait à ressembler.

Elle réagit sans réfléchir. Elle le gifla.

Ils se regardèrent tous les deux avec stupeur.

Elle comprit tout de suite qu'elle l'avait frappé car il avait osé dire la vérité. La vérité qui blessait. Elle vivait dans la honte. Chaque jour qui passait.

— Je... je..., bredouilla-t-elle. Je suis...

Il tendit les mains vers elle et elle fut certaine qu'il allait la frapper à son tour.

Contre toute attente, ses mains atterrirent sur ses épaules, et il l'attira contre lui. Elle vit une étincelle dans ses yeux, plus foncés encore que d'habitude, avant qu'il penche la tête et que sa bouche se pose sur la sienne. Il s'en empara et l'embrassa avec une férocité qui s'accordait avec la gifle qu'elle lui avait donnée. C'était une punition. Une délicieuse punition.

C'était de la folie.

Elle se jeta dans le maelstrom, dans ses bras, et l'embrassa à son tour comme si elle en avait le droit. Comme s'ils ne se trouvaient pas dans une maison remplie d'invités et de bruit. Comme si le scandale n'était pas une bête qui vivait et respirait, tapie en eux, prête à les dévorer.

26

« Rien de ce qu'un éventuel mari pourrait m'offrir n'éclipserait la promesse de l'indépendance. »

La Très Honorable LADY ROSALIND SHAWLEY

Jasper savait très bien qu'il aurait dû arrêter tout de suite.

Ce n'était pas le bon endroit. Ce n'était pas la chambre ni le lit qu'il avait imaginés. N'importe qui pourrait les surprendre, à tout moment. C'était le comble de l'indécence. Même s'il était venu jusqu'ici à cause d'elle – pour elle –, il ne voulait pas sa perte. Et pourtant dès qu'il était question de la comtesse, il perdait toute raison et tout discernement. Il ne pouvait s'empêcher de la toucher, de l'embrasser.

Leur baiser devint furieux, incontrôlable, frénétique. Leurs langues faisaient l'amour. Il posa une main sur son visage, tandis que l'autre descendait vers sa poitrine. Il caressa ses seins à travers son corsage. Elle haleta, et entendre ce petit bruit l'enflamma.

Alors qu'il continuait ses caresses, son halètement se mua en gémissement.

— Vous aimez cela, ma belle et tendre ? susurra-t-il contre ses lèvres, en glissant deux doigts à l'intérieur de son corsage.

Il effleura son aréole et trouva sans peine son mamelon durci qu'il pinça doucement.

Elle inclina la tête en arrière en laissant échapper un petit cri étouffé. Alors, de sa main libre, il ramena son visage en avant et guida sa bouche à la sienne, sans cesser ses caresses.

Ils s'embrassèrent ainsi, bouches et corps ardemment confondus, jusqu'à perdre haleine.

— Arrêtez, finit-elle par gémir tout contre sa bouche.

Il obéit aussitôt, et ouvrit les yeux pour la regarder. Le spectacle de ses lèvres gonflées et de son visage angoissé était déchirant.

Mais il n'y avait pas que de l'angoisse sur son visage. Il y avait toujours du désir. De l'avidité. De l'envie.

— Je ne peux pas, dit-elle en croisant les bras sur son buste. Je ne peux pas faire cela *avec vous.*

Il marqua un temps d'arrêt en l'entendant accentuer ces deux derniers mots. *Avec vous.* Il posa une main sur la sienne et demanda sans détour :

— Ne suis-je pas assez bien pour vous, comtesse ?

Elle écarquilla les yeux.

— Ce n'est pas cela. Pas du tout. Vous êtes ici pour faire la cour à ma fille. Vous êtes son prétendant, malgré tous mes efforts pour vous empêcher de le devenir. C'est une raison suffisante, mais je peux en trouver d'autres.

Elle le repoussa pour le contourner sans qu'il ait le temps de réagir.

Elle était déjà presque à la porte quand il réussit à la rattraper. Il la saisit par le poignet et la fit se tourner vers lui.

— Tru, attendez...

— Non !

Elle se libéra et agita la main devant elle avec emportement.

— Il faut que cela cesse. Vous ne pouvez pas me regarder de la sorte... me regarder, me toucher, m'embrasser, alors que vous êtes ici pour Delia.

Je suis ici pour vous.

Il prit ses deux mains dans les siennes.

— Je vous prie de m'excuser si mes actes vont ont mise mal à l'aise.

— Mal à l'aise ? répéta-t-elle dans un petit rire. C'est un euphémisme. Ces tête-à-tête deviennent beaucoup trop fréquents. Quelqu'un va finir par nous surprendre, c'est évident. Et à mon avis, certaines personnes commencent à se douter de quelque chose.

Elle disait vrai. À la façon dont le regardait sa sœur, il se demandait lui aussi si elle n'avait pas tout deviné. Il avait eu de la chance que personne ne les voie car il était terriblement facile de tout oublier quand il la tenait dans ses bras.

— Je me moque bien de ce que pensent les gens, déclara-t-il.

— Cela vous regarde. Néanmoins, en ce qui me concerne, je ne peux pas me le permettre. Je dois songer à ma réputation. Je ne peux pas prendre de risques en faisant… ce que nous faisons. Un scandale éclabousserait et briserait mes deux enfants.

Elle tendit un bras en avant comme pour l'empêcher de l'approcher.

— Vous ne devez plus jamais me toucher.

Ses mots furent comme un coup en plein visage. *Non.*

Depuis le berceau, on avait appris à Tru à faire attention à la façon dont les autres la percevaient. Depuis le berceau, il n'avait quant à lui eu le loisir de penser à rien d'autre qu'à sa survie. C'était l'ambition de devenir meilleur et plus fort qui l'avait porté durant toute sa vie. Il avait pris son plaisir où il le souhaitait et avec qui il le souhaitait sans que cela mette cette ambition en péril. Contrairement à lui, le plaisir ne semblait pas être quelque chose que Tru pouvait librement s'accorder. Les risques encourus étaient trop importants.

Ils étaient deux êtres entièrement différents.

Elle poursuivit :

— Pour l'amour de Dieu, vous faites la cour à ma fille !

Elle secoua la tête avec l'air de se dégoûter elle-même et murmura quelque chose d'inintelligible.

— Vous êtes ici pour elle.

— Trésor, n'avez-vous donc pas encore compris ? Je suis ici pour vous.

Elle sursauta.

— Comment ?

— Je ne courtise pas Delia.

— M… mais…, bredouilla-t-elle.

— C'est un mensonge. Une comédie. Nous nous sommes mis d'accord pour faire semblant, afin qu'elle puisse bénéficier d'un peu de répit dans cette course effrénée au mariage, et que j'aie ainsi une excuse pour vous côtoyer.

Elle le fixa sans avoir l'air de comprendre.

— Comment...

— Nous nous sommes mis d'accord, répéta-t-il. Avant d'arriver ici. Elle m'a avoué qu'elle ne souhaitait pas m'épouser, et pour ma part je n'ai plus l'intention de l'épouser depuis... eh bien, depuis vous.

— *Moi ?* murmura-t-elle.

— Oui, vous, répondit-il en souriant. Dès le moment où je vous ai rencontrée, j'ai eu envie de vous revoir. Je savais que si je disparaissais après le bal chez les Lindley, je n'aurais aucune raison de vous côtoyer de nouveau. Et cette idée m'était insupportable.

Elle posa ses doigts sur sa tempe comme si elle souffrait de migraine.

— Vous avez imaginé ce plan avec Delia ? Ce mensonge ?

Elle écarquilla les yeux, et poursuivit :

— Est-ce qu'elle sait pour... nous ?

— Non, bien sûr que non.

Il s'interrompit et grimaça légèrement.

— En tout cas, *je* ne lui ai rien dit. Mais c'est une jeune femme très intelligente. Il se peut qu'elle s'interroge sur mes motivations. Que puis-je avoir à gagner en jouant cette comédie ?

Tru hocha lentement la tête.

— En effet. Que pourriez-vous avoir à gagner ?

— Vous, répondit-il très simplement, en haussant une épaule pour signifier qu'il n'y avait rien de plus évident.

Tru prit alors une expression douloureuse.

— Vous avez fait tout ceci... pour être près de moi ?

L'émotion étranglait sa voix et cela le bouleversa. Elle allait peut-être de nouveau le gifler, mais il l'attira à lui et la serra contre son torse.

— Je suis tombé sous votre charme, avoua-t-il, en effleurant de ses lèvres le haut de son front. Depuis l'instant où nous nous sommes parlé, sur ce balcon.

— Jasper, souffla-t-elle contre son cou, alors qu'elle prononçait son prénom pour la première fois.

Jasper.

Tout à coup la porte grinça et ils firent chacun un bond en arrière.

Quand Tru se tourna, elle vit Rosalind qui entrait. Sa sœur s'arrêta brusquement, et les observa d'un œil acéré, alors qu'ils se tenaient à une distance suspecte l'un de l'autre.

— Ah, te voilà, Tru, dit-elle tout en adressant un regard méfiant à Jasper. Je me demandais où tu étais passée.

Tru se força à sourire, mais elle savait qu'il y avait peu de chance pour qu'elle parvienne à donner le change.

— J'avais juste une petite discussion privée avec Mr Thorne.

Rosalind acquiesça d'un air entendu, et Tru se douta de ce qu'elle devait penser. Peut-être croyait-elle que Tru avait une nouvelle fois essayé de décourager Jasper Thorne d'épouser sa fille, et non pas qu'elle s'était abandonnée entre ses bras ? On pouvait toujours espérer…

— Je suis venue te chercher. Tous les invités se sont rassemblés dans la petite salle de bal et s'apprêtent à jouer à des jeux de société.

— Des jeux ? répéta Tru comme si c'était la première fois qu'elle entendait ce mot.

— Oui, répondit Rosalind. Venez avec nous, Mr Thorne. Vous devez jouer, vous aussi.

— Oh ! est-ce vraiment obligé ? demanda Tru d'une voix implorante. Il commence à se faire tard.

— Viens, insista Rosalind d'un air réprobateur. Occupe-toi de tes invités.

— Très bien.

Elle ne put s'empêcher de songer à quel point il était curieux que ce soit Rosalind qui la reprenne sur ses devoirs. D'habitude, c'était l'inverse.

— Ladies, dit Thorne en leur faisant signe de sortir les premières.

Tru avança à côté de Ros en direction de la petite salle de bal, mais elle avait douloureusement conscience de la personne qui marchait derrière elle.

Ros s'arrêta avant qu'ils pénètrent dans la pièce. Elle prit Tru par le coude et l'attira à part. Elle sourit légèrement à Jasper et inclina la tête, pour lui faire comprendre qu'il devait continuer sans elles.

— Nous rejoindrons tous les invités dans un moment, Mr Thorne.

Il chercha le regard de Tru et la fixa quelques instants, suffisamment pour qu'elle se sente rougir, puis il prit congé et alla se mêler aux autres convives.

Ros désigna le dos de Thorne alors qu'il disparaissait dans la pièce.

— Qu'est-ce que tu fabriques ?

— Que veux-tu dire ?

Tout en posant cette question, Tru se remémora la voix rauque de Jasper.

Trésor, n'avez-vous donc pas encore compris ? Je suis ici pour vous.

Était-ce vrai ? D'autres l'avaient-ils compris ? Sa sœur, par exemple ?

Ros la regarda un long moment d'un air pensif. En arrière-fond, les voix en provenance de la petite salle de bal étaient de plus en plus bruyantes.

— Est-ce que tu regrettes ?

— Est-ce que je regrette... quoi ?

— D'avoir choisi Chatham ? D'avoir choisi cette vie ?

C'était une question étrange. Presque aussi étrange que la notion même de choix. Elle n'avait jamais eu le sentiment que sa vie ait résulté d'une série de choix de sa part. Mais le plus étrange était peut-être que sa sœur lui pose cette question maintenant. En ce moment précis. Étrange coïncidence, alors que Tru ne croyait pas aux coïncidences.

Tru regarda par la porte ouverte et aperçut sa fille.

— Si j'avais vécu différemment, je n'aurais pas eu mes enfants, donc... non.

Ros sourit avec indulgence.

— Évidemment, mais... mis à part cela ?

— À chacun son chemin, répondit-elle en haussant les épaules, espérant apporter un peu de détachement à une conversation qui, tout à coup, devenait beaucoup trop sérieuse. Et toi, ma chère sœur ? As-tu des regrets ? Ne pas t'être mariée, être restée avec Père et Mère ?

Ros émit un petit rire, avant de redevenir plus sérieuse. En s'humectant les lèvres, elle demanda :

— Te souviens-tu de la séance chez Madame Klara ?

Tru soupira.

— J'ai essayé de l'oublier.

— Moi non. Pas plus que je n'ai oublié les mots que Madame Klara m'a dits. *Un jour viendra où vous devrez faire votre devoir.*

— Balivernes, déclara Tru. Tu ne devrais plus y penser.

Ros haussa les épaules, l'air préoccupé.

— Je ne sais pas. On aurait tellement dit la voix de...

On aurait tellement dit la voix de leur ancienne préceptrice. *Miss Hester.* Ros n'eut pas besoin de finir sa phrase. Tru avait compris.

— Crois-tu que cela ait pu vouloir dire quelque chose ? insista Ros.

Tru ricana.

— Je crois que Madame Klara est une grande comédienne qui nous a fait penser à notre ancienne préceptrice. Rien de plus.

Cela ne pouvait rien signifier. Si elle se mettait à croire que les paroles prononcées à l'attention de Rosalind possédaient une réelle signification, alors elle devait penser que ce que Madame Klara lui avait dit à elle avait aussi un sens. *Vous êtes en danger. Ne dites rien. N'avouez rien.* Et comment l'interpréter ? Ce n'était que du vent. Du théâtre pour un public avide de sensations fortes qui voulait en avoir pour son argent.

Ros donnait l'impression de vouloir ajouter quelque chose, mais un éclat de rire sonore se fit entendre dans la salle de bal et Ros tourna la tête vers la porte. Au bout d'un moment, elle regarda de nouveau Tru et il lui sembla que ses yeux s'arrêtaient sur sa bouche qui lui brûlait encore.

— Tu m'as demandé si *moi* j'avais des regrets, Tru ?

— Oui, répondit Tru en résistant à l'envie de porter la main à sa bouche.

— Ce serait absurde, non ? J'ai ma liberté. Avant tout.

Elle haussa les épaules et ajouta :

— Que pourrais-je souhaiter d'autre ?

Tru acquiesça.

— C'est vrai. Tu es libre.

— Tu as raison. À chacun son chemin dans la vie, dit-elle avant d'expirer longuement. J'imagine que le mien doit te sembler bien insignifiant.

Tru tressaillit.

— Ros, jamais je ne penserais une chose pareille.

Elle eut un petit sourire triste.

— Je ne suis pas mariée. Tout le monde doit penser cela de moi. Tout le monde *pense* cela de moi.

Tru prit sa sœur par le bras.

— Tu es bien morose ce soir, et cela ne te ressemble pas. Viens. Allons faire les idiotes et jouons.

Elles pénétrèrent ensemble dans la pièce au moment précis où Lady Ashbourne tendait les bras et déclarait à des invités sous le charme :

— Commençons !

27

« N'oublions jamais que même le plus dépravé des libertins a fait ses débuts dans l'existence en tant que bébé rouge et vociférant. »

La Très Honorable LADY ROSALIND SHAWLEY

Tous les invités étaient déjà disposés en demi-cercle, assis sur les chaises qui, auparavant, se trouvaient contre les murs. Apparemment, Lady Ashbourne avait les choses bien en main. Quelques hommes étaient restés debout. Le regard de Tru se posa sur Jasper, qui se tenait près de la grande cheminée aux côtés de Lord Ashbourne. Tous les deux semblaient songeurs, voire perplexes.

Maeve fut la première à se lancer. Assise bien droite sur sa chaise, les mains posées sur les genoux, elle demanda :

— Quel temps fait-il en *Allemagne* ?

Elle tourna la tête sur le côté, faisant étinceler sa perruque argent sous la lumière du lustre, tout en attendant la réponse de son mari.

— *Magn*ifiquement beau, d'après ce que l'on m'a *dit,* répondit Mr Bernard-Hill en adressant un clin d'œil à sa femme.

L'assemblée applaudit. L'homme, toujours très affable, se tourna vers Delia, qui était assise à sa droite.

Delia marqua un temps d'arrêt, et se mordilla la lèvre d'un

air pensif pendant qu'elle cherchait un mot commençant par la syllabe « di ».

Ros frappa dans ses mains avec enthousiasme pour l'encourager.

— Allez, Delia. Je suis sûre que tu vas y arriver.

Les yeux de Delia s'éclairèrent. De toute évidence, elle avait trouvé l'inspiration.

— *Dites*-moi, sir, d'où vous tenez cela, car j'ai moi-même entendu le con*traire*.

Des applaudissements ravis s'élevèrent. Delia inclina modestement la tête en guise de remerciement.

Le vieux marquis de Sutton caressa le pommeau incrusté de pierres précieuses de sa canne et se pencha en avant. Il balaya l'assemblée du regard d'un air de grand contentement, avant de lancer, d'une voix râpeuse :

— *Traire*...

Il marqua une pause pour ménager ses effets, avant de poursuivre :

— *Traire* les vaches, voilà ce que le paysan aime *faire*.

Sa phrase totalement hors de propos fut accueillie par un silence gêné. Le but du jeu n'était pas seulement de trouver des syllabes qui se répétaient, mais aussi de construire une histoire ayant du sens.

Les gens clignaient des yeux, essayant de comprendre, et le vieil époux de Hazel répéta :

— *Traire* les vaches, voici ce que le paysan aime *faire*.

Le silence se prolongea, de plus en plus gêné.

Finalement, l'impétueuse Lady Ashbourne prit la parole.

— Nous devrions peut-être passer à un autre jeu ! Quelque chose d'un peu plus *excitant*...

— Hum, *excitant*... Qu'entendez-vous par là, ma chère lady ? demanda Chatham avec un sourire lubrique.

Il était clairement d'humeur lascive. Il était nonchalamment installé dans son fauteuil, les chevilles croisées et les jambes tendues devant lui.

Lady Ashbourne alla se placer au centre de la pièce, dans un sonore frou-frou de soie. Elle tendit les mains devant elle dans un geste très théâtral.

— Et si nous jouions à... *embrasser la chandelle* ?

Cette suggestion osée fut accueillie par plusieurs exclamations, rires et gloussements.

Tru s'avança, dans l'espoir d'empêcher la soirée de se muer en orgie.

— Voyons, je ne pense pas que...

Ses espoirs furent vite douchés.

— Oh ! cessez donc de faire la prude, la réprimanda Chatham, sans même regarder dans sa direction.

Une vague d'excitation parcourut l'assemblée, alors que les gens se levaient, afin de choisir une place semblant leur convenir davantage. De toute évidence, ils étaient partants pour échanger des baisers, du moment qu'ils pouvaient choisir avec qui.

— Eh bien, dit Valencia en venant la rejoindre, ce petit séjour à la campagne est en train de prendre un tour inattendu... ou pas, étant donné le propriétaire des lieux.

Tru ne parvenait pas à cacher son désarroi. Elle secoua la tête sombrement.

— Mère ? demanda Delia, l'air perplexe. Quel est ce jeu ?

Bien entendu, son innocente fille n'en avait jamais entendu parler. Tru adressa à son mari un regard exaspéré et alla le trouver.

— Chatham. Dois-je vous rappeler que votre fille est présente parmi nous ?

Il se tourna, mais sans quitter sa place entre Lady Ashbourne et Hazel, certainement les deux femmes les plus séduisantes de la soirée.

— Elle a déjà fait ses débuts dans le grand monde, non ? Elle n'est plus une enfant, Gertie. Mieux vaut qu'elle apprenne comment l'aristocratie s'amuse. Qu'elle joue avec nous.

Il désigna Jasper, qui se tenait toujours près de la cheminée, d'un signe de tête.

— Je suis certain, poursuivit-il, que Mr Thorne n'aurait rien contre le fait de jouer à « embrasser la chandelle » avec notre fille. Et avec la plupart des jolies femmes qui nous honorent de leur présence ce soir.

Chatham était un libertin. Transformer Chatham House en

Sodome et Gomorrhe ne le dérangeait pas. Bien au contraire, il semblait n'attendre que cela.

Il se retourna et ignora Tru pour s'adresser au reste de l'assemblée, pendant qu'il levait le chandelier au-dessus de sa tête.

— Qui veut commencer ?

Sans attendre que quelqu'un réponde, il annonça :

— Très bien ! Je vais commencer.

Il positionna le chandelier devant son visage et s'empressa de se tourner vers Hazel.

Sous les encouragements, il écarta le chandelier et planta un baiser sonore sur les lèvres de Hazel. Puis il recula et leva les bras comme s'il venait de remporter une grande victoire.

Hazel leva les yeux au ciel d'un air plus ou moins résigné. Elle était sans aucun doute habituée à subir les avances des hommes. Pour autant, ce n'était pas cela qui rendait la chose acceptable, songea Tru. D'ailleurs, Hazel s'essuya la bouche du dos de la main, comme pour se laver de ce baiser, et Tru regretta de ne pas avoir pu épargner cela à son amie.

La partie se poursuivit. Des baisers. Des vivats. Et d'autres baisers. Tout le monde s'amusait. Surtout les hommes.

— D'après moi, il y aura beaucoup de va-et-vient dans les couloirs des chambres cette nuit, murmura Valencia à son oreille. Ce sera un peu comme sur Bond Street le lendemain du Boxing Day.

— Je crains bien que tu n'aies raison, grommela Tru.

Elles continuèrent d'observer la partie un moment, jusqu'à ce que Valencia, d'une voix malicieuse, ne demande :

— Me trompé-je, ou bien personne n'embrasse la chandelle ?

Comme pour lui donner tort, des huées s'élevèrent quand Ros, à qui c'était le tour de tenir le chandelier, n'autorisa le marquis de Sutton qu'à embrasser la bougie, et surtout pas ses lèvres. Le vieil homme était visiblement déçu. Ros, elle, semblait plus déterminée que jamais à ne pas se laisser approcher par un homme.

Valencia rit.

— Mon père pensait pouvoir obtenir une petite gâterie de la part de ta sœur.

— Aucun risque que cela se produise. Pour les baisers, il ferait mieux de compter sur sa femme.

Valencia pinça les lèvres en entendant parler de sa belle-mère. Elle n'eut pas le temps d'exprimer sa rancœur, néanmoins, car quelqu'un lui frappa sur l'épaule. C'était Lord Burton qui lui tendait le chandelier. Évidemment.

Le public applaudit. Tout le monde savait très bien quel type d'homme était Burton et qu'il ne se résignerait jamais à embrasser le chandelier. Surtout si c'était la jolie Valencia qui se trouvait face à lui.

Valencia blêmit. Elle tourna la tête et parcourut fiévreusement la pièce du regard. Tru comprit tout de suite qui elle cherchait. Elle-même tenta de localiser le duc de Dedham. Elle l'aperçut assis sur une chaise, avec son air exténué habituel. Seuls ses yeux semblaient vivants, et ils lancèrent des éclairs furieux quand Burton éloigna le chandelier de lui au dernier moment et embrassa Valencia. Ce n'était pas n'importe quel baiser non plus. Il l'attira à lui et la bascula en arrière par-dessus son bras pendant qu'il lui donnait un long et langoureux baiser. On se serait cru au théâtre et le public conquis était déchaîné.

Quand Burton lâcha enfin Valencia, elle semblait aussi étourdie que furieuse. Elle adressa un regard noir à Burton et essuya vigoureusement sa bouche.

Burton, lui, se mit à ricaner et se tourna vers l'assemblée en fanfaronnant.

— Essayez donc de faire mieux que moi !

Valencia accepta distraitement le chandelier sous les hourras et les applaudissements. En se tournant vers Tru, elle écarta le chandelier au dernier moment et planta un baiser rapide sur sa joue. Une déception pour le public, certainement, mais le public avait besoin de se calmer, songea Tru.

Puis ce fut son tour. Tru prit le chandelier d'argent, toujours très ennuyée pour son amie, qui ne décolérait pas. En se tournant, elle se retrouva face à... Jasper.

Il s'était déplacé pour venir se placer à côté d'elle sans qu'elle s'en rende compte.

— Désolé, mon vieux, lança Chatham. Je sais que vous auriez préféré quelqu'un d'autre.

Tru adressa un regard noir à son mari. De toute évidence, qu'un autre homme l'embrasse ne le dérangeait pas.

L'assemblée hua. Quelqu'un interpella Delia :

— Changez de place avec votre mère !

L'agacement grandit en elle. Elle n'aurait pas dû prendre cela comme une offense, pourtant. Elle n'aurait pas dû se sentir honteuse. C'était normal que les invités aient envie de voir Jasper et Delia jouer ensemble. Tout le monde pensait qu'ils se faisaient la cour. Personne ne savait qu'il s'agissait d'une comédie. Personne ne savait que Jasper avait des vues sur elle. *Personne n'y aurait cru, de toute évidence.* Et cela la blessa. À tort ou à raison... elle ne parvenait pas à surmonter l'affront d'être considérée comme quantité négligeable.

Lady Ashbourne s'approcha. De sa voix rauque, elle murmura à l'oreille de Tru :

— Si vous ne savez que faire de ce beau spécimen, moi, j'ai mon idée. Donnez-moi donc ce fichu chandelier.

Cela attisa quelque chose en elle et nourrit le feu que les autres avaient allumé en elle.

Elle n'était pas *rien*. Elle était quelqu'un. Une femme. Toujours vivante. Avec un cœur qui battait encore. Et de la valeur.

Avant qu'elle ait le temps de se dire qu'elle commettait peut-être une erreur et qu'elle le regretterait sans doute, elle écarta le chandelier et embrassa Jasper à pleine bouche devant Dieu, le diable et toute l'assemblée.

Il y eut un long silence. Elle s'en rendit compte malgré le baiser passionné qu'ils échangeaient. Il l'embrassa en retour, d'une façon qui lui était désormais familière, et Tru pria pour que personne ne remarque à quel point leurs bouches se connaissaient déjà.

Ce n'était pas un baiser de comédie. Tru aurait facilement pu oublier qu'ils avaient un public. Elle aurait pu se perdre dans ce baiser, avec cet homme, si elle s'était laissée aller.

Au prix d'un immense effort de volonté, elle mit fin à leur baiser et recula, chancelante et à bout de souffle.

Plusieurs invités applaudirent, en la regardant d'un œil nouveau.

— Bravo, glissa Lady Ashbourne dans son dos. Ce n'est pas du tout ce à quoi je m'attendais de la part de la glaciale comtesse.

Puis, plus fort, elle ajouta :

— Chatham, vous en avez de la chance !

Cela fit rire tout le monde. Tru esquissa un sourire.

Thorne la regardait avec une expression indéchiffrable. Son regard était celui d'un loup affamé.

Tru détourna les yeux et regarda son mari.

Chatham la fixait avec perplexité, comme si c'était la première fois qu'il la voyait. Elle comprenait. Elle-même ne se reconnaissait plus.

28

« Personne n'a envie de savoir si une rumeur est vraie ou pas, du moment qu'elle est croustillante. »

GERTRUDE, comtesse de Chatham

Tru se tourna et se retourna dans son lit.

Elle était incapable d'oublier les mots de Jasper.

Dès le moment où je vous ai rencontrée, j'ai eu envie de vous revoir…

C'était un choc dont elle ne parvenait pas à se remettre. Pas plus qu'elle ne parvenait à se remettre de son baiser. De ses baisers. En particulier, de celui qu'elle lui avait donné devant tous leurs invités. Devant son mari. Devant sa fille. Devant…

Elle s'obligea à cesser de passer en revue toutes les personnes qui avaient été témoins de sa démonstration éhontée.

La situation était toujours intenable. D'une certaine façon, il était encore pire que Jasper ait des vues sur elle et non sur Delia. Jasper Thorne n'était pas ici pour faire la cour à sa fille. Il était ici pour faire la conquête de Tru. Elle aurait dû lui en vouloir… et pourtant c'était l'exact opposé qui se produisait. Elle se sentait encore plus attirée par lui.

Soudain elle crut entendre un petit grattement à sa porte.

D'un bond, elle s'assit dans son lit, se demandant si elle s'était trompée. C'était peut-être une souris. Ou un fantôme. La famille Chatham avait une histoire longue et tumultueuse, et la rumeur disait que plus d'un fantôme hantait les lieux. Il aurait peut-être fallu appeler Madame Klara afin qu'elle les chasse.

Le bruit recommença.

Tru se leva et alluma sa lampe, dont la douce lueur baigna aussitôt la chambre. Elle traversa la pièce et attendit un moment à la porte, tendant l'oreille, pendant que son cœur cognait fort contre sa cage thoracique.

— Qui est là ? murmura-t-elle, en posant la main à plat sur la porte.

Elle craignait presque qu'il ne s'agisse d'un fantôme et non pas de la personne qu'elle espérait voir.

Il n'y eut aucune réponse. À part celle de la poignée qui se tournait. Elle recula et regarda la poignée, en retenant son souffle pendant qu'elle attendait... qu'elle avait peur... qu'elle espérait.

C'était l'espoir qui dominait.

La porte s'ouvrit silencieusement. C'était déjà cela. Sans le moindre bruit, la silhouette imposante de Jasper se retrouva face à elle. Il entra et referma derrière lui.

— Dites-moi de partir et je m'en irai.

Au lieu de cela, elle s'humecta les lèvres et dit :

— Vous n'auriez pas dû venir à côté de moi pendant le jeu, tout à l'heure.

— Pensez-vous que je serais resté sans réagir pendant que vous embrassiez un autre homme ?

C'était ce que son mari aurait fait. Ce que son mari avait fait. Il était étrange que cet homme se sente lié à elle d'une façon qui était étrangère à son propre époux.

Il prit une grande inspiration.

— Dites-moi de partir et je m'en irai, répéta-t-il.

Le choix était entre les mains de Tru.

Elle s'approcha de lui à petits pas, et soutint son regard pendant qu'elle levait les bras pour glisser les mains sous sa robe de chambre. Sans trembler, elle dénuda ses épaules carrées.

Il l'aida, en dénouant sa ceinture. La robe de chambre tomba aussitôt à ses pieds.

Il ne portait rien en dessous.

Il se tenait nu au beau milieu de la chambre.

Tru aurait dû être scandalisée. C'était la première fois qu'elle voyait un homme entièrement nu. Avec Chatham, ils n'avaient eu que des rencontres furtives dans le noir.

Jasper était l'image même de la santé et de la robustesse. Grand et large d'épaules. Les pleins et les creux de son torse et de son ventre enflammèrent le cœur de Tru. Il portait sur son corps la trace évidente d'une vie de dur labeur. Il n'y avait rien de doux chez lui. Elle ne put s'empêcher de songer qu'il avait un corps de guerrier. Tel un Viking ou un chevalier de l'ancien temps. Rien à voir avec les gentlemen du grand monde qui n'avaient jamais eu à se battre de leur vie. Rien à voir du tout.

Ses doigts mouraient d'envie de parcourir ce corps élancé. Ils s'ouvraient et se refermaient d'eux-mêmes de part et d'autre de son buste et elle dut lutter âprement afin qu'ils ne prennent pas cette liberté.

Elle baissa le regard et le porta vers son abdomen si fascinant avec son chemin duveteux conduisant en ligne droite à son sexe.

Elle leva précipitamment les yeux.

— Vous êtes…

En érection. Pour moi. Et ils n'avaient pas encore commencé. Pas vraiment.

— Vous êtes prêt pour moi.

— Je suis prêt pour vous depuis l'instant où nous nous sommes rencontrés.

Il tendit les bras pour encercler sa taille et elle s'interdit de penser qu'elle était plus épaisse et moins ferme que celle des femmes que les hommes aimaient.

Elle le laissa faire, tout en essayant d'oublier pourquoi leur histoire, avant même d'avoir débuté, était impossible.

Il la souleva comme si elle était aussi légère que de la plume et la laissa retomber sans cérémonie sur le lit.

Elle choisit d'oublier qui elle était.

Elle oublia qu'il n'était pas fait pour elle, lui qui était plus jeune qu'elle et qui aspirait à trouver une fiancée, une épouse. Ce qu'elle ne pourrait jamais être pour lui.

— Maintenant, venez là.

Elle était perdue. Au moment où il ouvrit la bouche, au moment où il prononça ces mots… elle était sienne.

Il était là pour elle. Il ne voulait qu'elle.

Le corps de Tru le savait. Il répondit à son appel en se cambrant et en s'ouvrant à lui telle une fleur au soleil.

Je suis prêt pour vous depuis l'instant où nous nous sommes rencontrés.

C'était peut-être un mensonge, forgé pour plaire aux oreilles d'une femme mature et crédule comme elle, mais elle ne le pensait pas. Son cœur lui disait qu'il ne la trompait pas sur ce point. Et même si elle était abusée… elle prenait ce risque.

Ils s'étreignirent sur le lit, s'enfonçant dans le matelas moelleux. Ce fut un bonheur de sentir son poids sur elle pendant qu'ils s'embrassaient. Il la tenait fermement, les deux mains à plat sur ses joues, les doigts glissés dans ses cheveux. Elle sentait le pouls qui battait à ses poignets contre sa peau.

Au bout d'un moment, elle roula et se retrouva sur lui, à califourchon, comme si c'était la chose la plus naturelle du monde. Ses cheveux défaits retombaient sur son torse puissant.

Il finit par redresser le buste, en respirant pesamment, pendant qu'elle le regardait et se sentait aussi puissante qu'une reine.

Elle saisit ses mains et les plaça sur elle, sur ses seins. Elle n'eut pas besoin de le guider davantage. Il savait clairement que faire. Ses mains se mirent aussitôt à palper, à caresser, et ses pouces trouvèrent ses mamelons à travers le fin tissu de sa chemise de nuit.

Elle rejeta la tête en arrière en étouffant un gémissement. Ses cuisses étaient moites et elle se mit instinctivement à se balancer sur lui et à se frotter contre son sexe dur.

Il agrippa fiévreusement son vêtement et le souleva, jusqu'à ce que leurs peaux entrent en contact.

Pendant un moment, il resta les doigts enfoncés dans ses hanches et, tout à coup, tout devint trop réel. Il s'immobilisa comme s'il sentait qu'il se passait quelque chose pour elle, qu'il sentait qu'elle était en train de prendre une décision.

Elle saisit sa chemise de nuit de ses deux mains et la passa par-dessus sa tête en un seul mouvement.

— Voilà, souffla-t-elle.

Ils étaient tous les deux nus désormais, sans rien pour les séparer.

— Bonté divine, s'exclama-t-il en la détaillant avec avidité.

— Est-ce que vous aimez ce que vous voyez ? demanda-t-elle, satisfaite du ton provocateur et séducteur de sa voix.

Elle était plus âgée que lui. Et son corps avait mis deux enfants au monde. Elle n'était pas une jeune fille. Pourtant elle se sentait sûre d'elle. Avec la façon dont il la regardait, le contraire eût été impossible. Avec la façon dont ses mains pétrissaient sa chair.

— J'ai envie de vous faire des choses obscènes et indécentes, grogna-t-il, les mains posées sur les courbes de ses hanches.

— Alors, faites-les.

Il répondit en levant le bassin et en frottant son sexe contre le sien.

Elle sentit une voluptueuse langue de chaleur se former dans son ventre et ondoyer en se gonflant jusqu'à ce que son entrejambe devienne humide.

Elle gémit contre sa bouche, en se collant à lui, pour tenter d'apaiser à tout prix cette douleur lancinante dans ses entrailles.

Il saisit ses fesses à pleines mains.

Elle laissa retomber son menton en avant. Son cou était faible, incapable de porter sa tête. Elle était en train de fondre contre lui, sur lui.

En grognant, il se redressa et embrassa, lécha, mordilla son cou et sa gorge, jusqu'à ses seins. Elle sentit son souffle brûlant sur sa peau, puis, tout à coup, sa bouche chaude se referma sur son mamelon. Il aspira plusieurs fois, avec intensité, jusqu'à ce qu'elle se mette à trembler.

Sa tête roula sur un côté, et un cri rauque lui échappa.

— Oh ! Jasper !

Ses mains larges se crispèrent et ses paumes rêches accrochèrent délicieusement sa peau devenue plus sensible. Son contact était presque respectueux, mais il n'était en rien tendre. Même si elle se sentait chérie et vénérée, il ne la traitait pas comme un objet précieux. Il la traitait avec tout le désir et le désespoir qu'elle sentait en elle.

Sur ses mamelons, il remplaça sa bouche par ses doigts. Il fit rouler les pointes de ses seins entre ses pouces et index jusqu'à ce qu'elle ait l'impression d'être en train d'exploser en mille morceaux. Elle se cambra et ferma les yeux alors que des décharges de plaisir explosaient en elle.

Elle baissa la tête et ouvrit les yeux, cherchant les siens.

Dans la pénombre de la chambre à coucher, ils semblaient presque noirs. Des puits sans fond dans lesquels elle se noyait. Il prononça son nom dans un râle.

— Tru.

Ses mains continuaient de l'explorer, ses doigts taquinaient l'intérieur de ses cuisses. Chez elle, il n'y avait aucune peur. Aucune retenue. Aucune réserve. Instinctivement, comme de leur propre initiative, ses cuisses s'écartèrent, prêtes à le recevoir.

Ses doigts remontèrent lentement vers son sexe. Ils le caressèrent puis s'y immiscèrent, jusqu'à ce qu'elle se mette à haleter, des larmes aux coins des yeux.

Il posa son pouce sur son clitoris, autour duquel il décrivit plusieurs cercles avec une vigueur et une pression difficilement soutenables.

— C'est cela, mon amour. Allez-y. Ne retenez rien.

Elle frémit contre sa main, en poussant un cri rauque.

Submergé par cette exquise sensation de délivrance, son corps retomba sur lui comme s'il était vidé de toute substance.

Il la prit dans ses bras et la serra fermement tout en la soulevant légèrement.

Les spasmes continuaient de l'agiter et se propageaient en elle telles des vagues pendant qu'il se plaçait à son entrée.

Leurs regards se cherchèrent et se trouvèrent. Dans les yeux de Jasper brûlait un feu sombre qu'elle ressentit de la tête jusqu'aux pieds. Il la brûla. La toucha. La changea à jamais. Par ce seul regard, à cet instant précis, elle sut qu'elle ne se sentirait plus jamais seule. Advienne ce qui devait advenir, ceci l'aiderait à surmonter les moments les plus difficiles de l'existence.

— Jasper.

Sa voix n'était pas la sienne, mais celle d'une créature débridée et impudique.

Il prit appui sur elle, sur son corps, et ses doigts s'enfoncèrent dans sa peau pendant que d'un seul mouvement souple, il entrait profondément en elle, la remplissant d'une façon pas seulement physique. C'était plus que ce qu'elle avait jamais ressenti. C'était de l'intimité poussée au plus haut degré.

L'émotion lui serra la gorge. Il ne fallait surtout pas qu'elle y succombe. C'était trop dangereux.

Il continuait de la regarder. Elle le regardait elle aussi. Il redressa alors le buste et rectifia légèrement sa position, sans se retirer d'elle.

En s'enlaçant et en s'étreignant, ils se mirent à se mouvoir ensemble.

C'était la première fois qu'elle se sentait si égale et si connectée à un autre être humain. Il bougea le bassin et elle répondit en accompagnant son mouvement, en se frottant à lui, contre lui, en se berçant d'avant en arrière, jusqu'à ce qu'ils se retrouvent tous les deux haletants et tendus vers le même but.

Leurs gémissements et halètements se confondaient. Il ne cessait de déplacer ses mains dans son dos, comme s'il voulait étreindre toutes les parties de son corps. Son sexe allait et venait en elle. Encore et encore. Le plaisir était si intense et en même temps si doux, si incroyable, qu'il la poussait toujours plus près du précipice.

Le désir né de leur tout premier baiser était sur le point de trouver son assouvissement, après avoir tendu et excité chacun de ses nerfs.

Avec l'orgasme, tout céda.

La bouche de Jasper prit la sienne et étouffa son cri, alors qu'elle explosait en une infinité de morceaux. Il ne faisait rien pour l'apaiser, car son sexe poussait en elle plus fort, plus vite, plus loin.

Après que les spasmes de plaisir eurent secoué leurs corps éprouvés, ils restèrent un moment immobiles, unis l'un à l'autre, les yeux dans les yeux.

— Eh bien, finit-il par souffler contre ses lèvres. C'était… quelque chose. Quelque chose de merveilleux.

Il sourit.

— Je le savais !

Elle émit un petit rire.

— Vraiment ?

Son sourire malicieux laissa la place à une expression plus sincère et très belle.

— Oui. Faire l'amour, c'est toujours mieux quand les sentiments sont de la partie.

Son cœur se serra quand elle entendit cela.

— Cela semble logique.

— Certains hommes le nieraient avec force, mais c'est la vérité.

Il changea alors de position pour s'allonger tout contre elle.

— Nous ne pouvons pas rester comme cela toute la nuit, protesta-t-elle.

Ce fut un crève-cœur, mais il fallait qu'elle le dise. Ils ne pouvaient pas risquer de se faire surprendre. Que se passerait-il si, par exemple, Delia faisait irruption dans sa chambre au beau milieu de la nuit comme cela lui arrivait parfois ?

— Je sais.

Il passa un bras autour d'elle et l'enveloppa d'une douce couverture de paix et de sérénité.

— Encore quelques minutes, ajouta-t-il.

— Encore quelques minutes, répéta-t-elle à voix basse, alors qu'une torpeur bienfaisante s'emparait d'elle.

C'était à cela que devait ressembler l'amour, songea-t-elle alors qu'elle se sentait glisser.

Le sommeil paisible dans lequel étaient plongés tous les résidents de Chatham House prit fin brutalement.

Les cris étaient suffisamment forts pour être entendus depuis le village voisin, donc Jasper et Tru ne furent sans doute pas les seuls à sursauter dans leur lit.

— Quelle heure est-il ?

— L'aube n'est pas encore levée, répondit Jasper.

Quand Tru secoua vigoureusement la tête, ses cheveux caressèrent ses épaules dénudées et elle se souvint qu'elle était nue. Avec un homme. Un homme qui n'était pas son mari. Un très bel homme qui lui faisait oublier les choses telles que le devoir, le sens des responsabilités, ou même son rôle de comtesse.

— Je n'arrive pas à croire que je me sois endormie, murmura-t-elle, en colère contre elle-même.

— Moi, ça ne m'étonne pas, dit-il avec malice. Vous ne vous êtes pas ménagée.

— On dirait que vous, en revanche, vous n'avez pas dormi, rétorqua-t-elle d'une fausse voix de reproche.

C'était soit cela, soit il faisait partie de ces personnes capables de se réveiller en étant aussitôt fraîches et disposes. Elle aurait aimé le savoir, songea-t-elle avec un pincement au cœur. Elle aurait aimé savoir quelles étaient ses habitudes du matin. Prenait-il son petit déjeuner dans sa chambre, ou bien s'aventurait-il jusque dans la salle à manger ? Buvait-il du thé ou du café ? Prenait-il un copieux petit déjeuner à base d'œufs et de saucisses ou bien se contentait-il de quelques toasts ? Mais elle se ressaisit. C'était idiot et stérile de penser à des choses pareilles.

— En effet, je n'ai pas dormi, dit-il en passant la robe de chambre qu'il portait à son arrivée. J'ai préféré profiter du spectacle offert par la beauté endormie à mes côtés.

Elle ricana, malgré le plaisir qu'elle ressentit. Il la déconcertait, et brouillait ses pensées… mais ce n'était pas quelque chose qui lui déplaisait. C'était même assez grisant. Tout ce qu'il lui avait fait ressentir depuis leur première rencontre était ainsi. Cela continuerait-il ? En réalité, elle ne le saurait jamais, car, après cette nuit, il n'y aurait plus rien entre eux.

Elle essaya d'enfiler et de nouer sa propre robe de chambre du mieux qu'elle le put, mais elle ne fut pas certaine d'y être parvenue. Tant pis, elle n'avait pas le temps de vérifier. Les hurlements n'avaient pas cessé. En plus, d'autres bruits se faisaient entendre : des portes qui claquaient, des pas précipités, des voix. Plus elle restait dans sa chambre, plus le risque que quelqu'un vienne la chercher et découvre Jasper par la même occasion était élevé.

Elle lui adressa un bref regard.

— Je vais sortir la première.

En lui faisant signe d'attendre derrière elle, elle ouvrit la porte et sortit se jeter dans le chaos.

Les invités émergeaient de leur chambre, en tenue de nuit, pour tenter de comprendre d'où provenaient ces cris. Tous semblaient se diriger vers l'escalier. Personne, pas même Delia ni son mari, ne lui accorda le moindre regard. Tout le monde ne pensait qu'à découvrir ce qui se passait.

Tru resta un instant devant la porte de sa chambre, à attendre et à observer. Quand il sembla ne plus y avoir personne dans les chambres, elle fit rapidement sortir Jasper.

Il fit quelques pas dans le couloir, et ensemble, ils suivirent le mouvement, se mêlant subrepticement à la foule. Par chance, tout le monde avait l'esprit ailleurs. Personne ne les regarda. Personne n'avait remarqué Jasper quand il avait quitté la chambre de Tru. C'était déjà cela.

Les cris cessèrent, et les invités s'immobilisèrent en haut de l'escalier. Un murmure généralisé s'éleva.

Aussi poliment que possible, Tru se faufila devant tout le monde - elle était la maîtresse des lieux après tout - et regarda ce qui se passait au pied de l'escalier.

Là, en bas des marches, gisait le corps brisé du duc de Dedham. Immobile. Sans vie. Tru porta la main devant sa bouche afin d'étouffer un cri.

Elle regarda autour d'elle avec désarroi, cherchant son amie. Elle aperçut Valencia au sein du groupe, le visage crispé, le teint d'une extrême pâleur. On aurait dit qu'elle venait de voir un fantôme. Ce qui n'était pas tout à fait faux.

Les yeux sombres et fiévreux de Valencia fixaient l'endroit où son mari était étendu, et il n'y avait aucun doute possible.

Le duc de Dedham était mort.

29

« Le mariage est éternel. Seule la mort permettrait de m'en libérer. La mienne. Ou la sienne. »

VALENCIA, duchesse de Dedham

Les funérailles du duc de Dedham furent un grand événement auquel assista toute la haute société. L'archevêque de Cantorbéry en personne, Monseigneur Howley, célébra l'office. Derrière le cercueil, la procession encombra les rues pendant des heures. Pas un seul membre du grand monde ne manqua de lui rendre ce dernier hommage, pas un seul Londonien ne manqua de regarder passer les voitures ornées de crêpe et tirées par des chevaux frisons coiffés de plumes d'autruche noires.

Tru avait à peine pu passer un moment en tête à tête avec Valencia depuis le décès du duc. Elle aurait voulu être davantage présente pour soutenir son amie dans cette terrible tragédie, mais la duchesse était accaparée par sa belle-famille qui s'agglutinait autour de la dépouille de Dedham telle une armée de vautours. Sans parler des avocats, huissiers et administrateurs du duché qui la harcelaient. Leur union était restée stérile. Au début de leur mariage, pourtant, Valencia était tombée enceinte par deux fois, mais par deux fois, elle avait perdu l'enfant. Tout espoir de devenir mère s'était pour elle évanoui avec l'accident de Dedham. Il était donc mort sans héritier direct. Un nouveau duc serait nommé, choisi dans une branche parente. Tru espérait de tout son cœur que le nouveau duc se montrerait bon et généreux envers son amie. Elle le méritait bien, après toutes les épreuves qu'elle avait endurées.

Valencia, à présent duchesse douairière, se cachait derrière ses habits de deuil en bombazine amidonnée. Elle affichait constamment cette expression égarée que Tru lui avait vue la nuit où le duc était mort. Ses sourcils noirs et arqués semblaient artificiellement plaqués sur son visage beaucoup plus pâle que d'ordinaire. Ses yeux noirs luisaient d'un éclat étrange, fixe et vitreux, comme si elle était ailleurs.

Au moins le séjour à la campagne avait été écourté et Tru était de retour à Londres. Elle n'avait jamais souhaité qu'il ait lieu. Il s'était terminé, juste après avoir commencé, la nuit où le duc de Dedham avait perdu la vie. Il n'y aurait pas eu moyen de faire autrement.

Après avoir organisé le rapatriement du corps du défunt vers la capitale, tous – hôtes et invités – avaient quitté Chatham House.

Ce départ précipité avait permis qu'une chose absolument nécessaire s'accomplisse. Son histoire avec Jasper était terminée. Ils avaient eu leur moment – bref – mais tout cela appartenait désormais au passé.

Heureusement qu'afficher une mine sombre était à l'ordre du jour, étant donné les circonstances, car Tru n'avait pas le cœur à rire depuis son retour.

Jasper ne logeait plus sous le même toit qu'elle. Leur folie ne se répéterait pas. Elle ne courait plus aucun risque : le scandale n'éclaterait pas. Par bonheur, ils n'avaient pas été découverts au milieu du chaos de cette nuit-là, à Chatham House.

Tout ceci était un réel soulagement… en même temps qu'une blessure profonde. Tru ressentait une grande souffrance. Avec un peu de chance, elle s'estomperait avec le temps. Grâce à Jasper elle avait entraperçu ce que cela faisait d'être avec quelqu'un pour qui l'on ressentait du désir, de l'affection, et peut-être même de *l'amour*. Ce souvenir, encore frais et vif, finirait certainement par disparaître.

C'était très probable si Jasper continuait de garder ses

distances. Elle ne l'avait pas vu depuis leur retour, qui datait de plus d'une semaine.

L'agitation des funérailles était un peu retombée, mais Jasper ne leur avait pas rendu visite. Chatham, alarmé, était déjà venu la trouver et s'était copieusement lamenté.

— Où diable Thorne est-il passé ?

Delia et Tru avaient dû supporter cette visite pénible ensemble. Le comte s'était énervé en parcourant le salon à grandes enjambées et avait exigé de savoir ce qu'elles avaient fait pour repousser Mr Thorne. Parce que c'était leur faute. Forcément.

— Chatham, l'enterrement a eu lieu il y a seulement quatre jours, avait tenté de le raisonner Tru.

C'était peut-être une entreprise vouée à l'échec, mais elle avait tout de même essayé.

— Dedham n'était pas un membre de notre famille, ni de celle de Thorne. Nous ne sommes pas tenus d'observer une période de deuil. Où est-il ? Je veux le savoir.

— Père, peut-être a-t-il juste décidé que lui et moi n'étions pas faits l'un pour l'autre.

L'espoir, dans la voix juvénile de sa fille, n'échappa pas à Tru. Comment ne s'était-elle pas rendu compte dès le début que Jasper ne l'intéressait pas du tout ?

— Bon sang ! Je vous ai confié à toutes les deux une mission ! Une seule ! s'écria-t-il en agitant avec violence son doigt en l'air. Ce n'était pourtant pas bien difficile de plaire à un bâtard de basse extraction à la recherche d'une débutante au sang bleu ! Je lui avais déjà dit que je ne voyais aucune objection à cette union, au contraire ! Delia, tu n'avais rien à faire, j'avais déjà ferré le poisson. Mais non, tu as réussi l'exploit de le faire fuir.

Il marmonna un juron et alla se planter devant la fenêtre.

Quand Tru passa le bras autour des épaules de Delia pour la réconforter, elle constata avec surprise et déplaisir que sa fille tremblait légèrement.

— Ce n'est pas la fin du monde, Chatham, dit-elle. D'autres occasions se présenteront. D'autres chances pour Delia.

Il se tourna. Il semblait plus calme que ce à quoi elle s'attendait.

Il acquiesça, prit une brève inspiration et lissa le devant de sa veste, comme si cela lui permettait de se ressaisir.

— En effet. Et il n'y a pas de temps à perdre. Nous assisterons au bal donné par les Fairmont ce soir.

— Ce soir ? répéta Delia d'une voix étranglée.

Tru hocha la tête.

— Nous avions prévu d'aller...

— Ils seront enchantés de nous avoir comme invités. Ils seront ravis d'entendre les détails de la mort de Dedham, puisque c'est chez nous que ce fâcheux incident s'est produit. Tout le monde ne parle que de cela en ce moment. Partout où je vais, on me presse de questions.

Il adressa un regard menaçant à sa fille, avant de poursuivre.

— Et toi, ma fille, tu vas briller, et être la plus charmante des créatures. Je veux qu'à la fin de cette soirée, tu aies plusieurs nouveaux prétendants.

— Oui, Père, répondit-elle d'un air triste et résigné.

Chatham se tourna vers Tru.

— Et vous, faites en sorte que tout se passe ainsi que je l'ai demandé.

Elle acquiesça comme toujours, feignant l'obéissance. Il aurait été étonnant que Chatham n'ait pas cette nouvelle exigence. Cependant, qu'il soit question de Jasper ou pas, la détermination de Tru restait inchangée : elle ferait tout ce qui était en son pouvoir pour que Delia n'ait pas à subir une union forcée. Et que Chatham aille au diable s'il n'était pas content !

Elle n'avait pas à lui obéir, et Delia non plus. Ce fut ce qu'elle se dit pendant qu'elle se préparait pour le bal.

Plus, quand Delia et elle pénétrèrent dans la salle de bal, elle pressa la main de sa fille et lui rappela :

— Fais ce dont tu as envie. Danse avec qui tu as envie... ou avec personne du tout. Va trouver tes amies et amuse-toi. Ne te fais aucun souci. Je te promets que tout se passera bien.

— Oui, Mère.

Delia la serra tout à coup dans ses bras, avec force, avant de se précipiter vers ses amies.

Tru resta seule un moment à observer Delia, tout en se

demandant comment elle allait réussir à tenir sa promesse. Tout le pouvoir était entre les mains de Chatham. Elle était libre de penser qu'elle n'était pas obligée de lui obéir, mais c'était à lui qu'appartiendrait le dernier mot.

Une voix profonde retentit subitement derrière elle, lui donnant la chair de poule et oppressant sa poitrine jusqu'au point de douleur.

— Que dois-je faire pour pouvoir vous serrer dans mes bras comme vient de le faire votre fille ?

Elle se retourna et, au lieu de protester comme elle aurait dû le faire, elle sourit à l'homme qui se tenait tout près d'elle, si près qu'elle pouvait voir les éclats d'ambre qui constellaient ses yeux bruns.

— Pourquoi pas m'inviter à danser, Mr Thorne ? Cela me paraît un bon début.

Le bal organisé par les Fairmont était toujours un événement très couru de la Saison, mais il n'y avait jamais eu autant de monde que ce soir. D'après Hazel, c'était parce qu'il s'agissait du premier rassemblement après les funérailles du duc de Dedham.

Sa mort n'avait surpris personne – depuis son accident, sa santé était plus que précaire – mais personne n'aurait imaginé qu'il périrait dans des circonstances aussi particulières. Être découvert inanimé au pied d'un escalier dans un manoir de campagne plutôt que dans son lit ? Tout le monde réclamait des détails, si possible sensationnels. Et bien sûr, il y avait des rumeurs qui disaient que le duc n'était pas mort parce qu'il avait perdu l'équilibre et qu'il avait chuté dans l'escalier. Ce n'étaient que des spéculations infondées, bien sûr. La haute société en raffolait, mais il suffisait de posséder une once de bon sens et de raison pour ne leur accorder aucun crédit. Hazel était bien placée pour le savoir.

Il régnait dans la salle de bal une frénésie particulière, comme si la quête avide de détails croustillants plongeait tout le monde dans une espèce de transe. Plus d'un homme s'était montré très entreprenant avec elle. Étant donné son passé, elle était habituée aux hommes licencieux, mais ce soir, aucune retenue ne semblait de mise.

Hazel alla se réfugier derrière des fougères en pot, heureuse que le vert émeraude de ses jupes lui offre le camouflage dont elle avait besoin. Avec un peu de chance, elle pourrait passer pour une plante, et non pas pour ce qu'elle était réellement : une femme cherchant à échapper aux attentions indésirables.

C'était lâche de sa part, assurément, mais elle avait besoin de ce répit.

Elle avait l'habitude d'être assaillie par les hommes appartenant à son passé. Ils abondaient dans les salles de bal du grand monde. Cela faisait des années qu'elle était mariée au marquis de Sutton. Suffisamment longtemps pour qu'ils l'acceptent comme l'une des leurs, sans lui adresser constamment des regards lascifs et lourds de sous-entendus.

En théorie, c'était ce qui aurait dû se passer.

Malheureusement, les souvenirs avaient la peau dure dans le grand monde, et celle qui, un jour, avait été une courtisane, le restait à jamais.

Oh ! personne ne lui manquait ouvertement de respect. Elle était désormais la marquise de Sutton, après tout. Qui et *quoi* qu'elle ait été par le passé, elle avait fait un mariage prestigieux qui lui avait permis de s'élever et d'échapper au monde qui lui avait été assigné.

Et pourtant, les épouses la regardaient souvent avec animosité pendant que leurs maris... Eh bien, personne ne la contredirait si elle disait que leurs maris n'adressaient pas aux épouses des autres hommes force clins d'œil, regards concupiscents et autres propositions malhonnêtes. Non, ceci lui était réservé, et elle était obligée de supporter stoïquement ces comportements de goujats.

Elle savait ce qui se disait. La haute société se nourrissait de ragots désobligeants. Néanmoins, elle n'était pas une femme adultère. Contrairement à ce que l'on pensait d'elle, elle était restée absolument fidèle à Sutton depuis leur mariage. Valencia croyait à ces rumeurs qui encourageaient les plus audacieux à lui faire des avances.

Burton faisait partie de ceux qui la harcelaient. Il était même l'un des plus agressifs et des plus insistants. Depuis leur retour de Chatham House, il avait recommencé ses assauts.

Ce soir, il était particulièrement pénible. Hazel observa entre les feuilles pour voir s'il la cherchait toujours parmi la foule.

Elle ne le trouva pas. En réalité, elle ne voyait pas grand-chose, hormis les deux hommes qui se tenaient devant les fougères et lui bouchaient la vue.

— Je suis surpris de vous voir ici, Chatham. Généralement, ce genre de soirée ne vous agrée guère.

Elle regarda les deux hommes qui observaient la salle de bal. L'un d'entre eux était Chatham. Quant à l'autre, elle ne le voyait pas suffisamment pour le reconnaître. Il devait s'agir d'un aristocrate lui aussi, à en juger par sa veste bleu paon impeccablement taillée.

— Oui, eh bien, j'ai une fille à marier, donc je vais faire le tour des bals jusqu'à ce que j'aie trouvé quelqu'un qui satisfasse à mes exigences. Ce sera pour bientôt, j'espère. J'ai quelqu'un en tête pour elle. Ce n'est pas encore officiel, mais presque.

— Oh ! vraiment ? Toutes mes félicitations, alors.

— Merci, Crawford.

Chatham inclina la tête et Hazel se demanda si Tru savait cela… si elle savait que sa fille était officiellement fiancée, ou presque.

— Est-ce votre femme, là-bas, Chatham ?

— Euh, où donc ?

— Là, avec la robe rouge ?

Hazel regarda la salle de bal et aperçut Tru, particulièrement en beauté ce soir, qui virevoltait sur la piste, entre les bras de Jasper Thorne.

— Ah. Oui, c'est bien elle.

— Elle est resplendissante, ce soir. Vous avez de la chance de l'avoir dans votre lit quand vous le souhaitez.

— Vous trouvez ?

— Mais oui. Regardez-la. C'est une très belle femme.

Hazel fixa avec une légère inquiétude le dos de Chatham, qui observait sa femme, la tête inclinée sur le côté. Pour une raison qu'elle n'expliquait pas, elle ressentait de l'appréhension. Elle considérait Tru comme une amie. Elle était peut-être très proche de Valencia, mais cela ne l'empêchait pas de la traiter avec respect et gentillesse.

Hazel savait que Tru et Chatham ne formaient pas un couple uni et amoureux. Les mariages d'amour étaient rares dans le grand monde. Hazel doutait que Tru ait voulu piquer l'intérêt de son mari, mais elle savait que les mots de Crawford auraient cet effet sur lui.

Elle connaissait assez les hommes pour savoir que rien n'attirait autant leur attention qu'une femme qualifiée par un autre de « désirable ».

Crawford poursuivit :

— Je suis marié depuis aussi longtemps que vous et ma femme n'est pas aussi séduisante. Après les enfants… elle n'a plus été la même. Je constate que la vôtre n'a eu aucun problème de ce côté-là.

— Si vous le dites, répondit Chatham, songeur.

— Avec qui danse-t-elle ?

— Avec Jasper Thorne.

— C'est donc lui, Thorne ? J'ai entendu parler de lui. Le grand hôtel qui vient de se construire en ville, c'est lui, n'est-ce pas ?

— Oui.

Crawford émit un petit sifflement.

— Une bourse bien remplie. Cet hôtel est titanesque. (Il rit, avant de poursuivre.) À la façon dont il regarde votre femme, j'ai bien l'impression que lui aussi la trouve séduisante.

— En effet, murmura Chatham.

— Il la serre de près, non ?

— On dirait bien.

Hazel suivit leur regard et put s'en rendre compte par elle-même. Tru et Mr Thorne semblaient très à leur aise dans les bras l'un de l'autre. Il la tenait tout contre lui et ses lèvres étaient posées sur ses cheveux.

— On ne peut pas lui en vouloir, à ce pauvre homme.

— Non.

— De toute façon, c'est vous le chanceux qui la ramènera chez lui. C'est votre privilège.

— En effet.

Puis il marqua une pause, avant de répéter :

— Mon privilège, en effet.

Hazel se mordilla les lèvres. Elle savait que ce n'était pas la vérité. Tru et Chatham vivaient séparément depuis des années. Ils ne partageaient pas le même lit, ni rien d'autre d'ailleurs.

Hazel eut un petit mouvement nerveux. Il y avait dans cette conversation quelque chose qui la gênait, et ce n'était pas seulement parce qu'elle venait de faire preuve d'indiscrétion en écoutant des paroles qui ne lui étaient pas destinées.

Les deux hommes parlaient de Tru d'une façon qui lui aurait déplu. Par ailleurs… il s'agissait du mari de Tru. De son mari indifférent et négligent. Chatham ignorait complètement sa femme, et Tru préférait qu'il en soit ainsi. Elle ne l'avait jamais dit ouvertement à Hazel, mais celle-ci le savait. Le sens de l'observation était l'une des caractéristiques qui lui avaient permis d'arriver là où elle se trouvait à présent.

— Si vous voulez bien m'excuser, dit Chatham. Je crois que je vais aller récupérer ce qui m'appartient.

Récupérer ce qui m'appartient.

Allons bon. Ces mots mettaient Hazel mal à l'aise, alors que cela faisait des années que Chatham se désintéressait totalement de Tru.

Hazel changea de position pour observer le reste de la salle entre les feuilles de fougères. C'était la première fois depuis qu'elle fréquentait les salons dorés de la haute société qu'elle voyait Chatham se diriger vers une piste de danse. En particulier, elle ne l'avait jamais vu parler à sa femme, et encore moins danser avec elle. D'habitude, il passait toute la soirée dans la salle de jeu, à jouer aux cartes.

Il s'était arrêté à côté de Tru et était en train d'interrompre sa valse avec Mr Thorne. Le bel homme s'inclina et laissa la place au comte avec des gestes courtois, mais il y avait comme une dureté dans la crispation de ses mâchoires et une possessivité contrariée dans son regard. Il ne voulait pas confier Tru à cet homme, il ne voulait pas la rendre à son époux.

Que Chatham danse avec Tru était un événement extraordinaire, et Hazel savait que son amie le pensait également. Elle affichait un air tendu, préoccupé, en dépit de son sourire de façade. Elle était trop bien élevée et trop expérimentée pour laisser tomber la garde totalement. En valsant dans les bras de son mari, elle offrait à tous le spectacle d'une grande dame, satisfaite et accomplie. Mais Hazel n'était pas dupe.

30

« Je n'ai jamais eu d'amant. Seulement des bienfaiteurs. »

HAZEL, marquise de Sutton

— Que faites-vous donc, Chatham ? Nous ne dansons pas ensemble, d'habitude, murmura Tru entre ses dents, tout en affichant un sourire poli, au cas où quelqu'un les aurait regardés.

Il fallait absolument qu'elle ait l'air heureuse de danser avec son mari et qu'elle semble trouver cela normal. Mais ce n'était pas le cas. Chatham avait interrompu sa danse avec Jasper, et Tru n'avait pas besoin que qui que ce soit se rende compte à quel point elle était déçue.

Jasper.

Elle ne s'attendait pas à le voir ici ce soir, et encore moins à se retrouver entre ses bras, submergée par les souvenirs de la nuit passée ensemble et par un désir intense au point d'en être douloureux.

— Jasper, que faites-vous ici ? lui avait-elle demandé dès qu'ils s'étaient mis à valser ensemble.

— Je suis ici pour vous voir, bien entendu.

Elle secoua légèrement la tête, avant de se reprendre. Elle n'avait pas besoin d'apparaître contrariée, après tout. N'importe qui pouvait être en train de les épier. Tout le monde épiait toujours tout le monde dans la haute société.

— Comment avez-vous su que je serais là ?

— Une pièce bien placée dans la main d'un laquais, milady.

Elle écarquilla les yeux.

— Vous avez corrompu l'un de mes domestiques ?

— Cela semble vous horrifier, répondit-il en souriant.

— Vous avez corrompu mes gens, répéta-t-elle, comme si cela échappait à son entendement.

— L'un d'eux, en tout cas.

— Lequel ? demanda-t-elle avec dureté, bien décidée à punir sévèrement le coupable.

Il inclina légèrement la tête.

— Ce ne serait pas très « grand seigneur » de ma part. Je ne veux pas qu'il perde sa place à cause de moi.

— Oui, mais s'il parlait de l'intérêt que vous me portez à quelqu'un d'autre ? Je suis certaine que votre requête l'a étonné.

— Je n'ai pas précisé pourquoi je posais la question. Je suis sûr qu'il a pensé que je m'intéressais à votre fille.

— Ah. Oui.

Elle respira un peu plus commodément. C'était en effet ce qui semblait le plus logique. Qui aurait pu soupçonner que Jasper Thorne avait un faible pour la glaciale comtesse ? Elle-même avait du mal à concevoir que ce soit vrai. Les gens ne pouvaient que penser qu'il attachait beaucoup d'importance à Delia, bien plus jeune et plus jolie.

— Vous avez très certainement raison. Oui, c'est ce qu'il a dû se dire.

Cela la travailla pendant quelques minutes, car cela lui rappela à quel point il était mal de sa part de s'intéresser à cet homme. Il n'était pas pour elle. Elle n'était pas pour lui. Personne n'aurait pu imaginer qu'il s'intéressait à elle. Personne n'aurait pu soupçonner qu'ils étaient amants. Aux yeux de tous, elle était une femme qu'aucun homme n'aurait pu poursuivre de ses assiduités.

Il fronça légèrement les sourcils.

— Quoi que vous pensiez, cela ne me plaît pas. Chassez ces idées de votre tête.

Elle le regarda en clignant des yeux, contrariée.

— Vous êtes capable de lire dans mes pensées maintenant ?

— Tru, je vous connais.

Ces simples mots suffirent à la faire frémir car elle les soupçonnait d'être vrais. D'une certaine façon, cet homme la connaissait. En un laps de temps très bref, il avait appris à la connaître. Comme personne d'autre ne la connaissait.

Son cœur se serra tristement à l'idée que leur histoire était impossible. Elle pouvait en rêver, elle pouvait l'imaginer, elle pouvait le fantasmer, le désirer, mais leur amour était impossible, à tout jamais.

— Vous ne me connaissez pas, monsieur, insista-t-elle, en affichant toujours ce sourire poli, au cas où quelqu'un les aurait observés.

Il émit un petit rire léger.

— Je vous connais. Et je sais que vous me mentez en ce moment précis. Vous me mentez et vous *vous* mentez.

Elle vit qu'il la fixait dans les yeux.

— Vous vous êtes sacrifiée toute votre vie. Vous avez renoncé à l'amour. Au bonheur. Au plaisir et à la passion charnels. Toutes ces choses que vous méritez. La question est la suivante : combien de temps encore allez-vous vous sacrifier ? Jusqu'à votre mort ?

Elle prit une grande inspiration.

— Je ne peux pas vous demander de cesser d'apparaître dans le grand monde, mais il ne faut plus me parler. Et encore moins danser avec moi.

Ils devaient cesser tout type d'interactions.

— Il me semble que vous êtes à la recherche d'une épouse, d'une mère pour votre fille. Vous devriez vous concentrer sur cela.

Et me laisser en paix.

— Je pense l'avoir trouvée.

Il la regarda alors avec des yeux ardents et intenses. La détermination qu'elle vit dans son regard lui fit réprimer un petit halètement.

— Non, fit-elle en secoua la tête. Ne soyez pas stupide. C'est ridicule.

— Je l'ai trouvée, insista-t-il, imperturbable et sûr de lui.

— Non. Vous savez très bien qu'il ne pourra jamais en être ainsi.

— Je vous veux.

— Cessez.

Tru regarda fiévreusement autour d'elle, de peur que quelqu'un ne l'ait entendu.

Évidemment, il parlait à voix basse, mais c'étaient des mots qui ne devaient pas être prononcés ici, dans une pièce emplie de gens tout à fait capables, s'ils le voulaient, de causer sa perte et de détruire sa famille. La panique la saisit. Tout à coup, elle aperçut le visage de Hazel et ses cheveux blond vénitien qui brillaient telle une flamme au milieu des fougères derrière lesquelles elle semblait vouloir se dissimuler. Son regard était attentif et préoccupé, et il fixait Tru.

— Il existe forcément un moyen.

Il écarta les doigts dans son dos comme pour laisser son empreinte dans sa chair.

— Nous en trouverons un.

— Il n'y en a pas.

Tout en parlant, elle adressa un signe de tête à la femme de l'ambassadeur portugais qui venait de la saluer. Cette femme avait un fils qui cherchait une épouse, et Tru savait que Delia lui plaisait beaucoup.

— Même votre fortune ne pourra rien pour nous, poursuivit-elle.

— Ne sous-estimez pas le pouvoir de l'argent.

— C'est une pensée cynique.

— Mais vraie.

Elle sentit poindre en elle une bribe d'espoir, qu'elle s'empressa de réprimer. Jasper se trompait. Ils ne pouvaient pas légitimement vivre ensemble. Même avec l'influence dont il jouissait, même avec toutes les manœuvres qu'il serait capable de mettre en place.

— C'est peut-être la seule chose que vous ne pourrez jamais acheter.

— J'aimerais essayer.

Elle secoua la tête.

— Vous ne pouvez pas m'acheter.

Il lui adressa un regard noir.

— Ce n'est pas du tout ce que je voulais dire. Je ne vous considère pas comme un objet. Je ne suis pas certain que Chatham soit du même avis que moi, cependant.

Elle tressaillit. Jasper voyait sans doute juste sur ce point.

— Vous méritez mieux. Tellement mieux, poursuivit-il.

— Cela va causer ma perte, et celle de mes proches...

— Je ne suis pas prêt à abandonner.

La pression de sa main dans son dos s'accentua, et il l'attira plus près de lui.

— Je ne suis pas prêt à *vous* abandonner.

Cette simple précision la plongea dans une grande confusion, tout comme la troublait la sensation aiguë de sa présence contre elle. Elle sentait sa chaleur irradier jusqu'à elle, telle celle d'un poêle.

— Et vous ?

Elle s'humecta les lèvres.

— Il le faut.

Il rapprocha son visage du sien. Leurs joues se touchaient presque, sa bouche ne se trouvait qu'à un cheveu de son oreille.

— Ce n'était pas cela, la question, mon amour.

Il la fit tourner et elle se sentit un peu étourdie. Ce n'était pas à cause de la danse. C'était à cause de lui. De ses mots. De sa proximité. De son souffle chaud caressant sa peau.

Il continuait de la tourmenter, de l'ensorceler.

— Allons, Tru. Avez-vous pensé qu'une fois suffirait ? Que nous nous en contenterions tous les deux ?

— C'est tout ce que nous aurons.

— Vous n'avez pas eu assez de moi.

Son souffle caressait son oreille et faisait se propager des frissons sur tout son corps. Elle se sentait incapable de parler en ce moment précis, même si elle savait quels mots elle aurait pu et dû employer pour le convaincre, pour se convaincre.

— Vous en voulez encore, ajouta-t-il, avec cet aplomb qui la rendait folle.

Ses jambes étaient en coton, ses genoux faibles. Des sensations qu'elle avait déjà éprouvées quand leurs deux corps étaient enlacés. Tout lui revint alors : eux, collés l'un à l'autre, en train d'onduler. Leur peau nue en contact. Ses doigts s'agrippant à ses épaules. Cette sensation de vertige, de chute imminente. Cette nuit-là et en ce moment même… Comme s'il la sentait sur le point de s'effondrer, il la plaqua contre son torse et la maintint à l'aide de son bras puissant.

De sa voix enjôleuse, il poursuivit :

— Avez-vous envie de vous éloigner de moi ? En avez-vous terminé avec moi ? Avec nous ?

Une lueur de défi brillait dans ses yeux. Son regard parcourut son visage, puis plongea vers ses épaules, son décolleté.

Ses seins se tendirent sous son corsage. Il lui fut tout à coup compliqué de respirer. Elle ne parvint qu'à hocher faiblement la tête.

Il approcha de nouveau ses lèvres de son oreille.

— Je suis prêt à parier que trente secondes me suffiraient à vous laisser pantelante et à vous faire me supplier de vous toucher.

Trente secondes ? Elle déglutit. Malheureusement, cette vantardise était certainement proche de la vérité. Jamais elle ne le lui avouerait, néanmoins. C'était une question de fierté autant que de survie. Il fallait qu'elle lui résiste, coûte que coûte.

— Vous allez trop loin.

— Avec vous ? Oui. Il en est ainsi depuis le début, semble-t-il. Pour vous, j'ose tout.

— Je vous prie de m'excuser, Thorne. Je pense que je vais prendre le relais à présent.

Tru s'était décomposée en entendant la voix de son mari, si proche, si inattendue et si malvenue. Il avait osé s'immiscer dans ce moment d'intimité ; qu'il en soit maudit.

Ce qui s'était passé ensuite avait atteint des sommets d'étrangeté.

Elle avait regardé tour à tour Jasper et Chatham, tentant de comprendre si son mari avait entendu la totalité, ou même une partie, de leur échange.

Jasper regarda Chatham avec une expression froide et

indéchiffrable. Il prit tout son temps pour baisser son bras, la lâcher et reculer.

— Mais bien entendu, répondit-il en inclinant la tête, même si ses yeux lançaient des éclairs de défi.

Chatham n'avait pas semblé remarquer. Ou peut-être s'en moquait-il, tout simplement.

Il prit Tru dans ses bras et lança à Jasper :

— Pourquoi ne dansez-vous pas avec notre Delia ? Je l'ai vue vous regarder avec un air languissant tout à l'heure, mentit-il. Vous lui manquez depuis que nous sommes rentrés de la campagne.

Tru tressaillit.

Jasper acquiesça avec raideur, et adressa à Tru un regard appuyé qui promettait qu'ils n'en avaient pas terminé, loin de là.

Que faites-vous donc, Chatham ? Nous ne dansons pas ensemble, d'habitude.

Sa question flottait dans l'air de façon concrète et palpable entre elle et Chatham. Elle commençait à se demander s'il allait répondre un jour. Il la regardait d'une façon très particulière qui la rendait nerveuse. Il semblait observer et réfléchir. Comme s'il ne l'avait jamais vue auparavant.

— C'est un tort, peut-être, finit-il par répondre.

Une autre valse commença, mais son mari ne la lâcha pas. Au contraire, il la serra davantage.

Jasper alla se placer dans un angle de la salle de bal, sans suivre le conseil de Chatham. Il se tenait là, le regard fixé sur Tru, même si Delia et un grand nombre de ses amies se retrouvaient en manque de cavalier. Elle le pria intérieurement de cesser de la regarder, de porter son attention ailleurs, n'importe où, mais pas sur elle, surtout pas sur elle.

Son mari la faisait valser avec aisance. Alors qu'ils parcouraient la piste en tournoyant, Tru surprit les regards stupéfaits de sa sœur et de sa fille. Elles aussi avaient bien conscience de l'incongruité de la situation.

— J'avais oublié la grâce avec laquelle vous dansez, ma chère épouse.

Un compliment ? Une gifle l'aurait moins interloquée.

— M… merci, bredouilla-t-elle.

— Je pense que je ne vous ai pas toujours appréciée à votre juste valeur.

— Oh…

Que se passait-il ?

— Je vais m'efforcer de corriger cela.

Elle le regarda d'un air suspicieux. Soit Chatham avait été remplacé par un imposteur, soit il se moquait d'elle.

— C'est très gentil de votre part, répondit-elle avec prudence.

— La gentillesse. Oui. C'est quelque chose qui devrait être plus présent entre nous.

— Avez-vous bu ? demanda-t-elle en scrutant son expression sincère avec incrédulité.

Il ricana et cela acheva de la convaincre. Il était ivre.

— La vie est trop courte pour vivre dans la tristesse. C'est la mort de Dedham qui m'a fait prendre conscience de cela, ma chère.

Ils continuèrent de danser. Chatham arborait un sourire placide comme jamais elle ne lui en avait vu. Le regard de Tru se déplaça vers les visages brouillés qu'elle croisait en se déplaçant sur la piste. Jasper, les yeux fixes et méfiants. Delia et sa sœur, toujours stupéfaites. Et même Hazel. Dans les yeux de son amie, Tru crut déceler quelque chose qui ressemblait à une… mise en garde ? Elle ne pouvait creuser la question pour l'instant, car elle était trop préoccupée par le changement d'attitude de son mari.

— Vos mots me réchauffent le cœur, milord, dit-elle avec prudence.

— Tant mieux, répondit-il en l'attirant un peu plus près de lui. Je ne veux que votre bonheur, Gertie. Vous devez me croire.

Elle ne savait pas si elle le *devait*, mais elle *avait envie* de le croire. Elle avait envie de croire qu'il venait de se rappeler qu'il possédait un cœur, lui aussi.

Son regard se porta de nouveau sur Jasper, qui la regardait

toujours avec intensité depuis l'autre extrémité de la pièce. Ses mots lui revinrent à l'esprit. *Nous trouverons un moyen.*

L'espoir emplit sa poitrine. Si Chatham se souciait vraiment de son bonheur, il pourrait y avoir un moyen, après tout.

31

« Nul n'est plus sage et raisonnable qu'une fille ayant connaissance des erreurs les plus embarrassantes de sa mère. »

GERTRUDE, comtesse de Chatham

— Oh ! j'ai dû oublier mes gants au vestiaire. J'en ai pour un tout petit instant, Mère.

— Très bien, acquiesça Tru.

Elle regarda distraitement Delia entrer de nouveau dans la maison pendant qu'un palefrenier l'aidait à grimper en voiture.

En attendant le retour de sa fille, Tru s'installa sur la banquette et laissa échapper un petit soupir. Elle avait hâte de retrouver sa chambre à coucher et son lit. Hâte de pouvoir réfléchir, au calme, aux événements de cette soirée extraordinaire.

Elle était sûrement stupide de se dire que son mari avait peut-être changé, de penser que tout à coup il puisse devenir bon et généreux envers elle au point de souhaiter son bonheur, même si c'était à ses dépens. En effet, la dissolution de leur mariage coûterait sans doute beaucoup à Chatham. Dans de telles circonstances, il était peu probable qu'il accepte d'en arriver là, même si elle avait très envie d'espérer.

Elle fut brusquement tirée de ses pensées. La porte de la voiture venait de s'ouvrir, et Jasper, vif comme l'éclair, s'engouffrait pour venir s'asseoir à côté d'elle.

— Jasper ! souffla-t-elle. Que faites-vous ? Vous ne devriez pas être ici. Ma fille va revenir d'un moment à l'autre et vous…

— Vous allez continuer comme si de rien n'était, alors ? Continuer votre existence sans rien changer ? Sans être heureuse ? Sans profiter pleinement de ce que vous pourriez avoir ? De ce que vous pourriez avoir avec moi ?

Il prit son visage entre ses mains et ses pouces caressèrent ses joues avec une tendresse qui la déchira. Il la regardait de ses yeux brun foncé, avec tant d'intensité que son regard était comme un contact, aussi palpable que les larges mains qui caressaient son visage.

Elle ferma les yeux un moment pour goûter au mieux la sensation de ses mains sur sa peau. La façon dont il la regardait, dont il la touchait, dont il lui parlait lui causait une douleur insupportable dans la poitrine.

— Pourquoi ? Pourquoi a-t-il fallu que je vous rencontre ? Pourquoi n'ai-je pas continué ma vie… sans connaître… sans avoir jamais connu…

Elle avait trop mal : sa voix s'éteignit d'elle-même.

— Sans avoir jamais connu quoi ? demanda-t-il avec une urgence désespérée dans la voix.

— Vous, souffla-t-elle. Sans jamais vous avoir connu, vous.

Sans avoir jamais connu l'amour.

— Mais à présent, vous me connaissez, murmura-t-il. Vous connaissez cela. Vous savez comment cela peut être entre nous, et de ce fait, vous ne pouvez plus vouloir que nous revenions en arrière. J'engagerai le meilleur avocat de Londres. Nous pourrons aller vivre à l'étranger. Quoi qu'il se passe…

Il secoua la tête comme si les détails n'avaient aucune importance.

— Le monde ne s'arrêtera pas de tourner si nous nous aimons…

La porte de la voiture s'ouvrit de nouveau et ils se retrouvèrent face au visage stupéfait et choqué de Delia.

— Mère ! Mr Thorne !

Tru se détacha de Jasper et recula comme si la foudre venait de tomber entre eux deux. La détresse la plus absolue s'empara d'elle alors que sa fille se tenait face à elle et découvrait en ce moment précis que *son* prétendant était davantage épris de sa mère. La honte s'abattit sur elle tel un coup de fouet cinglant.

Certes, Delia ne souhaitait pas épouser Jasper. Certes, ils avaient passé un accord secret pour faire semblant de se courtiser. Néanmoins, cela devait être un choc de découvrir sa propre mère dans les bras d'un homme censé être un bon parti pour elle.

Delia était bouche bée, les yeux fixes et écarquillés. Elle s'était immobilisée, sans entrer complètement dans la voiture, et le palefrenier devait se trouver quelque part derrière elle. Heureusement, il ne devait pas être capable de voir ce qui se passait à l'intérieur.

Jasper la tenait toujours. Ne voyait-il pas que le scandale était tout proche ? Delia les avait surpris, et d'après son expression, il était clair qu'elle avait tout compris.

Tru ôta la main de Jasper de son bras.

— Partez, maintenant, je vous en prie.

Il la fixa d'un air buté. De toute évidence, peu lui importait que Delia les ait surpris. Que pouvait-il bien être en train de penser ? Qu'il était déterminé au point de se moquer éperdument des scandales ? Que Delia était une personne de confiance et qu'il n'y avait rien à craindre d'elle ?

— Je vais réfléchir à ce que vous m'avez dit. Maintenant, allez-vous-en, Jasper, supplia-t-elle. S'il vous plaît.

Il contracta les mâchoires.

— Très bien.

Puis il se tourna et sortit par l'autre portière.

Delia le regarda partir avant de monter à son tour en voiture. Le palefrenier referma la porte derrière elle et elle s'installa face à Tru. Ses mouvements étaient empruntés et son expression circonspecte quand elle croisa les mains sur ses genoux. Il n'en fallut pas davantage pour que Tru ait l'impression qu'une lame de couteau s'enfonçait dans son cœur. Le silence s'installa. Sa fille la regardait comme une si elle était une étrangère.

— Ai-je bien entendu « Jasper » ? finit-elle par demander, presque malicieusement.

Tru grimaça, regrettant d'avoir laissé échapper cette preuve d'intimité.

— Delia, je t'en prie, laisse-moi t'expliquer.

Elle tendit le bras pour attraper la main de Delia, mais celle-ci la repoussa.

— Je n'aime mieux pas.

— Est-ce que tu… me détestes ?

Elle soupira.

— Jamais je ne pourrai vous détester, Mère. C'est juste que… que je ne sais plus trop que penser.

Elle marqua une pause durant laquelle elle se mordilla la lèvre.

— Mais, en revanche, je sais que vous méritez d'être heureuse. Plus que n'importe qui d'autre, vous le méritez. Vous rend-il heureuse ?

Après avoir hésité un moment, Tru décida qu'il valait mieux dire la vérité à Delia. Elle hocha la tête. Dans sa gorge, une boule d'appréhension s'était formée. Mais elle ressentait aussi autre chose. Quelque chose qui ressemblait à du soulagement. Elle était soulagée d'avouer enfin la vérité, à sa fille, mais aussi à elle-même.

Le bonheur faisait partie de toutes ces choses qu'elle ressentait en compagnie de Jasper. Avec le désir. L'enthousiasme. Une impression de réconfort et de sécurité. Tout était facile avec lui. Il la faisait se sentir belle. Il la faisait se sentir estimée. C'était ce qu'elle voulait. Ce qu'elle voulait jusqu'à la fin de ses jours.

— Dans ce cas, très bien, dit Delia sur un ton qui paraissait à la fois très définitif et assez résigné.

Sa fille, l'une des personnes les plus importantes de sa vie, savait pour elle et Jasper et il ne s'était rien passé. Elle ne détestait pas Tru. Elle semblait même presque… comprendre.

Jasper avait sans doute raison, finalement. Peut-être allaient-ils trouver un moyen.

Le monde continuerait peut-être de tourner si la vérité éclatait au grand jour.

Il était très tard quand la voiture de Tru s'arrêta devant chez son mari. C'était assez étrange qu'elle ait ressenti le besoin impérieux de venir le trouver au beau milieu de la nuit. Cela conférait à cette visite une tonalité secrète, clandestine et interdite... comme l'était toute sa vie, dernièrement.

Avec un peu de chance, tout ceci serait bientôt terminé.

Tru fut conduite au salon pendant qu'un laquais allait chercher le comte. Le majordome resta auprès d'elle, à la surveiller, comme si elle était une mendiante qui s'était introduite là par effraction et non la comtesse de Chatham en personne.

Chatham arriva bientôt, en robe de chambre, l'air légitimement surpris.

— Gertie ? demanda-t-il, avec beaucoup plus de politesse que la dernière fois où elle lui avait rendu visite.

— Chatham, pardonnez-moi cette visite tardive.

Son mari lui désigna avec empressement un fauteuil, afin qu'elle y prenne place.

— Que se passe-t-il ?

Elle resta debout, car elle se sentait trop nerveuse pour s'asseoir.

— J'ai réfléchi à la conversation que nous avons eue ce soir, au bal. Vous avez dit vous soucier de mon bonheur, et c'était très touchant.

Il sourit.

— Et c'est cela qui vous a amenée chez moi au beau milieu de la nuit ?

Elle fronça les sourcils et remua, mal à l'aise.

— J'étais désireuse de poursuivre la discussion avec vous.

— *Désireuse ?* répéta-t-il en la regardant de manière concupiscente. Ai-je bien entendu ?

— Oui. Désireuse... de discuter de mon bonheur.

— De votre *bonheur,* dit-il lentement, en s'attardant sur chaque mot comme s'il pouvait en goûter la saveur... et en la fixant, semblant vouloir goûter sa saveur à elle.

Tout ceci était très déconcertant. Durant toutes ces années, il avait eu l'air de la considérer comme une créature asexuée. L'intérêt soudain qu'elle voyait dans son regard était perturbant.

— Oui, fit-elle en déglutissant. Nous menons des vies séparées depuis tant d'années.

En baissant les yeux, elle ajouta :

— Cela fait plus de quinze ans que nous n'avons pas passé la nuit ensemble. Nous ne nous sommes jamais rendus heureux l'un l'autre.

Chatham ne souriait plus. Il demanda :

— Mais qu'avez-vous ? Pourquoi êtes-vous ici ?

— Nous ne vivons plus ensemble en tant que mari et femme...

— Pourtant nous sommes mari et femme.

Elle secoua la tête, et le regarda dans les yeux pour lui adresser une supplication muette.

— Oui, mais peut-être ne devrions-nous plus l'être.

Les yeux du comte devinrent glaciaux et perdirent toute la bonté que Tru avait cru, brièvement, y déceler.

Pour se donner du courage, elle prit une grande inspiration.

— Je ne veux plus être votre épouse.

Voilà. Elle l'avait dit, et ce n'était pas si difficile qu'elle l'avait imaginé.

En réalité, avoir prononcé ces mots était un immense soulagement. Elle avait l'impression d'avoir été libérée d'un cachot et de pouvoir respirer l'air frais du dehors. Enfin. Sa première goulée d'air pur en près de vingt ans.

Il la fixa un long moment, sans doute surpris par ces manières franches et directes qui ne lui ressemblaient pas. Elle détestait ses tentatives d'intimidation. Avec détermination, elle soutint son regard. Détourner les yeux serait une marque de faiblesse et il fallait qu'elle soit forte. Elle ne pouvait pas flancher.

Puis, à sa grande stupéfaction, il se mit à rire.

— Vous ne pensez pas que j'ai pensé la même chose à bien des reprises ? J'aurais pu faire tellement plus d'enfants à une femme plus jeune et plus féconde. Je pourrais avoir cinq ou six fils à l'heure qu'il est, si j'étais marié à n'importe qui d'autre. Au lieu de cela, je suis coincé avec vous.

Tru n'eut même pas le moindre tressaillement. Ce serait une telle bénédiction si Chatham était marié à une autre. Même si elle avait pitié de celle qui lui succéderait peut-être, elle accordait volontiers à Chatham le loisir de se remarier. Elle serait enfin débarrassée de lui. Libre.

— Dans ce cas, suggéra-t-elle, dissolvons cette union qui n'est qu'une farce. Ainsi vous pourrez passer à autre chose et trouver une situation qui vous comble davantage.

Il grimaça.

— Vous savez que cela ne se fait pas. Pour les gens comme nous, c'est impossible.

— Ce serait compliqué, certes, mais pas impossible.

Elle s'humecta les lèvres. Ils trouveraient un moyen, comme l'avait dit Jasper.

Il hocha lentement la tête.

— Je vois que vous avez réfléchi à la question.

En constatant qu'au moins il l'écoutait, Tru sentit son cœur se gonfler d'espoir. Chatham ne s'était pas mis en colère. Jasper avait peut-être vu juste : le comte accepterait de lui rendre sa liberté.

Il poursuivit :

— J'espère que vous avez mené vos investigations avec discrétion. Je ne voudrais pas que tout Londres se mette à cancaner sur l'état de notre mariage. Il faut que personne ne soit au courant, surtout, de votre bêtise.

Elle ouvrit la bouche, avec l'intention de lui assurer qu'elle n'en avait parlé à personne, mais elle se reprit. Ce serait un mensonge. Jasper. Bien entendu, il y avait Jasper. Elle n'était pas seule dans cette histoire. Il était la raison de sa présence ici cette nuit. Enfin, pas l'unique raison… mais c'était grâce à lui qu'elle avait trouvé le courage d'adresser une telle requête à son mari. Jasper lui avait montré qu'elle valait mieux que ce mariage, qu'elle n'était pas obligée d'être malheureuse et de supporter un horrible mari qui la traitait si mal.

Aucune femme ne devrait endurer une chose pareille.

Elle avait passé presque deux décennies à être mal mariée. C'était assez de temps gâché pour une union sans joie et sans amour. Le moment était venu de dissoudre ce mariage maudit. Elle ne voulait pas gâcher une décennie supplémentaire de sa vie pour Chatham.

— Vous avez plus de cran qu'avant, mon épouse. Je n'aurais jamais cru cela de vous. C'est peut-être pour cela que, tout à coup, vous êtes apparue si séduisante ce soir.

Il plissa les yeux, et glissa :

— Votre éclat n'est pas passé inaperçu.

Elle prit une grande inspiration.

— Je ne vois pas ce que vous voulez dire.

Subitement, il tendit le bras et saisit son visage. Il enfonça cruellement les doigts dans ses joues.

— Ne me mentez pas.

Il se pencha en avant et enfouit son nez dans ses cheveux, avant d'inspirer.

— Sens-je l'odeur d'un autre homme, ma femme ?

La panique la saisit. C'était une simple conjecture, bien entendu. Il ne pouvait pas savoir. Il ne pouvait pas sentir l'odeur de Jasper sur elle. Il essayait seulement de l'effrayer, mais plus jamais elle n'aurait peur de lui.

— Lâchez-moi.

Elle dégagea son visage et recula d'un pas. Elle leva le menton en signe de défi, en luttant intérieurement pour paraître sûre d'elle.

— Vous pensez pouvoir m'échapper ? demanda-t-il en avançant d'un pas menaçant vers elle. Quand nous nous sommes mariés, c'était pour la vie. Il est impossible pour vous de m'échapper. Nous sommes dans ce bourbier ensemble. Jusqu'à la fin.

Il lui adressa un regard fulminant.

— Jusqu'à ce que l'un de nous ne meure.

C'était peut-être dans son imagination, mais ces derniers mots résonnaient comme une menace.

— Je veux partir.

Il pencha la tête.

— Êtes-vous stupide ? Ne m'avez-vous pas entendu ?

— C'est vous qui ne m'avez pas entendue. C'est terminé, milord, déclara-t-elle d'une voix admirablement forte. Notre mariage n'est plus.

Il tendit de nouveau le bras, cette fois pour enserrer sa gorge. Il exerça une infime pression et dit :

— Je ne sais pas qui vous a mis ces idées en tête, mais vous êtes ma femme et cela ne changera pas. Vous n'allez pas me quitter. Je ne tolérerai pas un tel scandale. Je préférerais vous tuer. M'avez-vous compris ? Est-ce suffisamment clair ?

Elle se sentait perdue. Elle savait que cette rencontre pouvait mal se passer, mais elle ne s'attendait pas à ce qu'il la menace de mort. Elle ne l'aurait jamais cru capable de cela.

Elle acquiesça, alors que ses doigts étaient toujours autour de sa gorge. Malgré tout, elle trouva en elle-même un courage insoupçonné.

C'était peut-être stupide de sa part, mais elle avait assez subi de la part de cet homme. Avec lâcheté, elle avait préféré se tenir à l'écart et l'affronter le moins possible, mais il était allé si loin en la menaçant de mort qu'elle se sentait désormais capable de toutes les audaces.

Advienne que pourra, elle ne battrait pas en retraite. Elle ne se cacherait plus.

— Il y a un autre homme, avoua-t-elle de but en blanc.

Les yeux du comte sortirent de leurs orbites, et ses doigts serrèrent davantage son cou.

— Je le savais. Je le savais depuis le début. Dites-moi tout, sale traînée, qui est-ce ?

— Cela devrait vous faire plaisir, lança-t-elle. Il vous a fait si grande impression.

Il scruta son visage avec l'air de réfléchir. Soudain, il écarquilla les yeux.

— Thorne.

Elle se contenta d'un bref hochement de tête.

— Il me veut comme jamais vous ne m'avez voulue. Il est bon et respectueux... et ne me traite pas comme un objet à mettre au rebut.

Il serra de nouveau son cou et elle se demanda un instant si sa fin était venue. Des points lumineux se mirent à danser devant ses yeux. Allait-il la tuer ?

Contre toute attente, un calme étrange sembla envahir Chatham. Ses doigts se desserrèrent et l'air put enfin parvenir aux poumons de Tru.

— Vous savez, Gertie, je pense que vous pourriez rester ici un moment. Une petite punition, pour vous faire passer l'envie de vous vendre au premier venu. Je n'aurais pas dû vous négliger ; à cause de cela, vous vous êtes égarée.

Elle poussa un cri de détresse.

— Non ! Je ne peux pas rester ici. Je vous en prie.

Il lâcha son cou.

— Oh ! je crois que cela vaut mieux, au contraire.

Sa voix était à présent d'un calme inquiétant.

— Il est clairement temps que je me réaffirme en tant qu'époux.

Elle secoua la tête avec véhémence, en reculant d'un pas chancelant. Comment avait-on pu en arriver là ?

Elle était venue ici dans l'espoir d'obtenir la dissolution de leur mariage, et maintenant Chatham menaçait de la retenir captive chez lui, alors même que sa maîtresse devait se trouver à l'étage, en train de dormir.

Elle fit une nouvelle tentative :

— Vous vous êtes montré si bon envers moi ce soir. Si humain.

Plus humain qu'il ne l'avait jamais été.

— Où cet homme a-t-il disparu ?

Il émit un rire cruel.

— Oh ! Gertie. Cet homme n'a jamais existé.

Elle étouffa une petite plainte et le bouscula pour tenter de s'enfuir.

— Baxter ! lança son mari.

Le majordome se matérialisa à la porte et l'empêcha de sortir. Elle cligna des yeux devant la soudaineté de cette apparition. Il ne faisait aucun doute que le domestique avait entendu la totalité de leur conversation.

Elle adressa un regard mortifié à Chatham qui, à présent, se tenait derrière elle.

Il haussa les épaules et leva un sourcil.

— Baxter, voulez-vous bien accompagner mon épouse jusqu'au grenier ?

Elle haleta et regarda le majordome au visage sinistre. Il était l'image même du serviteur stoïque et fidèle. En regardant droit devant lui, il répondit :

— Bien sûr, milord.

Elle secoua la tête.

— Non !

Elle voulut contourner le majordome, mais sa main ferme se referma sur son bras.

— Comment osez-vous ? Lâchez-moi ! s'exclama-t-elle, furieuse.

Baxter adressa un regard légèrement interrogateur à son maître, comme s'il attendait son approbation finale. Elle suivit le regard du domestique, tandis que l'angoisse l'étreignait.

Chatham hocha la tête.

— Emmenez-la au grenier, Baxter. Et faites en sorte qu'elle ne quitte pas la maison.

Tout s'effondra autour d'elle.

— Chatham, non. Vous ne pouvez pas me retenir prisonnière.

— Je peux faire de vous ce dont j'ai envie. Vous êtes ma femme, ma propriété.

Puis, surgi des profondeurs de son être, elle entendit l'écho d'une voix qui semblait émerger d'un ravin profond.

N'avouez rien.

Elle tressaillit. Dieu du ciel. Madame Klara avait-elle tout vu ? Rosalind avait-elle eu raison de s'alarmer en entendant les paroles étranges de la voyante ?

Quoi qu'il en soit, Tru savait à présent. Elle avait commis une grave erreur.

Elle n'aurait jamais dû se confier. Elle n'aurait jamais dû venir ici. Elle n'aurait jamais dû provoquer Chatham. Elle n'aurait jamais dû se placer dans une position aussi périlleuse. Elle s'était comportée comme une idiote. Aveuglée par son amour pour Jasper, elle avait cru avec optimisme à la promesse d'un bonheur possible. Comme une idiote, elle avait espéré. Comme une idiote, elle avait cru déceler de la douceur chez Chatham ce soir. Elle avait pensé qu'il aurait pu baisser les armes et accéder aux désirs que nourrissait son cœur.

Elle lui adressa un regard désespéré alors qu'il quittait la pièce à grandes enjambées.

Elle fit un pas vers la porte, dans une tentative désespérée pour s'enfuir. Ses jambes étaient en coton, elles tremblaient et chancelaient, mais elle voulait partir d'ici coûte que coûte.

Elle n'y parvint pas.

Quand elle voulut contourner le majordome, il s'empara d'elle et la maintint fermement. Elle cria et se débattit en donnant des coups de pied dans toutes les directions.

— Vous ne pouvez pas me garder ici ! Chatham, vous m'entendez ? Vous ne pouvez pas me garder ici !

— Oh ! faites-la taire, voulez-vous, Baxter ? lança le comte depuis le couloir. Je l'ai assez entendue pour cette nuit.

Prise de panique, elle se débattit de plus belle. Pendant qu'elle se tortillait pour se libérer des bras du majordome, elle aperçut un poing serré qui s'approchait d'elle, juste avant qu'il entre violemment en contact avec son visage.

Et puis plus rien.

32

« Si seulement les hommes étaient capables de se mettre à la place des femmes. Dans ce cas, peut-être réfléchiraient-ils avant de nous imposer leur volonté. »

GERTRUDE, comtesse de Chatham

La douleur.

Elle se réveilla, avec un cri étranglé, dans une pièce sombre, et eut immédiatement conscience que son corps tout entier était douloureux mais que l'endroit qui la faisait le plus souffrir était son visage. En fermant les yeux, elle leva une main tremblante et la porta doucement à sa joue brûlante et lancinante pour tenter d'évaluer les dégâts. Quand ses doigts entrèrent en contact avec sa chair tuméfiée, elle ne put retenir un gémissement plaintif.

Elle baissa la main et se roula en boule sur le sol froid. Enfin, elle supposait qu'elle était allongée à même le sol. Elle resta immobile un moment, paralysée par la peur. Puis, lentement, elle rouvrit les yeux, et tenta de les habituer à la pénombre en clignant des paupières.

Son esprit était plus que brumeux. Elle ne parvenait pas à se souvenir de ce qui s'était passé ni de l'endroit où elle se trouvait, mais la peur lui tenaillait le ventre et elle savait qu'elle n'était pas en sécurité. La douleur qui irradiait dans tout son corps en était la preuve.

Elle bougea légèrement. La souffrance intense qu'elle ressentit lui arracha un autre gémissement.

Le poids de ses paupières devint tel qu'elle ferma de nouveau les yeux, et elle alla se réfugier dans ce monde lointain où il n'y avait ni douleur ni peur.

Seulement l'obscurité.

La douleur. Encore la douleur.

Elle ouvrit les yeux et expira aussi lentement que possible. Ses poumons lui brûlaient.

Une faible lueur éclairait l'espace qu'elle occupait. C'était l'aube, ou bien le crépuscule.

Elle pensait ne pas connaître l'endroit où elle se trouvait. Elle replia les doigts. Sous elle, la surface était dure. Elle leva la joue du sol avec un cri plaintif, et cligna des paupières jusqu'à ce qu'elle ne voie plus flou et que ses yeux parviennent à s'adapter à la luminosité ainsi qu'à l'atmosphère poussiéreuse.

Tout lui revint d'un coup. Chatham. Sa main sur sa gorge. Le majordome. Son poing s'écrasant sur son visage.

Elle était retenue prisonnière chez son mari.

Ses membres tremblèrent quand elle plaça les mains à plat sur le sol crasseux, qu'elle se releva et qu'elle observa autour d'elle. Elle se trouvait dans un petit grenier. Près d'elle, il y avait une commode et un bureau étroit. Un divan. Le majordome ne s'était pas donné la peine de la déposer sur la couche. Son corps était si douloureux que Baxter avait dû se contenter de la jeter par terre tel un vulgaire sac de pommes de terre. Sa robe était si froissée qu'elle ne serait pas récupérable. Dehors, les oiseaux chantaient et elle supposa donc que c'était le matin. Une nouvelle journée. Sa première journée de captivité, sa première journée en enfer.

La veille au soir, elle avait osé avouer la vérité à Chatham. Elle lui avait demandé qu'il lui rende sa liberté. Avait-elle réellement cru qu'elle avait une chance de l'obtenir ? Avait-elle été bête à ce point ? Bête au point de croire qu'elle pourrait être libre ? Libre d'offrir son cœur à un autre homme ? Libre de vivre avec Jasper ?

Non, elle n'était pas libre. Jamais Chatham n'autoriserait une chose pareille.

Les chaînes qui l'avaient toujours entravée la maintenaient plus fermement encore. Jamais elle ne pourrait s'enfuir.

Elle était tout le contraire de libre.

Elle était prisonnière.

Jasper se demandait s'il était allé trop loin avec Tru.

Il se tourna sur sa chaise de bureau pour regarder par la fenêtre la ville qui s'étendait à ses pieds. Sa fille dormait dans sa chambre, paisible, à mille lieues des tourments de l'existence, et c'était tant mieux. C'était ce qu'il avait promis à sa mère. Il comprenait désormais à quel point il serait important pour sa fille qu'il mène lui aussi une vie heureuse. Une vie heureuse, en compagnie d'une épouse dont il serait amoureux. Ce serait un grand enseignement pour Bettina. Un modèle qu'elle porterait en elle à jamais et qui l'aiderait à savoir ce qu'elle pourrait souhaiter et espérer dans l'existence.

Il avait passé la journée à se remémorer tout ce qu'il avait dit lors de sa dernière rencontre avec Tru. Ses mots désespérés pour la convaincre de vivre avec lui. Il lui avait peut-être trop demandé. Et pourtant il ne pouvait pas accepter qu'il n'y ait aucune chance pour eux d'être ensemble.

Il voulait plus qu'une simple liaison adultère. Il voulait plus qu'être l'homme de l'ombre. Il voulait l'aimer honnêtement, vraiment, ouvertement. Il voulait vivre au grand jour avec elle. Il n'était pas prêt à accepter que ce ne soit pas possible.

Un coup léger à la porte le fit tourner la tête vers la porte. Son majordome, Ames, entra dans la pièce après qu'il l'y eut invité.

— Mr Thorne, une femme est ici, qui demande à vous voir. Elle attend dans l'entrée…

Ames s'interrompit, sans doute surpris par la rapidité avec laquelle Jasper s'était levé.

— Et je suppose que vous souhaitez la recevoir.

Jasper se dirigea vers la porte, le cœur battant. Elle était ici. Elle était venue le voir. Elle avait réfléchi à ce qu'il lui avait dit et elle était ici.

Tru était ici.

Il n'arriva pas assez vite à son goût jusqu'à l'entrée. Quand il y parvint enfin, il ne découvrit toutefois pas celle qu'il attendait.

Il s'arrêta net et fixa la femme qui se tenait face à lui.

— Lady Delia ?

Elle était seule. Ce n'était pas une bonne idée. La dernière chose qu'il souhaitait, c'était qu'ils se retrouvent compromis tous les deux. Il regarda dans son dos, en cherchant des yeux, en espérant...

— Votre mère n'est-elle pas avec vous ?

— Je ne l'ai pas vue depuis hier.

Hier ?

— Comment ? Que voulez-vous dire ? Nous étions tous ensemble au bal, chez les Fairmont.

— Nous sommes rentrées ensemble toutes les deux après le bal, et ensuite...

Elle haussa les épaules d'un air impuissant.

— Je ne l'ai pas revue après notre arrivée à la maison et je ne l'ai pas vue ce matin. En la cherchant cet après-midi, je me suis rendu compte que son lit n'était pas défait. Alors, j'ai pensé qu'elle était peut-être...

Elle leva le menton et le regarda droit dans les yeux.

— Eh bien, j'ai pensé qu'elle était peut-être avec vous, monsieur.

— Non.

Ce n'était pas étonnant qu'elle ait pensé cela après les avoir surpris tous les deux.

— Je ne l'ai pas vue.

Elle poursuivit, en secouant la tête d'un air navré :

— J'ignore où elle peut se trouver. J'ai interrogé tous les domestiques. Personne ne l'a vue de la journée.

Il se dirigea aussitôt vers la porte, qu'il ouvrit, avant de faire signe à Lady Delia de le précéder.

Elle obéit d'un pas hésitant.

— Où allons-nous ?

— Nous retournons chez vous pour questionner les domestiques avec plus d'insistance. Quelqu'un doit forcément savoir quelque chose. Avez-vous interrogé le cocher ? À moins qu'elle ne soit partie à pied, il l'a forcément conduite quelque part. Et nous découvrirons où.

Elle secoua la tête en écarquillant les yeux.

— Vous allez m'accompagner ? Vous ? Mais les gens ne vont-ils pas se demander ce que vous faites là ? Ils vont penser...

— Je me moque éperdument de ce que les gens peuvent penser, grommela-t-il. Votre mère a disparu et nous allons la retrouver.

33

« Il n’est rien de plus libérateur que le veuvage. »

VALENCIA, duchesse douairière de Dedham

Un léger grattement à la porte poussa Tru à se lever. Elle se tenait debout, chancelante, un poing serré contre sa cuisse. Son autre main était armée d’un chandelier qu’elle avait trouvé sur la commode pendant son exploration de la pièce. Elle le cacha sous les plis de ses jupes. Néanmoins elle doutait d’être capable de s’en servir.

Chatham avait clairement perdu la raison. Elle ne pouvait pas se croire en sécurité. Il avait menacé de la tuer et elle l’en pensait capable. Il fallait qu’elle sorte de cette maison. Elle promena le regard autour d’elle. Il fallait qu’elle sorte de cette pièce, pour commencer. Sa main se replia autour de son arme potentielle, prête à frapper. Pour se défendre et se libérer, Tru ferait tout ce qui pourrait s’avérer nécessaire.

Personne ne s’était encore donné la peine de la nourrir. Cela finirait bien par arriver, supposait-elle. À moins que l’intention de Chatham ne soit de la faire mourir de faim.

La porte s’entrouvrit lentement. La tête qui apparut dans l’embrasure n’était pas celle de Chatham ni celle du maudit majordome, cependant. Non. C’était celle de… Fatima, la maîtresse de Chatham.

Tru ne desserra pas sa prise autour du chandelier. Il fallait qu'elle considère que cette femme lui voulait du mal. Pour l'instant, toutes les personnes qui vivaient ici et qu'elle avait croisées étaient ses ennemies. Après le coup violent asséné par Baxter, le majordome pugiliste, son visage était encore douloureux. Elle savait qu'elle ne devait pas baisser la garde, mais elle ne pouvait s'empêcher de se souvenir que la maîtresse de son mari s'était montrée plutôt aimable avec elle le jour où elles s'étaient rencontrées.

Le chaud regard ambre de Fatima s'attarda sur Tru. Elle remua la tête pour lui faire comprendre qu'elle devait sortir de là.

— Venez. Dépêchez-vous. Il n'est pas encore réveillé.

Tru secoua la tête avec stupéfaction.

— Que faites-v...

— Venez ! répéta-t-elle en agitant les bras. Vous devez vous enfuir pendant que Chatham dort. C'est maintenant ou jamais.

— Oh ! s'exclama Tru, soulagée. Merci ! Merci !

Elle se précipita vers la porte.

Fatima prit sa main et, ensemble, elles traversèrent le couloir.

Tru était heureuse d'être guidée. À part le hall d'entrée et le salon de réception, elle ne connaissait rien de cette maison. Fatima la mena dans l'escalier. Une volée de marches, puis une autre. Ensuite, un couloir. Les portes se succédèrent, floues, et Tru ne put s'empêcher de se demander derrière laquelle d'entre elles dormait Chatham.

Quand elles atteignirent le rez-de-chaussée, elle crut pleurer de soulagement. Elles bousculèrent un laquais, qui les regarda d'un air éberlué et qui faillit lâcher le plateau qu'il portait. Il bredouilla quelque chose, mais elles étaient déjà loin.

Le cœur battant, essoufflées, elles bifurquèrent dans un couloir et se heurtèrent à un véritable mur qui s'avéra être – évidemment – le maudit majordome.

Baxter écarquilla les yeux en voyant Tru. Il poussa un grognement bestial et l'une de ses énormes mains s'abattit sur son bras, qu'il empoigna férocement. Il la secoua avec force et, les dents serrées, rugit :

— Que faites-vous là, hors de...

Fatima interrompit sa phrase d'un rapide coup de genou à l'entrejambe. Il lâcha aussitôt Tru et s'écroula au sol en hurlant.

Tru regarda la jeune femme avec un mélange d'admiration et de stupéfaction.

— Bravo, souffla-t-elle.

Fatima reprit sa main.

— Si Chatham n'était pas déjà réveillé, maintenant, avec tout ce raffut, c'est certainement fait, déclara-t-elle en désignant de la tête l'homme qui se tortillait à terre en gémissant.

Elles reprirent la fuite et passèrent en courant devant le salon, en direction de la porte d'entrée de la maison, promesse d'une liberté retrouvée. Tru entendait son pouls cogner à ses oreilles au rythme de leurs pas.

Elle s'arrêta et, en haletant, dit :

— Venez avec moi !

Elle ne pouvait concevoir d'abandonner cette femme en ce lieu après qu'elle eut pris tant de risques pour la libérer et après qu'elle s'en fut prise au terrible majordome. Cela n'allait pas plaire à Chatham. Il allait certainement la chasser de chez lui de toute façon.

Fatima hocha la tête en direction de la porte.

— Commençons par vous faire sortir d'ici, milady. Pour moi, ça va aller. Ça va toujours. Ne vous en faites pas.

Tout à coup, un hurlement fit trembler la maison, des fondations à la charpente, et c'était son surnom honni qui retentissait ainsi.

— Gertie !

Tru adressa un regard horrifié à Fatima.

— Il est réveillé !

Des pas résonnèrent dans l'escalier tel un tonnerre d'artillerie.

Tru regarda dans son dos et l'aperçut, arrivant en bas des marches, avec sur le visage une colère qu'elle n'avait jamais observée chez personne. Son regard outré s'arrêta sur sa maîtresse.

— Fatima !

La face de Chatham était écarlate ; il soufflait et semblait près de s'effondrer, ou d'exploser. Peut-être allait-il mourir, là, d'une crise d'apoplexie.

Il ne portait qu'un pantalon. Son visage empourpré contrastait avec son torse qui n'avait jamais vu la lumière du soleil. Il regarda Tru en plissant ses yeux bleus venimeux, puis Fatima, puis de nouveau Tru. La signification de ce regard était claire.

Je vais vous tuer.

Il pointa un doigt menaçant sur Tru.

— Vous allez apprendre où se trouve votre place !

La main de Fatima se resserra autour des doigts de Tru et elle la tira en avant. Elles allongèrent le pas, afin de se rapprocher le plus vite possible de la porte d'entrée.

Chatham se déplaçait avec une rapidité surprenante. Tru le sentait derrière elle, bien trop près d'elle. Elle l'entendait, elle entendait ses soufflements qui évoquaient ceux d'un taureau furieux.

Fatima atteignit la porte au moment précis où les mains de Chatham agrippaient les cheveux de Tru. Ses doigts s'enroulèrent autour de ses mèches, qu'il tira brutalement. Elle hurla, en portant la main à sa tête.

Il tira encore et elle chancela vers lui. Sans lâcher ses cheveux, il passa son autre bras autour de la taille et la tira en arrière. Ses talons glissèrent sur le sol en marbre sans qu'elle puisse rien y faire. La porte s'éloignait inexorablement et, avec elle, l'espoir de retrouver la liberté.

— Où espérez-vous donc aller, espèce de femme perdue ? haleta-t-il tout près de son oreille. Vous pensez pouvoir me quitter ? Vous pensez pouvoir vivre avec *lui* ?

Fatima ouvrit néanmoins la porte, laissant entrer la lumière du jour et un courant d'air frais. Les bruits joyeux et affairés de Gresham Square parvinrent jusqu'à eux. Le claquement des sabots et le frottement métallique des roues sur les pavés. Les cris mélodieux d'une vendeuse ambulante de fleurs. Tous indifférents à son supplice. Tous si proches.

La liberté. À portée de main. Elle y était presque. Elle avait presque réussi.

Tru tendit le bras comme si elle pouvait l'atteindre, la toucher, s'en saisir.

— Fatima, ferme cette fichue porte tout de suite ! Je m'occuperai de toi plus tard ! Personne ne sortira d'ici.

Un sanglot étranglé s'échappa des lèvres de Tru alors qu'elle résistait et se débattait de toutes ses forces.

Fatima se tourna. Sa silhouette se détachait à contre-jour dans l'embrasure de la porte. Ses yeux passèrent de Chatham à Tru à plusieurs reprises. Elle semblait réfléchir.

— Voyons, Chatham, finit-elle par dire avec une grimace. Ce serait cruel de la garder prisonnière, il faut la laisser partir.

— Ce ne sont pas tes affaires, Fatima. Je ne t'ai pas choisie comme maîtresse pour que tu me donnes ton avis sur mes relations avec ma femme. Tant que je t'entretiens, tu m'appartiens. Elle aussi.

Son poing serré s'enroula cruellement dans les cheveux de Tru, semblant vouloir illustrer son propos. La douleur fut si vive que les larmes montèrent aux yeux de Tru.

Non, non !

Elle ne le laisserait pas lui infliger cela. Elle ne le permettrait pas.

Avec un hurlement indigné, elle libéra toute la rage accumulée en vingt années de mariage avec ce monstre. Elle serra le poing, se tourna et frappa de toutes ses forces, l'atteignant dans la région de l'oreille, suffisamment fort pour qu'elle ait mal aux doigts.

Il cria et la lâcha aussitôt.

Elle bondit en avant.

Fatima s'écarta pour la laisser passer, tout en l'encourageant verbalement.

Tru ne regarda pas derrière elle. Elle se contenta de courir. En soulevant ses jupes, elle dévala les marches du perron comme si le diable en personne était à ses trousses. Ce qui correspondait à la réalité.

Elle l'entendait. Ses cris. Ses injures qui sifflaient à ses oreilles alors que la lumière matinale l'aveuglait. Elle savait que s'il la rattrapait, ce serait terminé. Une fois sur le trottoir, elle courut aussi vite qu'elle le put, en zigzaguant entre les piétons qui avançaient à pas beaucoup trop lents.

Fatima cria pour la mettre en garde.

Tru regarda rapidement dans son dos et son cœur faillit s'arrêter de battre. Chatham arrivait. Il était lancé à sa poursuite et il affichait une expression assassine.

Tout à coup, un autre cri lui parvint. C'était toujours son nom, mais cette fois la voix qu'elle entendit ne la fit pas frémir.

Non, cette fois, la voix qu'elle entendit la remplit de bonheur.

Elle regarda autour d'elle et son regard s'arrêta sur Jasper, qui se trouvait de l'autre côté de la rue. Il marchait à grands pas anxieux, et peinait à dépasser un groupe de jeunes enfants accompagnés de leur gouvernante.

Elle n'attendit pas. Elle n'hésita pas. Elle traversa la rue, évitant de justesse une carriole chargée de fruits et légumes avant d'atteindre Jasper et de se jeter dans ses bras. Il l'étreignit d'un geste tendre et protecteur. Il caressa ses cheveux, son visage.

— Mon amour, souffla-t-il.

Alors, tout en elle se relâcha. Elle se blottit contre lui, heureuse d'être libre. Elle était dans ses bras. C'était la seule chose qui comptait.

Peu importait qu'elle soit mariée à un dément cruel lancé à ses trousses et qu'elle n'ait pas le droit de faire ce qu'elle était en train de faire. Pas le droit de trouver chaleur, réconfort et sécurité entre les bras de Jasper. Elle enfouit son visage contre son torse, et se concentra avec bonheur sur la sensation des mains de Jasper caressant son dos, la serrant, la réconfortant. Que ce soit bien ou mal, elle s'en moquait. Elle trouverait forcément un moyen de vivre avec cet homme qu'elle aimait plus que tout. Il ne pouvait en être autrement.

Elle leva la tête pour regarder dans son dos. Elle se tendit en constatant avec effroi que Chatham n'avait pas abandonné la poursuite, et qu'il la foudroyait de son regard de fou furieux. Lorsqu'il la vit avec Jasper, il s'arrêta en chancelant au bord du trottoir. Ses lèvres dessinèrent un rictus haineux et il se précipita en avant pour traverser la route. Malheureusement, au même moment, il croisa la trajectoire de la voiture d'un laitier.

Le choc fut d'une violence inouïe, et le bruit produit par

les chevaux et les roues de la voiture heurtant son corps fut assourdissant.

Tru ouvrit la bouche pour crier, mais aucun son n'en sortit.

Les bras de Jasper se resserrèrent autour d'elle et leurs halètements se confondirent.

Tru ne put déterminer si le hurlement strident qu'elle entendit était émis par les chevaux se cabrant, par les témoins choqués ou par Chatham lui-même.

Avec horreur, elle vit le corps de Chatham disparaître sous les chevaux et les roues. La voiture lui roula dessus et poursuivit sa course un peu plus loin, jusqu'à ce que le laitier, enfin, parvienne à l'arrêter.

Tru était pétrifiée. Elle appréciait plus que jamais le soutien que constituaient le corps et les bras de Jasper.

Un homme descendit sur la chaussée pour aller examiner de près le corps disloqué du comte. Il ne fallut pas longtemps avant qu'il lève la tête. En ôtant son chapeau, il déclara sur un ton lugubre :

— C'est terminé.

Un murmure parcourut les badauds qui s'étaient rassemblés.

— C'est terminé, répéta Tru dans un murmure presque inaudible.

Elle ferma brièvement les yeux pour échapper à la vision atroce de son corps écrasé au milieu de la rue. Quelqu'un s'approcha pour le couvrir d'une veste.

Elle regarda Jasper, et se perdit dans la contemplation de son regard doux, la seule chose pure et belle de cette journée. Elle n'avait envie de ne rien voir d'autre. C'était son refuge. Son abri dans la tempête.

Il posa la main sur sa joue et caressa doucement sa peau tuméfiée du bout des doigts.

— Vous a-t-il fait mal ? Êtes-vous...

— Je vais bien, affirma-t-elle, en essayant de faire passer la boule qui s'était formée dans sa gorge. Un peu... sonnée, mais sinon, tout va bien.

— Oui, tout va bien à présent.

Il hocha lentement la tête et l'étreignit de nouveau, avant de déposer un tendre baiser sur ses cheveux.

C'était la vérité. Tout irait bien. Pour eux deux. L'orage était passé.

Elle était libre.

Épilogue

« Le passé ne compte qu'à partir du moment où il influe sur le présent. »

GERTRUDE, comtesse douairière de Chatham

Onze mois plus tard…
Bords de la Tamise
Londres, Angleterre

C'était l'anniversaire de la duchesse douairière de Dedham et ils allaient fêter l'événement en grande pompe.

— Êtes-vous certaines que ce soit une bonne idée ? demanda Maeve, toujours soucieuse des convenances. Cela ne fait pas encore un an et un jour.

Tru, Maeve et Ros s'étaient retrouvées tôt au bateau afin de s'assurer que tout soit prêt pour l'arrivée de Valencia et des autres invités.

— Cela fait onze mois, répondit Tru.

Elle s'écarta pour laisser passer les domestiques qui allaient et venaient sur le pont, les bras chargés. Elle désigna l'endroit de la table où ils devaient poser les sculptures en glace. Le soir était en train de tomber sur la Tamise, ajoutant des tons de violet au ciel déjà rose et orangé à l'horizon.

— Et ce n'est pas comme si Valencia n'était pas en deuil depuis bien plus longtemps.

Depuis que son mari était tombé de cheval, plusieurs années auparavant. C'était là qu'elle l'avait véritablement perdu.

— Tru non plus n'est pas enfermée dans son deuil, fit remarquer Rosalind.

— C'est vrai, acquiesça Maeve. J'avais oublié.

Maeve avait oublié car Tru s'était contentée du minimum concernant le deuil de Chatham. Oh ! bien sûr, elle portait des couleurs plus foncées. Mais pas exclusivement du noir. Et si elle évitait les bals, les soirées et les fêtes, c'était parce qu'elle n'avait aucune envie de s'y rendre. Sinon, elle faisait ce qu'elle voulait.

Or, il s'avérait que ce qu'elle voulait, c'était passer du temps chez elle en compagnie de Jasper, de ses enfants et de la délicieuse Bettina. De temps en temps, ils allaient faire du cheval au parc. Il leur arrivait parfois – rarement – d'aller à l'opéra ou au théâtre. Le reste du monde ignorait l'immensité de leur amour, ainsi que l'intensité des nuits qu'ils passaient ensemble. Seules les plus proches amies de Tru le savaient, de même qu'elles savaient que Tru et Jasper avaient l'intention de se marier dans l'année, dès qu'il se serait écoulé suffisamment de temps.

Elle était heureuse. Follement heureuse.

Comme s'il avait senti qu'il était l'objet de ses pensées, Jasper émergea à ce moment même d'une voiture. Elle sourit et lui adressa avec spontanéité de grands signes depuis le pont du bateau. Il sourit à son tour et lui envoya un baiser. Comme convenu, Fatima l'accompagnait. Tru était devenue l'une des mécènes les plus fidèles de la chanteuse lyrique. Bien entendu, cette dernière allait se produire ce soir, pour l'anniversaire de Valencia.

Cette fête resterait dans les annales.

Le temps était venu pour Valencia de renoncer officiellement au veuvage et à la solitude. Elle vivait terrée dans sa demeure de Mayfair, en attendant l'arrivée du nouveau duc de Dedham. Il s'agissait d'un lointain parent sorti d'on ne savait où et qui l'expédierait sans doute à la campagne, dans son cottage de duchesse douairière, dès qu'il débarquerait en ville, ce qui n'allait certainement pas tarder.

Jasper rejoignit Tru sur le pont. Après s'être assuré qu'ils ne se trouvaient qu'en présence de Ros, Maeve, Fatima et quelques serviteurs, il l'embrassa sur la bouche.

— Bonsoir, mon amour, murmura-t-il. Prête pour cette soirée ?

Elle sourit langoureusement.

— Elle va être splendide.

— En es-tu sûre ? demanda sèchement Ros, en désignant le quai.

Ils se tournèrent tous et virent Hazel qui arrivait au bras de son vieux mari au moment précis où Valencia descendait de sa voiture, vêtue d'une somptueuse robe rouge ornée d'étincelantes perles dorées.

Les deux femmes échangèrent un regard glacial.

— Nous n'aurions peut-être pas dû inviter Hazel, dit Tru, inquiète.

— Bien sûr que si, répondit Maeve avec conviction. Elles sont parentes. Il aurait été impensable de ne pas inviter le père de Valencia. Cela signifie donc que sa femme devait figurer sur la liste des invités elle aussi.

Sauf que la soirée était censée célébrer Valencia et qu'elle ne pouvait pas supporter sa belle-mère.

Tru se força à sourire et désigna les coupes de champagne.

— Venez, allons accueillir Valencia comme il se doit.

Ils se dirigèrent tous vers la rampe d'accès pour accueillir l'invitée d'honneur… et Hazel.

Jasper attrapa Tru par le coude et la retint en arrière un instant.

— T'ai-je dit à quel point tu étais belle ce soir ?

Elle jeta un coup d'œil à sa robe, assez osée. Elle était en soie rose, bordée de plumes blanches. Le décolleté plongeant était inédit pour elle. Sa tenue rompait avec ses robes d'habitude plus sages, et avec les couleurs sombres qu'elle portait depuis la mort de Chatham. Néanmoins, elle constata que Jasper ne regardait ni sa robe ni son décolleté. Il fixait son visage, ses yeux. Il la fixait, *elle*. Comme toujours.

Il saisit deux coupes de champagne sur un plateau qui passait par là et lui en tendit une. Il fit tinter son verre contre le sien.

— À toi, dit-il, avant de se pencher pour l'embrasser.

— Non, corrigea-t-elle en se hissant sur la pointe des pieds pour l'embrasser à son tour. À *nous*.

Vous aimez la romance et souhaitez découvrir nos collections ?
Abonnez-vous dès maintenant, c'est sans engagement !

Recevez tous les mois (ou tous les 2 mois) vos romances préférées directement chez vous et offrez-vous un véritable moment de détente. En plus, le premier colis est à prix réduit !

Votre 1er colis à **-60%** (incluant 3€ de frais d'envoi) contenant :
2 livres de la collection choisie + en cadeau
le 1er tome de la saga *La couronne de Santina*

8 tomes en tout sont à collectionner !

COCHEZ la collection choisie et renvoyez cette page au
Service Lectrices Harlequin – CS 20008 – 59718 Lille Cedex 9 – France

Collections	Prix 1er colis	Réf.	Prix abonnement (frais de port compri
❑ **AZUR**	5,00€	AZ1406	6 livres par mois 31,50€
❑ **BLANCHE**	7,12€	BL1603	3 livres par mois 25,20€
❑ **PASSIONS**	7,52€	PS0903	3 livres par mois 26,79€
❑ **BLACK ROSE**	7,60€	BR0013	3 livres par mois 27,09€
❑ **HARMONY***	5,99€	HA0513	3 livres par mois 20,97€
❑ **LES HISTORIQUES**	7,12€	LH2202	2 livres tous les deux mois 17,80€
❑ **SAGAS***	7,68€	SG2303	3 livres tous les 2 mois, 29,46€
❑ **VICTORIA**	7,52€	VI2115	5 livres tous les 2 mois 42,59€
❑ **GENTLEMEN***	7,20€	GT2022	2 livres tous les 2 mois 18,00€
❑ **NORA ROBERTS***	7,52€	NR2402	2 livres tous les 2 mois prix variable*
❑ **HORS-SÉRIE***	7,44€	HS2812	2 livres tous les 2 mois 18,65€

*Livres réédités / **Entre 18,80€ et 19,00€ suivant le prix des livres

F24PDFM

N° d'abonnée Harlequin (si vous en avez un) |_|_|_|_|_|_|_|

Mme ❑ Mlle ❑ Nom : ____________________

Prénom : ____________________ Adresse : ____________________

____

Code Postal : |_|_|_|_|_| Ville : ____________________

Pays : ____________________ Tél. : |_|_|_|_|_|_|_|_|_|_|

E-mail : ____________________

Date de naissance : ____________________

Date limite : 31 décembre 2023. Vous recevrez votre colis environ 20 jours après réception de ce bon. Offre soumise à acceptation et réservée aux personnes majeures, résidant en France métropolitaine, dans la limite des stocks disponibles. Prix susceptibles de modification en cours d'année. Vous pouvez demander à accéder à vos données personnelles, à les rectifier ou à les effacer. Il vous suffit de nous écrire en nous indiquant vos nom, prénom et adresse à : Service Lectrices Harlequin CS 20008 59718 LILLE Cedex 9. Service Lectrices disponible du lundi au vendredi de 9h à 17h : 01 45 82 47 47.